내 사랑 몽식이

내사랑 몽식이

초판 1쇄 찍은 날 | 2017년 4월 29일
초판 1쇄 펴낸 날 | 2017년 5월 22일

지은이 | 몰도비아
펴낸이 | 서경석

편 집 책 임 | 조윤희
편　　　집 | 이은주
　　　　　　김현미
디 자 인 | 최진실

펴 낸 곳 | 도서출판 청어람
등록번호 | 제387-1999-000006호
등록일자 | 1999. 5. 31
어람번호 | 제5-461호

주소 | 경기도 부천시 부일로 483번길 40 서경B/D 3F
　　　 (우) 14640
전화 | 032-656-4452 팩스 | 032-656-4453
http://www.chungeoram.com
E—mail | chungeorambook@daum.net

ⓒ 몰도비아, 2017

ISBN 979-11-04-91281-8　03810

Chungeoram romance
novel

내 사랑
몽식이

몰도비아 장편소설

도서출판 청어람

목차

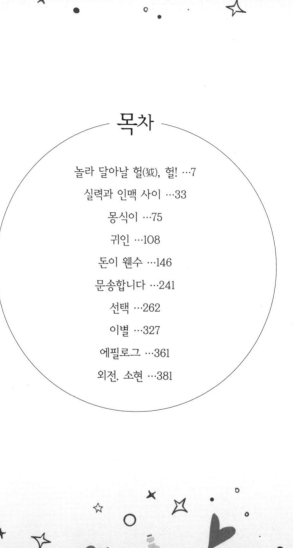

놀라 달아날 헐(獄), 헐!

20XX년 12월 겨울.

통행량이 제법 많은 왕복 6차선 도로는 이 동네의 거주 지역과 유흥 지역을 나누는 기준선을 겸한다. 이러한 지역적 특성 덕분에 거주 지역 주민의 태반이 유흥업에 종사한다. 하지만 사람이 많이 모인 곳엔 필수적으로 자리 잡는 몇몇 종류의 편의 시설이 있을 수밖에 없는데 유흥가의 가장자리, 바로 옆 육교만 건너면 바로 거주 지역으로 이어지는 곳에 위치한 패스트푸드 매장도 그런 편의 시설 중 하나이다.

평일 오전 9시부터 오후 3시는 윤희가 근무하는 시간이다. 스물여덟. 대학 문제로 서울로 상경한 이후 쭉 다닌 곳인 데다가 나이가 나이인지라 매니저나 점장이 됐을 법도 하건만 윤희는 여전히 그냥 아르바이트생이다. 딱 거기까지가 좋았다. 윤희는 욕심이 없었다. 그저 당장 먹고 살 만큼의 돈만 쥐어지면 그뿐이었다. 윤희에겐 그것보다 더욱 중요한 일이 있었다. 윤희는 작가 지망생이다.

매장 벽에 걸린 시곗바늘이 정확히 오후 3시를 가리켰다. 윤희는 마지막 손님의 주문을 받은 후 십 분쯤 미리 와 있던 다른 직원에게 인수인계를 했다.

"수고하셨습니다!"

큰 소리로 모두에게 인사를 한 후, 홀가분하게 2층 직원 휴게실로 향했다. 때늦은 점심을 먹는 두어 팀의 손님뿐인 홀 한구석에는 'Staff only'라고 써 붙여진 문이 있었다. 윤희는 당당히 그 문을 밀고 들어가 나란히 자리 잡은 사물함 중 하나를 열었다. 이름표 따위는 없었지만 어영부영 윤희 전용이 된 사물함이었다.

윤희는 모자와 앞치마를 벗어 백팩에 쑤셔 넣고 옷걸이에 걸려 있던 코트를 꺼내 입었다. 플레어스커트처럼 밑단이 퍼지는 새빨간 코트였다. 코트 단추를 유니폼이 보이지 않게 꼭꼭 여민 후 검은 비니를 눌러쓴 윤희는 회색 머플러로 꽁꽁 싸맸다. 그리고 기운차게 백팩을 맨 후 휴게실을 나왔다.

퇴근의 기쁨에 가벼워진 발걸음으로 다시 홀을 가로질렀다. 그렇게 경쾌하게 첫 번째 계단을 밟은 순간 뭔가가 휙, 윤희의 옆을 스쳐 내려갔다. 벌레라기엔 지나치게 크고 사람이라기엔 지나치게 작았다. 나선형 계단 탓에 스쳐 지나간 무언가는 이미 보이지 않았다. 호기심이 일어난 윤희는 종종종 계단을 돌아 내려갔다.

이달의 행사 상품 포스터가 잔뜩 붙어 있는 문 앞에 '그것'이 있었다. '그것'은 팔락팔락 얇은 날개를 팔락이며 허공에 둥실둥실 떠 있었다. 사방을 둘러보는 폼이 문이 열리길 기다리는 것 같았다. 겨우 윤희의 손바닥만 한 크기에 불과한 터라 스스로 문을 열기란 무척 어려워 보였다.

휙, '그것'의 시선이 윤희에게 향했다. 윤희는 죄라도 지은 것처럼 황급히 고개를 돌려 눈이 마주치는 불상사를 막았다.

사방이 조용한 것이 이상했다. '그것'을 봤다면 누구라도 이상하게 여겨야 했다. 그러나 그 누구도 '그것'이 보이지 않는 것처럼 행동했다. 심지어 '그것'조차도 태연하기 짝이 없었다.

윤희는 결론을 내렸다.

'피곤해서 헛것이 보이는 거야.'

지난 며칠 수면 시간이 턱없이 부족했었다. 쓰고 있는 글이 잘 풀리지 않은 탓이었다. 아마 그래서 그런 것이리라 마음을 단단히 먹은 윤희는 애써 '그것'을 외면하며 당당히 계단을 걸어 내려왔다.

'착각이야. 환상이야.'

다시금 마음을 다잡은 후 문을 밀었다. 그 순간 '그것'은 잽싸게 날개를 팔락이며 휙 윤희를 지나쳐 밖으로 빠져나갔다. 순간적으로 당황한 윤희는 헙, 숨을 들이켰다. 숨을 들이켠 것을 깨닫기 무섭게 윤희는 얼른 시선을 돌렸다. 동시에 '그것'도 뒤를 돌아보았다. 다행히 윤희가 한발 빨랐다. 비니를 푹 눌러쓰고 목도리를 칭칭 감은 덕에 윤희의 시선은 확인하기 어려웠다. '그것'은 고개를 갸웃하더니 이내 몸을 돌려 휑하니 가버렸다.

윤희는 애써 뭔가 잘못 본 거라고 재차 마음을 다잡곤 다시 활기차게 퇴근길에 올랐다.

'그것'에 대한 기억은 그렇게 흐지부지 완전히 잊혀 6개월이 지나 7월이 되었다. 날이 제법 무더워졌지만 윤희의 일상은 변한 것이 없었다. 변한 것은 그저 매장 유니폼의 소재와 소매 길이뿐이었다.

시계가 오후 3시 30분을 가리켰다. 한 달 전에 바뀐 다음 근무자는 지각이 특기였다. 시계를 흘깃 확인하고 매장을 휘 둘러본 윤희는 고개를 절레절레 흔들었다. 아무리 성격 좋은 윤희라도 벌써 한 달째 꾸준히 지각하는 사람이 좋을 리 없었다. 그러나 윤희는 얼른 마음을 바꿔먹었다. 근무시간이 늘어나면 그만큼 돈을 더 버는 거라고 좋게 좋게 생각하기로 했다.

"미안해요!"

매장 문이 열리고 예쁘장하게 생긴 여자애가 들어왔다. 제법 진하게 화장을 했지만 앳된 티를 완전히 벗어내지 못한 그녀는 윤희를 향해 연신 굽실거리곤 후다닥 2층으로 뛰어 올라갔다. 윤희는 긴 한숨을 내쉬며 고개를 절레절레 흔들었다.

그렇게 윤희가 퇴근 준비를 마치고 매장을 나섰을 때는 이미 오후 4시가 가까웠다. 가벼운 반팔 셔츠에 짧은 반바지를 입고 야구 모자를 눌러쓴 윤희는 에코백을 휙휙 흔들어대며 육교를 건넜다.

매장에서 집까지 아침 출근 코스로는 오 분이면 충분한 거리였다. 그러나 윤희는 나무가 우거진 공원이 있는 쪽으로 방향을 틀었다. 사시사철 비가 오나 눈이 오나 퇴근 후엔 늘 운동 삼아 한 시간가량 공원을 거닐곤 했으니 오늘도 예외가 될 수 없는 일이었다.

콧노래까지 흥얼거려 가며 빠른 걸음으로 걷던 윤희의 눈에 시원한 나무 그늘에 앉아 수다를 떠는 아기 엄마들이 보였다. 각자 자신의 곁에 유모차를 한 대씩 세워두고 수다 삼매경이었다. 뭐가 그리 재밌는지 연신 까르르 터지는 웃음이 경쾌해 자꾸만 시선이 갔다. 그리고 보았다. 윤희는 자신도 모르게 걸음을 멈췄다.

그동안 까맣게 잊고 있었던 '그것'이 유모차 앞에서 작은 날개를 팔락이며 둥실 떠 있었다.

'그것'이 에벨레레레 기묘한 소리를 내며 오두방정을 떨었다. 그 행동에 맞춰 유모차 안 갓난쟁이가 까르르 발버둥을 치며 웃었다. 아기의 웃음소리에 신이 났는지 '그것'은 아기의 유모차 난간에 사뿐히 내려앉아 춤을 추기 시작했다. 이쪽저쪽 손가락으로 하늘을 찔러대는 폼이 어디선가 본 듯했다. 한참이나 쳐다본 끝에 윤희는 요즘 티비만 틀면 나온다는 걸그룹의 춤인 것을 알았다. 다만 '그것'이 추는 모양이 하도 우스꽝스러워 금방 알아보지 못한 것뿐이었다. 그것은 녀석의 노림수 같았다. 원래대로라면 섹시해야 할, 하지만 우스꽝스럽기 짝이 없는 그 춤을 보고 아기는 또 한 번 발버둥을 쳐대며 요란하게 웃었다.

이번엔 변명거리도 없었다. 잠도 잘 잤다. 얼마 전 마감이었던 공모전에 응모한 후 스스로에게 한 달간의 휴식기를 하사했다. 때문에 당장은 헛것을 볼 만한 그 어떤 핑계도 없었다. 그래서 윤희는 아주 진지하게 고민을 해야 했다. 대체 저것이 무엇인가?

그것은 손바닥만 한 크기의 사람 모습을 하고 있었다. 그러나 등에는 커다란 한 쌍의 날개를 달고 있었다. 잠자리의 날개처럼 투명했지만 모양은 나비의 날개처럼 널찍했다. 입고 있는 옷도 금방 나무에서 따낸 나뭇잎처럼 선명한 초록색이었다.

윤희는 대번에 팅커벨을 떠올렸다. 피터팬에 나오는 그 팅커벨 말이다. 차이가 있다면 '그것'은 성별이 남자라는 거였다. 그걸 깨닫기 무섭게 윤희는 얼굴을 붉혔다. 작은 천 쪼가리 하나를 빼면 아무것도 걸치고 있지 않은 남자였다. 비록 그 크기가 작았지만 만약 진짜 사람 크기였다면 제법 건장했을 탄탄한 근육을 가진 남자.

남자 팅커벨은 춤을 추다가 속칭 '삘'을 받은 듯 행동이 점점 과장되기 시작했다. 아이는 자지러질 듯 웃으며 발버둥을 넘어 숫제 몸부림을 쳐 댔다.

"반응이 좋으니 내가 더 재밌는 걸 보여줄까?"

팅커벨이 말했다. 윤희는 깜짝 놀랐다. 말도 할 줄 알다니…….
말을 마친 팅커벨이 앙증맞은 팔을 휘둘렀다. 포로롱 작은 소리와 더불어 손끝에서 빛 가루가 흩뿌려졌다. 그 빛 가루들이 은하수처럼 한 줄로 길게 늘어지더니 소용돌이를 일으키며 유모차를 휘감았다. 그러자 유모차는 덜컹덜컹 흔들렸다. 바퀴를 따라 데구르르 굴러가는 게 아니라 양옆으로 덜컹덜컹 크게 흔들린 것이다. 아기는 이번에도 자지러지게 웃음을 터뜨렸다. 그러나 그 엄마는 달랐다.

한참 수다를 떨던 엄마는 덜컹거리는 소리에 고개를 돌리고는 사색이 됐다. 유모차는 아무도 건들고 있지 않건만 뒤뚱거리는 것처럼 좌우로 흔들리고 있었다. 마치 유모차가 살아 있는 짐승이 된 것 같았다. 벤치에 앉아 있던 두 여자의 얼굴이 해쓱해졌다. 한참을 그렇게 정지된 영화의 한 장면처럼 앉아 있던 두 여자는 뒤이어 마치 약속이라도 한 것처럼 벌떡 일어나 각자의 유모차를 끌고 반대 방향으로 멀어졌다. 덜컹거리던 유모차의 임자는 전혀 그런 일이 없었다는 것처럼 태연해 보였다. 창백한 안색이 아니었다면 아무 일도 없었다고 봐도 될 법한 행동거지였다.

깔깔깔, 웃음소리가 들려왔다. 팅커벨은 애기 엄마에게 삿대질까지 해가며 뭐가 그리 재미있는지 허공에서 훌쩍 훌쩍 공중제비를 돌며 깔깔거렸다.

그때까지도 윤희는 멀거니 바라만 보고 있었다. 이해가 안 됐다. 애기 엄마는 왜 아무렇지 않게 그냥 가는 걸까? 저 작은 날개 달린 생물이 보이지 않았단 말인가?

팅커벨이 고개를 돌렸다. 윤희는 흠칫 놀랐다. 팅커벨과 눈이 마주쳤다. 당황한 윤희는 황급히 시선을 돌렸다. 그러나 팅커벨은 똑바로 윤희를 향해 날아왔다. 윤희는 얼른 홱 몸을 돌려 빠르게 걷기 시작했다. 평일에 늘 걷던 산책로가 아닌 집으로 향하는 방향이었다.

"야!"

귓가에서 버럭, 소리가 들려왔다. 목덜미에서 소름이 오소소 돋아났다. 그러나 윤희는 모른척했다.

"야! 너 나랑 눈 마주친 거 봤거든!"

팅커벨은 윤희의 주위를 뱅글뱅글 돌았다. 윤희는 아무것도 보이지 않는 것처럼 뚜벅뚜벅 집을 향해 열심히 걸을 뿐이었다. 윤희의 시야 안에서 팔락팔락 날갯짓하던 팅커벨이 말했다.

"걷는 거 어색하거든?"

윤희의 이마에 땀이 맺혔다. 그러나 인정할 수 없었다. 미치지 않고서야 21세기 대한민국에 팅커벨이 존재한다는 걸 믿으란 말인가? 말이 되는 소리를 해야지…….

"끝까지 모른 척한다 이거지?"

흐응, 팔짱을 끼고 고심하던 팅커벨이 휙 시야에서 사라졌다. 대체 어디로 사라졌는지 무슨 꿍꿍이인지 궁금했지만 윤희는 꼿꼿하게 앞만 보고 걸었다.

이제 조금만 더 가면 집이었다. 겨울엔 웃풍이 세고 여름엔 찜통이 따로 없는 허름한 다세대 빌라의 반지하. 비록 볼품없긴 했으나 나의 집, 마이 홈. 윤희의 발걸음이 빨라졌다. 동시에 기묘한 소리가 들려왔다.

발소리였다. 그런데 좀 이상한 발소리였다. 다그닥, 덩치 큰 말이 솜이불 위를 천천히 걷는 것 같은 소리였다. 동시에 등 뒤에서 흥, 하는 뜨거운 바람이 덮쳐 왔다. 전신을 휘감는 열기에 등골이 오싹했다.

걸음을 멈추자 그릉그릉 숨 쉬는 것 같은 소리가 들렸다. 엄청난 크기였다. 그에 맞춰 뜨거운 열기가 자꾸만 등에 뿜어졌다. 이것은 도저히 사람의 것이라고 볼 수 없었다. 숨을 뿜어낼 때마다 유니폼이 들어 있는 에코백이 펄럭펄럭 태풍이라도 만난 것처럼 움직였다. 얇은 티셔츠도 파라락 거칠게 펄럭였다.

다시 한 번 사람의 것이 아닌 기묘한 발소리가 들렸다. 숨소리도 더욱 가까워졌다. 윤희의 앞으로 길게 그림자가 드리워졌다. 이제 윤희는 뒤를 돌아볼 수밖에 없었다.

화등잔만 한 눈동자가 노란 안광을 뿜어내고 있었다. 커다란 콧구멍에선 연신 흥, 흥, 콧바람이 뿜어졌다. 윤희와 눈이 마주치자 마치 웃는 것처럼 씩 커다란 입이 벌어졌다. 날카로운 송곳니가 나란히 줄지어 모습을 드러냈다.

호랑이였다. 커다란 호랑이가 윤희의 등 뒤에서 보란 듯이 콧김을 뿜어내고 있었다. 윤희의 비명이 길게 이어졌다. 호랑이는 터벅터벅 천천히 윤희를 향해 다가왔다. 주춤주춤 뒷걸음치던 윤희는 홱 몸을 돌리더니 냅다 달렸다. 집이 코앞이었다. 넘어질 듯 말 듯 위태롭게 계단으로 뛰어든 윤희는 용케 넘어지지도 않고 내려갔다.

그러나 현관이 문제였다. 부들거리는 손가락은 비밀번호를 제대로 누르지 못하고 있었다. 계속해서 비번을 틀리자 낯선 경고음이 삑삑삑 울렸다. 윤희는 무시하고 재차 비번을 누르려 했다.

[삼 분 후에 다시 하십시오.]

낭패였다.

"저기……."

윤희는 꺅 비명을 지르며 바닥에 주저앉았다. 그러곤 양손으로 얼굴을 가렸다. 울고 싶지 않은데 자꾸만 울음이 났다. 윤희는 꺼이꺼이 울었다. 남은 생, 길 거라 여겼건만 이렇게 가는구나 싶었다.

"아니, 저기, 장난이었는데……."

그 말은 윤희의 뇌리에 전달되지 못했다. 윤희는 정말로 죽음을 목전에 두었다 믿고 있었다.

"미안해. 그니까 좀 그만 울어라. 응?"

세 번째가 되자 윤희도 드디어 알아듣곤 뚝, 울음을 그쳤다.

"이제 그친 거야?"

아까보다 한톤 높은 목소리였다. 윤희가 울음을 멈춘 것이 기쁜 모양이었다. 그러나 윤희는 고개를 들지 못했다.

대낮에 서울 한복판에 팅커벨과 호랑이가 나타났다. 그렇다면 말하는 호랑이가 없으란 법도 없지 않은가?

"삼 분 지난 거 같은데 문 안 열 거야?"

그러나 목소리가 너무 좋았다. 굵직하고 낮은, 성우 하면 딱 좋겠다 싶은 그런 목소리였다. 윤희는 슬쩍 손가락 사이로 실눈을 떠보았다. 차마 겁이 나서 고개까진 들지 못했다.

윤희의 눈에 커다란 발이 보였다. 신발을 신지 않았고 양말도 없었지만 분명히 발가락 다섯 개가 달린 사람의 발이었다. 그러나 여전히 미심쩍은 구석이 있었다. 양말과 신발뿐 아니라 바지도 입지 않은 상태였다. 딱 봐도 남자 다린데 핫팬츠를 입지는 않았을 것이 아닌가? 더구나 사람 발이 달린 호랑이, 혹은 괴물, 그런 것이 아니라는 보장도 없지 않은가?

평소 허무맹랑한 생각에 빠져 산다고 여기저기서 타박을 많이 받아왔었다. 대체 그 머릿속에 뭐가 들었냐고 현실에 있을 법한 상상을 좀 하라고 많은 사람들이 윤희에게 말했었다. 그러나 똑똑히 보지 않았는가? 팅커벨을, 도심 한복판의 대호를. 그렇다면 사람 발이 달렸고 말도 할 줄 아는 그러나 상체는 인간이 아닌 그 어떤 괴물이 있을 수도 있지 않은가?

긴 한숨 소리가 들렸다.

"쫌, 이제 장난 안 친다고."

커다란 손이 윤희의 양팔을 잡아 일으켜 세웠다. 어찌나 힘이

센지 깃털이라도 들어 올리듯 가뿐한 움직임이었다. 그 정도라면 잡힌 팔도 당연히 아파야 할 텐데 전혀 그런 느낌이 없었다.

그래서 윤희는 용기를 냈다. 상대를 이렇게 배려할 줄 아는 존재라면 그 생김새가 좀 괴이하더라도 분명 마음이 착하지 않을까, 하는 생각이 들었다. 미녀와 야수. 이렇게 상대를 배려할 줄 아는 존재라면 야수인들 어떠랴? 생각과 동시에 윤희는 천천히 손을 내리고 고개를 들었다.

갈색 눈동자가 씩 웃고 있었다. 가지런한 치아가 눈부시게 빛났다. 갈색 곱슬머리는 어깨를 조금 넘는 길이였다. 한여름, 백사장에서 휴가라도 보냈는지 구릿빛 피부가 인상 깊었다.

호랑이는 온데간데없었다. 괴물도 없었다. 그 자리에 서 있는 것은 윤희 또래의 잘생긴 남자였다. 그것도 한순간에 홀려 버릴 만큼 대단한 미남자.

"미안해."

환한 미소로 윤희에게 좋은 인상을 주는 데 성공한 남자는 고개를 숙이며 사죄했다. 그가 고개를 숙인 통에 덩달아 시선이 아래로 떨어진 윤희는 얼굴을 붉혔다.

덩치 큰 남자는 팅커벨의 날개가 달린 야생의 타잔이었다. 여기서 중요한 것은 타잔. 그러니까 현재 눈앞의 남자는 반나체였다.

잔뜩 얼굴을 붉힌 와중에도 탄탄한 근육이 어찌나 보기 좋은지 자꾸만 눈길이 가는 통에 윤희는 쳐다보지 않기 위해 무던히도 애를 써야만 했다.

택배 아저씨와 음식 배달부를 제외하면 그 누구도 넘어본 적 없던 윤희의 집 현관문을 당당히 넘어 입성한 남자가 식탁 의자에 앉아 있었다. 윤희는 커피를 타면서도 연신 남자를 힐끔거리느라 정신이 없었다. 날개 달린 인간이라니, 그 자체만으로도 관심을 끌어당기기 충분했거늘, 그러나 윤희가 자꾸 쳐다보는 이유가 단순히 날개 때문이 아닌 것은 만천하가 다 알고 있었다.

　　윤희는 여전히 살짝 홍조가 어린 얼굴로 조심스레 커피를 내려놓았다. 투명한 큰 잔에 얼음이 가득 담긴 아이스커피였다. 무더운 날씨에 벌써 송글송글 맺혀 버린 물방울 하나가 또르르 굴러 떨어졌다. 보기만 해도 속이 다 시원했다. 커피를 내려놓으면서도 연신 훔쳐보다가 그만 눈이 마주쳤다. 윤희는 죄인처럼 깜짝 놀랐으나 남자는 씩 보기 좋은 미소를 지었다.

　　"그러니까 내가 확실히 보이는 거지?"

　　남자의 시선은 당당하게 윤희의 눈동자를 향하고 있었다. 윤희는 그 눈빛을 도저히 피할 수 없었다. 이대로 입을 열었다간 말이라도 더듬지 싶어 커피 잔을 받쳐 들고 있던 쟁반을 들어 얼굴을 반쯤 가리며 고개를 끄덕였다.

　　"진짜지?"

　　윤희는 한 번 더 천천히 고개를 끄덕였다. 남자는 벌떡 일어나 윤희를 끌어안았다.

　　"지금 내가 얼마나 반가운지 넌 아마 모를 거야!"

　　남자는 정말로 기쁜 눈치였다. 그러나 윤희는 난감했다. 훨씬 더 큰 남자의 키 덕분에 윤희는 품에 폭 안긴 모양새가 되고 말았다. 아무것도 걸치지 않은 남자의 가슴근육이 윤희의 뺨에 닿았다. 그것을 느낀 윤희는 기겁을 하고 남자를 밀쳐 냈다.

글쓰기에 집중하느라 연애를 안 한 지 좀 되었다. 가끔 썸 비슷한 걸 타보기도 했지만 늘 스스로 마음을 다잡아왔었다. 스킨십 비슷한 걸 해본 지가 언제인지 기억도 나지 않았으니 특히나 보기 좋은 떡이라면 그 기습 공격이 당황스럽지 않을 수가 없을 긴 공백기였다.

윤희의 반응에 남자는 얼른 팔을 풀었다.

"왜?"

"옷!"

잔뜩 얼굴을 붉힌 윤희의 외침에 남자가 반문했다.

"옷?"

그러더니 고개를 숙였다. 이내 머리를 긁적이며 멋쩍게 웃었다.

"아 미안, 너무 오랜만이라 미처 거기까진 생각을 못 했네."

말을 마치곤 검지 손가락을 세우더니 휙, 휘둘렀다. 반짝이는 작은 나비 한 마리가 춤을 추듯 허공에 기묘한 문양을 그려냈다. 문양은 심장이 뛰기라도 하듯 두근두근 커졌다 작아졌다를 반복하더니 이내 팟, 하고 사라졌다. 동시에 날개가 사라졌다. 그리고 남자는 옷을 입은 모습이 되었다. 두툼한 남색 후드 티에 청바지를 입은 모습이었다. 윤희가 눈살을 찌푸렸다.

"지금 여름인데?"

남자는 자신의 이마를 탁 치더니 다시 손가락을 들어 허공에 그림을 그렸다. 같은 일이 벌어졌다. 남자의 차림새가 또 바뀌었다. 헐렁하게 잔뜩 늘어지는 민소매 티셔츠에 여기저기 찢어진 5부 반바지였다. 윤희가 피식 웃었다.

"이제 좀 낫네. 날개는? 없어도 괜찮아?"

남자가 고개를 끄덕였다.

"뭐 하늘만 못 날고 마는 거라 상관없어."

윤희는 어이없단 얼굴로 남자를 쳐다봤다. 남자가 고개를 갸 웃거렸다.

"왜?"

"하늘을 난다는 게 얼마나 대단한 일인지 몰라서 그러는 거 야?"

"나야 늘 날아다녔으니까 뭐."

별거 아니라는 듯한 남자의 말에 윤희가 피식 웃음을 터뜨렸 다. 윤희의 웃음에 남자가 따라 웃으며 말했다.

"다행이네."

"뭐가?"

"이제 웃잖아. 아까는 정말 미안해. 그냥 날 못 본 척하니까 화 가 나서 놀라게 하려고 한 건데 내가 너무 과했어."

"아니야. 나 같아도 누가 날 자꾸 무시하면 화가 났을 거야."

진심이었다. 이리 떡하니 눈앞에 있는 존재를 왜 못 본 척했을 까? 윤희는 도통 이해가 되지 않았다.

"내 이름은 라플라카야."

남자가 손을 내밀었다.

"나는 윤희."

"반가워. 잘 부탁해."

얼결에 손을 내밀어 악수를 하면서도 윤희는 고개를 갸웃거렸다.

"근데 뭘 잘 부탁해?"

"앞으로 잘 부탁한다고."

"그러니까 뭘……?"

라플라카가 씩 웃었다.

"나 이제부터 여기서 살 거야."

"뭐?"

라플라카는 해맑게 웃으며 다시 한 번 말했다.

"나 이제부터 여기서 살 거라고."

"누구 맘대로!"

윤희가 버럭 소리를 내질렀다. 라플라카는 왜 화를 내는지 모르겠단 얼굴로 대꾸했다.

"드디어 나를 보고 듣고 만질 수 있는 사람을 만났는데 당연한 거 아냐?"

윤희의 얼굴이 삽시간에 홍당무가 되었다. 만지긴 뭘 만진단 말인가? 아니아니 어쨌든, 갑작스러운 동거라니, 절대로 용납할수 없었다. 이름 말고 아는 게 아무것도 없지 않은가? 윤희는 절대로 안 된다고 말하려 했다. 그런데 라플라카는 이미 그 자리에 없었다.

"이건 뭐야? 달력 같은데 무슨 가위표가 이렇게 많아?"

그는 하나뿐인 방에 침입해 윤희의 탁상 달력을 넘겨보는 중이었다. 민망하게도 그간 도전했다 실패한 공모전 리스트가 수두룩했다. 공모전이라는 소식을 들으면 한 번도 들어본 적 없는 작은 잡지사일지라도 득달같이 참여한 터라 생긴 훈장 아닌 훈장 들이었다.

윤희는 얼른 달려와 달력을 빼앗았다.

"고, 공모전에서 떨어진 표시야."

대충 얼버무려도 될 것을 상대가 하도 악의 없이 순진하게 묻는 통에 윤희는 자신도 모르게 솔직히 대답하고 말았다.

"공모전?"

"응 등단하려고 대학 다닐 때부터 해왔거든."

"그래? 대단한걸?"

말을 마친 라플라카가 기특하단 눈빛으로 슥슥, 윤희의 머리를 쓰다듬었다. 애 취급에 버럭 화가 나야 옳았건만…… 윤희는 그러지 못했다.

그간 같은 말에 대한 사람들의 반응은 상대가 누구든 간에 한결같았다. 이제 그만두고 취직해라, 언제까지 그렇게 아르바이트만 해가며 먹고 살 거냐, 능력이 없으면 취집이라도 하든가. 그 소리가 듣기 싫어 하나둘 거르다 보니 어느덧 집과 매장 말곤 오가는 데가 없는 삶이 되고 말았거늘…….

기분이 좋아진 윤희가 얼굴을 붉히며 대답했다.

"대, 대단하다고 생각해 본 적은…….."

"어? 노랑둥이네?"

라플라카의 시선은 이미 다른 곳으로 향해 있었다. 민망해진 윤희가 입을 삐쭉거렸다.

"돼호라는 이름이 있거든?"

행거에 걸린 윤희의 빼곡한 옷 틈에서 노란색 줄무늬 고양이

한 마리가 기지개를 켜며 모습을 드러냈다.

"녀석, 주인이 왔는데 쳐다보지도 않고 계속 잔 거야?"

"고양이잖아."

그가 피식 웃었다.

"하긴…… 돼호는 무슨 뜻이야?"

"돼지 호랑이."

대답을 듣자마자 라플라카가 깔깔거리고 웃었다.

"야, 이름을 너무 잘 지은 거 아냐?"

윤희가 어깨를 으쓱했다.

"내가 한 센스 하지."

라플라카는 키득거리며 돼호를 쓰다듬었다. 돼호는 그대로 발라당 뒤집더니 골골거리기 시작했다. 윤희가 눈을 흘겼다.

"흐응, 돼호 너 자존심은 어디 간 거야? 고양이의 자존심을 지켜보라고!"

"진리의 노랑둥이라잖아. 길고양이들도 노란 애들이 사람을 좋아해."

돼호는 라플라카에게 몸을 부비며 난리법석을 떨었다. 물끄러미 바라보던 윤희는 문득 아무도 그를 보지 못했던 게 생각났다.

"사람들은 못 보는 거 같던데……."

"응. 대부분은 못 봐."

"근데 고양이랑 아기는 어떻게 봐?"

"얘들은 쫓기는 게 없잖아. 느긋하고 여유 있고 행복하니까. 행복한 존재들만 나를 볼 수 있거든."

"행복?"

윤희가 고개를 갸웃했다. 한 번도 자신이 행복하다 생각해 본 적은 없었다. 남들도 늘 그러지 않았던가? 외롭지 않니? 그 돈 가지고 어떻게 살아? 노후엔 어쩔 건데?

윤희를 힐끔거린 라플라카가 씩 웃었다.

"행복 그거 별거 아냐. 꿈과 희망이 있고 현재의 삶에 만족하고 있으면 그게 행복이지 뭐."

"그런…… 가?"

그게 행복이라는 덴 쉽게 동의할 수 없었다. 하지만 현재 자신의 삶에 만족하고 있다는 건 부정할 수 없었다.

"뭐 어쨌든 좋은 주인인가 보네. 이 녀석 행복해하잖아."

윤희가 피식 웃었다.

"녀석이 과연 날 주인으로 생각하는진 모르겠네. 수발 들어주는 하인쯤으로 여기지 않을까?"

"아무렴 어때 녀석이 행복하다는데. 동물이라고 무조건 날 보는 건 아냐."

"뭐 길 고양이라면야……."

"길 고양이 말하는 거 아냐. 버젓이 주인이 있는 녀석도 날 못 보는 경우 부지기수야. 기껏 놀려고 찾아낸 개나 고양이가 날 못 보면 얼마나 우울한데."

윤희는 주인과 함께 살고 있으면서도 행복하지 못한 애완동물을 떠올렸다. 그러나 곧 라플라카의 말끝에 달라붙은 묘한 쓸쓸함을 눈치챘다.

아무도 자신을 알아봐 주지 못하는 세상. 윤희는 그게 어떤 느낌인지 상상조차 할 수 없었다.

"아이고, 돼호 봐라."

라플라카가 또 낄낄거렸다. 돼호는 자기 밥그릇 앞에 앉아 물끄러미 두 사람을 올려다보고 있었다.

"사료 내가 줘도 돼?"

"얼마든지."

윤희는 손가락을 들어 돼호의 사료 봉투를 가리켰다. 라플라카는 신이 나서는 냉큼 다가가 사료를 푸더니 이내 도로 집어넣었다. 그러곤 돼호의 밥그릇을 집어 들었다. 라플라카의 행동에 윤희가 고개를 갸웃하며 물었다.

"왜?"

"더럽잖아."

윤희는 말을 잃었다. 육안으로 보기에 멀쩡한 밥그릇이었다.

"아무리 고양이라도 깨끗한 밥그릇에 밥을 먹을 권리가 있지 않겠어?"

라플라카는 마치 자기 집인 양 태연하게 싱크대로 향했다. 그러곤 멈칫했다. 싱크대엔 그릇이 쌓여 있었다.

"이런 건 바로바로 해야 되는데……."

라플라카는 이번에도 자기 집인 양 태연하게 고무장갑을 끼더니 설거지를 시작했다. 대체 어디서 언제 해본 것인지 아주 능숙하게 돼호의 밥그릇까지 싹 닦더니 착착 나란히 엎어놓기까지 했다. 혼자인 살림이라 그다지 많진 않았으나 윤희는 민망해 죽을 지경이었다.

아무리 찾아도 보이지 않는 행주 대신 키친타월로 돼호의 밥그릇에 남아 있는 물기까지 싹 제거한 라플라카는 그제야 그릇을 제자리에 두고 다시 사료를 퍼서 밥그릇에 부어주었다. 그때까지 얌전히 기다리던 돼호는 모든 일이 끝난 후에야 천천히 사료를 먹기 시작했다.

밥 먹는 돼호를 흐뭇하게 바라보던 라플라카가 몸을 일으키더니 여기저기 살폈다. 돼호의 지저분한 밥그릇이 라플라카의 무언가를 건든 모양인지 날카로운 눈매였다.

"흐응⋯⋯."

이리저리 둘러보던 그가 갑자기 분주히 움직였다. 윤희는 이 황당하기 짝이 없는 상황을 어찌 해석해야 할지 몰라 어리바리 서 있기만 했다. 라플라카는 온 집 안을 쓸고 닦기 시작했다. 주인인 윤희에게 묻지도 않고 욕실의 수건 하나를 꺼내더니 걸레로 사용하기까지 했다.

"대체 뭐 하는⋯⋯."

뒤늦게 정신을 차리고 말려보려 했으나 때마침 라플라카는 더러워진 걸레를 쳐다보곤 헛구역질을 하는 참이었다. 새카맣게 변해 버린 걸레를 보며 윤희는 조용히 입을 다물었다.

청소를 열심히 하지 않은 건 사실이었다. 아르바이트와 글쓰기를 병행하느라 시간이 모자라기도 했지만 윤희의 눈에는 그저 말끔해 보이는 집이었던 터라 딱히 청소할 필요를 느끼지 못하기도 했기 때문이다.

"으악! 대체 털투성이 집에서 어떻게 산 거야!"

행거에 걸린 윤희의 옷가지를 확인한 라플라카는 숫제 비명까지 내질렀다. 윤희는 민망함을 감추기 위해 돼호를 냅다 들어 안고 주물럭거렸다.

"아니 뭐 고양이 털 조금 묻은 거 가지고 그렇게까지······."

"이게 조금이야?"

라플라카가 내민 빨간 모직 코트의 아랫단은 고양이 털이 잔뜩 붙어 모피 코트라 해도 손색없을 지경이었다. 어둡고 구석진 곳을 좋아하는 고양이의 특성상 행거의 늘어진 옷 틈은 천국이나 다름이 없었다. 하여 돼호가 수시로 들락이다 보니 어쩔 수 없는 일이었다. 윤희는 그저 치워봤자 소용이 없으니 내버려 둔 것에 불과했다.

"그리고 지금 여름인데 겨울옷이 왜 걸려 있는 거야?"

라플라카는 그렇게 투덜거리며 윤희의 집 안을 쑥대밭으로 만들었다. 라플라카가 어찌나 당당한지 윤희는 차마 내 집이라고, 내가 집주인이라고, 신경 끄라고, 말을 할 수가 없었다. 윤희는 고롱거리는 돼호를 품에 안은 채 거치적거리는 짐짝처럼 이리저리 옮겨 다니는 게 전부였다. 그렇게 한참 부산을 떨던 라플라카가 일을 마쳤을 때, 바깥은 이미 깜깜해진 밤이었다.

"봐, 깨끗하지?"

솔직히 윤희는 어디가 어떻게 말끔해진 건지 알 수 없었다. 유리창 같은 거야 좀 말끔해져 보이기도 했으나 나머지는 좀 정돈됐다는 느낌이 든 것 말고는 늘 똑같은 집일뿐이었다. 어차피 허름하기 짝이 없는 집, 열심히 청소한들 뭐 얼마나 바뀌겠는가?

그러나 차마 그렇게 이야기할 수 없었다. 라플라카의 두 눈은 초롱초롱 빛나고 있었다. '어서 칭찬해 줘!'라고 외치는 강아지 같은 눈빛에 풉, 웃음이 났다.

"뭐야 왜 웃어?"

"아, 아니, 귀여워서……."

"내가 귀엽다고?"

라플라카가 눈을 동그랗게 떴다. 윤희는 얼른 웃음을 지워내고 정색했다. 다 큰 남자에게 귀엽다니, 실례가 되는 말이 아니던가? 이 일을 어찌 수습하나 고민하는데 라플라카가 활짝 미소 지었다.

"그럼 귀여우니까 계속 같이 살아도 되는 거지?"

"뭐야, 그러니까 지금 나 집안일 잘하니까 계속 같이 살자, 그거야?"

"응."

솔직담백한 대답이었다. 윤희는 고민스러웠다. 솔직히 집안일에서 완전히 손을 뗄 수 있다면 좋은 일이었다. 그만큼 글 쓸 시간을 더 벌 수 있을 테니 말이다. 그러나…….

"난 나랑 돼호 생활비 대기도 벅차."

하루 여섯 시간 아르바이트로 한 달에 손에 쥐는 돈은 백만 원 남짓. 그나마 집이 전세니 망정이지 월세였으면 턱도 없을 금액이었다. 그러나 라플라카는 아무 문제가 아니라는 듯 소리쳐 외쳤다.

"괜찮아! 안 먹어도 안 죽어!"

"안 먹어도 된다고?"

라플라카는 열정적으로 고개를 끄덕였다.

"응. 가끔 별식 삼아 이것저것 먹기도 하는데 그게 딱히 생존하고 연관된 건 아니라 안 먹어도 안 죽어."

윤희가 흐응, 하더니 눈을 가늘게 떴다.

"어쨌든 먹긴 먹는단 거잖아."

라플라카가 불쌍한 얼굴을 했다.

"제발."

"혼자 사는 여자 집에 다 큰 남자가……."

"어차피 다른 사람 눈엔 안 보여. 동거니 뭐니 하는 헛소문이 날 일도 없어."

"그게 문제가 아니라……."

윤희는 머뭇거렸다. 동거한다고 소문 좀 나면 어떠랴? 요즘 때가 어느 땐데 그런 걸로 흠 잡힐 시대도 아니거니와 누군가 뭐라 한들, 신경 쓸 윤희도 아니고 혼삿길 막힌다고 머리채를 휘어잡을 가족도 없었다. 한 명 있긴 했으나 부모님이 돌아가신 후 얼마 안 되는 유산 분배가 끝나자 연락이 끊긴 지 오래였다.

다만, 문제는 윤희 자신이었다.

눈앞에서 애걸복걸하고 있는 라플라카는 연예인들과 나란히 세워놔도 꿀릴 게 없을 외모였다. 떡 벌어진 어깨에 과하지 않은 근육, 조각 같은 얼굴, 반짝반짝 빛이라도 뿜어내는 듯한 머릿결, 거기에 생기 넘치는 눈동자까지……. 생전 처음 보는 여자라도 한 번 이상 뒤돌아보게 할 남자가 한집에 살고 있는데 신경이 쓰이지 않을 리가 없지 않은가?

윤희는 고민했다. 상대가 상처 입지 않게 거절할 수 있을 방법을 찾아야만 했다. 그러나 뾰족한 수가 없었다. 거절이란 그 자체만으로 상대를 상처 입힐 수밖에 없지 않던가? 고민을 끝낸 윤희는 두 눈을 질끈 감고 거절하려 했다. 동시에 라플라카도 입을 열었다.

"살면서 단 한 번도 대화가 가능한 상대를 만나본 적이 없어. 그래서 나는 내가 꿈속의 존재인 건 아닌가 늘 고민했었어. 아기들이라도 날 알아봐 주지 않았다면 아마 난 미쳤을 거야. 그러니까 제발……. 응?"

라플라카의 눈빛에 물기가 묻어 있었다. 그 눈을 마주한 순간 거절을 위해 준비되었던 말은 쑥 가라앉아 버렸다. 라플라카는 진심이었다. 그 진심을 알아본 윤희는 차마 그를 내칠 수 없었다.

윤희가 짧게 한숨을 쉬었다.

"좋아. 단 집안일 말끔하게 잘하기. 괜히 어디 가서 사고 치지 않기. 글 쓸 때 방해하지 않기. 콜?"

윤희의 허락이 떨어지기 무섭게 라플라카가 와락, 윤희를 끌어안으며 '콜!'을 외쳤다. 당황한 윤희는 그를 밀어내려다가 금세 마음을 바꿨다.

뭐 가끔, 이런 식으로 즐기는 것도 나쁘지 않겠다 싶었다.

언제나 늘 그랬듯 윤희는 알람 소리에 맞춰 눈을 떴다. 아무 생각 없이 방을 나선 윤희는 식탁 위에 차려진 밥상을 마주하고 당황했다. 찬장에 들어 있던 즉석밥과 냉장실의 유일한 재료였던 계란으로 만든 계란국, 냉동실에서 잊혀가던 냉동식품으로 차린 반찬에 불과했지만 그것은 분명 밥상이었다.

"이게 웬……."

"내가 차렸어. 언제 일어나는지 몰라서 너무 일찍 하는 바람에 좀 식은 게 흠인데……."

라플라카가 주절주절 떠들기 시작했다. 그 목소리에 윤희는 현실로 돌아왔다. 라플라카는 국을 데운다, 반찬을 데운다 부산을 떨고 있었다. 어딘지 모르게 초조해 보였다.

"나는 내가 꿈속의 존재인 건 아닌가 늘 고민했어."

갑자기 라플라카가 불쌍해 보였다. 간밤에 더워 죽겠음에도 라플라카 때문에 헐벗고 잘 수 없어 짜증스러웠던 게 미안해질 지경이었다.

"얼른 씻고 와서 밥 먹어."

라플라카는 윤희의 등을 떠다밀었다. 윤희는 어영부영 욕실에 들어 세수를 하고 나왔다. 그사이 완벽해진 밥상을 앞에 놓고 라플라카는 싱글거리고 있었다. 윤희는 식탁에 앉아 수저를 들었다. 라플라카가 잽싸게 맞은편에 앉아 윤희를 바라보았다. 국을 떠먹으려던 윤희가 고개를 들어 라플라카를 보았다.

그는 여전히 초조해 보였다. 그 이유가 뭔지 너무나 잘 알 것 같아 윤희는 한숨을 쉬었다.

"내쫓지 않을 테니까 그러지 마."

"마음에 안 들고 불편하면 어쩔 수 없지…… 잠깐이라도 좋아. 나 정말 네가 싫어하면 여기 안 있을 거야. 그러니까……"

마음에도 없는 말임을 빤히 알고 있는 터라 윤희는 피식 웃으며 국을 먹었다.

"뭐, 요리도 잘하네."

빈말이 아니었다. 냉장고에 있는 거라곤 빈약하기 짝이 없는 재료들뿐이었거늘, 계란국은 제법 먹을 만했다. 빨간 국물…….

육수를 낼 만한 것도 조미료도 없었는데 어떻게 만든 것일까? 궁금하기 짝이 없었지만 확실히 맛은 있었다.

윤희가 씩 웃으며 말했다.

"예쁜 마누라는 삼 년, 요리 잘하는 마누라는 삼십 년이라는데 일단 삼십삼 년만 살아볼까?"

"진짜?"

윤희가 고개를 끄덕이며 말했다.

"응."

"고마워!"

눈물이 글썽글썽하던 라플라카가 벌떡 일어났다. 엉거주춤 들린 팔을 보니 끌어안고 싶었던 모양인데 그가 아무리 팔다리가 길고 키가 크다 한들 밥상이 차려진 식탁을 가운데 두고 그러기란 무리였다. 그걸 깨달은 듯 그는 민망한 얼굴로 도로 의자에 앉았다. 그러나 싱글벙글 미소가 떠나질 않았다.

덩달아 기분이 좋아진 윤희는 다시 밥을 먹기 시작했다. 우유나 시리얼로 대충 때우고 다니다가 밥을 먹으니 든든하니 좋았다.

윤희는 단순한 사람이었다.

실력과 인맥 사이

"뭐 해? 글 쓰는 거 아니었어?"

단 며칠 만에 동거는 일상이 되었다. 언제나처럼 방에 들어간 지 한참 된 윤희에게 아이스커피를 가져다주기 위해 들어온 라플라카는 책상 위에 놓인 모니터를 힐끔거리더니 말을 걸었다. 화면엔 라플라카도 윤희의 어깨 너머로 두어 번 본 적 있는 사이트가 떠 있었다. 다만 뭘 하는 사이트인지 모를 뿐이었다.

"아까까지 글 쓰고 있었는데 혹시나 해서 확인하러 왔어."

"뭘 확인해?"

윤희는 모니터 옆 탁상 달력을 힐끔거렸다. 윤희의 시선을 따라 달력을 쳐다본 라플라카는 오늘 날짜에 깨알같이 작은 글씨가 쓰여 있는 걸 발견했다.

"오늘이 공모전 발표 날짜네?"

"응."

"결과는 어떤데?"

라플라카는 잔뜩 기대에 찬 눈빛이었다. 윤희가 피식 웃었다.

"기대하지 마. 어차피 떨어졌어."

라플라카가 눈살을 찌푸렸다.

"아니 너는 왜 확인도 안 해보고 떨어졌다고 그러냐?"

"보통 발표 전에 당선자에겐 연락을 미리 돌리거든."

"뭐? 왜?"

"가끔 수상하지 않겠다고 하는 사람들이 있는 모양이야. 당선 발표 후에 그러면 그림이 우스워지니까."

라플라카는 고개를 갸웃거렸다.

"아니 기껏 참가해 놓고 왜 수상을 거부해?"

"뭐 여러 가지 이유가 있다고는 하는데 내가 이해한 건 하나야. 대상을 원하고 응모했는데 대상이 아닐 경우."

"뭐야, 큰상 작은상 가려가며 한단 거야?"

윤희가 어깨를 으쓱했다.

"나 같은 피라미야 당선 그 자체만으로도 영광이지만 드물게 자기 작품에 대한 자존심이 대단하신 분들이 있거든."

윤희의 말투는 살짝 비틀려 있었다. 그럴 수밖에 없는 것이 당선 한번 되어보겠다고 학생 때부터 노력해 왔지만, 근처도 못 가본 윤희 처지에 그런 사람들이 잔뜩 배불러 보이는 건 어쩔 수 없으리라.

"그러면 이미 결과를 아는 건데 사이트는 왜 켜둔 거야?"

"혹시 모르니까."

"사전 연락을 하지 않는 경우도 있는 거야?"

"가끔 그러기도 한다더라고. 보통은 그럴 땐 발표 일시를 늦추기 마련인데 그래도 혹시 모르는 거니까……."

윤희의 목소리엔 힘이 없었다. 어차피 그럴 일은 가뭄에 콩이 날 확률, 마른하늘에 날벼락을 맞을 확률에 불과하다는 걸 스스로 잘 알고 있었다.

"뭐야. 그럼 확실하게 확인된 건 아니네? 어서 확인해 봐!"

윤희의 심정을 짐작하지 못한 라플라카는 다시금 기대에 찬 눈빛이 되었다. 그런 라플라카를 보며 윤희는 피식 웃었다. 종종 순진이랄지 천진이랄지 그런 라플라카의 성격이 무척 부러웠다.

라플라카가 두 눈을 반짝반짝 빛내는 통에 윤희는 아까부터 끌어내기 위해 노력하고 있던 용기를 가까스로 낼 수 있었다. 마우스를 다시 잡은 윤희는 천천히 커서를 움직여 당선 명단을 클릭했다.

십여 명밖에 안 되는 인원을 확인하는 건 금방이었다. 그러나 둘 다 한참 동안 아무 말도 하지 않았다.

멍하니 사람들의 이름을 바라보던 윤희는 문득 낯익은 이름을 발견했다.

"어? 윤혜정? 혹시 그 혜정인가?"

"뭐야? 아는 사람이야?"

라플라카가 윤희의 눈치를 살피며 물었다.

윤희는 얼른 스마트폰을 들어 SNS를 켰다. 만약 진짜 혜정이라면 아마 당선자가 발표되자마자 자신의 근황이라며 SNS에 올렸을 테니까. 그 애 성격에 사전 연락을 받았을 때 아무 말도 하지 않은 것 자체가 기적에 가까웠다.

윤희의 예상은 전혀 빗나가지 않았다. 해당 계정엔 이미 축하 댓글이 주룩 달리고 있었다.

"뭐 하냐?"

윤희가 하는 양을 가만히 보고 있던 라플라카가 눈살을 찌푸렸다.

"축하해 줘야지."

라플라카가 그것을 모르고 물어본 것은 아니었다.

"너는 떨어지고 그 사람은 붙었는데 축하해 주고 싶은 마음이 생겨?"

"뭐, 혜정이가 날 떨어뜨린 건 아니잖아."

윤희는 태연자약해 보였다. 당사자가 그러하니 라플라카로서는 더 무어라 해줄 수가 없었다.

축하 인사를 마치고 스마트폰을 채 끄기도 전에 띠링, 알람이 울렸다. 당사자는 거의 실시간으로 답신을 달고 있는 모양이었다.

〈고마워요, 선배! 선배도 오세요. 오늘 부모님이 축하 파티 해주기로 하셨거든요.〉

답신을 확인한 윤희도 바로 답글을 달아주었다.

〈축하 파티?〉

이번엔 시간이 좀 걸렸다. 벌써 윤희 아래로 주룩 달린 축하글이 많았다. 하나도 빼지 않고 일일이 달고 있는 모양이었다. 윤희는 스마트폰을 끄고 당선자 리스트가 떠 있는 모니터 화면도 닫았다. 그런 윤희를 물끄러미 보고 있던 라플라카는 속상한 얼굴로 쟁반을 챙겨 들고 방을 나가 버렸다. 위로를 해주고 싶었지만 윤희가 무덤덤해 보여서 해줄 수가 없었다. 그래서 더욱 속상했다.

라플라카가 타준 아이스커피를 마시며 멍하니 앉아 있던 윤희는 빨간 펜을 들어 달력의 오늘 날짜에 가위표를 했다.

"하아, 벌써 몇 개냐……."

아쉽지 않을 리 없었다. 그 아쉬움을 떨쳐 낼 수 없어 심사평까지 찾아보았다. 혹시나 자신의 글이 언급이라도 되지는 않았을까 해서였다. 아쉬운 작품이라며 언급하는 경우가 종종 있었으니까. 그러나 그조차도 없었다.

이미 수없이 엎어진 터라 이젠 아프지 않을 거라고 생각하고 있었다. 백신을 맞아도 수십 번을 맞았으니 당연히 내성이 생겨야 하건만……. 아이스커피를 쭉 들이켠 윤희는 탁 소리가 나게 잔을 내려놓으며 자세를 바로 했다.

"뭐, 공모전은 또 있으니까."

윤희는 작업 중이던 글을 켰다. 이미 절반쯤 초고를 써둔 상태였다. 그날그날 어디부터 어디까지 작업했는지 날짜별로 표시가 되어 있었다. 윤희는 바로 어제 작업했던 부분으로 돌아가 읽어 내리기 시작했다. 그 순간 스마트폰의 알람이 울렸다. 혜정이였다.

〈파티라긴 좀 너무 거창하구요, 엄마가 축하한다며 밥이나 한 끼 대접하자고 하셔서 식당 예약해 뒀어요. 혹시 시간 되시면 오세요. 몸만 오시면 됩니다.〉

더불어 링크 하나가 달려 있었다. 클릭해 보니 시간과 장소가 적혀 있는 이미지 파일이 팝업됐다. 그새 안내 카드까지 직접 만든 모양이었다.

윤희는 잠시 고민했다.

솔직히 말하면 그 모임에 가고 싶지 않았다. 아마 선후배들이 대거 참석할 텐데 그럼 듣기 싫은 주제들이 왕왕 나올 테니까. 그러나 그럼에도 가야만 하는 이유는 분명 있었다.

혜정은 대단한 금수저 집안의 금지옥엽 외동딸로 그녀의 부모는 두 분 다 유명한 작가였다. 더불어 윤희 모교의 대학 교수이기까지 했다. 아버지 쪽은 최근 창작보다는 평론 쪽으로 좀 더 기울긴 했지만 두 사람을 등에 업으면 이 바닥에선 탄탄대로나 다름이 없었다.

윤희는 살짝 입술을 깨물었다. 평소 그런 쪽은 관심도 갖지 않던 윤희였다. 그러나 우습게도 혜정의 이름을 리스트에서 확인한 후 가장 먼저 든 생각은 '역시……'였다. 얼른 털어내긴 했지만 자신 또한 그런 생각을 했다는 게 씁쓸했다. 이 순간, 갈까 말까 고민하고 있는 것도 마찬가지였다.

그러나 가지 않을 수 없었다. 벌써 몇 년째던가? 언제부턴가 윤희는 조금 초조해지고 있는 참이었다.

가기로 결정한 윤희가 시계를 확인했다. 불행인지 다행인지 지금부터 준비하면 시간이 딱 맞았다. 윤희는 노트북을 끄고 일어서며 외쳤다.

"나 저녁 나가서 먹을 거야! 밥하지 마!"

바로 고개를 빼꼼 내미는 것을 보니 다행히 라플라카가 뭘 시작하진 않은 모양이었다.

"왜? 어디 가서 먹을 건데? 혼자 가는 거야? 이 늦은 시각에?"

"하나씩만 물어. 혜정이가 한턱 쏜다고 해서 가는 거야. 그리고 아직 다섯 시밖에 안 됐거든?"

"가는 시간이 문제가 아니라 오는 시간이 문제지. 밤늦은 시간에 어딜 혼자 다니려고? 같이 가."

윤희가 물끄러미 라플라카를 바라봤다. 라플라카가 되물었다.

"왜 그렇게 보냐?"

"어차피 널 볼 수 있는 사람은 없다며."

"나를 볼 수는 없지만, 물리력 행사는 가능하거든."

"물리…… 력?"

라플라카가 씩 웃었다.

"누가 너한테 해코지하면 한 대 쥐어 패줄 수 있단 소리야."

"어……."

윤희는 당황했다. 그러니까 지금 자신을 걱정해서 같이 가주겠다고 하는 거란 말인가? 왜?

"왜?"

순간, 의문이 입 밖으로 터져 나왔다. 윤희는 그 말을 도로 줍고 싶었다. 괜히 기대하지 못한 엉뚱한 대답이라도 나온다면 감당할 자신이 없었다.

"나 말고 누구 너 지켜줄 사람 있냐? 설마 돼호를 말하는 건 아닐 테고……."

라플라카는 돼호를 바라보더니 피식 웃었다. 돼호는 벌렁 드러누워 배를 다 까놓고 앞발은 어정쩡히 허공에 들린 상태로 쿨쿨 자고 있었다.

윤희는 뭔가 조금 기묘한 기분이 꿈틀대는 걸 느꼈다. 라플라카가 말을 이었다.

"그리고 한턱 쏘는 거라며? 그럼 뷔페 갈 거 아냐?"

윤희는 혼란스러웠다. 갑자기 웬 뷔페 타령?

"뭐야? 왜 뷔페라고 단정 짓는데?"

"뭐만 하면 다들 뷔페 가던만, 어쨌든 나도 간만에 맛난 것 좀 먹자."

"맛난 거?"

"응. 나 고기 좋아해. 고기 최고!"

라플라카가 헤, 바보같이 웃었다. 금방 입에서 침이라도 떨어질 듯했다. 윤희는 짧게 한숨을 내쉬더니 말했다.

"미안하다. 고기 사줄 형편이 아니라서."

미안함이 반이요 한심함이 반이었다. 물론 그 대상은 라플라카가 아닌 자신이었다. 그것을 모르는 라플라카는 계속해서 떠들었다.

"뭘 미안해하고 그러냐? 어차피 너 집에 없을 때 종종 혼자 나가서 먹고 다녔으니 내가 더 미안하지. 어서 준비해. 밖에서 기다릴게."

라플라카는 눈을 찡긋하더니 방문을 닫아주었다. 혼자 남은 윤희는 긴 한숨을 내쉬었다.

"고기와 나. 당연히 고기겠지?"

에휴, 또 한숨이 나왔다.

준비를 마치고 거실로 나온 윤희는 작아진 모습으로 둥실둥실 떠 있는 라플라카를 보며 물었다.

"그렇게 가려고?"

"응. 크게 가면 곤란해."

"왜?"

"막 돌진하는 사람들 피하기 피곤해."

"그냥 슉 통과되는 거 아녔어?"

"나는 귀신이 아니라 엄연히 존재하고 있는 생명체거든?"

대단히 불쾌해 보이는 얼굴이었다. 자신의 존재 자체에 의문을 품어왔다던 라플라카의 말이 떠올랐다. 그 누구도 자신의 존재를 알지 못한 탓에 생겼다고 하지 않았던가? 평생 그런 문제를 안고 살아왔다면 귀신같단 말이 큰 상처임은 틀림없으리라. 미안하다는 말을 하려는데 라플라카가 휙 현관으로 나가 버렸다.

"안 가냐?"

상처를 받았다거나 하지는 않아 보였다. 윤희는 안도의 한숨을 내쉬며 운동화를 꺼내 신었다.

버스를 타기 위해 길을 걸으며 윤희가 물었다.

"길 가다가 너랑 부딪친 사람들은 되게 황당해하겠다."

때마침 윤희를 스쳐 지나가던 남자가 사방을 두리번거렸다. 길에는 라플라카를 제외하면 그 남자와 윤희 단둘뿐이었다. 그러나 윤희는 남자의 행동을 눈치채지 못했다. 라플라카가 슬쩍 그 남자를 쳐다보더니 살짝 찡그린 얼굴로 답했다.

"황당해하기라도 하면 다행이게?"

"황당해하지도 않는다고? 아무것도 없는 허공에서 뭔가랑 부딪쳤는데?"

윤희의 목소리에 멀어졌던 남자가 깜짝 놀라서는 한 번 더 뒤를 돌아보았다. 그러나 윤희는 그 남자에게 전혀 관심이 없었다.

그녀는 라플라카의 말에만 관심이 있었다. 너무나 놀라웠다. 경우에 따라서 기겁하고 놀랄 만한 일이 아닌가?

"사람에 따라 다르긴 한데 보통 지 멋대로 상황을 짜 맞춰."

"상황을 짜 맞춘다고?"

윤희는 이해하지 못했다. 라플라카가 씩 웃으며 뒤를 흘깃거렸다. 그 남자는 이내 윤희를 모른 척 바삐 발을 놀리고 있었다. 윤희도 라플라카를 따라 뒤를 돌아보았지만 뭐가 문제인 건지 전혀 알지 못하는 눈치였다.

"사람이라는 거, 생각보다 되게 비이성적인 거 알아? 직접 보고 들어 경험한 거라도 자신이 감당할 수 있는 게 아니면 제멋대로 상황을 왜곡해."

"아니 대체 왜?"

"그야 나도 모르지. 난 그냥 그간 봐온 사실을 말해주는 것뿐이야."

윤희로서는 이해할 수 없는 일이었다. 라플라카는 윤희의 보폭으로 한 발 정도 앞서가며 말을 이었다.

"뭐, 덕분에 나를 볼 줄 아는 사람을 만나도 대화를 시도조차 못 한 경우도 많아."

"왜?"

"보고도 못 본 척하는 경우가 태반이니까. 잘못 봤다고 생각하는 거지. 너도 그랬잖아."

윤희가 얼른 난처하게 미소 지었다. 설마, 겨울에 봤던 걸 기억하고 있을 줄이야…….

"기, 기억하고 있었니?"

"첨엔 몰랐는데 청소하다 알았어. 그날 걸쳤던 모자랑 목도리랑 코트를 봤거든."

"기억력 대박이네……."

라플라카가 휙 뒤를 돌아보더니 장난꾸러기 같은 미소를 지었다.

"내 기억력이 대단한 게 아니라 네 패션 센스가 대단한 거야. 어떻게 그 모자에 그 목도리에 그 코트냐? 보자마자 단박에 기억나더라."

"아니 그게 어디가 어때서……."

윤희의 목소리는 기어들어 갔다. 솔직히 자신도 그게 그다지 어울리지 않는다는 걸 알고는 있었다. 플레어스커트 원피스를 연상하게 하는 빨간 코트에 꽈배기 무늬가 굵직하게 들어간 회색 목도리까지는 그렇다 쳐도 책가방으로나 쓸 법한 백팩에 검은 비닐였으니…….

"코트 그것밖에 없더만, 올해는 좀 하나 사. 네 옷들 하고 어울리지도 않더라."

라플라카는 여전히 아무것도 느끼지 못하는 것처럼 보였다. 윤희는 아무 말도 하지 않고 정류장 의자에 앉았다. 어느덧 하나둘 사람들이 모여들기 시작한 터라 라플라카 또한 입을 다물고 무심하게 버스 노선표만 보았다.

윤희는 울상을 짓고 있었다. 아주 오래전부터 입어온 코트였다. 엄마가 사줬다거나 하는 감상적인 이유만으로 남겨둔 게 아니었다. 코트는 너무 비쌌다.

윤희는 자신이 라플라카의 눈에 이상하게 보였다고 생각하자 갑자기 우울해졌다. 이상한 일이었다. 윤희는 단 한 번도 자신의 옷차림이 누군가에게 어떻게 보일지 생각해 본 적이 없었다. 그 순간만큼은 윤희도 그 사실을 미처 깨닫지 못하고 있었다.

약속 장소에 가려면 광역 버스를 한번 타고 짧게 지하철도 한 번 타야 했다. 윤희는 버스를 기다렸다. 윤희의 에코백 앞주머니에 들어간 채로 라플라카 또한 버스를 기다렸다. 버스는 운 좋게 자리가 있었다. 윤희는 얼른 창가 쪽에 앉았다. 남들은 보통 통로 쪽에 먼저 앉는다는데 어차피 내리려면 한참을 더 가야 했고 스쳐 지나가는 창밖 풍경을 바라보는 것도 나름 재미가 쏠쏠한 탓이었다.

라플라카는 훌쩍 날아올라 창턱에 앉았다. 두 사람은 아무 말도 하지 않았다. 다른 사람의 눈에 라플라카가 보이지 않으니 괜히 시선이라도 끌어 시끄러워지면 곤란했다.

연신 창밖을 쳐다보던 윤희는 털썩 옆자리에 주저앉는 진동에 자신도 모르게 고개를 돌렸다. 대단히 덩치 큰 남자가 땀을 뻘뻘 흘리며 의자에 앉았다. 덩치가 큰 데다 조심성 없는 움직임 때문에 의자가 부서진 것은 아닌가 싶을 정도였다. 잠깐 놀란 표정을 지었던 윤희는 이내 고개를 돌렸다.

그러나 앉은 자리가 불편하기 짝이 없었다. 아직 여름이었다. 얇은 옷과 맨팔에 닿은 상대의 끈적한 피부가 기분 좋을 리 없었다. 윤희는 점점 창문에 달라붙었다. 그러나 남자는 그러면 그럴수록 자리에 여유가 있다고 여긴 것인지 자신의 영역을 더더욱 넓혀갔다.

창가에 달라붙은 윤희에게 라플라카가 속삭였다.

"내가 확 혼내줄까?"

윤희는 라플라카를 바라보며 살짝 미소 지어주더니 말없이 고개만 흔들었다. 라플라카는 벌레 씹은 얼굴이 되었다. 그는 윤희의 맨팔에 달라붙은 남자의 퉁퉁한 팔을 뚫어지라 보고 있었다. 연신 눈썹이 씰룩였다. 그가 무슨 생각을 하고 있는 것인지 윤희는 무척이나 궁금했다.

다행히 옆자리 남자는 금방 내렸다. 만약 그가 윤희보다 더 멀리 가는 사람이었다면 내리기 위해 또 한바탕 몸을 움직여야 했을 텐데 그러지 않아도 된다는 사실에 윤희는 안도했다.

비슷한 일은 지하철에서도 있었다. 윤희의 어깨에 앉은 라플라카는 연신 윤희에게 밀려오는 사람들을 이리저리 쳐다보며 인상을 구겼다. 그러나 윤희는 이렇다 할 불평 한 마디 하지 않았다. 비록 집순이라 지하철을 탈 일이 많지는 않다고 하지만 서울에 살려면 이 정도쯤 감당해야 한다는 걸 잘 알고 있었다.

"으악!"

갑자기 윤희의 뒤에 있던 남자가 소리 질렀다. 깜짝 놀란 윤희가 홱 고개를 돌렸다. 정장을 멋들어지게 빼입은 중년 남자가 자신의 새빨갛게 부어오른 손을 보며 어리둥절해하고 있었다. 손등이 마치 해파리나 말벌에게라도 쏘인 것처럼 빨갛게 부어 있었다.

"저 시키, 너 만지려고 했다."

"어……."

무어라 말하려던 윤희는 지하철을 가득 채운 사람들을 의식해 얼른 입을 닫았다.

"나쁜 놈의 시키."

라플라카가 짧게 욕설을 뱉어냈다. 윤희의 얼굴에 따스한 미소가 피어났다.

그렇게 버스 한 번 지하철 한 번 험난하기 짝이 없는 한 시간 반을 보내고 두 사람은 드디어 약속 장소에 도착했다.

"에잇, 무슨 밥 한 끼 먹으러 이렇게 멀리까지 오냐?"

라플라카가 투덜거렸다. 윤희는 피식 웃고 말았다.

높다란 빌딩 앞에서 고개를 잔뜩 쳐들고 간판을 확인한 라플라카가 회심의 미소를 지었다.

"거봐라, 뷔페 맞지?"

대체 불평을 언제 했느냐 투였다.

굉장히 거창한 이름의 식당이라 오겠다고 하면서도 괜히 엄청 비싼 데면 어쩌나, 고민했던 윤희는 안도했다. 평범한 샤브샤브 뷔페였다.

"얼른 가자."

라플라카가 호들갑을 떨며 앞장섰다. 윤희가 씩 웃으며 대답했다.

"오냐! 얼른 가자."

윤희를 힐끔거린 행인 하나가 고개를 갸웃했다. 윤희는 그것을 알지 못하고 엘리베이터에 탔다.

띵 소리와 함께 엘리베이터 문이 열리자 바로 정면에 활짝 열린 식당의 정문이 보였다. 그 문 너머로 이미 낯익은 사람들 상당수가 자리 잡은 것이 보였다. 담배 냄새를 진하게 풍길 듯한 인상의 남자 동기들 몇이 윤희를 알아보고 손짓했다. 윤희는 썩 내키지 않았지만 씩 웃으며 그 틈에 끼어 앉았다. 라플라카는 그걸 보며 불쾌한 표정을 지었으나 이내 고개를 돌리곤 휙, 음식이 있는 쪽으로 날아가 버렸다.

"윤희 너 오랜만이다? 글은 잘 되어가고?"

"잘 되어가긴 뭐, 이번에도 떨어졌는데."

"그러니까 넌 인마, 정석대로 좀 쓰라고. 무슨 해피 바이러스를 뿌리겠다고 말랑말랑 둥실둥실……."

"소현이는 잘 지낸다니? 오늘 온대?"

눈치 빠른 여자 동기가 끼어들었다. 덕분에 윤희는 불쾌한 주제에서 벗어날 수 있었다. 대학 시절부터 줄기차게 들어왔건만 자존심이란 놈이 남아는 있는 것인지 글에 대한 잔소리만큼은 듣기가 싫었다.

"글쎄, 나도 연락 안 한 지 제법 됐거든."

"언제부터 안 했는데? 둘이 엄청 친하지 않았나?"

"소현이 사정이 좀 그랬잖아. 그때 이후로 나도 통 연락을 못 받았어."

"너 돈 제법 빌려줬다고 하지 않았니? 먹고 튄 거야?"

"아니 뭐……."

윤희가 말꼬리를 흐렸다. 이제야 소현에 대한 이야기 또한 그다지 유쾌할 수 없단 사실을 떠올렸다. 목소리를 높였던 동기가 의기양양한 태도로 말을 이었다.

"여기저기 돈 빌리러 다닐 때 난 이런 상황 예측했다. 어디 한두 푼도 아니고 그걸 지가 무슨 수로 갚냐고? 등록금도 없어서 맨날 아르바이트하느라 학업은 뒷전, 주객이 전도됐던 애잖냐. 나 따라서 안 빌려준 애들은 나한테 한턱씩 쏴라. 내가 구세주다!"

여기저기 낄낄거리는 소리들이 들려왔다. 윤희는 아무렇지 않은 척 따라 웃었지만 그들과 같은 기분은 아니었다.

웃음 사이로 또 누군가의 수다가 끼어들었다.

"근데 너희 이제 소현이한테 잘 보여야 할지도 모른다."

"뭐? 왜?"

말을 꺼낸 남자는 주위를 두리번거리더니 잔뜩 수그리곤 목소리를 낮췄다.

"강남패치라고 아냐?"

"그게 뭔데?"

"그 왜, 업소 여자들 신상 까발리는 계정이라고, 요즘 아주 떠들썩하잖아."

"아, 그거? 설마 거기에 소현이가 있디?"

"그래! 아주 삐까뻔쩍한 자동차에 명품으로 전신을 휘감고 활짝 웃고 있는 사진을 내가 봤다니까?"

"그냥 닮은 애 아냐? 소현이 얌전했잖아."

"아니라고! 확실하다니까!"

모두의 관심이 삽시간에 남자에게 쏠렸다. 술집 여자라니…….
이 바닥 사람 중에 술집 여자에게 혹하지 않을 자가 어디 있단 말인가? 더구나 남자라면 굳이 이 바닥이 아니더라도 관심을 가질 이유는 많을 터.

최대한 소현에 관한 이야기를 귓등으로 듣고 흘리려 했으나 이 말만큼은 도저히 그냥 넘길 수 없었다. 설령 소현이 진짜 업소에서 일을 한다 하더라도 저들이 갖는 관심의 의미를 아는 이상 절대로 그럴 수는 없었다. 다행히 인터넷에서 본 내용 하나가 번개처럼 스쳐 지나갔다. 윤희는 아무렇지 않은 척 감정을 최대한 감춘 채 가벼운 태도로 반박했다.

"에이, 그거 지 맘에 안 드는 여자애들 사진 올려놓고 뺑치는 거라고들 하던데? 전부 다 일반인이라더라."

"일반인? 아니 어떤 미친놈이 일반인 사진을 가져다 놓고 그런 짓을 해? 그게 여자한테 얼마나 치명적인데?"

여자 동기 하나가 기겁을 하곤 윤희의 미끼를 덥석 물었다. 윤희는 때를 놓치지 않고 얼른 말을 이었다.

"여자에게 대쉬했다가 까였다고 하는 복수, 혹은 오르지 못할 나무 확 꺾어나 보자 하는 심보, 혹은 자신보다 능력 있는 여자들에 대한 시기와 질투 등등의 이유가 있다고들 하던데?"

"야, 말이 되는 소리를 해라. 어떤 정신 나간 새끼들이 그런 짓을 하냐?"

업소에 이어 이차의 여세를 몰아 음담패설을 하기 바쁘던 남자 동기들의 시선이 삽시간에 두 사람에게로 쏠렸다. 그중 하나가 목에 핏대까지 세워가며 달려들었다. 윤희는 태연하게 어깨를 으쓱하며 대꾸했다.

"뭐 사귀다 헤어진 여친한테 복수한다고 사귈 때 몰래 찍은 섹스 동영상을 인터넷에 올리는 게 부지기수인 나라에서 그 정도쯤이야 일도 아니지 않겠어?"

"맞아 맞아! 소라넷인가 뭔가 있다잖아? 나 그 이야기 듣고 아주 기겁했다니까?"

여자 동기 하나가 또 끼어들었다. 윤희의 의도를 아는 것 같지는 않았지만 완전 기겁한 표정 덕분에 윤희의 목적은 달성되었다. 이야기는 삽시간에 소현에 대한 이야기에서 디지털 성범죄에 대한 이야기로 옮아갔다. 여자 동기들은 그런 영상을 보는 사람들도 처벌해야 한다고 열변을 토했다. 남자들은 그저 보기만 하는 게 왜 성범죄냐며 핏대들을 세웠다. 소현에 대한 주제는 그렇게 사그라졌다.

소기의 목적을 달성한 윤희는 남녀가 편을 갈라 토론인지 싸움인지를 하는 와중에 슬그머니 빠져나왔다. 불편한 주제가 완전히 끝날 때까지 당분간 자리를 비우는 게 좋다고 판단했다. 자리에서 벗어난 윤희는 라플라카를 찾아보기로 했다.

그러나 그마저도 제법 어려웠다. 아무래도 혜정의 집이 집이니만치 그저 그런 식당은 아니었던 터라 제법 넓었고 사람도 가득했다. 평일 저녁에 이리 사람이 많은 식당이라니……. 윤희는 접시 하나를 들고 음식을 담는 척하며 이리 기웃 저리 기웃했다. 맛있는 음식은 차고 넘쳤지만 당장 윤희의 머릿속을 가득 채운 건 라플라카에 대한 걱정이었다.

윤희의 걱정은 길게 이어지지 않았다.

"야!"

저쪽에서 파라락, 바삐 날갯짓을 하며 라플라카가 날아왔다. 윤희는 활짝 웃으며 라플라카를 반겼다.

"뭐야? 내가 얼마나 찾았는지 알아?"

옆에서 음식을 담던 중년 사내가 주위를 둘러보더니 윤희를 이상한 눈으로 쳐다봤다. 다행히 윤희는 등을 돌리고 있었다. 뭔가에 정신 팔린 라플라카도 못 본 것은 마찬가지였다.

"얼른 이리 와봐."

라플라카는 윤희의 소맷자락을 붙들고 용을 썼다. 쬐끄만 게 낑낑거리는 모습이 귀여워 윤희는 쿡, 웃음을 터뜨렸다.

"뭐 해? 그렇게 잡아당긴다고 내가 끌려가니? 아서라."

라플라카가 인상을 구기더니 휙, 솟아올라 윤희를 노려보았다.

"난 지금 심각하다고!"

라플라카가 버럭 소리를 내질렀다. 그 모습조차 어찌나 귀여운지 윤희는 여전히 웃음이 가득한 얼굴로 물었다.

"왜? 무슨 문제가 있는데?"

때마침 스쳐 지나가던 꼬마아이 하나가 윤희의 목소리에 눈을 동그랗게 뜨고 고개를 들었다. 아이의 눈에 윤희는 분명 혼자였다.

"저쪽에 스테이크, 직접 구워달라고 말을 해야 되는데 내 말을 못 알아듣잖아."

윤희가 눈살을 찌푸렸다.

"또 고기 타령이야?"

"한우 안심 스테이크라고. 너도 먹고 나도 먹고 누이 좋고 매부 좋고."

그제야 라플라카 또한 하하하 억지웃음을 지었다. 마음이 급한 모양이었다. 어떻게든 끌고 가보려고 억지웃음까지 짓는 그를 보며 윤희는 피식 웃었다.

"그래 가자. 누이 좋고 매부 좋고, 어디야?"

라플라카의 얼굴에 화색이 떠올랐다.

"저쪽!"

그가 작디작은 팔을 들어 어딘가를 가리켰다. 그러나 워낙 넓은 곳인지라 윤희가 두리번거리기만 하자 답답해진 라플라카가 획 날아올랐다.

"따라와!"

따라 오래놓고 그는 순식간에 저만치 가버렸다. 어찌나 잽싼지 하마터면 어디로 갔는지 못알아볼 뻔했다.

"뷔페의 한우 스테이크가 그리 좋단 말이더냐?"

한숨을 푹 내쉬며 자조적으로 중얼거린 윤희는 터덜터덜 라플라카가 사라진 곳으로 발걸음을 뗐다. 윤희가 막 떠난 자리 곁에서 내내 지켜보던 꼬마가 윤희를 손가락질하고 있었다. 그 엄마는 '아픈 사람한테 손가락질 하는 거 아니야'라고 말하며 아이를 끌어갔다.

라플라카는 저 멀리 어떤 코너 앞에서 안절부절못하고 있었다. 줄이 제법 길었다. 한우 안심 스테이크를 오성급 호텔의 경력을 가진 요리사가 직접 구워준다니 당연한 일이었다. 바삐 고기가 구워지는 터라 이미 주변엔 잘 익은 고기 냄새가 가득했다. 식욕을 돋우는 그 냄새가 윤희의 미각을 자극했다. 때문에 라플라카가 재촉하기 전에 윤희는 스스로 줄을 섰다.

줄은 좀처럼 줄어들지 않았다. 앞에 갔다가 윤희 곁에 왔다가 줄이 얼마나 줄어들고 있나 살폈다가 또 요리사가 있는 쪽에 가는 등 바쁘기 짝이 없는 라플라카가 획, 윤희를 보며 말을 던졌다.

"깍지 콩도 빼먹지 말고 구운 아스파라거스도 많이 담고. 고기는 꼭 삼인분 달라 그래. 알았지?"

윤희가 목을 길게 빼고 요리사가 뒤집고 있는 고깃덩어리를 확인했다. 한 덩이가 일인분이지 싶었다. 윤희가 물었다.

"설마 저걸 네가 다 먹게?"

"아니 너 일인분 먹고 나 이인분 먹고."

윤희가 눈살을 찌푸렸다.

"내가 물어본 게 그거거든?"

"그러니까 내가 이인분 다 먹을 거냐고?"

"응."

"당연하지."

너무 당연하단 라플라카의 말투에 윤희는 깜짝 놀라서 되물었다.

"정말 이인분을 다 먹는다고?"

"뭐야? 겨우 그깟 고기 이인분을 못 먹을 것처럼 보여 내가?"

"너, 지금 작잖아."

라플라카는 그제야 고개를 숙여 자신을 훑었다. 그러나 그의 얼굴엔 별달리 걱정스러운 기색이 없었다.

"이게 뭐가 어때서?"

"아니 물리적으로 생각해 봐도 네 몸속에 고기 이인분이 다 들어갈 구석이 없어 보이니까 하는 말이지."

라플라카가 씩 웃었다.

"걱정 마. 벌써 다 해본 일이니까."

윤희가 눈을 흘겼다.

"너무 욕심 부리지나 마. 그러다 배 터져도 난 모른다."

라플라카는 개구쟁이처럼 능글거리는 미소를 짓더니 다시금 휙 요리사 앞으로 날아갔다. 윤희의 뒤에 서 있던 두 명의 여자가 윤희를 눈짓하며 서로 속닥거렸다.

라플라카는 이젠 숯제 불판 옆에 자리 잡고 앉아서는 불판 위의 고기만 뚫어져라 쳐다보고 있었다. 그런 라플라카를 보며 윤희는 고개를 절레절레 흔들었다.

한참을 기다려 겨우 윤희의 차례가 왔다. 윤희는 당당히 삼인분을 요구했다. 앞에서도 지인의 것이라며 몇 인분씩 시켜가는 사람들이 있었던 터라 요리사는 태연하게 고기 세 덩이를 굽기 시작했다. 치직치직 구워지는 고기로 절로 시선이 쏠렸다. 윤희는 자신도 모르게 침을 삼켰다. 능숙하게 고기를 뒤집던 요리사는 잘 익은 스테이크를 윤희의 접시에 담아주었다. 그것을 내내 함께 지켜보고 있던 라플라카가 호들갑을 떨었다.

"저기! 저기! 깍지 콩이랑 아스파라거스도 있어!"

윤희는 그가 인도하는 곳으로 가 잘 구운 깍지 콩과 아스파라거스도 듬뿍 담으며 물었다.

"다른 건 또 안 먹어?"

"벌써 한 바퀴 다 돌았어."

뭐라고 한마디 더 타박하려던 윤희는 자신을 흘깃거리는 할아버지를 의식하고 입을 다물었다.

라플라카와 함께 살기 시작한 후로 윤희는 단 한 번도 그가 뭘 먹는 걸 본 적이 없었다. 아마 처음에 식비 운운했던 것 때문인가 싶었다. 윤희는 미안해졌다. 이렇게 먹을 걸 좋아하는 녀석인 줄 알았더라면 괜히 그런 말은 하지 않았을 텐데……. 그간 얼마나 먹고 싶었을까?

윤희가 사방을 두리번거리더니 조그맣게 말했다.

"음…… 있잖아. 앞으로 집에서 밥할 때 그냥 이인분 해."

"뭐? 왜?"

"이렇게 먹을 걸 좋아하면서 그동안은 어떻게 참았니?"

"뭐, 약속은 약속이니까. 가계부 빠듯하다며?"

"그래도 그렇지……."

"괜찮아. 말했잖아. 어차피 먹는다는 건 나한테 그냥 취미 같은 거야."

"그래도……."

라플라카는 윤희의 말에 전혀 신경 쓰지 않았다. 윤희의 자리는 아직 저 멀리 있는데 벌써 접시 위에 앉은 채 깍지 콩을 품에 안고 먹고 있었다. 터져 나갈 듯 빵빵해진 볼때기에 윤희는 터지려는 웃음을 꾹 눌러 참으며 물었다.

"아니 왜 고기 안 먹고?"

"저요?"

지나가던 아가씨가 눈을 동그랗게 뜨고 윤희를 쳐다봤다. 하필이면 여자의 접시엔 온통 샐러드뿐이었다. 눈이 마주친 윤희가 난처하게 웃으며 아니라고 말했다. 여자는 불쾌한 얼굴로 윤희를 한번 노려보고는 빠른 걸음으로 멀어졌다. 윤희가 가슴을 쓸어내렸다. 라플라카는 무슨 일이 벌어졌는지 아예 모르고 있었다.

윤희가 최대한 목소리를 낮추고 다시 물었다.

"왜 고기는 안 먹어?"

"너으크아아."

윤희는 잠시 무슨 말인지 생각해야 했다. 어려운 일은 아니었다.

"너무 크다고?"

라플라카는 대답도 않고 입만 오물거렸다. 기다란 깍지 콩이 무슨 마법에라도 걸린 양 슥슥 라플라카의 입속으로 사라지는 게 너무 신기했다. 그 모습을 바라보던 윤희는 문득 다른 사람들 눈에 이 모습이 어떻게 비칠지 무척이나 궁금해졌다. 또 난처한 상황에 처하면 어쩌나, 조심스럽게 주위를 둘러본 윤희가 속닥거렸다.

"아까도 많이 먹었다고 했지? 여기저기 돌아다니면서?"

"응."

"그럼 사람들한테는 음식이 허공에 둥실 떠서 사라지는 것처럼 보였겠네?"

"아마도?"

"그것도 그냥 멋대로 생각하거나 못 본 척하거나 하는 거야?"

"응."

이번엔 아스파라거스였다. 얌전히 누워 있던 아스파라거스를 라플라카가 영차, 하더니 번쩍 들어 세웠다. 자기보다 더 높게 솟아난 아스파라거스를 쳐다본 라플라카는 팔락팔락 날갯짓을 하더니 붕 떠올라 꼭대기부터 먹기 시작했다. 다시금 주위를 살핀 윤희가 작은 소리로 속사포처럼 질문을 쏘아냈다.

"그럼 지금 내 접시 위에서 벌떡 일어난 아스파라거스를 보고도 사람들은 그냥 모른 척한다고?"

라플라카는 그냥 한번 째려봐 주는 걸로 대답을 대신했다. 윤희는 피식 웃었다.

"오냐. 그만 방해하마."

그제야 만족한 듯 얼굴 가득 미소를 지은 라플라카는 열심히 입을 놀렸다. 긴 한숨과 함께 고개를 설레설레 흔든 윤희는 조용히 자신의 자리로 돌아갔다.

"뭐야, 윤희 너는 스테이크만 가득이냐?"

어느새 다툼인지 토론인지모를 얘기가 끝났는지 동기들은 다시 화기애애해 보였다. 윤희는 어깨를 으쓱했다.

"이럴 때 아니면 내가 어디 가서 한우 스테이크를 먹어보겠냐?"

"그래서 오늘은 비싼 거 위주로 공략하시겠다?"

"잘나가는 후배 둔 덕, 이럴 때 아니면 언제 보겠냐?"

"혜정이랑 친해지면 겨우 한우 스테이크가 문제겠냐?"

대화를 나누던 동기가 의미심장한 미소를 지었다. 윤희는 그 말 속에 담긴 의미를 알면서도 모르는 척 포크와 나이프를 들었다. 라플라카가 눈을 빛내며 윤희를 뚫어져라 보고 있었다. 윤희는 도저히 그 눈빛을 외면할 수 없었다.

윤희가 고기를 자르기 시작했다. 그 모습을 물끄러미 보고 있던 동기가 물었다.

"근데 뭘 그렇게 잘게 잘라?"

"응?"

윤희는 그제야 정신을 차렸다. 눈앞의 라플라카를 의식한 나머지 고깃점들은 거의 손톱 정도 크기에 가까웠다. 라플라카는 윤희가 자르기 무섭게 고깃점을 집어 들고 물었다. 얼굴이며 손이며 온통 고기 기름 범벅이 되었지만 얄밉게도 윤희에게 무슨 일이 벌어졌는지 전혀 관심이 없는 눈치였다.

잔뜩 당황한 윤희가 이마의 땀을 닦아내며 대답했다.

"나, 나도 좀 우, 우아하게 먹어보려고."

"야, 그럴 거였으면 좀 천천히 먹었어야지. 아까 보니 못해도 사인분은 되어 보이던데 벌써 다 먹었네?"

한순간에 고기에 환장한 사람이 된 윤희가 난처하게 웃었다. 아직 한 조각도 못 먹었건만, 고기는 벌써 반이 넘게 줄어 있는 참이었다. 윤희가 한 것은 열심히 자른 게 다였다. 실로 억울한 일이 아닐 수 없었다.

"나도 가서 가져와야겠다. 그냥 윤희 거 한 점 먹고 말려고 했는데 뺏어먹었다간 얻어맞겠다."

여기저기서 웃음이 터졌다. 소란스러움에 주위를 살핀 라플라카가 접시에서 내려왔다. 분위기를 해치지 않기 위해 어색하게 하하하, 웃어준 윤희가 그런 라플라카를 발견하곤 얼른 소리 죽여 물었다.

"왜? 더 먹지?"

"뭐라고?"

윤희의 질문에 라플라카가 무어라 대꾸를 하려는데 맞은편의 또 다른 동기가 먼저 대답했다. 윤희는 얼른 손사래를 쳤다.

"아냐 혼잣말이었어."

"싱겁긴……."

윤희는 또 진땀을 흘리며 웃어야 했다. 다행히 그 동기는 다시 원래 대화를 하던 사람을 향해 고개를 돌렸다. 테이블 위의 라플라카는 그 모습이 웃겼는지 낄낄거리고 있었다. 윤희가 고기를 써는 척 고개를 숙이더니 작게 중얼거렸다.

"웃지 마라."

고기를 썰던 칼을 야무지게 움켜쥔 폼이 딱 협박이었다. 그러나 라플라카는 그 말에도 한참을 더 낄낄거리고 웃고 나서야 입을 열었다.

"이제 됐어. 아까 말했잖아. 나 이인분 먹고 너 일인분 먹으라고. 남은 거 딱 일인분이네."

정확히 세 덩이에서 두 덩이가 사라지고 한 덩이가 남아 있었다. 라플라카는 테이블 위에 앉아 배를 두드렸다.

"아, 잘 먹었다."

윤희는 라플라카의 배를 유심히 살폈다. 저 작은 몸에 그 정도 먹었으면 만화에서처럼 불룩 튀어나와야 할 것 같건만, 여전히 탄탄하기 짝이 없는 매끈한 배였다. 참 신기한 일이었다. 좀 전만 해도 고기 기름으로 목욕이라도 한 것 같은 몰골이었건만, 어느새 말끔해져 있었다. 마법으로 뭔가를 한 듯했는데 덕분에 비록 작아도 탄탄한 근육과 잘생긴 얼굴은 어느새 윤희의 넋을 빼앗기에 충분했다.

꺼억, 길게 트름을 하던 라플라카가 흘깃 윤희를 쳐다보더니 물었다.

"뭘 그렇게 쳐다보냐? 내가 그렇게 잘생겼냐?"

말을 마치고 낄낄거리는 것을 보니 농담이 분명하련만, 윤희는 얼굴이 빨개져서는 헛기침을 하더니 목소리를 깔았다.

"잘생기긴 개뿔……."

자신의 감정을 부정하기 위한 반어법이었지만 라플라카는 윤희가 무어라 했는지 전혀 관심이 없어 보였다. 그 무심한 태도가 묘하게 자존심 상했다.

"근데 뭐가 이렇게 사람이 많냐?"

이제 만족스러운지 라플라카는 그제야 주변에 관심을 가졌다. 윤희도 주위를 한번 둘러보더니 나지막하게 말했다.

"혜정이 부모님이 이 바닥에서 알아주는 분이셔."

못해도 백여 명에 달하는 인원이 모여 있었다. 그냥 아는 사람이나 불러 간단히 밥 한 끼 대접하는 그런 모임이 아닌 것은 분명했다.

"쟤야? 당선됐다는 애가?"

저 멀리 아직 젖살도 채 빠지지 못한 젊은 여자가 연신 여기저기 인사를 다니고 있었다. 윤희가 고개를 끄덕였다.

"응. 쟤가 윤혜정이야. 타고난 금수저지."

우연인지 윤희의 말이 끝나기 무섭게 누군가 대꾸라도 하듯 받아쳤다.

"재상집 개새끼가 죽으면 문상객이 넘치지만 정작 재상이 죽으면 썰렁하다지?"

벌써 얼마나 술을 마셨는지 얼굴이 벌게진 남자 선배였다. 다행히 함께 잔을 주고받던 치에게만 하는 말이었기에 큰 소란이 벌어지진 않았다.

"뭐냐? 그럼 쟤가 개란 소리냐?"

함께 술을 마시던 사람이 낄낄거리며 말했다. 그 또한 이미 거나하게 마신 듯 잔뜩 취해 있었다.

"말이 그렇단 거지. 새파랗게 어린 년이 등단이라……. 내가 쟤 글 읽어봤는데 쟤 글엔 알맹이가 없어 알맹이가. 절대로 등단할 실력이 아니라니까?"

"알맹이?"

"그래. 겉멋만 잔뜩 들어서 번지르르하니 수사만 가득하지 무슨 말을 하고 싶은 건지 당최 알아 처! 들을 수가 없더라니까?"

"아휴 선배 취하셨어요."

듣기 민망했던 듯 옆자리에 앉아 있던 다른 남자가 나섰다. 그는 연신 혜정이가 있는 곳을 힐끔거렸다. 혜정이는 이 테이블 저 테이블 돌아다니며 열심히 웃고 있었다.

"뭐야 짜식! 너도 줄 한번 제대로 서보겠다 이거야?"

"아니 제가 언제 그런 말을 했답니까? 축하해 주러 온 자리에 똥물을 퍼붓고 계시니 드리는 말씀이지요."

줄을 선다는 말에 자존심이 상했는지 남자가 목소리를 높였다.

"어쭈, 이젠 아주 소리를 지르네? 그래 너 이 자식! 잘나간다 이거지! 옜다! 똥이나 먹어라!"

거나하게 취한 선배는 크하하 웃더니 냅다 마시던 술을 뿌려버렸다. 졸지에 날벼락을 맞은 남자의 얼굴이 붉으락푸르락했지만 일을 더 크게 벌이지는 않았다. 연신 혜정이를 쳐다보는 모양이 괜히 잔치를 망친 주역으로 기억되고 싶지 않은 듯했다.

"자알들 논다."

배가 부른지 거의 눕다시피 테이블 위에 앉아 있던 라플라카가 떠들었다. 윤희는 쓰게 웃었다. 자신 또한 저들과 별반 다르지 않은 이유로 이 자리에 온 탓이었다.

갑자기 집에 가고 싶어졌다. 예전이었다면 절대로 오지 않았을 자리였다. 왔다 하더라도 정말 순수하게 혜정의 등단을 축하해 주러 왔을 터였다.

그러나 지금은 어떠한가? 분명 혜정이를 축하해 주고 싶은 마음도 있었지만 자신 또한 어찌어찌 인맥을 유지해 보려는 심산이 없다고도 할 수 없었다. 그간 등한시해 왔던 인맥이요 친분이 아니었던가? 꿋꿋하게 앞만 보고 걷다 보면 언젠간 목적지에 도달할 수 있다는 신념 하나를 가지고 열심히 글만 써왔건만…….

쓸쓸하기 짝이 없었다. 미련 없이 자리를 박차고 나가지 못한단 사실은 더욱더 쓸쓸했다.

테이블 위에 앉아 있던 라플라카는 그런 윤희를 물끄러미 올려다보았다. 아무리 봐도 윤희는 기분이 나빠 보였다. 이 상황을 완벽히 이해하지 못했기에 윤희가 왜 기분이 나쁜지는 잘 몰랐지만 라플라카가 바라는 건 확실했다.

라플라카는 테이블 위를 두리번거렸다. 바로 옆 누군가가 가져온 샐러드 접시에 빨간 방울토마토가 있었다. 윤희를 한번 힐끔거린 라플라카가 자리에서 일어나 샐러드 접시로 다가갔다. 방울토마토를 잽싸게 집어낸 그는 입을 최대한 크게 벌리곤 두 개를 쑤셔 넣었다.

먹기 위함이 아니었다. 입안에서 이리저리 토마토를 굴린 라플라카는 양 볼이 미어터지도록 입에 머금고는 다시 윤희가 있는 곳으로 돌아와 밭이라도 매는 할머니들처럼 쭈그려 앉더니 두 팔을 내려 바닥을 짚었다. 그리고 펄쩍 뛰었다.

"개고~"

원래 라플라카가 내고자 했던 소리는 '개굴'이었다. 그러나 입에 물린 토마토가 너무 컸다. 라플라카가 윤희를 또 힐끔거렸다. 윤희는 여전히 고개를 숙인 채 딴생각에 빠져 있었다. 표정은 아까보다 더 어두웠다. 라플라카는 아까보다 더 높이 풀쩍 뛰어오르며 마찬가지로 아까보다 더 큰 목소리로 외쳤다.

"개고!"

내내 신발 구경이라도 하는 것처럼 보였던 윤희의 고개가 살짝 들리는 걸 곁눈으로 확인한 라플라카는 이내 태연하게 테이블 위를 깡충깡충 돌아다니며 연신 '개고! 개고!'를 외쳐댔다. 잠깐 동안 멍하니 그런 라플라카를 바라보던 윤희가 어느 순간 깔깔깔 큰소리로 웃음을 터뜨렸다. 라플라카는 윤희가 웃는 걸 보며 씨익 미소 지었다. 입에 물고 있던 토마토는 그대로 아그작 깨물어 삼켜 버렸다.

그러나 상황은 라플라카가 원한 대로만 흐르지는 않았다.

"선배?"

불행히도 때마침 혜정이가 샴페인 잔을 들고 뭔가 말하던 중이었다. 일시에 혜정이를 포함한 모두의 시선이 윤희에게 쏠렸다. 라플라카는 아차 싶었다. 그러나 이미 엎질러진 물이었다.

윤희 또한 등골이 오싹해지는 기분을 느끼며 얼른 웃음을 멈췄다. 삽시간에 쏟아지는 시선들이 너무 따가웠다.

"아, 아니 그게……."

윤희만큼이나 당황한 채 이리저리 눈알을 굴리던 라플라카가 테이블 위에 놓인 윤희의 스마트폰을 발견했다. 얼른 달려가서 스마트폰을 켠 라플라카는 가끔 윤희가 보곤 하던 앱 하나를 켜 줬다.

"야, 이거!"

라플라카가 팔다리를 흔들며 윤희의 관심을 끌었다. 힐끔, 라플라카의 행동을 쳐다본 윤희는 이내 스마트폰까지 확인하곤 냉큼 집어 들었다.

"아, 아니, 여기 짤방이 너무 웃겨서 나도 모르게 그만⋯⋯."

"그러니까 제 말을 안 듣고 딴짓을 하고 계셨다는 거네요?"

혜정은 나이는 어렸지만 자신의 주변 상황을 잘 인식하고 있었다. 부모의 든든한 백을 이용해 먹을 줄도 아는 타입이었던지라 드러내 놓고 선배에게 불쾌함을 표하는 그 모습이 누군가의 눈에는 단단히 거슬릴 수도 있다는 생각은 아예 하지도 않고 있었다.

바로 그 점이 문제였다.

"등단이라는 게 선배한테 눈알 부라릴 권리까지 준 건 아닐 텐데?"

아까의 술 취했던 선배였다. 아까보다 훨씬 더 붉어진 얼굴은 그가 그 후로 얼마나 더 많은 술을 마셨는지를 알려주고 있었다.

혜정의 눈꼬리가 파르르 떨렸다. 그러나 그녀는 이내 냉정을 되찾았다. 동시에 혜정은 상대가 등단 이후 이렇다 할 책 한 권 제대로 내고 있지 못한 사람인 걸 생각해 냈다.

"선배님을 보자면 등단이 전부는 아닌 게 분명한 거 같네요."

남자 선배의 얼굴이 심하게 구겨졌다. 옆자리의 다른 후배가 말리지 않았더라면 벌떡 일어나 테이블이라도 뒤집어엎었을 거 같은 얼굴이었다. 다행히 그는 그러지 않았다. 그러나 혜정의 그 발언은 그대로 불만을 품고 있던 다른 선배들을 자극하는 방아쇠가 되고 말았다.

엉뚱한 곳에서 또 다른 공격이 혜정을 향해 날아들었다.

"윤혜정, 너 말이 너무 심한 거 아냐?"

이번엔 술이라고는 한 잔도 입에 대지 않은 말짱한 정신의 여자 선배였다. 윤희에게도 한참 선배뻘이었으니 혜정에게는 더욱 그러하리라. 그러나 혜정이는 눈썹 하나 까딱하지 않았다. 혜정은 여전히 자신이 이 상황을 컨트롤할 수 있다고, 아무도 자신에게 덤비지 못할 거라고 철석같이 믿고 있었다. 그러나 자신은 호랑이의 기세를 등에 업은 여우란 사실을 일찌감치 깨달았어야 했다.

혜정의 부모가 참석하지 않은 것에 이미 많은 사람들이 불만을 품고 있었다. 혜정이 얌전히 밥만 사는 거였다면 괜찮았을지도 몰랐다. 그런데 스스로 본인이 뭐라도 된 것처럼 샴페인 잔까지 들고 일어나 일장연설을 했다. 후배의 등단을 순수하게 축하해 주러 온 대선배들도 있는 자리였다. 그렇지 않은 사람들은 다들 혜정의 부모에게 눈도장을 찍으러 왔을 뿐, 정작 혜정에겐 관심이 없었으니 그 꼴이 아니꼽지 않을 리 없었다. 다만, 혜정의 입을 통해 그 부모에게 사실이 알려지길 원하지 않았으니 순순히 참고 있었을 뿐. 그러나 혜정은 그 한계를 넘어버렸다.

"내가 뭘 심했단 거죠? 먼저 제 잔치를 망치셨는데요?"

여전히 상황 파악이 안 된 혜정이는 따박따박 한마디도 지지 않고 덤벼들었다. 그 모습에 여선배는 피식 웃었다.

"사회생활은 참 잘하겠어. 지가 업고 있는 게 뭔지 정확히 알고 그걸 이용해 사람을 제 발아래 깔아놓으려고 하는 거 보면?"

혜정이 콧방귀를 뀌었다.

"사회생활이야 저보다 주민 센터에서 근무하시는 선배님이 더 잘하시겠죠."

이것이 명백한 비아냥임을 이 자리의 모든 사람들이 알고 있었다. 혜정에게 맞서는 여선배는 등단을 포기한 채 뒤늦은 나이에 9급 공무원이 된 케이스였다. 그러나 그녀는 혜정이 만큼이나 만만치 않았다.

"빼도 박도 못하는 표절을 해놓고도 여전히 큰 어른입네, 하는 게 가능한 썩어 빠진 우물에서 일찌감치 탈출한 거야. 어차피 등단 안 해도 쓰고 싶은 글 마음껏 쓰고 있거든."

"아하, 그래서 음담패설 가득한 야설이나 써 재끼시는 거군요?"

워낙 좁은 바닥이었다. 누가 어디서 뭘 하고 있는지 끼리끼리 공유하다 보니 혜정은 상대 선배에 대해 너무나 잘 알고 있었다. 혜정의 공격은 적중했다. 선배는 거의 소리 지르다시피 받아쳤다.

"전 국민이 너네 엄마 표절한 거 다 알아! 그거 까발린 나영 선배 완전히 생매장 시켜놓고 너네 엄마는 여전히 고개를 빳빳이 들고 다니지. 부끄러운 줄을 알아야지!"

승리를 예감한 혜정이 말을 이었다.

"하다하다 안 되니까 어디 감히 작품이라고 말하기도 민망한 나부랭이나 찍어내고 계신다면서요? 그러게 평소에 줄을 잘 서셨어야죠. 그럼 저처럼 대학 졸업과 동시에 등단하실 수도 있었겠죠? 그게 바로 사회란 겁니다! 어디 글만 잘 쓴다고 되던가요?"

"그래서 네 글엔 그리 껍데기만 가득이냐? 대체 뭔 헛소리를 그리 장황하게 지껄여대는지 당최 뭔 소린지 하나도 알아들을 수가 없다고 소문이 자자하더라!"

"뭐요? 헛소리? 껍데기?"

비록 부모 백으로 등단했다 하더라도 글이란 곧 작가의 자존심이었다. 목숨 같은 글이 까내려지는데 기분이 좋을 리 없었다. 혜정의 얼굴이 구겨진 걸 확인한 여선배가 득의양양한 얼굴로 외쳤다.

"모전여전이란 말이 있어. 니 글도 표절한 거란 말 돌아다니는 거 너만 모르지? 소문나면 그림 차암 멋지겠다? 엄마도 표절하고 딸내미도 표절한 글로 등단하고. 둘이 세트로 묶이면 기사 나는 것도 금방일걸?"

"이게 진짜!"

혜정이가 발끈했다. 진짜 표절을 했기 때문인지 아니면 하늘을 우러러 한 점 부끄럼 없는 글이라 폄하에 화가 난 건지 진실을 알 수 있는 방법은 없었다. 그저 모두가 본 것은 살쾡이처럼 달려드는 앙칼진 얼굴을 한 젊은 여자뿐이었다.

축하하기 위해 모인 장소는 갑자기 아수라장이 됐다. 여자 둘의 싸움은 보기보다 과격했다. 테이블이 쓸려 나갔다. 머리채를 잡고 서로 당장 놓으라고 소리치는 꼬락서니가 볼만했다.

난리통에 식당 안 다른 사람들이 쳐다보기 시작했고 여기저기 직원을 불러댔다. 하지만 직원이 와도 상황은 해결되지 않았다. 그제야 몸 사리던 선후배들이 끼어들어 두 사람을 떼어놓으려 안간힘을 썼다. 그중에서도 가장 열정적으로 끼어드는 것은 윤희였다.

돌이켜 보면 자신 때문에 발단된 싸움이었다. 자신이 웃지만 않았더라도 혜정이가 화를 낼 일은 없었을 테고 그랬다면 선배에게 눈알 부라리는 후배라는 그림은 나오지 않았을 테니까.

윤희는 온 힘을 다해 두 사람을 떼어놓고자 했다. 그러나 서로의 머리카락을 움켜쥔 손힘들이 어찌나 억센지 손가락을 부러뜨리지 않는 한 억지로 풀기는 어려워 보였다. 하지만 윤희는 포기하지 않았다.

"저리 비켜!"

두 여자는 그런 윤희를 내버려 두지 않았다. 그들은 힘을 합해 윤희를 밀었다. 훅 뒤로 밀린 윤희가 쾅당 넘어졌다. 그 과정에서 이마에 작은 생채기가 났다. 그 작은 생채기가 무슨 일을 불러일으킬지 아무도 예상하지 못했다.

갑작스레 정체불명의 바람이 불어닥쳤다. 테이블이며 사람들이 윤희를 중심으로 사방으로 밀려났다. 넘어진 윤희가 그 중심에 있었다. 삽시간에 엉망진창이었던 싸움이 종료됐다. 모두가 어리둥절한 얼굴로 사방을 둘러보았다. 문창과 모임이 있던 자리뿐 아니라 식당 전체의 모든 기구와 기물 그리고 사람이 벽과 창쪽으로 몰려 있었다. 태풍이라도 불어닥친 것처럼 엉망진창으로 넘어지고 뒤엉킨 모습이었다. 윤희는 얼떨떨한 얼굴로 라플라카를 보았다.

라플라카의 시선은 두 여자의 난투극에 생겨난 윤희의 상처에 향해 있었다. 라플라카의 작고 귀여운 어깨가 씩씩거리는 호흡에 맞춰 들썩였다.

펑, 하는 소리를 내며 커진 라플라카가 윤희를 일으켜 세웠다. 그러곤 여기저기 윤희의 매무새를 만져 주고 먼지를 털어냈다. 사방에서 시선이 쏟아지고 있는 터라 윤희는 아무 말도 하지 못했다. 라플라카가 고개를 돌려 주위를 둘러보더니 손가락을 까딱였다. 바닥에서 나뒹굴고 있던 윤희의 에코백과 스마트폰이 휙, 허공을 날아 라플라카의 손에 쥐어졌다.

"가자."

라플라카가 비어 있는 반대 손을 내밀자 윤희는 얼결에 그 손을 잡았다. 라플라카가 성큼성큼 걷기 시작했고 윤희는 얌전히 그 뒤를 따랐다.

윤희와 라플라카가 엘리베이터에 타는 그 순간 식당에서 비명이 터져 나왔다.

"귀, 귀신이야!"

그 말은 삽시간에 산불처럼 번져갔다. 모두가 사색이 되어 혼비백산했다.

✠

식당을 나와 길거리를 걷는 내내 윤희는 잡힌 손을 쳐다보았다. 라플라카는 그 손을 놓지 않은 채 계속 걷고 있었다. 라플라카와 부딪치고 어리둥절해하는 사람을 구경하는 재미가 더 쏠쏠할 텐데 윤희의 신경은 온통 그 손에 닿아 있었다. 그렇게 지하철을 타고 가는 내내 두 사람은 손을 잡고 있었다. 다행히 퇴근 시간을 한참 지난 터라 사람이 많지 않아 올 때와 같은 불상사는 벌어지지 않았다.

지하철에서 내려 버스를 탈 때도 두 사람은 손을 잡고 있었다. 윤희는 문득 한 팔을 어정쩡하게 든 채 버스를 타는 자신을 기사 아저씨가 어떻게 보았을지 궁금했다. 그러나 그보다 더욱 궁금한 게 있었다.

라플라카는 다시 작아질 생각이 없어 보였다. 윤희를 창가에 앉힌 그는 털썩 옆자리에 주저앉았다. 다음 역에서 어떤 남자가 탔다. 그는 여러 개의 빈자리 중 윤희의 옆자리를 선택했다.

라플라카가 잔뜩 구겨진 얼굴로 남자를 거칠게 밀어냈다. 남자는 예상치 못한 공격에 어어, 하며 휘청거리다 통로 건너편에 앉아 있던 또 다른 남자에게로 쓰러졌다. 불의의 공격을 당한 남자가 불쾌한 얼굴로 뭐하는 짓이냐고 소리쳤다. 자신도 왜 이렇게 됐는지 영문을 알 수 없어 잠시 사방을 두리번거린 쓰러진 남자는 얼른 죄송하다 고개를 꾸벅하고는 냉큼 다른 빈자리에 앉아서 잔뜩 몸을 움츠렸다. 나지막한 욕설이 한 번 더 들리고 버스 안은 다시 조용해졌다. 쏠려 있던 사람들의 시선은 순식간에 원래대로 돌아갔다.

윤희의 볼이 빵빵하게 부풀었다. 얼굴이 빨개지고 눈가에 눈물이 맺혔다. 그 장면이 어찌나 웃긴지 윤희는 터지려는 웃음을 참기 위해 엄청난 노력을 해야만 했다. 하늘이 무심하게도 같은 일은 여러 번 반복됐다. 윤희는 아예 주먹으로 입을 틀어막았다. 버스에서 내릴 때까지 그 손을 뗄 수가 없었다.

그러나 그 와중에도 윤희는 라플라카의 따스한 체온을 또다른 손으로 느끼고 있었다. 어째선지 라플라카는 그 손을 놓을 생각조차 하지 않고 있었다. 그리고 그것은 윤희도 마찬가지였다.

드디어 두 사람은 버스에서 내려 걷기 시작했다. 이미 한참 늦은 밤, 길거리엔 아무도 없었다. 둘 다 아무 말이 없었다. 어색함은 없었다. 깊은 어둠만큼이나 침묵은 무척 자연스러웠다.

걷는 내내 말없이 맞잡은 손을 내려다보던 윤희가 먼저 입을 열었다.

"왜 그랬어?"

내내 평온해 보이던 라플라카의 얼굴에 삽시간에 먹구름이 끼었다.

"아, 미안해. 그렇게 망칠 생각은 없었는데 나도 모르게 화가 나서……."

"화?"

이번엔 윤희가 어리둥절한 얼굴이었다. 그것도 모르고 라플라카는 열심히 변명했다.

"응. 두 사람이 너를 밀어 넘어뜨리는 걸 보자마자 막 화가 나잖아. 그래서 나도 모르게……. 얌전히 있어야 했는데 미안해……."

라플라카가 고개를 떨궜다. 큰 죄라도 지은 것 같은 표정이었다. 윤희는 그제야 서로 다른 이야기를 하고 있었단 걸 알았다.

"난 그걸 말한 게 아닌데?"

"그럼 뭘 말한 건데?"

라플라카의 물음에 윤희는 잠시 머뭇거렸다. 그러나 이내 자신이 원하는 대답이 나올 거라고 확신했다. 그래서 자신 있게 질문을 던졌다.

"왜 그 모습으로 계속 있었느냐고. 지하철 탈 때도 그렇고 버스 탈 때도 그렇고."

"아…….."

라플라카의 얼굴이 조금 붉어진 것처럼 보였다. 그러나 가로등 빛은 어두침침했고 밤은 깊었기에 윤희는 확신할 수 없었다. 이렇게 미적지근한 결과로 만족할 수 없었던 윤희가 무어라 더 말하려는 사이 라플라카가 먼저 입을 열었다.

"아까 거기 갈 때부터 기분 좀 별로더라. 버스에서 옆자리 앉아 있던 덩치 큰 남자 때문에 너 잔뜩 웅크리고 있었잖아. 그 남자, 눈치도 꽝이라 다리도 쩍 벌리고 있고……. 완전 기분 거지같더라고. 지하철은 뭐 말할 것도 없고."

"그랬니?"

슬그머니 눈웃음치며 묻는 윤희의 태도와 달리 라플라카는 정말로 기분이 나빴던 듯 힘차게 고개를 끄덕이더니 인상까지 구겨가며 열변을 토했다.

"식당에서도 그래. 어떻게 그 못생긴 애들 틈에 그렇게 당당히 끼어 앉냐? 남자 말고 여자들도 많더만, 그거 되게 기분 나쁘더라."

"그게 왜 기분이 나빠?"

윤희는 천진난만 순진무구한 표정으로 물었다. 그러나 그 눈빛은 전혀 순진해 보이지 않았다. 여전히 앞만 보고 걷고 있던 라플라카가 뺨을 긁적였다.

"그걸 모르겠어. 살면서 한 번도 다른 사람 때문에 기분 나쁜 적이 없는데 그냥 기분이 나쁘더라고. 그냥 맨날 집에서 나랑 단둘이 있으면 참 좋겠구나, 하는 생각을 했……."

라플라카가 말과 동시에 걸음을 멈췄다. 윤희는 확신했다. 라플라카는 홍당무가 되어 있었다. 그러나 그것을 들키기 싫은 모양인지 윤희가 무어라 말하기도 전에 다시 걷기 시작했다. 이때까지와 달리 윤희가 따라가기 버거울 정도로 큰 보폭이었다. 내내 맞잡고 있던 손은 그제야 떨어졌다.

"야! 같이 가!"

윤희는 큰 소리로 웃고 싶은 것을 꾹 참으며 소리쳤다. 그러나 라플라카는 도망이라도 치는 것처럼 더 빨리 걸었다. 윤희는 미소 지은 얼굴로 후다닥 달려가 냉큼 라플라카의 손을 잡았다. 라플라카가 흠칫 놀라는 게 느껴졌다.

"왜 놀래? 아까는 그리도 당당히 손을 잡더니? 우리 조금 전까지 계속 손잡고 있었거든?"

"아니 그거야……."

"왜? 그럼 손 놓을까?"

"아니."

라플라카의 대답엔 일말의 망설임도 틈도 없었다. 윤희가 씩 웃으며 말을 이었다.

"앞으로 밥 같이 먹자. 멀뚱히 구경만 하지 않아도 돼. 먹고 싶은 거 있음 말도 하고. 내가 사다 줄게."

고개를 숙인 채 맞잡은 윤희의 손을 물끄러미 바라보고 있던 라플라카가 눈을 빛내며 고개를 들었다.

"최상급 한우를 사달라고 하면 어쩔 건데?"

"그런 건 당연히 패스지."

윤희가 깔깔거리고 웃었다. 라플라카도 이내 함께 낄낄거렸다. 이후로 다시 대화는 끊어졌다. 그러나 두 사람은 그런 사소한 일에 신경 쓰지 않았다. 그저 맞잡은 두 손과 발맞춰 걷는 걸음만이 중요할 뿐이었다.

집에 도착하자마자 윤희는 씻고 잠자리에 들었다. 혼자 분주히 이것저것 정리를 마친 라플라카는 윤희의 방문을 열었다. 평소였다면 작게 변해 윤희가 손수 만들어준 자그마한 자신의 침대로 날아갔겠지만 오늘은 달랐다.

윤희의 침대 옆 바닥에 자리를 잡고 앉은 라플라카는 침대에 턱을 괴고 윤희를 바라보았다. 윤희는 새근새근 잘 자고 있었다.

라플라카가 부드럽게 미소 지으며 팔을 들었다. 모로 누운 윤희의 뺨 위로 흐트러진 머리칼 몇 개를 조심조심 쓸어 귀 뒤로 넘겨주었다. 윤희가 작게 소리를 내며 움찔거렸다. 라플라카는 깜짝 놀라 얼른 손을 뗐다. 잠꼬대를 한 윤희는 뱅글 몸을 돌려 반대편을 바라보고 누웠다. 라플라카는 아쉬운 얼굴로 펑, 작게 변했다. 허공에 둥실 떠올라 윤희를 한번 내려다본 라플라카는 이내 아쉬움을 뒤로한 채 자신의 침대로 기어들어 갔다.

자리에 누웠지만 잠이 오지 않았다. 가만히 눈을 말똥거리고 있던 라플라카의 얼굴에 미소가 떠올랐다. 이불 속에 꽁꽁 감춰놓았던 팔을 들었다. 오는 내내 윤희의 손을 잡고 있던 쪽이었다. 손가락을 쫙 핀 채 이리저리 살피던 라플라카가 또 한 번 미소를 머금더니 다시금 이불을 잘 챙겨 덮곤 눈을 감았다.

잠은 쉬이 오지 않았다. 그는 그 후로도 한참을 더 생긋 미소 지은 얼굴을 하고 있었다.

몽식이

칙칙폭폭 기차 소리를 내며 달랑거리는 압력추를 윤희는 흐뭇한 얼굴로 바라보았다. 일을 마치고 돌아와 간단히 씻고 잠깐 글을 쓰다가 라플라카가 저녁밥을 준비하기 시작하자마자 아예 식탁 의자에 자리를 잡고 앉아서는 구경 삼매경이었다.

"너 되게 바보 같은 거 아냐?"

모든 준비를 마치고 이제 밥만 되면 되는지라 맞은편에 앉아 있던 라플라카가 한심한 얼굴로 말했다.

"알아."

윤희의 시선은 여전히 밥솥에 꽂혀 있었다.

"알면서 그러고 있는 거야?"

"응."

라플라카가 피식 웃었다. 그 또한 윤희의 기분을 충분히 알고 있었다. 왜냐하면 그도 같은 기분을 느끼고 있는 중이었다.

늘 즉석 밥만 먹던 윤희였다. 그러나 지난 토요일 중고 매장에서 전기밥솥을 하나 구매했다. 윤희는 밥솥을 구매한 후부터 밥을 할 때마다 나와서 쳐다봤다.

윤희를 물끄러미 바라보던 라플라카가 너스레를 떨었다.

"티끌 모아 태산이라고 즉석 밥보다 직접 해먹는 게 싸다니까? 당장은 좀 쪼들리겠지만 두고 봐라. 시간이 지나면 달라질 테니."

윤희는 그냥 피식 웃고 말았다. 그걸 몰라서 즉석 밥을 먹은 게 아니었다. 밥솥이 어디 한두 푼짜리던가? 그 돈을 한꺼번에 지출할 엄두가 나질 않아서 미루고 미루던 거였는데 이제 더는 미룰 수 없었을 뿐이다. 이젠 혼자가 아니라 둘이 되었으니까. 뭐 이제 밥을 할 사람이 자신이 아니라는 점도 한몫 단단히 하긴 했다.

뜸이 들기를 기다리는 억겁 같은 시간을 보내고 드디어 라플라카가 밥을 퍼 담았다. 남은 밥은 밥솥을 사면서 함께 구입한 밀폐 용기에 일인분씩 꾹꾹 눌러 담아 냉동실에 넣었다. 그러는 사이 윤희는 냉큼 일어나 수저 두벌을 챙겼다.

"잘 먹겠습니다!"

라플라카가 밥그릇을 내려놓자마자 기쁘게 기다리고 있던 윤희가 크게 외치며 수저를 들었다.

깍두기와 김 그리고 계란 프라이가 전부였다. 그나마도 벌써 며칠째 같은 반찬이었다. 그저 된장국의 내용물이 다소 바뀌었을 뿐 내내 같았다. 그러나 그래도 좋았다. 함께 먹기 시작한 후로 어쩐지 세상 그 어느 진수성찬보다 더욱 맛있게 느껴졌다. 문득 생각해 보니 집에서 누군가와 함께 밥을 먹은 건 부모님이 돌아가신 이후 처음이었다.

지이잉 이상한 소리가 들렸다. 열심히 밥을 먹던 윤희가 엉덩이를 움찔움찔하더니 주머니에서 스마트폰을 꺼냈다.

"어라?"

"왜?"

"집주인 아주머니네."

"월세 밀린 거야?"

"전세거든요?"

말함과 동시에 윤희의 안색이 어두워졌다.

윤희가 살고 있는 집은 전세였다. 비록 얼마 하지 않지만 윤희의 전 재산이었다. 또한 부모님이 돌아가시면서 물려받은 유산의 일부이기도 했다. 당시 대학 일학년이었던 윤희와 갓 결혼한 새신랑이었던 윤희의 오빠는 한 채뿐인 작은 아파트를 팔아 반으로 나누었다. 오빠가 아들 운운하며 살짝 투덜거리긴 했지만 윤희 또한 당장 제 코가 석 자라 못 들은 척 시치미를 뗀 덕분에 나누어 받은 유산이었다.

그런데 이제 곧 전세 계약 만료일이었다. 당시에도 시세보다 한참 싸게 구했던 집이었다. 그사이 이 동네 집값이 엄청 올랐다는 소문을 윤희 또한 들어서 익히 잘 알고 있었다. 그럼에도 몇 년이 지나도록 그 값 그대로 내버려 두었으니…… 드디어 올 것이 왔구나 싶었다.

밥을 꿀꺽 삼킨 윤희는 목소리를 가다듬고 전화를 받았다.

"여보세요?"

수화기 너머에서 나이 든 여자 목소리가 들렸다.

[나예요.]

"예 알고 있습니다."

[어려운 이야기를 하려고요.]

윤희는 묵묵히 듣고만 있었다. 안색은 점점 어두워졌다. 잠시
뜸을 들인 집주인이 다시 말을 이었다.

[전세보증금을 올렸으면 좋겠어서요.]

"얼…… 마나요?"

윤희의 심장이 두근두근 뛰기 시작했다. 오며가며 흘깃 쳐다본
중개업소 유리창에 붙어 있던 가격들이 눈앞에서 오락가락했다.

[천만 원이요.]

윤희는 아무 말도 할 수 없었다. 그렇게 올려도 시세보다 한참
저렴했다. 그러나 섣불리 대답할 수 없었다. 갑자기 하늘에서 천
만원이 떨어질 리 없었다. 가만히 윤희의 대답을 기다리던 집주
인이 다시 말했다.

[천만 원이 어려우면 그만큼 월세를 내는 것도 나는 괜찮아요.]

윤희는 얼른 계산해 보았다. 대충 삼십만 원 정도 했다. 엄지
손톱을 잘근잘근 깨물던 윤희가 힘겹게 대답했다.

"아직 기간 좀 남았으니까 생각 좀 해보고 다시 연락드리겠습
니다."

[그렇게 해요. 연락 기다리고 있을게요.]

윤희는 뭐라 대답해야 할지 몰랐다. 난감한 제안을 해놓고 어
쩌라는 거냐고 소리라도 치고 싶었다. 그러나 그럴 수 없었다. 집
주인의 목소리엔 미안한 기색이 가득했다.

집주인은 윤희의 대꾸를 기다리지 않았다. 통화는 끊어졌다.

수저를 멀거니 든 채로 통화 내내 바라보고 있던 라플라카가 물었다.

"뭐래?"

윤희가 한숨을 쉬었다.

"전세금을 올려달라네."

라플라카는 말을 아꼈다. 비록 인간과 같은 삶을 살지는 않았다 하더라도 그간 들어온 것들이 있어 그게 무슨 의미인지 잘 알고 있었다.

두어 숟갈이면 끝날 밥을 그대로 남긴 채 윤희는 자리에서 일어나 노트북 앞에 앉았다. 윤희는 쓰고 있던 글을 아래로 내려놓고 인터넷 검색을 시작했다. 키워드는 원룸, 전세, 반전세, 월세 등이었다.

인터넷 창을 보던 윤희의 얼굴이 차갑게 굳어졌다. 도저히 방법이 없었다. 이 집에 묻어둔 전세금으로 구할 수 있는 집은 턱없이 형편없는 집, 아니 방뿐이었다. 사람이란 아래로 내려가는 것을 좋아하지 않는 법이다. 윤희 또한 도저히 삶의 질을 떨어뜨릴 엄두가 나지 않았다. 이를 어찌한단 말인가? 하필 당장 라플라카 때문에 이리저리 쓴 돈이 제법 됐다. 왜 그랬을까? 본인은 극구 아니라고 말렸거늘……. 그중 가장 큰 게 바로 밥솥이었다. 망할, 갑자기 칙칙폭폭 그 소리가 앞으로 듣기 싫어질지도 모르겠단 생각이 들었다.

깜짝 놀란 윤희는 얼른 마음을 다잡았다. 집주인은 천만 원을 더 올려달라고 했었다. 라플라카에게 썼던 돈이 다시 돌아온다고 해봤자 어차피 턱도 없을 금액이었다. 윤희는 얼른 자신의 찌질함을 반성했다. 다행히 방법이 없는 것은 아니었다. 집주인은 차선으로 월세 삼십만 원을 제시하지 않았던가? 월세라니…….
아깝지 않은 것은 아니나 답이 없으니 어쩔 수 없었다.

이리저리 계산기를 두드려 보았다. 점장에게 사정하여 알바를 몇 시간 더 늘리면 월세를 감당할 수도 있을 것 같았다. 글 쓸 시간이 줄어드는 게 안타까웠으나 당장 목구멍이 포도청이니 별수 없었다.

윤희는 쓰게 웃었다. 어차피 라플라카 때문에 일을 더 할까 했으면서 그땐 아무렇지 않다가 이렇듯, 현실에 치여 강제로 하게 되고 보니 썩 기분이 좋지 않았다.

윤희는 다시 전화기를 들었다. 기다림은 길지 않았다.

[여보세요?]

집주인이었다. 윤희는 마음을 굳게 다잡으며 입을 열었다.

"안녕하세요. 조금 전에 통화했던 세입자예요."

[벌써 결정이 끝난 거예요?]

윤희가 쓰게 웃었다. 선택지는 주어졌으나 사실상 하나뿐인 선택이었다. 당연히 고민이 길어질 이유가 없었다.

"예. 앞으로 월세를 더 내는 걸로 하려구요."

잠깐 침묵이 이어졌다. 윤희는 순간 의아하다는 생각을 했다. 아무래도 집주인이 원한 답이 아닌 모양이었다. 그러나 알아챈 티를 내선 안 된다. 이럴 땐 아무것도 모르는 바보인 척 하는 게 최고였다.

"전세에서 월세로 바뀌었으니 새 계약서를 작성했으면 해요."

윤희는 바로 현실적인 문제로 넘어갔다. 비록 하나뿐인 선택지였으나 결정은 끝났다. 그렇다면 오래 미적거릴 필요가 없었다. 다행히 집주인은 다른 말을 하지 않았다. 그렇게 두 사람은 이번 주 주말에 만나 새 계약서를 작성하기로 날을 잡았다. 하하호호, 서로 간에 웃음 지으며 통화를 끝냈건만 전화가 끊어지기 무섭게 윤희의 표정은 차갑게 식어버렸다.

잠시 마음을 가다듬은 윤희는 또 통화를 시도했다. 이번엔 제법 오래도록 전화벨이 울렸다.

[윤희 씨? 웬일이야?]

윤희가 일하는 매장의 점장이었다.

"저, 혹시 일하는 시간을 좀 더 늘릴 수 있을까 해서요."

점장으로선 다소 난감할 수도 있을 질문임을 잘 알고 있었다. 윤희의 시급은 다른 사람들에 비해 상당히 비쌌다. 윤희의 사정을 잘 아는 점장이 오래 일한 점을 들어 배려한 결과였다. 윤희가 근무하는 시간대엔 아르바이트생을 구하기가 어렵다는 점도 한몫했다. 그러나 제아무리 친절한 점장이라 해도 굳이 저렴한 시급으로 일해줄 사람이 많은데 윤희를 써줄 이유는 없었다. 만약 안 된다면 다른 아르바이트라도 하나 더 찾아야겠다고 이미 작정한 터였다.

[새벽에도 괜찮아요?]

그런데 돌아온 대답이 뜻밖이었다. 윤희의 구부정하게 앉아 있던 자세가 반가움에 놀라 반듯하게 펴졌다.

"시간대는 상관없어요!"

[그럼 새벽 6시부터 9시까지 더 근무해 줄 수 있어요? 말도 없

이 야간 아르바이트생 하나가 일을 그만뒀거든요.]

윤희는 단박에 매장의 상황을 알아챘다.

매장 위치가 위치인 만큼 이른 아침엔 제법 손님이 있는 편이다. 그러나 대부분의 매장들이 그렇듯 한밤중엔 한가했다. 야간 아르바이트생 하나를 더 고용하는 것보다는 윤희가 오전에만 세 시간 더 일해주는 것이 점장으로서도 이익인 상황. 윤희는 신이 도왔다고 여겼다.

그러나 겨우 세 시간으론 만족스럽지 않았다.

"그럼 앞으론 6시에 출근하면 되는 건가요?"

[네. 새벽 6시부터 오후 3시까지 근무하면 돼요.]

"혹시 그 외에 시간을 더 늘릴 수는 없을까요?"

[미안해요. 알다시피 나머지 시간대에는 일하겠단 사람들이 넘쳐서요.]

오후와 주말은 고등학생부터 대학생까지 일하고 싶은 사람이 넘쳐 나는 시간대였다. 당연히 점장은 단칼에 윤희의 청을 거절했다. 윤희도 더 매달릴 생각은 없었다. 어디까지나 욕심에 불과했을 뿐, 충족되리란 생각은 애초에 없었다. 괜히 매달렸다가 애써 올라간 시급이 도로 깎이면 곤란했다. 어쨌든 세 시간 추가로 월세는 감당할 수 있게 되었으니 그러면 족했다.

윤희가 이리저리 통화하는 사이 식탁을 치우고 설거지를 하는 라플라카의 표정은 무척이나 어두웠다.

뭔가 엄청난 일이 지나간 것 같았지만 변한 것은 아무것도 없었다. 그저 평소처럼 출근하고 퇴근하고 글을 쓰다 잠이 들면 되는 생활이었다. 그저 평소보다 좀 더 일찍 일어나야 할 뿐이었다. 그런데 그 몇 시간이 윤희에겐 너무 크게 다가왔다.

생활 패턴이 갑자기 바뀌자 윤희는 적응에 어려움을 겪었다. 늘 새벽 늦게까지 글을 쓰다가 여덟시쯤 느지막이 일어나 일을 하러 가곤 했건만, 동일한 수면 시간을 유지하려 해도 일찍 누워 봤자 잠이 오질 않으니 멀뚱거리게 되고 그러다 보니 괜히 시간이 아까워 기분이 상하고 그러다 보면 잠은 더 안 오고……. 결과적으로 평소보다 훨씬 늦은 시간에 잠들기 일쑤였다.

오늘도 마찬가지였다.

"윤희야, 일어나. 아침이야."

라플라카가 걱정스러운 얼굴로 윤희를 깨워보았다. 윤희가 맞춰놓은 핸드폰 알람은 이미 오래전에 꺼진 터였다. 그러나 윤희는 잔뜩 얼굴을 찌푸리곤 홱 돌아누웠다. 라플라카는 참을성 있게 한 번 더 윤희를 깨워보았다.

"그러지 말고 어서 일어나. 이러다 지각하겠다."

"쫌!"

윤희가 버럭 소리를 내질렀다. 어찌나 짜증스러워 보이는지 순간 라플라카의 미간에 주름이 잡혔다.

"이미 5시 반이거든?"

덕분에 튀어나간 목소리가 곱지 않았다. 윤희가 두 눈을 번쩍 떴다.

"뭐야! 왜 이제 깨우고 그래!"

물에서 건져 놓으니 보따리 내놓으란 격이었다. 라플라카는 어이없는 얼굴을 하고 있었다. 벌떡 일어난 윤희는 이불을 걷어차

고 욕실로 뛰어들어 갔다. 쾅, 하고 요란하게 문 닫히는 소리가
났다. 채 삼 분도 지나기 전에 그 문이 다시 열렸다. 물을 뚝뚝
흘리며 나타난 윤희는 잽싸게 다시 방으로 뛰어들어 갔다.

"밥 먹고 가야지."

어느덧 라플라카는 윤희를 안쓰러워하고 있었다. 문 뒤에서
대충 옷을 걸치고 구겨진 매무새를 매만지며 나온 윤희가 털썩
식탁에 앉았다. 미역국에 하얀 쌀밥이었다. 반찬이 몇 개 있었지
만 윤희는 거들떠도 보지 않았다. 그대로 밥그릇을 들어 국그릇
에 말아버린 윤희는 그러나 시계를 쳐다보느라 두어 숟갈 먹는
둥 마는 둥 하더니 벌떡 일어나 우물거리며 신발을 신고 뛰쳐나
갔다.

윤희가 뛰쳐나가고 홀로 남은 라플라카는 한숨을 쉬었다. 먹
는다고 먹었지만 국에 만 밥은 태반이 남아 있었다. 규정상 윤희
는 네 시간에 한 번씩 휴식 시간을 가졌다. 그러나 세 시간 늘리
면서 시간이 애매해진 탓에 정오에 한 번 남들보다 좀 더 긴 점심
겸 휴식 시간을 가졌다. 그때 점심식사를 겸하여 무료로 제공되
는 식사는 매장의 버거 세트 하나.

라플라카는 눈살을 찌푸렸다. 메뉴도 마음에 들지 않지만 정
오까지 무려 여섯 시간이다. 여섯 시간을 공복으로 근무해야 하
다니……. 라플라카는 벽에 걸린 시계를 확인했다. 아무래도 도
시락을 챙겨줘야겠단 생각이 들었다. 놓친 끼니는 평생 돌아오지
않는 법, 한꺼번에 두 배를 먹는 한이 있더라도 챙겨야 한다는 게
라플라카의 지론이었다.

계획이 정해지자 라플라카는 지체하지 않았다. 서둘러 대충

집안일을 마치곤 흥얼흥얼 주문 같은 콧노래를 불러가며 이것저 것 주섬주섬 꺼내 싱크대 위에 올려놓았다. 이내 라플라카는 돌 돌돌 김밥을 말기 시작했다. 안에 별다른 건 넣지 않았다. 그냥 신김치를 대충 씻어 참기름에 무친 게 다였다. 언젠가 한번 야식 삼아 해줬었는데 윤희가 무척 잘 먹던 것을 기억해 내고 선택한 메뉴였다. 윤희의 평소 식사량과 자신도 옆에서 같이 먹을 것을 감안해 넉넉히 만든 라플라카는 예쁘게 포장까지 마친 후 종이 쇼핑백에 챙겨 넣었다.

돼호는 라플라카가 마법으로 수를 써 햇빛이 더욱 잘 들게 해 둔 베란다의 빨래 건조대 위에 자신이 빨랫감이라도 된 것처럼 축 늘어져 해바라기를 하고 있었다.

"집 잘 봐라."

라플라카가 현관을 열며 돼호에게 당부했다. 돼호는 귀 한번 쫑긋거리는 게 다였다. 탕, 소리와 함께 문이 닫혔다. 잠시 고민 한 라플라카는 펑, 작은 모습으로 변했다. 쇼핑백을 두 손으로 든 그는 하늘 높이 떠올라 윤희가 일하는 매장으로 향했다.

바로 그 시각, 윤희는 한창 분주하게 주문을 받는 참이었다. 이 시각 주 고객은 유흥가의 야간 근무를 마치고 피곤에 절어 먹 는 것으로 스트레스를 풀려는 사람이 반, 밤새도록 신나게 놀고 헤어지기 아쉬워 아침을 핑계로 찾는 사람이 반이었는데 지역이 지역이니만큼 그 숫자는 무시하기 어려울 만큼 많았다.

윤희의 포스 옆 계산대에는 트레이 여러 개가 두 줄로 나란히 놓여 있었다. 한참 주문이 밀려 있는 참이었다. 그러나 줄은 줄 어들 기미가 보이지 않았다.

"콜라는 아이스커피로 바꿔주시고 사이드 메뉴는……."

포스 앞 손님이 말하는 것을 열심히 경청하고 있는데 옆에서 욕설이 들려왔다. 막 버거 두 세트가 담긴 트레이를 가져가는 커플이 있었는데 그중 남자가 뱉은 소리였다.

"아, 씨팔."

커플 간에도 아무렇지 않게 욕설을 주고받는 손님이 희귀한 것은 아니라 윤희는 흘려들었다. 윤희에게 열심히 주문하던 손님은 이제 막 영수증을 건네받은 참이었다.

"아, 씨팔! 침 튀었잖아!"

동시에 뭔가가 윤희를 향해 달려들었다. 윤희는 그게 뭔지도 모르면서 반사적으로 몸을 돌렸다. 촥, 소리와 함께 차가운 액체가 윤희의 팔과 유니폼을 적셨다. 촤라락 단단한 덩어리들이 떨어지는 소리가 같이 들려왔다. 툭 가벼운 무언가가 바닥에 떨어지는 소리도 함께 들렸다. 순간 매장은 정적에 휩싸였다. 윤희에게 달려든 것은 얼음이 가득 들어 있던 콜라 컵이었다.

윤희는 멍하니 서 있기만 했다. 몇 년째 이 일을 하고 있었다. 어지간한 진상 손님을 다 만나보았지만 한 번도 이런 경우는 없었다. 지금 콜라를 뿌린 게 맞기나 한 것인지 의문일 지경이었다.

"무슨 문제가 있으신가요?"

점장이 냉큼 달려왔다. 당연히 손님을 혼내기 위함이 아니었다. 그는 생글생글 미소 지으며 연신 손님의 눈치를 살폈다. 그나마 다행인 건 멍하니 선 윤희를 몸으로 가린 채였다. 그제야 다른 알바생들이 행주와 걸레 등을 들고 달려와 청소를 시작했다.

콜라를 끼얹은 남자가 목소리를 높였다.

"아, 씨팔! 주문받을 때 내 버거에 침이 튀었다고!"

"침이 튀었다구요?"

점장은 표정 관리를 위해 많은 힘을 써야만 했다. 대부분의 햄버거 매장이 그러하듯 직원의 정면에 포스가 있고 트레이는 그 옆에 놓아진다. 평소라면 포스 직원이 음식을 챙기기도 하지만 이렇게 바쁜 시간엔 챙기는 직원이 따로 있으니 윤희 같은 계산 직원은 작정하고 고개를 돌려 침을 뱉지 않는 이상 구조적으로 침이 튈 수가 없었다.

그러나 점장은 웃음을 잃지 않아야만 했다. 그게 대한민국 자영업자의 의무라고들 하지 않던가?

"죄송합니다. 버거를 교환해 드릴까요?"

"됐어! 기분 잡쳐서 어디 밥 먹겠나? 당장 환불해! 현금으로!"

영수증을 확인하니 카드로 결제한 건이었다. 그러나 점장은 군소리 없이 현금을 꺼내주었다. 돈을 받은 남자는 의기양양한 얼굴로 여자친구의 어깨에 팔을 두르더니 당당히 매장을 빠져나갔다.

"됐지?"

남자의 당당한 물음에 흥, 콧방귀를 뀐 여자는 힐끔 뒤를 돌아보며 낄낄거렸다.

윤희는 여전히 멀뚱히 서 있는 채였다. 대체 무얼 하려고 한 것일까? 겨우 버거 두 세트 가격을 카드깡 하려는 거였을까? 아니면 둘 사이에 무슨 내기가 있었나? 아니면 그저 단순히 갑질이 하고 싶었나? 아니면 진상 짓과 당당함을 구분하지 못한 모지리들에게 당한 것에 불과한 건가?

모두가 윤희의 눈치를 보았다. 심지어 홀에 가득했던 손님들 또한 윤희에게 동정의 눈빛을 보냈다. 점장은 이제 그만 퇴근하라고 조심스레 말을 건넸다. 그러나 윤희는 그대로 서 있을 뿐이었다.

그런 윤희를 일깨운 것은 라플라카였다.

언제부터 있었던 것일까? 허공에 둥실 뜬 라플라카가 윤희를 바라보고 있었다. 그를 보자마자 얼굴이 화끈거렸다. 윤희는 수치스러워 도망치듯 홀을 빠져나와 2층으로 뛰어 올라갔다. 다행히 그는 따라오지 않았다.

휴게실에는 때마침 퇴근을 하려던 알바생 하나가 있었다. 이미 상황이 벌어진 후에 올라온 터라 그녀는 윤희를 보자마자 눈치부터 살폈다. 윤희는 그녀의 그런 반응이 썩 기분이 좋지 않았다.

"지금 가니?"

"예."

윤희는 간단히 인사 정도만 건네곤 잔뜩 걸려 있는 유니폼 중 하나를 골라냈다. 어린 알바생이 놀란 눈으로 물었다.

"계속 근무하시게요?"

"응. 너희들은 용돈벌이겠지만 난 밥줄이 달린 일이거든."

말을 끝냄과 동시에 윤희는 후회했다. 괜한 사람에게 화풀이를 했다는 것에 죄책감이 밀려들었다. 그러나 사과까지는 하지 않았다. 최신 스마트폰을 사기 위해, 애인의 생일 선물을 사주기 위해, 비싼 가방을 사기 위해 아르바이트를 하는 애들이 평소 마음에 들지 않았던 참이다. 다행히 알바생은 윤희의 속뜻까지는 알아채지 못한 듯 아무렇지 않게 마저 채비를 마치곤 휴게실을 나섰다.

윤희는 콜라에 젖은 유니폼을 갈아입었다. 다시 입은 것 또한 누가 입었던 것인지 알 수 없어 찝찝했다. 그게 싫어 부러 유니폼 하나를 고정으로 들고 다니던 거였는데 오늘은 어쩔 수 없었다. 콜라에 젖은 것보다는 덜 찝찝했으니까.

옷을 갈아입고 다시 나온 윤희를 본 점장이 얼른 다가왔다.

"오늘은 가서 쉬지 않고?"

"무급이잖아요."

윤희는 한마디로 일축했다. 여전히 차가운 말투였다. 점장은 아무런 대꾸도 하지 않았다. 부당한 공격을 당한 것을 빤히 아는 터라 차마 무어라 할 수가 없었다.

윤희는 다시 미소를 지어가며 주문을 받았다. 상황을 목격했던 손님들은 윤희를 눈짓하며 자기들끼리 속닥거리기도 했다. 그걸 빤히 보면서도 윤희는 생글생글 미소를 잃지 않았다.

윤희가 휴게실로 뛰쳐 올라가던 그 순간, 잔뜩 화가 난 라플라카 또한 눈에 쌍심지를 켰다. 그는 자신의 의지와 상관없이 윤희에게 콜라를 부었던 커플의 뒤를 쫓았다.

"이제 믿는 거지?"

"그을쎄에?"

여자가 콧바람이 가득 들어간 목소리로 대답을 회피했다. 남자는 잔뜩 울상을 지으며 애원했다.

"이렇게까지 했는데 못 믿는단 거야?"

"그러니까 누가 그렇게 쳐다보래?"

여자는 팔짱을 낀 채 흥, 콧방귀를 뀌었다. 비굴하게 굽실거리는 남자를 깔아보는 모양새가 한껏 기세등등했다.

"아니 그러니까 알바생이 예뻐서 쳐다본 게 아니라니까? 고딩들이나 일한다고 생각했는데 웬 나이 많은 여자가 있어서 그런 거라니까?"

"내가 볼 땐 그게 아녔으니까 문제지."

"제발알, 왜 그래? 그래서 네가 하란 대로 했잖아?"

"겨우 그 정도 가지고?"

여자는 생글생글 웃어가며 남자를 이리저리 가지고 놀고 있었다.

그 장면은 그대로 라플라카를 활활 불태웠다.

그러니까 남자를 뒤에서 조종한 건 여자였다. 윤희를 빤히 쳐다보는 자신의 남자친구가 못마땅해서 그런 짓을 사주한 거였다. 아니 젠장, 남자친구의 행동이 마음에 들지 않으면 남자친구에게 직접 콜라를 뿌릴 것이지 왜 괜히 일 잘하고 있는 윤희에게 그런 짓을 하게 한단 말인가?

"오징어 같이 생긴 새끼들이 감히……."

라플라카가 까드득 이를 갈았다. 눈썹이 매섭게 치켜 올라갔다. 눈앞의 남자와 여자는 당연히 라플라카의 존재를 모른 채 연신 실랑이 중이었다.

"나한테 너뿐인 거 알잖아?"

"그래서 예쁜 여자만 보면 눈이 돌아가세요?"

"그건 남자의 본능이라고!"

"본능은 여자한테도 있거든?"

"여자의 본능이랑 남자의 본능이 급이 같냐?"

"왜? 여자는 사람도 아니냐? 남자의 본능 따위 개나 갖다 주라 그래!"

여자가 빽, 악을 쓰는 순간, 동시에 사방에서 똑같은 비명들이 터져 나왔다.

목이 터져라 소리를 지르던 여자가 허공에 붕, 떠올랐다. 잔뜩 당황한 여자는 물에 빠져 허우적거리는 것처럼 팔다리를 버둥거렸다. 그러나 아무것도 변하는 건 없었다. 그것을 깨달은 여자가 얼굴을 감싸 쥐고 미친 듯이 비명을 내지르기 시작했다. 멀거니 구경하던 남자는 그제야 여자친구의 허리를 부여잡고 끌어내리기 위해 안간힘을 썼다.

여자는 일 미터쯤 허공에서 꼼짝도 하지 않았다. 마치 수천 년 전 호박 속에 그대로 갇혀 버린 곤충이 그러하듯 대기 중에 갇혀 버린 것처럼 꼼짝도 할 수 없게 되었다.

여기저기 비명이 터지고 난리가 났다. 당사자는 어느새 혼절해 버리고 말았다. 그녀가 들고 있던 핸드백이며 스마트폰이며 갖가지 소지품들이 바닥에 떨어졌다. 여기저기 많은 사람들은 사진을 찍는다 동영상을 찍는다 난리였다.

"그러지 말고 119를 불러달라고!"

여태 싸우고 있었으면서도 그래도 애인이라 이건지, 남자는 바쁘게 촬영하는 사람들을 향해 욕설을 뱉어냈다. 그제야 지나가던 어떤 아줌마가 119에 전화를 거는 소리가 들렸다.

"흥, 그렇게 한 시간만 있어라."

밑미에 나지막하게 욕설까지 덧붙인 라플라카는 홱 몸을 돌려

다시 윤희가 일하는 매장으로 팔랑팔랑 열심히 날갯짓을 했다.

어느새 옷을 갈아입고 내려온 윤희는 다시 근무를 하고 있었다. 창밖에서 그걸 본 라플라카는 속이 상했다. 그런 일이 있었다면 하루쯤 쉬어도 되련만……. 사정을 너무 빤히 아는 탓에 쉬라는 말조차 건넬 수 없어 더욱 속이 상했다. 가서 위로해 주고 싶었지만 차마 용기가 나지 않았다.

물끄러미 한참 바라보던 라플라카는 휙 2층으로 날아올랐다.

"휴게실이 이쯤이었던 거 같은데……."

건물 외벽을 빙글빙글 돌던 라플라카는 휴게실을 발견했다. 다행히 날이 더워 창문이 열려 있었다. 라플라카는 훌쩍 휴게실로 들어가 코를 킁킁거려 가며 윤희의 사물함을 찾았다. 영차 사물함을 열어보니 윤희의 에코백이 보였다. 살짝 불룩하게 부푼 에코백은 군데군데 축축하게 젖어 있었다. 아마 젖은 유니폼이 들어 있는 모양이었다. 눈살을 찌푸린 라플라카는 가방을 구석으로 밀어놓고 자신이 들고 왔던 도시락을 얌전히 사물함 가운데 올려놓았다.

원래는 같이 수다라도 떨면서 먹을 생각이었지만 그럴 수가 없게 되고 말았다. 가라앉았다고 생각했던 화가 다시 치밀었다.

"한 시간으론 안 되겠어."

말을 마친 라플라카는 다시 창문으로 휙 뛰쳐나갔다.

사이렌 소리가 요란했다. 119대원들이 몰려와 온갖 궁리를 다 해보았지만 여자는 허공에서 꿈쩍도 하지 않았다. 이게 대체 웬일이냐고 여기저기 난리법석을 떨었다. 온갖 추론들이 난무했지만 그 어느 것도 이 상황을 속 시원하게 해주진 못했다.

그 난장판 속에 라플라카가 다시 나타났다. 여자에게 휙 다가간 라플라카가 험상궂은 얼굴로 말했다.

"그대로 두 시간 더 있어라 흥!"

말과 동시에 손가락을 휘둘렀다. 뾰로롱, 빛 가루가 나타나 여자에게 들러붙었다.

여자는 이후로도 한참을 더 허공에 머물러 있어야 했다.

묘하게도 평소와 달리 점심때가 다 되도록 바쁜 매장이 오늘처럼 고마울 때가 없었다. 한가하면 한가할수록 일이 더 힘겹다는 건 나름 이 바닥의 상식이었다. 그러나 오늘은 단지 그 이유 때문이 아니었다. 정신없이 바쁜 덕분에 불상사를 까맣게 잊고 일에 몰두할 수 있었기 때문이었다.

그러나 점심시간이 되자 망각은 저 멀리 물러가 버렸다.

"자, 오늘 점심."

점장이 트레이를 내밀었다. 콜라와 버거 그리고 감자튀김이 있었다. 트레이를 받으며 윤희가 물었다.

"한우 버거네요?"

아르바이트생에게 무료로 제공되는 버거엔 정해진 종류가 있었다. 단가 문제였는데 당연히 한우 버거는 거기에 속하지 않았다.

"됐어. 오늘은 그냥 그거 먹어. 미안하다. 내가 해줄 수 있는 게 그것뿐이라서."

윤희가 부드럽게 미소 지었다.

"아니에요. 평소에도 제 사정 많이 봐주시고 있는 거 알아요."

"그렇게 생각해 주니 고맙네. 어서 가서 맛있게 먹고 와."

"네."

윤희는 꾸벅 감사를 표하곤 2층 홀로 올랐다.

바쁜 시간이 지난 터라 2층은 아무도 없었다. 윤희는 창문 옆 끝자리에 앉아 버거를 베어 물었다. 평소엔 사 먹지도 못하는 한우 버거였지만 무슨 맛인지 하나도 알 수 없었다. 그러나 먹지 않을 수도 없었다. 아침까지 건너뛴 터라 남은 시간 또 힘내서 일하려면 뭐라도 먹어둬야 했다.

휴우, 윤희는 한숨을 내쉬었다. 버거를 다 먹고도 한참을 앉아 있었다. 평소엔 식사와 양치질만 끝나면 바로 내려가 일을 했으나 오늘은 시간을 다 채울 셈이었다. 그게 스스로에게 허락할 수 있는 유일한 위로였다.

"대체 왜 그랬을까?"

멍하니 창밖을 바라보던 윤희는 화들짝 놀랐다. 다른 생각을 해보려 했건만 어느새 콜라를 뿌린 남자에 대한 생각을 하고 있었다. 이럴 순 없었다. 뭔가 일을 해야 했다. 그러나 억울해서 근무는 할 수 없었다. 유니폼이 떠올랐다. 그 장면을 목격한 라플라카도 떠올랐다. 뒤이어 라플라카의 표정이 너무나 선명하게 떠올랐다. 마치 제 일인 것처럼 일그러져 있던 얼굴이었다. 그런 그에게 콜라에 절은 유니폼을 내밀 순 없었다. 윤희는 대충 물에라도 헹궈 널어놓고 가야겠다고 생각했다. 집에는 입고 있는 유니폼을 가져가면 그만이었다.

얼른 휴게실로 들어온 윤희는 사물함을 열었다. 그러곤 망연자실했다.

종이쇼핑백 하나가 사물함 안에 얌전히 놓여 있었다. 윤희는 그것이 라플라카가 들고 있던 쇼핑백임을 금방 떠올릴 수 있었다. 대체 왜 왔던 것일까? 가방을 열어본 윤희의 콧잔등이 시큰해졌다.

밀폐 용기에 깔끔하게 담겨 있는 김치 김밥을 본 윤희는 눈물을 흘리고 말았다.

윤희는 휴게실 의자에 힘없이 앉아 도시락을 열었다. 고소한 참기름 냄새가 확 퍼져 나왔다. 윤희는 김밥을 집어 들었다. 콜라에 햄버거 그리고 감자튀김까지 남김없이 해치운 상태였건만, 그래도 꾸역꾸역 입에 밀어 넣었다. 눈에선 자꾸만 눈물이 났다. 윤희는 꾹꾹 눈물을 참아가며 꼭꼭 김밥을 씹어 먹었다. 그렇게 기어코 도시락을 말끔하게 비워냈다.

속은 더부룩했지만 어느새 기분은 조금 좋아졌다. 덕분에 윤희는 오후 근무를 활기차게 시작할 수 있었다.

"언니, 언니! 이것 봤어요?"

또다시 눈 코 뜰 새 없이 바쁜 시간이 지나갔다. 가까스로 사태가 진정되고 다소 한가해진 홀을 한 바퀴 돌고 포스 앞으로 돌아온 윤희에게 옆 포스 알바생이 스마트폰을 내밀었다.

윤희는 이 예외의 상황에 어떤 반응을 보여야 할지 몰랐다. 나이 차이 때문인지 아르바이트생들은 같은 매장에서 일을 하면서도 어지간해선 윤희에게 친근감 있게 구는 사람이 거의 없었다. 그런데 옆 포스 알바생은 아침부터 근무하고 있었다. 당연히 오전의 일을 목격했을 터. 위로 아닌 위로를 해보고자 건넨 행동으로 짐작되어 윤희는 불편했다. 그러나 차갑게 내칠 수도 없었다. 벌써 다른 사람들에게 쏘아붙인 것을 후회하고 있는 참이었다.

"뭔데?"

윤희는 생긋 웃으며 그녀가 내민 화면을 쳐다보았다. 일반인이 직접 찍은 길거리 동영상이 분명한데 정작 화면 속 내용은 꼭 무슨 영화라도 되는 것 같았다.

알바생이 내민 스마트폰의 화면에는 웬 여자가 길거리 한복판에서 허공에 붕 떠올라 있고 그 여자를 끌어내리기 위해 안간힘을 쓰는 남자가 담겨 있었다. 윤희는 그들이 누군지 확실하게 기억해 내곤 눈살을 찌푸렸다.

"그 사람들이네?"

"맞아요. 근데 저 여자 저렇게 세 시간을 있었다네요?"

"세 시간?"

"예. 아까 사이렌 소리 들리고 구급차 지나가고 했었잖아요. 그게 다 이 여자 때문이었대요."

윤희는 그녀의 말에 다시 화면을 들여다보았다. 여자를 중심으로 한 배경은 윤희에게도 익숙했다. 육교를 지나 일이백 미터만 더 가면 나오는 곳이었다.

"완전 신기하지 않아요? 어떻게 저렇게 허공에 떠 있을 수 있죠?"

버거 진열대 뒤에서 다른 알바생의 머리 하나가 불쑥 솟아 올랐다.

"폴터가이스트 현상이라니까?"

포스 옆 창고에서도 누군가가 쑥 고개를 내밀었다.

"웃기지 마, 조작일걸?"

트레이를 정리하던 또 다른 알바생이 끼어들었다.

"야, 조금 전 아침에 있던 일이다. 그새 어떻게 조작을 하냐?"

"왜 못 해? 밥 먹고 영상만 편집하던 사람이면 다 하지."

"이게 어떻게 편집이냐?"

"너 그것도 못 봤냐? 편집의 대가, 해외 유튜버. 책 속에서 튀어나오기, 모니터 속에 들어가기 같은 거 많이 하잖아."

"에이 그래도 이건 아니지."

진열대 뒤의 남자 알바생이 자신의 의견도 좀 들어달라는 듯 목소리를 높였다.

"폴터가이스트라니까?"

갑자기 주방 쪽에서 일하고 있던 다른 알바생들도 우르르 끼어들었다. 윤희는 무척이나 바빴다고 생각했는데 다들 언제 저렇게 소식을 들은 건지 대단하단 생각이 들었다.

"뭐 확실한 건 벌을 제대로 받았다는 거지."

누군가의 말이 모두의 이목을 끌었다.

"벌을 받다니?"

"윤희 언니한테 콜라 뿌린 거, 그 커플이잖아."

모두가 일제히 윤희의 눈치를 보았다. 윤희는 씩 웃으며 아무렇지 않은 듯 스마트폰을 꺼내 자신도 영상을 찾기 시작했다. 윤희가 아무렇지 않아 보이자 그들은 다시 떠들기 시작했다.

"통쾌하긴 하다만 왜 남자가 한 짓에 여자가 벌을 받니? 그건 좀 그렇다."

때마침 홀을 한바퀴 돌고 들어오던 여자 알바생이 툭 말을 뱉어냈다.

"내가 아까 홀 정리하다 봤는데 그거 여자가 시킨 거야."

"여자가?"

"응."

"왜?"

"남자가 윤희 언니 쳐다봤거든. 예쁘다고."

정작 말한 당사자는 무심하게 행주를 빨기 시작했건만 다른 사람들은 일제히 윤희를 쳐다보았다. 이번엔 눈치를 보기 위함이 아니었다.

"그 남자 취향 참 독특하네……."

누군가 무의식중에 내뱉은 말을 그 옆 사람이 꼬집어 타박했다. 윤희는 못 들은 척했다. 다행히 순간의 묘한 분위기는 이내 다시 시작된 알바생들의 수다에 묻혀 사라졌다.

"그럼 벌 받은 거네?"

"천벌이야?"

"아냐, 폴터가이스트라니까? 귀신이라고!"

"조작이야. 편집 영상이라니까?"

손님이 하나도 없는 통에 알바생들은 왁자지껄 해당 영상의 진위 여부에 대한 진지한 토론을 이어갔다. 가만히 듣고 있던 윤희 또한 갑자기 궁금해졌다. 어떻게 사람이 허공에 떠 있을 수 있단 말인가?

몇 번의 손놀림만으로 윤희도 해당 영상을 찾아볼 수 있었다. 벌써 실시간 검색 1위라 찾아보기는 어렵지 않았다. 인터넷의 대단함이란…….

여자를 부둥켜안고 질질 짜는 남자를 쳐다보는 윤희의 얼굴에 통쾌한 미소가 떠올랐다. 완전 쌤통이란 생각을 하며 계속 동영상을 보다가 윤희는 갑자기 화면을 터치해 멈췄다.

남들 눈에는 보이지 않는, 그러나 윤희에게는 확실하게 보이는 라플라카가 영상에 잡혔다. 그는 팔락팔락 날개를 팔락이며 화면 한구석에서 갑자기 나타나서는 무어라 중얼거리더니 손가락을 휘두르고 사라졌다. 윤희는 라플라카가 중얼거린 장면으로 돌아가 소리를 키웠다.

[그대로 두 시간 더 있어라 흥!]

왁자지껄 떠들어대는 아르바이트생들의 소리와 영상 속 자동차 소음 등에 뒤섞여 정확하진 않았지만 어렴풋한 그의 목소리를 똑똑히 들을 수 있었다.

윤희의 얼굴에 배시시 미소가 떠올랐다. 기특한 녀석. 갑자기 답답했던 속이 뻥 뚫린 기분이었다.

"어, 언니? 무슨 기분 좋은 메시지라도 왔어요?"

옆 포스 직원이 물었다. 윤희는 얼른 스마트폰을 끄고 주머니에 넣으며 말했다.

"응. 되게 기분 좋은 메시지."

"흐응, 진짜 좋은 소식인가 봐요?"

"응."

윤희는 긴말 하지 않았다. 때마침 한 무리의 사람들이 매장에 들어왔다.

"어서 오세요!"

윤희는 활기차게 목소리를 높였다. 그렇게 오후 3시가 되었다.

근무를 마친 윤희는 산책을 생략하고 바로 집으로 향했다.

"어, 일찍 왔네?"

라플라카는 그렇게 물으면서도 전혀 당황한 눈치가 아니었다. 일찍 올 거라고 예상하고 있었다는 눈치였다. 윤희는 미소가 떠오르려는 것을 막고 무표정하게 대꾸했다.

"응."

라플라카는 도시락이 들었던 쇼핑백과 유니폼이 들어 있는 에코백을 받아 들고 윤희의 눈치를 살폈다.

"나 씻는다."

"어? 응. 그래."

윤희는 옷을 챙겨 들고 욕실로 향했다.

샤워를 하는 내내 윤희는 미소를 머금고 있었다. 분명 하루 종일 불쾌할 거라 여겼건만 왜 이리 기분이 좋은지 알 수 없는 노릇이었다. 그러나 욕실 문을 열기 직전 얼른 표정을 가다듬었다. 식탁 의자에 앉아 있던 라플라카가 벌떡 일어나서는 윤희를 살폈다. 윤희는 그를 외면하고 방에 들어가 침대에 드러누웠다.

잠시 방 밖에선 아무 소리도 들리지 않았다. 그러나 부지런한 그가 가만히 있을 리 없었다. 이내 도시락을 풀어 설거지를 하고 유니폼을 꺼내 빨래를 하는 소리가 들렸다. 가만히 누워 그 소리를 감상했다. 달그락달그락 쏴아 들려오는 사소한 소리들이 너무 정겨웠다.

일을 마친 라플라카가 슬그머니 윤희의 방에 들어왔다. 눈이 마주친 윤희가 살짝 미소 지었다. 윤희의 미소에 용기를 낸 라플라카가 얼른 침대 옆 방바닥에 앉았다.

"도시락 다 먹었더라? 양 많았을 텐데."

"배 터질 뻔했어. 도시락이 있는지 모르고 햄버거도 먹은 후에야 봤거든."

"에이, 그럼 남겨오지."

"날씨가 더워서 집에 올 때쯤이면 쉬었을걸?"

"그냥 버리면 되는 걸 왜……."

"네가 만든 거잖아. 아깝게 그걸 어떻게 버려."

"어…… 그러니까 나 때문에……."

라플라카가 바보 같은 얼굴을 했다가 이내 활짝 웃었다. 잘생긴 얼굴로 활짝 웃기까지 하니 윤희의 시름은 눈 녹듯 녹아버렸다.

"고마워."

"뭐가?"

"그 사람들한테 네가 벌 줬잖아."

라플라카가 얼굴을 붉혔다.

"어, 어떻게 알았어?"

"요즘 인터넷이 얼마나 무서운지 모르는구나?"

"벌써 떴어?"

"점심때 떴더라."

"엄청 빠르네……."

라플라카는 말을 하면서도 연신 이리저리 시선을 돌려댔다. 뭐가 그리 민망한지 도저히 윤희와 눈을 맞출 수 없는 모양이었다. 윤희는 그저 조용히 그런 그를 바라볼 뿐이었다. 한참이나 방황하던 라플라카가 바닥에 시선을 고정한 채 툭 뱉어냈다.

"미안해."

의외의 말에 윤희가 자리에서 일어나 앉으며 물었다.

"뭐가?"

"보통 남자들이 여자한테 손에 물 안 묻히게 해준다고 그러고 지켜준다 그러고 하는 거 나도 잘 알아. 근데 내가 할 수 있는 건 겨우 그 정도뿐이잖아."

윤희가 두 눈을 깜빡깜빡했다. 이내 얼굴이 붉어졌다. 라플라카는 저 말을 연인 사이에나 하는 거란 걸 알고 있는 걸까? 윤희는 얼른 대답을 생각해 내지 못했다. 그러나 바닥을 쳐다보는 그를 위로해야 했다. 윤희는 생긋 웃으며 입을 열었다.

"에이, 그거면 충분하지 뭐."

윤희가 말을 마치자 라플라카가 번쩍 고개를 들었다. 갑자기 마주한 강렬한 시선에 윤희는 살짝 몸을 뒤로 뺐다.

"내가 어디서 돈 벌고 그런 건 못 하지만⋯⋯."

라플라카가 잠시 뜸을 들였다. 윤희는 눈을 빛내며 다음 말을 기다렸다.

"맹세할게. 죽을 때까지 난 무조건 네 편이야."

"내 편?"

라플라카가 힘차게 고개를 끄덕였다.

"응. 네가 세상 모든 사람들이 손가락질할 만한 일을 벌였다 해도 끝까지 네 편이 되어줄게."

윤희는 뿌듯함과 뭉클함을 동시에 느꼈다. 마치 사랑 고백이라도 받은 기분이었다. 붕붕 떠오르려는 기분을 잘 달래 도로 주저앉힌 윤희가 빙그레 웃으며 물었다.

"너는? 라플라카 너는 그런 사람 있어?"

"어……."

라플라카는 연신 윤희의 눈치를 보며 머뭇거렸다. 그러다가 이내 결심한 듯 대답했다.

"없어."

"없어?"

"응, 없어."

라플라카의 고개가 힘없이 떨어졌다. 잔뜩 침울한 얼굴이었다. 윤희는 라플라카 쪽을 향해 침대에 엎드리며 말했다.

"내가 되어줄게."

"응?"

홱 고개를 돌린 라플라카는 예상보다 훨씬 더 가까운 곳에 있는 윤희를 보며 화들짝 놀랐다. 윤희는 턱을 괴며 웃었다.

"나도 되어준다고. 네 편."

잠시 물러나 있던 라플라카의 얼굴에 슬그머니 미소가 떠올랐다.

"진짜?"

"응. 세상 모두가 너를 손가락질하고 욕하는 일이 생겨도 나는 무조건 네 편을 들어줄게."

"고, 고마워."

라플라카는 금방이라도 울 거 같은 얼굴이었다. 겉모습은 세상 어디에도 없을 강인한 남자처럼 생겨놓고 어찌나 감정이 풍부한지…….

윤희가 벌렁 침대에 도로 드러누웠다.

"아, 오늘 같은 날 거하게 삼겹살 한번 먹어줘야 하는데……."

"삼겹살?"

"응, 삼겹살."

"먹을 거야?"

라플라카의 기대에 찬 목소리가 끝나기 무섭게 윤희가 무심하게 대꾸했다.

"아니."

그는 이내 시무룩한 얼굴이 되었다. 칫, 하는 소리도 윤희는 분명히 들었다. 윤희는 쿡, 웃음을 터뜨렸다. 그녀는 몸을 돌려 모로 눕더니 라플라카를 바라보며 물었다.

"고기가 그렇게 좋냐?"

"맛있잖아."

"채소는? 빵이나 케이크 뭐 이런 건 맛없어?"

"맛있긴 한데 고기만큼은 아냐."

"설마 고기보다 맛있는 게 없어?"

"음…… 있긴 있어."

"뭔데?"

"꿈."

"꿈?"

윤희는 바보 같은 얼굴로 멍하니 있다가 몸을 일으켜 앉았다.

"꿈이 맛있다고?"

"응."

"잠잘 때 꾸는 꿈?"

"뭐 이 꿈 저 꿈 가리는 건 아니라……. 꿈이라고 하기 뭐한가?"

윤희는 어리둥절한 얼굴이었다. 날개가 있어서 하늘을 자유자재로 날고 마법을 사용할 줄 안다는 건 알고 있었으나 꿈을 먹는다니?

"뭐야, 몽마야?"

라플라카가 눈살을 찌푸렸다.

"나 귀신 아니라니까? 몽마가 뭐냐?"

"써큐…… 아니, 그건 여자구나. 네가 인큐버스냐?"

"그런 거 아니거든? 그 꿈만 먹는 거 아니라니까?"

"그럼 네가 새 나라의 어린이야? 꿈을 먹고 자라는?"

라플라카가 한숨을 푹 내쉬었다.

"말을 말자."

"왜 그만해? 신기하잖아. 꿈을 먹는다고? 그건 무슨 맛이야?"

말을 말자면서도 라플라카는 순순히 설명해 주었다.

"꿈의 종류에 따라 달라. 달콤하고 시큼하고 쓴 것도 있고……."

"고기보다 더 맛있다며?"

"인간에게 설명할 수 없는 맛이 있어. 달고 짜고 쓰고 시고 한 거 말고 표현하기 되게 애매한 맛인데……."

라플라카는 그 맛이 어떤 맛인지 설명하기 위해 애썼다. 그러나 윤희는 도통 무슨 소린지 이해할 수 없었다. 라플라카가 하는 말을 이해하기 위해 두 귀를 쫑긋 세워가며 열심히 듣던 윤희는 그러나 엉뚱한 단어를 떠올렸다.

"몽식이!"

"몽식이?"

열심히 설명하던 라플라카가 되물었다. 잔뜩 기쁜 얼굴의 윤희가 손뼉을 치며 말했다.

"그래 몽식이! 꿈 몽 자에 먹을 식! 딱이네!"

"설마…… 별명이랍시고 지은 거 아니지?"

윤희가 능글맞게 웃었다.

"맞는데? 이제 너는 몽식이야!"

"나한텐 라플라카라는 어엿한 이름이 있거든?"

라플라카가 눈을 흘겼다. 윤희는 천연덕스럽게 받아쳤다.

"에이, 너무 길잖아. 몽식. 얼마나 좋아? 정겹고 친근하고 한
국말이기도 하고."

"네 글자나 두 글자나……. 그리고 내가 돼호냐? 왜 이름을 그
따구로……."

"네가 왜 돼호냐? 몽식이라니까?"

말문이 막혀 버린 라플라카가 작게 한숨을 쉬었다.

"그래 말을 말자."

모든 것을 체념한 눈치였다. 윤희가 생글거리며 살짝 눈을 흘
겼다.

"뭐야, 너 은근 마음에 드는 눈치다?"

라플라카가 찌릿, 윤희를 노려보았다.

"이게 어떻게 마음에 들어 하는 것처럼 보인단 거야?"

"맞잖아! 맞잖아! 너 지금 좋아하는 거잖아!"

"아니라니까!"

"그래! 이제 네 이름은 몽식이야! 몽식아!"

"나는 라플라카라고!"

라플라카가 발악해 보았지만 아무 소용없었다.

"몽식아, 나 배고프다. 밥 안 해?"

"나는 라플……."

반박하려던 라플라카는 윤희의 손가락을 따라 시계를 확인하더니 벌떡 일어났다. 벌써 오후 5시였다. 그러나 반박을 포기하지도 않았다.

"내 이름은 라플라카야. 라.플.라.카."

"알았어, 몽식아. 얼른 밥 해줘. 나 배고파."

"으이그……."

라플라카는 고개를 절레절레 흔들며 방을 나섰다. 식탁 의자에 걸쳐 있던 앞치마를 두른 그는 밥솥을 열어 내솥을 빼내 쌀통으로 다가갔다. 그 모습을 목을 길게 빼고 쳐다보던 윤희가 외쳤다.

"몽식아, 오늘 반찬은 뭐야?"

라플라카는 이제 모든 것을 체념한 얼굴로 대답했다.

"계란말이."

"오예! 내가 좋아하는 계란말이다!"

쌀을 푸던 라플라카가 씩 웃었다. 어느덧 윤희가 아침나절의 그 일을 완전히 잊은 것 같아서 참 다행이란 생각을 했다.

귀인

갑작스레 찾아온 몇몇 변화에 싱숭생숭하여 그간 제대로 글을 쓰지 못했던 윤희는 금요일 오후, 퇴근 이후 주말 내내 불태워 보겠노라 다짐을 하며 노트북 앞에 앉았다. 그러나 그런 윤희의 결심을 비웃기라도 하듯 핸드폰이 요란하게 울렸다. 모르는 번호였다.

"스팸이야?"

콩나물을 다듬던 라플라카가 소리를 높여 물었다. 눈과 손은 여전히 하던 일에 집중한 채였다.

"스팸 아니거든?"

윤희가 발끈했다. 제아무리 외로워도 슬퍼도 울지 않는 캔디폰이라지만 저렇게 대놓고 스팸 취급이라니…….

"그럼 누구야?"

"모르겠어. 모르는 번호이긴 한데 스팸 같지는 않고……."

"뭐야, 모르는 번호면 스팸 맞네."

윤희는 찌릿 라플라카를 노려보았다. 그러나 그는 콩나물을 다듬는 데 여념이 없어 보였다. 윤희는 화를 낸 자신이 한심스러워 고개를 절레절레 흔들곤 다시 전화를 쳐다봤다.

010으로 시작되는 핸드폰 번호였다. 뒷자리 네 번호가 묘하게 눈에 익었다. 윤희는 잠시 고민했다. 받아야 하나 말아야 하나……. 윤희는 전화를 받기로 했다.

"여보세요?"

[번호 안 바뀌었구나? 오랜만이야!]

상대방은 쾌활해 보였다. 윤희는 그 목소리를 대번에 알아들었다.

"소현…… 이니?"

[응. 나야!]

"세상에! 이게 꿈이야 생시야?"

[볼이라도 한번 꼬집어보든가?]

윤희는 실제로 그렇게 했다. 꿈이 아니었다.

소현과 윤희는 대학교 1학년을 함께 보낸 절친한 친구였다. 둘 사이엔 서로의 애인조차 질투할 만큼 끈끈한 우정이 있었다. 비록 대학 오티 때 처음 만나 겨우 일 년 남짓에 불과한 짧은 우정이었으나 당당히 소울메이트라고 할 수 있는 그런 친구였다.

"기집애야, 그동안 뭐하고 산 거야?"

[만나서 이야기하자. 오늘 시간 돼? 내가 저녁 사줄게.]

시계를 확인한 윤희는 흔쾌히 수락했다. 수다를 떨고 싶은 마음은 굴뚝같았으나 뒤로 미루기로 했다. 두 여자는 아쉬움을 뒤로한 채 전화를 끊었다. 어느새 라플라카가 방문 너머로 고개를 내밀고 있었다.

"어디 가?"

"응. 저녁 약속이 생겼어."

"그래? 그럼 같이 가."

말과 동시에 그는 자리에서 일어나 앞치마를 벗었다. 윤희가 얼른 손사래를 쳤다.

"아냐. 오늘은 그냥 집에 있어."

"왜?"

라플라카는 불만이 가득해 보였다. 윤희는 피식 웃더니 대꾸했다.

"남자 만나러 가는 거 아니다."

라플라카가 흠흠, 헛기침을 하더니 소리를 높였다.

"내, 내가 뭐 남자 만나러 간다고 해서 같이 간단 건 줄 아냐? 친구 만나 저녁 먹고 수다 떨고 뭐하고 하다 보면 늦을 거 아냐."

윤희는 라플라카의 그런 반응이 무척이나 마음에 들었다. 그러나 아무리 그렇다고 한들 같이 갈 생각은 없었다.

"마중 나오면 되잖아. 내가 전화……."

분주히 외출 준비를 하며 대꾸하던 윤희는 말을 끊었다.

"내가 전화기가 어디 있다고 그러냐?"

라플라카가 투덜투덜거렸다. 윤희는 얼른 쾌활하게 말을 이었다.

"괜찮아. 이 동네 보기보다 치안도 좋고 또 내가 얼굴이 무기

잖냐."

"됐어."

라플라카는 다시 의자에 주저앉아 콩나물 손질을 시작했다. 앞치마가 여전히 의자에 걸려 있는 걸 보면 단단히 삐진 모양이었다.

"올 때 삼겹살 사올게."

"됐어. 나도 혼자 가서 먹을 수 있어."

"남들 먹으려는 거 감질나게 훔쳐 먹는 거 말고 당당히 먹을 수 있게 사온다니까?"

라플라카는 윤희의 말을 귓등으로도 듣지 않았다. 윤희는 그를 달랠 수 있는 방법이 있다는 걸 알았다. 그리고 그 방법은 백 퍼센트 성공할 거란 것도 알았다. 그러나 그럴 수 없었다. 소현의 눈에는 보이지도 않을 라플라카를 데리고 가봤자 세 사람이 함께 어울릴 수도 없는 노릇이 아니던가?

윤희는 꿋꿋이 그를 외면한 채 준비를 마치고 신발을 신었다.

"다녀올게!"

윤희가 들고 날 때마다 미소로 배웅해 주던 라플라카는 여전히 콩나물과 사투를 벌이고 있었다. 윤희는 다소 씁쓸한 기분으로 집을 나서야 했다.

커피숍에 도착한 윤희는 자리를 잡고 앉아 연신 사방을 두리번거렸다. 소현이 어떤 모습일지 무척 궁금했다. 그렇게 혼자 멀거니 앉아 있는데 웬 세련된 여자가 커피숍으로 들어왔다.

파마약 냄새 물씬 풍길 것 같은, 컬이 생생하게 살아 있는 머리칼에 전문가가 공들여 했을 법한 풀메이크업, 명품에 전혀 관심 없는 윤희조차도 명품임을 짐작할 수 있는 가방과 선글라스, 들고 있는 모든 것이 짝퉁일지도 모른단 의심 따위 한 방에 날려 버릴 당당한 행동까지⋯⋯. 뭐 하는 여자일까 윤희가 궁금해하고 있는데 그녀가 다가왔다. 윤희는 속으로 어, 어, 하며 당황했다.

"안녕? 넌 하나도 변한 게 없네?"

여자가 선글라스를 벗었다. 소현이었다. 윤희는 잠시 넋을 잃었다. 청바지에 티셔츠 한 장 대충 걸치고 나온 자신이 다소 민망할 지경이었다.

"뭐 해?"

자리에 앉은 소현이 물었다.

"너 로또 맞았니?"

대뜸 윤희가 꺼낸 질문에 소현이 큰소리로 깔깔깔 웃었다. 사방에서 시선들이 쏟아졌지만 그녀는 전혀 개의치 않았다.

"뭐 로또 맞은 건 아니야. 피눈물 흘려가며 모았을 뿐이지."

"피눈물?"

"너 계좌 번호나 불러봐."

"계좌 번호?"

모른 척 되물으면서도 윤희는 은근 기대를 했다.

"그래. 너한테 빌린 돈 이자까지 톡톡히 쳐서 갚아야지."

"아⋯⋯."

윤희는 마치 그때까지도 그 사실에 대해 까먹고 있었다는 것처럼 대꾸하며 어색하게 스마트폰을 뒤졌다. 참, 민망했다. 사실 전세금에 대한 이야기를 들었을 때 가장 먼저 떠오른 것은 소현이었다. 0.1초 만에 사라지긴 했지만 말이다. 돌려받을 생각 따위 하지 않고 빌려준 거라고 스스로에게 수십 번 다짐했지만 사람 마음은 참 간사한 법이라 잊을 수가 없었고 지금 이 순간 은근 기대까지 하게 되었다.

윤희는 얼른 마음을 다스리며 계좌 번호를 알려주었다. 소현은 스마트폰을 한참 만지작하더니 이내 내려놓았다.

"확인해 봐."

"됐어. 네가 어련히 알아서 안 했을까 봐?"

"뭐야? 이자를 제대로 붙였는지 확인도 안 해보는 거야?"

"이자? 야, 너는 우리 사이에 이자가 뭐냐? 원금만 보냈으면 되는 걸……."

윤희는 눈을 흘기며 은행 앱을 켰다.

"네 계좌 번호나 다시 불……."

그러나 곧 말을 멈췄다. 일, 십, 백, 천, 만……. 윤희는 몇 번이고 화면의 숫자를 세어봐야했다. 소현이 웃으며 말했다.

"천오백 보냈어."

"야, 무슨 이자가 오백이나 해?"

"오래 걸렸잖아."

"그래도……."

"고마워서 그러지."

"아니, 우리 사이에……."

"뭐 마실래?"

"응? 아, 난 아이스아메리카노."

"알았어. 기다려."

소현은 우아하게 일어나 커피를 주문하러 갔다. 윤희는 얼른 벌렁이는 심장을 부여잡고 한 번 더 스마트폰을 확인했다. 에누리 없이 정확히 천오백만원이 입금되어 있었다. 세상에! 그동안 무슨 일이 있었길래 이렇게 많은 돈을 턱 내놓는단 말인가?

잠시 후, 커피를 들고 돌아온 소현이 윤희 앞에 잔을 내려놓으며 말했다.

"너 아니었음 울 엄마는 수술도 못 받아보고 그냥 가셨을 거야."

"어……."

소현의 말끝이 묘해서 윤희는 잠시 머뭇거렸다. 소현이 생긋 웃었다.

"수술 받고도 한참 투병하시다가 가셨어."

"아, 미안해……."

저절로 나온 대답이었다. 소현은 고개를 흔들었다.

"아냐. 그래도 수술이라도 해보고 가신 게 어디야? 안 그랬으면 당장 돌아가셨을 텐데. 죽을 때까지 한이 됐을걸?"

"그럼 학교는?"

"수술비가 모자랐거든. 결국, 구하질 못해서 대출했어."

대학생이 어디 가서 대출을 받는단 말인가?

"그럼 그 대출은 다 갚은 거야?"

걱정에서 우러나온 진심 어린 질문이었다. 대출금이 남아 있는 상태라면 자신의 돈쯤, 언제 갚아도 상관이 없었다. 아니, 갚지 않아도 상관없었다. 소현은 그만큼 소중한 친구였으니까.

소현은 활짝 미소 지었다.

"괜찮아. 이제 빚 없어. 그리고 나 이제 제법 돈 잘 벌어."

"아니, 너나 나나 가진 밑바탕 훤한데 대체 뭘 어떻게 번 거야?"

윤희는 선글라스와 가방 등을 훑으며 물었다.

"응, 업소 나가."

"업소?"

순간 모임에서 들었던 이야기가 떠올랐다. 윤희는 얼어버렸다.

"설마……."

"맞아. 네가 생각하는 거."

윤희는 얼른 커피 잔을 들었다. 설마 그게 진짜였단 말인가? 그러나 소현이 되레 의외라는 얼굴이었다.

"너 SNS 안 하니?"

"아니, 하는데……."

"근데 왜 몰라? 한참 강남패치 떠들어댈 때마다 내 사진도 덩달아 따라다녀서 제법 골치였는데 그거 못 본 거야?"

"그게 다 진짜가 아니라고도 하니까 설마설마했지."

사실이었다. 닮은 사람일 거라고 생각하며 흘려 버린 터였다. 소현은 의자에 몸을 묻으며 말했다.

"하긴 진짜 나 같은 애들은 몇 없더라. 태어나면서 금수저 물고 난 애들 부러워서 저지른 거 하며 사귀자고 했다가 까였다거나 별별 말도 안 되는 이유 때문에 사진이 뜬 애들도 있긴 하더라고."

"그걸 어떻게 알아?"

"고소했었거든."

"고소?"

"응. 근무 시간이 아닐 때는 맘 편하게 있을 권리가 우리도 있어. 우리도 사람이잖아? 근데 그 사진 떠돌기 시작한 후로 마트 한번 편하게 갈 수가 없으니…….”

소현은 자신도 모르게 가방을 열었다가 윤희를 힐끔거리더니 다시 닫았다. 짧은 순간 담뱃갑이 슬쩍 나타났다 사라진 것을 윤희는 똑똑히 보았다.

"근데 술집 여자라고 제대로 조사를 안 해주더라고. 그래서 성질이 나서 사람을 좀 고용해서 이것저것 알아봤거든.”

"……그래서 범인은 잡았어?”

소현은 태연하게 어깨만 으쓱했다. 그게 긍정의 의미인지 부정의 의미인지 윤희는 알지 못했다. 윤희는 물끄러미 소현을 바라보기만 했다. 소현도 마찬가지였다. 한참을 그렇게 바라보기만 하다가 소현이 입을 열었다.

"너, 놀랬니? 내가 그런 일 해서?”

"응? 아, 놀랬지. 안 놀래면 이상하지.”

당연히 놀랄 일이었다. 소현과 윤희는 전혀 다를 바 없는 꼭 쌍둥이 같은 친구였었다. 사고방식에 가치관까지 같아서 감탄스러울 때가 한두 번이 아니었거늘…….

"실망했니?”

"실망을 했냐고?”

되물었던 윤희가 피식 웃었다.

"아니, 무슨 실망씩이나. 그냥 그렇게 된 상황이 안타까운 거지. 그 일 한다고 해서 네가 네가 아니게 되는 건 아니잖아.”

"역시, 그래서 말한 거야. 너라면 흰눈으로 날 보지 않을 거 같아서."

"소현이 너니까 그런 거야. 다른 사람이었으면 나도 색안경 끼고 봤을걸?"

"왜? 너 남자친구 있니?"

순간 라플라카가 떠올랐다. 그러나 윤희는 시치미를 뗐다. 라플라카가 애인인지 아닌지도 솔직히 자신이 없었다. 사랑한단 고백을 주고받은 것은 아니지 않던가?

윤희는 애써 그에 관한 생각을 몰아내고 물었다.

"남자친구가 뭔 상관인데?"

"대부분 내가 남자친구나 남편을 빼앗을 거로 생각하더라."

"뭐?"

소현은 한심하다는 듯 고개를 절레절레 흔들었다.

"나한테도 엄연히 취향이라는 게 있는데 꼭 오징어 같은 남친을 둔 애들이 더 그러더라니까?"

한숨을 폭 내쉬며 한심하다는 듯 고개를 절레절레 흔든 행동까지 더해지는 바람에 윤희는 깔깔깔 시원하게 웃음을 터뜨리고 말았다. 소현은 자신의 작은 유머가 먹힌 것이 만족스러운 듯 윤희를 흐뭇하게 바라보았다.

"그래서 넌 뭐 하고 사니?"

"나? 나야 예전하고 똑같지 뭐. 학교 졸업하고 지금은 아르바이트하면서 글 써."

"등단은 했고?"

"아직……."

커피를 마시는 윤희는 표정이 씁쓸해 보였다. 소현은 얼른 쾌활하게 분위기를 띄웠다.

"니가 썼던 소설들, 교수님들이 참 뭐라고 많이들 했었는데."

"자네의 소설엔 철학이 없네."

윤희가 근엄한 목소리로 말했다. 소현은 커피를 마시려다 말고 도로 내려놓았다.

"야, 너 아직도 교수님 목소리 똑같이 흉내 내는구나?"

윤희가 어깨를 으쓱했다.

"내 유일한 개인기라고나 할까?"

"교수님은 늘 네 글에 트집 잡기 바빴지."

"꼭 너한텐 안 그러셨던 것처럼 말한다, 너?"

"뭐, 나야 늘 잘썼다 잘썼다 칭찬해 주시지 않았던가?"

"웃기시네! 싸구려 삼류 연애소설이라는 소리에 질질 짜던 게 눈에 선하네요."

"어머, 그랬니? 근데 난 왜 기억에 없지?"

소현은 태연하게 커피 잔을 들었다. 낄낄거리고 웃던 윤희도 커피를 마셨다.

수다는 한참을 계속되었다. 그간 밀린 수다가 어찌나 많은지 한두 시간을 그대로 죽치고 앉아 수다를 떠느라 정신이 없었다. 서로의 글에 잔소리를 해대던 선배들을 몰래 골탕 먹인 이야기를 할 때는 커피숍 안에 있는 모든 사람들의 눈치를 살 지경이었다.

간신히 웃음을 잠재우며 주위를 둘러본 소현이 자리에서 일어났다.

"가자. 내가 밥 사줄게."

"그래, 가자."

윤희는 흔쾌히 자리에서 일어났다. 소현은 윤희를 지하 주차장으로 이끌었다. 방금 세차를 끝마친 듯 흠집 하나 없이 미끈하게 빠진 묵직한 차 한 대가 방정맞게 삑삑거렸다.

윤희는 과장되게 놀란 척을 했다.

"돈 진짜 많이 벌었나 보네?"

"뭐, 내가 한다면 하니까."

"그래 네가 좀 많이 독종이었지."

"독종한테 한번 물려볼래?"

소현이 앙칼진 표정으로 앙, 금방이라도 물어뜯을 듯 윤희에게 달려들었다. 윤희는 깔깔거리며 냉큼 조수석에 올라탔다. 운전석에 올라탄 소현은 능숙하게 차를 몰았다.

어두컴컴한 주차장을 빠져나오자 윤희의 눈에 가게 하나가 보였다. 그 가게를 본 순간 떼어놓고 온 라플라카가 생각났다.

"어, 잠깐만."

윤희는 소현에게 양해를 구했다. 소현은 궁금해하는 얼굴로 차를 세웠다.

"왜?"

"잠깐 들를 데가 있어서."

"그래?"

소현은 더 캐묻지 않고 윤희를 따라 차에서 내렸다. 윤희는 얼른 길을 건너 가게로 들어갔다.

"어서 오세요!"

"폰 하나 보여주세요."

휴대폰을 판매하는 통신사 대리점이었다. 선글라스 끝을 살짝 입에 물고 소현이 물었다.

"휴대폰 바꾸게?"

"어? 아니 그건 아니고……."

윤희는 머쓱해했다. 윤희는 이런저런 기기를 둘러보며 물었다.

"요즘 제 또래 남자들은 어떤 걸 젤 좋아하죠?"

직원이 친절하게 이것저것 꺼내 보여주는데 소현이 눈을 동그랗게 떴다.

"뭐야, 애인 사주는 거야?"

직원이 소개해 주는 스마트폰은 가장 최근에 나온 가장 비싼거였다. 윤희는 소현의 말을 못 들은 척 직원에게 이것저것 물었다. 소현이 눈을 가늘게 떴다.

"흐응, 아까는 애인 없는 것처럼 굴더니? 누구야? 내가 아는 사람이야?"

"아냐, 내 거야."

윤희는 꿋꿋하게 철판을 깔았다. 소현은 콧방귀를 뀌었다.

직원은 요금제를 설명해 주면서 당연하다는 듯 기기값을 할부로 처리하려 했다. 윤희는 당장 직원을 만류했다.

"아뇨. 기기값은 일시불로 해주시구요 요금제는 제일 저렴한 걸로 해주세요. 약정 최대한 길게 해서요."

윤희의 다소 상반된 주문에 직원이 잠시 멈칫했다. 그러나 곧 능숙하게 요청을 처리하기 시작했다. 윤희는 당당하게 체크카드를 꺼내 들고 직원이 내민 서류에 서명했다. 가격이 제법 됐지만 이상하게 아깝단 생각은 전혀 들지 않았다.

"얘, 여자는 그렇게 목매달고 살면 안 된다? 좀 밀어내는 맛이 있어야 오래 가는데…….”

소현이 옆에서 연애에 관한 훈수를 두었다. 윤희는 한 귀로 듣고 한 귀로 흘리면서 꿋꿋하게 스마트폰이 들어 있는 쇼핑백을 받아 들었다.

두 사람은 다시 길 건너 차에 올라탔다. 소현은 계속해서 애인에 대해 물어왔다.

“되게 잘생겼나 부다?”

“잘생기긴 했지.”

윤희는 반사적으로 대답하고는 얼른 입을 다물었다. 소현이 깔깔깔 큰 소리로 웃었다.

“야, 아무리 그래도 그렇지. 휴대폰을 턱하니 사주냐? 이거 이거 위험한데?”

“그래서 그런 거 아냐.”

윤희는 답답했다. 속 시원히 말해주고 싶었지만 솔직히 말해본들 믿어줄 만한 일이 아니지 않던가?

“아무리 무슨 복잡한 사정이 있다 해도 여자는 자존심이 최고야. 남자는 너무 다 내놓고 좋다고 하면 한순간에 상대를 자기 발아래 깔아놓고 보는 동물이라니까?”

소현의 일장연설이 시작되었다. 그 바닥에서 돈을 벌어 성공했으니 그 말이 모두 진실인 것은 사실이겠으나 윤희는 그냥 흘려들었다. 라플라카는 소현이 말하는 그런 남자들과는 태생부터가 다르지 않던가?

혼자 열심히 떠들던 소현의 수다는 어느새 다른 주제로 옮겨갔다. 아마도 윤희가 그 주제를 껄끄러워한단 걸 눈치챈 모양이었다. 다행히 이야기의 주제가 바뀌자 윤희는 다시금 자연스럽게 수다에 참여했다.

그렇게 멈추지 않는 수다와 함께 도착한 곳은 윤희로서는 생전 제 돈 내고는 가보지 못할 비싼 식당이었다. 하루 이틀 전에 예약해 두지 않으면 아예 식사가 불가능할 만큼 유명한 셰프의 이름이 떡하니 걸린 레스토랑을 본 윤희는 잠시 다른 곳이 어떻겠느냐는 말을 꺼내보았다. 소현은 생긋 웃으며 말했다.

"괜찮아. 내 거야."

그러곤 당당히 문을 열었다. 윤희는 고개를 절레절레 흔들더니 뒤를 따랐다. 소현을 발견한 직원들이 일제히 고개를 숙였다. 소현은 생긋 웃으며 익숙하게 창가 자리로 찾아들었다.

TV에 자주 나오는 셰프가 다가와서는 꾸벅 고개를 숙였다.

"친구분이신가요?"

"예. 가장 친한 친구죠. 오늘 컨디션은 어떠세요?"

"최상입니다. 어떤 걸로 준비해 드릴까요?"

"가장 자신 있는 걸로 해주세요. 오늘 오랜만에 만난 은인한테 제 자랑을 좀 해야 되거든요."

셰프가 고개를 돌려 윤희를 보았다.

"이런, 있는 솜씨 없는 솜씨 다 부려야겠군요."

"예, 꼭 천상의 맛을 보여주셔야 해요."

"물론입니다."

셰프가 생긋 미소 지으며 다시 정중히 인사를 했다. 윤희는 뭐에 홀린 듯 멀어지는 셰프의 뒷모습을 바라보았다.

"유부남인 거 알지?"

윤희가 얼른 고개를 돌리며 헛기침을 했다.

"그런 거 아냐. 아이돌을 처음 본 팬의 심정이랄까?"

"너도 셰프 팬이야?"

"아니 뭐, 팬이라기보다는 TV에서나 보던 양반이 눈앞에 있는 게 신기해서."

"사인이라도 받게?"

윤희가 피식 웃으며 손을 내둘렀다.

"됐어. 그런 거 받아서 어디다 쓰니?"

"나는 받았는데? 후라이팬에다가."

윤희가 눈을 동그랗게 떴다.

"네 직원인데?"

"그게 무슨 상관이야? 잘생기고 유명하니 받아두면 혹시 아니? 더 유명해지면 후라이팬 가격이 백배가 될지?"

"뭐야, 재테크냐?"

"당연하지."

당연하단 소현의 표정에 윤희는 터져 나온 웃음을 막지 못했다. 소현이 따라 웃었다. 후라이팬에 사인을 받은 것이 사실인지 거짓인지는 알 수 없어도 윤희의 긴장을 풀어주기 위해 꺼낸 이야기인 것은 확실했다. 덕분에 윤희의 비싼 식당에 대한 주눅은 오래가지 않았다.

"요즘 글쓰기는 어때?"

"그냥 그렇지 뭐."

"여전히 헷갈리지 않니?"

"뭐가?"

"쓰고 싶은 글과 써야 하는 글 사이에서."

"그런 고민이야 오래전에 끝냈지."

"써야 하는 글을 쓰는거로?"

"별수 있니? 등단은 해야지."

때마침 샐러드가 도착했다. 식탁 위에 놓인 샐러드는 평소 음식 사진을 즐겨 찍지 않는 윤희더라도 당장 찍고 싶을 만큼 예뻤다. 그러나 보기 좋은 떡도 윤희의 가라앉은 마음을 달래주지 못했다. 윤희를 물끄러미 바라보던 소현이 얼른 화제를 돌렸다.

"리코타치즈 샐러드야. 먹어봐. 직접 만든 치즈라 맛있을 거야."

"치즈를 직접 만든다고?"

"응. 식재료는 모두 시외곽 농장에서 직접 키워. 셰프는 젖소도 길러야 한다는데 어휴, 그건 만만한 일이 아니더라고."

소현의 시도는 먹혀들었다. 그렇게 두 여자의 수다는 2차전을 벌였다. 밥이 코로 들어가는지 입으로 들어가는지 옆에서 보는 사람이 신기할 지경이었다. 깊은 밤이 내려앉자 두 여자는 3차전을 벌이기로 했다. 소현의 제안에 윤희는 흔쾌히 콜을 외쳤다.

와인을 마신 탓에 소현은 대리기사를 불렀다. 소현은 자동차의 내비게이션에 목적지를 설정해 주었다. 대리기사는 목적지까지 두 사람을 안전하게 데려다 주었다. 차에서 내린 두 사람이 도착한 곳은 제법 고급스러운 바였다.

"설마 이것도 네 거야?"

"응."

소현은 무심한 듯, 그러나 당당히 생긋 웃으며 대꾸했다.

"흐응, 진짜 돈 많이 버나 보네."

윤희가 감탄을 터뜨렸다. 작은 인테리어 소품 하나까지 범상치 않은 바였다. 소현이 두툼한 유리문을 밀자 누군가 달려와 얼른 고개를 숙였다.

"사장님 오셨어요?"

키 크고 잘생긴 미남자였다. 남자는 생글생글 미소 지으며 소현을 맞았다.

"오늘은 사적인 일로 온 거니까 너무 신경 쓰지 말고, 이쪽은 내 친구예요. 허윤희. 윤희야, 이쪽은 이 실장."

"안녕하세요."

"안녕하세요! 유유상종이시라더니 친구분도 미인이시네요?"

남자는 붙임성이 좋아 보였다.

"이 실장, 그러지 마라. 얘 남친 있다."

"골키퍼 있다고 골 안 들어가나요?"

이 실장이 능글맞게 웃었다.

"골 들어갔다고 골키퍼가 바뀌는 거 봤니?"

소현은 태연하게 응수했다.

"역시, 사장님 말빨은 못 따라가겠네요. 이쪽으로 오세요."

너털웃음을 터뜨린 이 실장은 두 여자를 한쪽 구석 자리로 인도했다. 외부의 시선을 최대한 차단할 수 있는, 그러나 가장 편안해 보이는 자리였다.

잠시 기다리니 술이며 안주가 들어왔다. 윤희는 생전 처음 보는 술병을 들고 흔들었다.

"네 덕분에 별걸 다 마셔본다."

"조심해라. '한 잔'은 그거 마시면 죽을걸?"

술을 한 잔만 마셔도 얼굴이 빨개지는 윤희의 학창시절 별명은 '한 잔'이었다.

"괜찮아. 너 있잖아! 건배하자, 건배!"

윤희는 환히 웃으며 술을 따랐다.

그렇게 시작된 술은 한 잔이 두 잔 되고 두 잔이 석 잔이 되었다. 윤희는 어느덧 자신이 얼마나 마셨는지 기억도 할 수 없을 지경이 되고 말았다. 소현과의 수다가 더해지자 그 정도는 더욱 심했다.

한참을 신나게 마시던 소현은 어느 순간 윤희가 한계에 다다른 것을 알았다. 윤희는 더 마시자고 성화였으나 소현은 어린아이를 대하듯 어르고 달래 자신의 차에 태웠다.

"이사한 거 같던데 어디 살아?"

윤희는 술에 취했음에도 집 주소만큼은 또렷하게 술술 불었다. 소현은 윤희가 말한 주소를 내비에 찍었다. 금세 대리기사가 도착했다. 집에 가는 내내 윤희는 소현에게 엉겨 붙었다.

"이 나쁜 년. 어뜨케 연락 한 번이 없냐아?"

"그러게나 말이다."

소현이 피식 웃었다.

"앞으론 자주 볼 거지?"

윤희는 헤벌쭉 웃으며 소현의 어깨에 머리를 기댔다. 픕, 웃은 소현이 그 머리를 밀어내며 말했다.

"너 술주정 여전하구나?"

"나 안 취했는데?"

윤희는 정색하곤 똑바로 앉았다. 그러나 그것은 윤희 혼자만의 생각이었다. 윤희는 구부정하게 앞좌석을 노려보는가 싶더니 이내 다시 소현 쪽으로 기울고 있었다. 소현은 큭큭큭 웃더니 이 번엔 얌전히 윤희의 머리를 어깨 위에 올려두었다. 그 점이 마음에 들었는지 윤희가 헤헤헤 바보처럼 웃었다.

윤희의 집 근처에서 차는 골목골목 이리저리 천천히 커브를 틀었다. 끈적하게 소현에게 엉겨 있던 윤희가 갑자기 벌떡 몸을 일으켰다.

"어? 라플라카다! 나 내려줘!"

윤희가 소리쳤다. 대리기사와 소현은 어리둥절한 얼굴로 차를 세웠다.

"라…… 뭐?"

"라플라카!"

윤희는 쇼핑백과 소지품을 주섬주섬 챙기며 차 문을 열었다. 소현이 얼른 따라 내렸다.

"집까지 가. 너 많이 취했어."

"괜찮아, 괜찮아. 라플라카가 마중 나왔어! 그럼 안녕!"

소현이 서운해할 만큼 윤희는 쌩하니 앞으로 뛰어갔다. 윤희가 뛰어간 곳은 가로등도 없는 깊은 골목이라 아무것도 보이지 않았다. 소현은 윤희가 어둠 속으로 폴짝 뛰어드는 것을 보았다. 캄캄한 어둠 속에서 누군가가 그런 그녀를 받아 안았다.

"뭐야, 기집애. 애인인가?"

소현은 미소 지으며 다시 차에 탔다. 대리기사는 윤희가 뛰어간 쪽을 보며 고개를 갸웃했다.

"괜찮아요. 애인인가 봐요. 이제……."

소현은 자신의 집 주소를 불러주었다.

라플라카는 애가 탔다. 환할 때 나갔던 윤희는 아홉 시가 넘고 열 시가 넘고 자정이 되어도 돌아올 기미가 보이지 않았다.

처음엔 버스 정류장이었다. 혼자 가버려 속이 상했지만 걱정하는 마음보다 크지는 않았다. 남의 눈에 띄지 않고 돌아다니다 보니 못 볼 꼴을 많이 보아온 라플라카였다. 시간이 갈수록 점점 더 험악한 생각이 떠올라 도저히 가만히 앉아 있을 수 없었다.

약속 장소가 어디였는지도 몰랐던 터라 버스가 도착할 때마다 눈에 불을 켜고 내리는 사람들을 훑었다. 그러나 한 대, 두 대, 열 대, 스무 대가 지나가도 윤희는 코빼기도 보이지 않았다. 버스가 아닌 지하철을 타고 걸어오나 싶어 버스 정류장에서 지하철역까지 오가기를 반복하다가 혹시 길이 어긋난 건 아닐까 싶어 집까지 들르기를 한참. 이러다 완전히 어긋나겠다 싶어 아예 집 앞에서 기다리기로 했다.

파라락 파라락 분주하게 날갯짓을 하며 오락가락하던 그는 펑, 덩치를 키우더니 빌라 공동현관의 계단에 철푸덕 주저앉았다. 좀 진정해야지 싶어서 한 행동이었으나 소용이 없었다. 그의 무릎은 의지와 달리 덜덜덜 떨리고 입술은 잘근잘근 씹혀 나갔다.

어느덧 사방이 고요해졌다.

"진짜 어딜 가서 뭘 하고 있길래……."

순간 스쳐 지나간 생각에 소름이 끼쳤다. 라플라카는 얼른 머리를 흔들어 털어냈다.

"지금은 21세기라고……."

왜 전쟁통에 적군에게 농락당하던 여인들이 떠오른 건지는 알다가도 모를 일이었다. 그 때문에 라플라카의 불안은 더더욱 커져만 갔다. 도저히 가만히 앉아 있을 수 없었다. 벌떡 일어난 그는 바삐 골목 끝까지 걸어 나갔다. 오른쪽일까 왼쪽일까, 괜히 잘못 선택해 꼬일까 싶어 더 멀리는 가지 못했다. 그저 골목 앞에 선 채로 좌우를 살필 뿐이었다. 저 멀리 검은색 차 한 대가 다가오고 있었다. 라플라카는 설마 그 안에 윤희가 타고 있을 거라곤 눈곱만큼도 생각하지 않았기에 입술을 깨물고 다시 빌라 앞으로 바삐 걸었다.

검은 차가 골목 앞에 멈췄다. 달칵, 차 문이 열리는 소리가 나더니 윤희의 목소리가 들렸다.

"라플라카!"

라플라카가 홱 몸을 돌렸다. 잔뜩 화가 난 얼굴이었다. 그가 서 있는 곳은 고장 난 가로등 아래였다. 덕분에 윤희는 그의 표정을 알지 못했다.

"라플라카!"

양손에 자신의 가방과 쇼핑백을 사이좋게 나눠 든 윤희가 펄쩍 뛰더니 라플라카의 목을 끌어안았다. 라플라카는 얼결에 윤희를 받아 안아야만 했다.

윤희의 체취가 훅 밀려들었다. 그 때문에 라플라카의 표정은 조금 부드러워졌다. 그러나 뒤이어 습격한 술 냄새에 곧 얼굴을 찡그렸다.

"너 술 마셨냐?"

"응! 응! 나 술 마이 마셨다?"

윤희는 헤헤헤 바보처럼 웃었다. 라플라카가 헛웃음을 터뜨렸다.

"뭐냐? 지금 술주정하냐?"

"응! 응! 나 지금 술주정한다? 헤헤헤."

발그레해진 얼굴로 어린아이처럼 구는 모습이 귀여웠다. 라플라카는 흠흠 헛기침을 했다. 윤희의 이런 모습이 썩 나쁘지 않았다.

"늦을 거면 늦을 거라고 미리 말이라도 좀 해주든가 내가 얼마나……."

"오구오구, 우리 라플라카 그래서 걱정해쪄여?"

윤희는 쇼핑백을 다른 손으로 옮겨 들더니 빈손을 들어 라플라카의 머리를 툭툭 건드렸다. 아마 쓰다듬고 싶었던 모양인데 어쩐지 툭툭 시비라도 거는 양 때리는 것 같았다. 그래도 라플라카는 화내지 않았다. 도리어 그는 얼굴을 붉혔다.

"내가 애냐?"

"애는 아니지만 그래도 예쁘자나여? 헤헤헤헤."

또 바보처럼 웃은 윤희가 비틀거렸다. 라플라카가 어어어 하더니 얼른 그녀를 부축했다.

"들어가서 얼른 자야겠다."

"아~ 세상이 뱅글뱅글 돈다."

"그래 어지럽겠지. 대체 술을 얼마나 마신 거냐?"

"몰라! 나 술 되게 쪼끔 마셨다? 근데 세상이 팽팽 돈다?"

라플라카는 윤희를 부축한 채 빌라 앞까지 왔다. 그리고 잠시 고민했다. 평지에서도 제대로 걷지 못하는 윤희였다. 계단은…….

에휴, 차라리 들고 가자 싶었다.

라플라카가 번쩍 윤희를 안아 들었다. 윤희가 꺅! 소리를 질렀다.

"하늘을 난다! 하늘을 난다!"

윤희가 팔을 흔들자 에코백과 쇼핑백이 휙 휙 나부꼈다. 라플라카는 터지려는 웃음을 꾹꾹 눌러 담았다.

"시끄러. 사람들 깬다. 좀 조용히 해."

라플라카가 계단을 내려가기 시작했다. 윤희는 여전히 팔다리를 버둥거리며 꺅꺅거렸다. 그런 윤희가 좁디좁은 계단 벽과 난간에 부딪치지 않게 하기 위해 라플라카는 옆으로 걸어야만 했다.

현관 앞에 윤희를 세워두고 잠금장치의 커버를 올렸다. 스륵, 윤희가 라플라카에게 기대왔다. 헤, 입을 벌리고 눈을 감은 폼이 그대로 잠이라도 들고 말지 싶었다.

"야, 조금만 참아. 집이잖아."

"으응."

윤희는 대답과 달리 점점 고개가 떨어졌다. 라플라카는 얼른 비밀번호를 눌러 현관을 열었다.

"어? 집이다!"

윤희는 냉큼 현관을 통과해 신발을 팽개치더니 거실로 뛰쳐 들어갔다.

"돼호다!"

거실 한편 쿠션에서 잘 자고 있던 돼호가 날벼락을 맞았다. 윤희는 연신 돼호에게 뽀뽀를 하기 위해 노력했다. 그러나 술 냄새가 싫은 것인지 돼호는 칠색 팔색 하며 앞발로 한사코 윤희의 입을 막았다.

"어어? 너 지금 내 뽀뽀를 거부하는 거냐?"

윤희는 나름 매서운 표정을 짓고 다시 돼호에게 돌진했다. 그러다 돼호는 이번에도 굳건히 앞발을 들어 윤희의 입술을 밀어냈다.

"칫, 못된 자식."

윤희가 놔주자 돼호는 그대로 줄행랑을 쳤다. 거실 한복판에 주저앉은 윤희는 스르륵 쓰러졌다. 맨바닥에 잔뜩 쭈그린 채 모로 누운 윤희를 보며 라플라카가 한숨을 내쉬었다.

"씻고 자야지."

윤희는 대꾸가 없었다. 윤희가 팽개친 신발과 쇼핑백과 에코백을 주워 가지런히 정리한 후 라플라카도 윤희 앞에 주저앉았다.

"너 거기서 그대로 자면 입 돌아간다?"

"이러케?"

윤희는 쭈욱 입술을 내밀더니 옆으로 돌렸다. 라플라카가 웃음을 터뜨렸다.

"그래 그렇게! 그러니까 얼른 일어나. 씻지는 않더라도 방에 가서 자야지."

"싫어."

"왜 또 싫대?"

"싫어!"

"왜 싫은데?"

어느덧 라플라카는 이 순간을 즐기고 있었다. 술 취한 윤희가 이렇게 귀여울 거라곤 예상도 하지 못했다. 예상이 무언가? 상상조차 하지도 못했다. 라플라카는 어느덧 미소까지 머금고 술 취한 윤희를 상대하고 있었다.

"싫어! 안 가!"

"그러니까 왜 싫은지 이유나 좀 말해보라고."

만약 이 상황이 싫었고 귀찮았다면 그냥 번쩍 들어 옮겨다 놓으면 끝이었다. 이미 취할 대로 취했으니 푹신한 침대 위 이불 속에 폭 파묻어 버리면 그대로 꿈나라로 가버릴 건 기정사실이었다. 그러나 라플라카는 괜히 그러고 싶지 않았다.

"……해줘."

윤희가 중얼거렸다. 라플라카가 되물었다.

"뭘 해줘?"

"잘 자라 뽀뽀해 달라고!"

라플라카는 그대로 석상이 되었다. 모로 누워있던 윤희는 획 몸을 돌려 대자로 뻗더니 발버둥 쳤다.

"돼호가 뽀뽀 안 해줬어! 그래서 나 안 갈 거야! 배 째 배 째!"

라플라카가 얼굴을 붉혔다.

"그, 그러니까 돼호가 뽀뽀 안 해줬다고 이러는 거야 지금?"

"응! 돼호 나빠! 내가 지 아픈 거 주워다가 치료해 주고 키워줬는데! 은혜도 모르고!"

돼호는 제 이야기하는 것을 아는지 모르는지 현관 옆에 고이 놓인, 윤희가 들고 왔던 쇼핑백을 이리저리 밀어내며 내용물을 빼내기 위해 노력하고 있었다. 그런 돼호를 물끄러미 바라보는 라플라카의 시선은 상당히 매서웠다.

"돼호, 너 이리와."

돼호는 들은 척도 하지 않았다. 여전히 쇼핑백 속 박스를 빼기 위해 노력하고 있을 뿐이었다.

"빨랑 해줘! 잘 자라 뽀뽀!"

윤희의 칭얼거림이 심해졌다. 라플라카는 그대로 긴 팔을 뻗어 돼호의 꼬리를 잡았다. 돼호는 당황한 기색이 역력했으나 바닥이 미끄러워 주룩, 끌려갈 수밖에 없었다. 라플라카가 돼호의 겨드랑이에 양손을 넣어 들어 올렸다.

"네 주인께서 안 주무신단다. 그러니까 얼른 끝내자. 응?"

라플라카는 단호한 말투로 자신의 민망함을 감췄다. 돼호는 그 말을 알아듣기라도 한 것인지 발버둥을 쳤다. 냐옹냐옹 거센 항의는 덤이었다.

"시끄러, 이 자식아."

라플라카는 그대로 돼호의 머리를 윤희의 얼굴에 들이밀었다. 윤희는 행복한 얼굴로 입술을 쭈욱 내밀었다. 한참이나 발버둥치던 돼호는 그대로 앞발을 내밀어 윤희의 입술을 내리눌렀다.

두 눈을 번쩍 뜬 윤희가 돼호를 노려보았다. 그러나 돼호는 요지부동이었다.

"이러지 말라고. 밤이 늦었어. 윤희는 내일 출근해야 한다니까?"

라플라카가 좋은 말로 돼호를 타일렀다. 그러나 같은 행위는 반복됐다. 윤희는 벌떡 일어나 앉아 돼호의 뽀뽀를 제대로 받기 위해 자리까지 잡아주었다. 그러나 두 사람은 성공할 수 없었다. 돼호의 저항은 만만치 않았다. 몇 번이나 앞발을 들어 윤희의 얼굴을 밀어내기만 하던 돼호는 상황이 계속해서 반복되자 짜증이 났는지 버둥거리기까지 했다. 그럼에도 라플라카는 포기하지 않고 계속 디밀었다. 윤희의 뽀뽀해 달라는 말을 착각하고만 자신이 너무나 민망해서 그러지 않을 수가 없었다.

"아얏!"

그러다 그만 돼호의 앞발이 윤희의 뺨을 스쳤다. 윤희의 발그레한 뺨에 붉은 생채기가 생겨났다. 라플라카가 거의 집어던지다시피 돼호를 놓쳤다. 돼호는 번개보다 더 빠르게 행거 속 은신처로 몸을 감췄다.

"괜찮아?"

"힝. 아포."

살짝 빨갛게 부은 것에 불과했건만 윤희는 눈물을 글썽였다.

"돼호 저 시키, 그냥 한번 좀 해주지……."

라플라카는 호오, 호오, 입 바람을 불었다. 상대가 어린아이처럼 구니 어린아이를 대하듯 한 것에 불과한 행동이었다. 그러나 마음은 정말 쓰렸다. 윤희의 그 별것 아닌 상처가 죽음의 위기처럼 느껴졌다. 그래서 마법을 부렸다. 라플라카가 윤희의 상처를 어루만졌다. 포로롱, 하는 소리가 나더니 상처가 희미하게 빛났다. 빨갛게 부어 있던 가느다란 자국은 지우개로 지운 것처럼 말끔히 사라져 버렸다.

"힝 아포. 아포."

윤희는 그것도 모르고 계속 칭얼거렸다.

"흐에, 아포."

"치료했어. 이제 안 아플 거야."

"아냐, 아냐 아포. 거기 말고 여기가 아포."

윤희는 가슴을 쿵쿵 두들겼다.

"돼호가 뽀뽀 안 해줘서 마음이 아포. 흐엥."

윤희가 훌쩍였다. 라플라카는 난감했다. 귀엽긴 한데 비록 주정이라도 윤희가 우는 건 별로 보고 싶지 않았다. 그리고 얼른 재우기도 해야 했다. 벌써 새벽 두 시였다. 윤희는 세 시간 후에 일어나야 했다.

"내가 해주면 안 될까?"

"뭘?"

윤희가 고개를 들어 라플라카를 바라봤다. 라플라카는 순간 말을 도로 주워 담고 싶었다. 술에 잔뜩 취해 흐리멍덩한 눈빛이건만 마치 색기를 가득 품고 자신을 유혹하는 것처럼 느껴졌다.

"뭘 해줄 건데에?"

라플라카가 침을 꼴깍 삼켰다.

"그, 그러니까 자, 자, 잘 자라 뽀뽀."

왜 이렇게 더듬거리게 된단 말인가? 라플라카는 얼른 말을 덧붙였다.

"싫으면 말고. 돼호 데려올게."

"해줘."

라플라카가 반쯤 몸을 일으키는데 윤희가 팔을 잡아 도로 주저앉혔다. 라플라카는 자신의 귀를 의심했다.

"해줘?"

"응. 잘 자라 뽀뽀 빨리 해줘."

윤희는 눈을 감고 입술을 쭉 내밀고 있었다. 라플라카는 숨이 막힐 것만 같았다. 뭐지? 술주정인가? 왜 이러는 거야? 심장이 벌렁벌렁 춤을 추었다. 미친 듯이 널도 뛰었다.

"지, 진짜 해달라고? 내가 돼호 대신에?"

윤희는 여전히 입술을 내민 채로 눈을 반짝 뜨더니 고개를 끄덕였다. 라플라카는 경건한 마음으로 윤희의 앞에 무릎을 꿇고 앉았다.

"지, 지, 진짜 한다?"

윤희가 다시 눈을 감았다. 무릎을 꿇은 채 체중을 지탱하기 위해 두 손으로 바닥을 짚은 라플라카가 천천히 윤희에게 다가갔다. 술 냄새와 윤희의 체취가 진해질수록 라플라카의 심장은 점점 더 격렬하게 널을 뛰었다. 라플라카는 숨을 멈췄다. 두 눈을 감았다. 드디어 쪽, 두 사람의 입술이 만났다. 라플라카는 바로 떨어져 나왔다. 더 오래 있고 싶었지만 그랬다간 심장이 터질지도 모른다는 생각이 들었다.

"돼, 됐지?"

"흐응……."

윤희가 가늘게 눈을 뜨더니 라플라카를 노려보았다. 사실, 그녀는 이미 조금 전부터 술이 깨버린 참이었다.

어느 정도 정신이 돌아올까 말까 하고 있을 때, 돼호의 날카로운 공격에 정신이 번뜩 살아났다. 동시에 자신이 했던 모든 말과 행동들이 생생하게 기억났다. 윤희는 땅굴이라도 파고 들어가고 싶었다. 이 상황을 타개할 수 있는 건 계속 술 취한 척 연기를 한 후 다음 날 아침 '어제 내가 주정 심하게 부렸지? 미안해. 내가 술만 먹으면 개가 되거든. 혹시 내가 무슨 실수를 한 건 없지?'라며 아무것도 기억나지 않는 척하는 거였다.

그래서 윤희는 어린애처럼 칭얼거렸다. 그런데 라플라카가 얼굴을 디밀더니 후, 입바람을 불었다. 엄마들이 아기들의 상처에 호오 호오 하며 아이를 위로할 때처럼 말이다. 그런데 입김에 대체 뭐가 실려 있는 것인지 윤희는 정신이 아득해졌다. 그런 시선 속으로 라플라카의 깊은 쇄골이 달려들었다. 구릿빛으로 물든 피부에 깊게 패인 그 자국이 왜 이렇게 자극적인 걸까? 윤희는 저절로 올라가려는 손을 꼭 눌러 다잡았다.

이를 어쩌나, 정말 어쩌나, 아, 윤희는 갈등했다. 당장 치밀어 오르는 본능도 문제지만 지금껏 하고 있던 이 주정뱅이 연기도 계속해야 했다. 일생일대의 위기였다. 그런데⋯⋯.

"내가 해주면 안 될까?"

잠깐 그 말이 무슨 의미인지 해석해야 했다. 진짜 그런 의미인가? 아닌가? 윤희는 짧은 순간 구천구백구십구만 번 고민했다. 그리고 깨달았다. 윤희는 라플라카 몰래 유레카를 외쳤다.

"뭘?"

천연덕스럽게 물었다. 고개를 반짝 들어 눈을 맞추며⋯⋯. 라플라카는 자신이 꺼낸 말을 주워 담고 싶은 얼굴이었다. 윤희는 속으로 '안 돼!'라고 외치며 적극적으로 밀고 나갔다.

"뭘 해줄 건데에?"

라플라카의 시선이 이리저리 방황했다. 그는 차마 윤희와 눈도 마주치지 못하고 있었다. 윤희는 끈질겼다. 뜨끈하고 느끼한 시선을 끊임없이 발사했다.

"그, 그러니까 자, 자, 잘 자라 뽀뽀. 싫으면 말고. 돼호 데려올게."

그가 자리에서 일어나려고 했다. 윤희는 그를 도로 주저앉혔다.

"해줘."

라플라카는 깜짝 놀란 눈치였다.

"해줘?"

"응. 잘 자라 뽀뽀 빨리 해줘."

윤희는 눈을 감고 입술을 내밀었다. 이런 식으로 하고 싶지 않았지만 지금껏 해온 연기와 어우러지자면 어쩔 수 없었다.

라플라카는 망설이는 기미가 역력했다.

"지, 진짜 해달라고? 내가 돼호 대신에?"

저러다 안 하고 말지 싶었다. 윤희는 얼른 눈을 뜨고 단호하게 고개를 끄덕였다. 라플라카는 바지에 손을 문질러 닦았다. 식은 땀이 나는 모양이었다. 그는 그대로 무릎을 꿇고 앉더니 다시 물었다.

"지, 지, 진짜 한다?"

윤희는 다시 눈을 감았다. 참 길고도 긴 기다림이었다. 라플라카가 천천히 다가오는 게 느껴졌다. 윤희의 모든 신경이 날을 세웠다. 이제 곧 기다림의 보상이 떨어지리라…….

그러나 라플라카는 삽시간에 도로 멀어졌다.

"돼, 됐지?"

윤희는 또 고민에 빠져들었다. 해달라는 잘 자라 뽀뽀를 받기는 했으나 정작 원한 것은 이게 아니지 않던가?

"이제 얼른 가서 자. 술주정 그만하고. 내일 출근해야지."

윤희의 머릿속에 출근에 대한 걱정 따위가 자리 잡을 공간은 없었다. 윤희의 머릿속엔 오직 두 가지 생각만 들어차 있었다. 주정뱅이와 뽀뽀.

윤희가 다시 거실 바닥에 드러누웠다.

"뽀뽀 받았으니 자야지."

그러곤 눈을 감고 드르렁 드르렁 코 고는 시늉을 했다. 라플라카는 어쩔 줄 몰라 했다.

"야! 그러다 입 돌아간다니까?"

윤희는 코 골기를 멈추고 새근새근 자는 시늉을 했다. 대종상 연기대상 수상감의 자는 연기였다. 라플라카는 안절부절못하며 이러지도 저러지도 못했다.

윤희의 계획은 이러했다. 설마 맨바닥에서 이러고 있는 꼴을 그냥 보아 넘기진 않으리라. 그렇다면 들어 안아 옮겨주겠지. 그럼 잠꼬대인 척 꽉 붙들고 놔주지 않아야지. 침대 위에 나란히 누운 두 남녀, 그 또한 분명히 남자이니 이후는 어렵지 않으리라.

윤희는 속으로 화색을 지었다. 완벽한 계획이라고 생각했다. 그러나 윤희는 그가 인간이 아닌 것을 계산에 넣었어야 했다.

한참을 이리저리 방황하며 어쩔 줄 몰라 하던 라플라카는 고민에 빠져들었다. 몇 번인가 윤희가 원하는 대로 안아 올리려고 시도를 하기도 했다. 그러나 그는 매번 포기하고 뒤로 물러났다. 심장이 미친 듯이 요동치는 걸 도저히 억누를 수 없었다. 이러다 진짜 죽고 말지 싶었다. 그래서 라플라카는 손가락을 세워 흔들었다. 포로롱 하는 소리와 함께 번쩍, 윤희가 거실에서 사라졌다가 침대 위에서 나타났다. 그냥 침대 위도 아니었다. 이불을 얌전히 덮은 상태였다.

눈을 감고 있던 윤희는 자신에게 무슨 일이 벌어졌는지 알지 못했다. 기묘한 느낌이 들어 궁금하기 짝이 없었으나 계획을 성공적으로 마무리하려면 절대로 자는 척한 것을 들켜선 안 됐다. 그런데 포근한 느낌이 들었다. 푹신한 침대도 느껴졌다. 잠시 후 방문이 닫히는 소리도 났다. 대체 무슨 일이 벌어졌단 말인가?

결국 궁금함을 참지 못한 윤희는 반짝 눈을 떴다. 그리고 자신이 컴컴한 방에 홀로 남겨져 있는 것을 알았다. 벌떡 몸을 일으켜 침대헤드 위 라플라카의 침대를 확인해 보았다. 불행하게도 라플라카는 거기에도 없었다.

"젠장……."

윤희는 자신도 모르게 욕설을 내뱉곤 휙 다시 드러누워 왜 이렇게 된 건지 곰곰이 생각해 보았다. 그러나 결과는 나오지 않았다. 생각하고 생각하고 또 생각하다가 그만 잠이 들어버린 탓이었다.

라플라카는 뜬눈으로 밤을 새웠다. 요동치는 심장을 잠재우기 위해 안간힘을 써야만 했다. 그렇게 가만히 앉아 있다 보니 훌쩍 시간이 지나 버렸다. 시계를 확인한 라플라카는 자리에서 일어나 앞치마를 둘렀다. 그렇게 밥을 하면서 연신 시계를 확인했다. 아니나 다를까 잠시 후 굳게 닫힌 문 안쪽에서 요란한 알람 소리가 들려왔다. 한참을 시끄럽게 이어지던 알람이 뚝 끊기고 벌컥 방문이 열렸다.

엉망진창인 몰골의 윤희가 머리를 부여잡고 비틀비틀 걸어 나왔다.

"으…… 머리야…….."

"진탕 마신 거 같은데 안 아프면 그게 더 이상한 거지. 어서 씻고 와."

라플라카는 윤희를 보자마자 다시 요동치기 시작한 심장을 부여잡고 간신히 평소와 같은 말투를 유지했다. 윤희는 잔뜩 찡그린 얼굴로 라플라카를 노려보더니 칫, 하는 소리를 내며 욕실로 터덜터덜 들어갔다. 탕, 욕실 문이 닫히자 라플라카는 긴 한숨을 뱉어냈다.

거실에 멀뚱히 앉은 채로 그 긴 시간을 심장을 다독이는 데 보냈건만, 망할 놈의 심장은 윤희를 보자마자 모든 노력을 수포로 만들었다.

평소보다 훨씬 더 긴 시간이 지나 윤희가 다소 말끔해진 모습으로 욕실에서 나왔다.

"앉아. 해장국이야."

마침 라플라카는 얼큰하게 끓여놓은 콩나물국을 식탁에 올려놓는 중이었다. 갑자기 들이닥친 풋고추향 가득한 콩나물국 냄새에 윤희가 침을 삼켰다. 그러나 그보다 먼저 해야 할 일이 있었다.

윤희는 현관 앞에 팽개쳐져 있던, 돼호가 상자를 꺼내다 실패하는 통에 엉망진창으로 찢어진 쇼핑백 속에서 박스를 꺼내 들었다.

"자."

"핸드폰이네? 새로 샀어? 돈을 어디서 나서?"

"내 거 아냐. 네 거야."

라플라카는 멍하니 서 있었다. 윤희는 무심한 척 식탁 위에 상자를 내려놓고는 자리에 앉았다.

"지나가다 보이길래 샀어. 맘에 안 들면 말고. 내가 쓰지 뭐."

라플라카는 여전히 꿀 먹은 벙어리였다. 윤희는 실망했다. 예상했던 반응은 이게 아니었다.

"뭐야? 싫어? 싫으면 말⋯⋯."

"진짜 내 거야?"

라플라카가 상자를 도로 가져가려는 윤희의 손을 덥석 잡으며 다급하게 물었다. 갑자기 얼굴이 빨개진 윤희는 얼른 손을 빼내며 목소리를 높였다.

"네, 네 거라니까? 내 말을 한 귀로 듣고 한 귀로 흘렸지?"

"그게 아니라 믿을 수가 없어서⋯⋯."

라플라카의 눈동자가 초롱초롱 빛을 냈다. 윤희는 화를 낸 것이 민망해졌다.

"아니 뭐 핸드폰 하나에 믿을 수가 없고 말고야? 세상에 핸드폰 없는 사람이 어디 있다고⋯⋯."

"평생 동안 내 것이라곤 아무것도 없었으니까."

감격에 겨운 라플라카는 상자를 연신 보듬었다. 라플라카의 말에 윤희는 쩡하니 가슴 시린 느낌이 들었다.

윤희가 부드럽게 말했다.

"네 거야. 어제 늦는다고 연락하고 싶었는데 연락할 방법이 없더라고. 앞으로 또 이런 일이 있을지도 모르는데 그때마다 널 걱정시킬 수는 없잖아."

"내가 걱정한 건 그래도 알고 있네?"

라플라카의 가벼운 눈흘김을 윤희는 슬그머니 외면했다.

라플라카가 나지막하게 읊조렸다.

"고마워."

민망해진 윤희는 머리를 긁적이며 대꾸했다.

"뭐, 겨우 핸드폰 따위에……."

"아냐, 정말로……. 정말로 고마워!"

버럭 소리를 내지른 라플라카는 와락 윤희를 끌어안았다. 그의 단단한 가슴과 양팔에 갇혀버린 윤희의 얼굴이 시뻘게졌다. 간밤의 기억들이 왈칵 밀려들었다. 온몸에 불길이 일었다. 슬그머니 기어오른 윤희의 손이 잔 근육이 보기 좋게 자리 잡은 라플라카의 등을 부드럽게 어루만졌다.

윤희의 손길에 라플라카는 감전된 것처럼 움찔 놀랐다. 다행히 윤희는 손 감각에 집중하고 있는 터라 그것을 전혀 눈치채지 못했다.

라플라카가 삽시간에 몸을 떼어냈다. 윤희는 아쉬움이 가득한 눈빛이었다. 라플라카가 말했다. 이상하게도 살짝 떨리는 목소리였다.

"그럼 나 이제 게임도 할 수 있는 거야?"

"게…… 임?"

"응. 핸드폰으로 이것저것 게임도 하잖아. 나도 한번 해, 해보고 싶었어."

라플라카가 수줍게 얼굴을 붉히며 고개를 숙였다. 윤희는 라플라카의 등을 쓰다듬던 그대로 어정쩡하게 팔을 든 채 그를 바라보았다.

잠시 침묵이 흘렀다. 두 사람 모두 미동도 하지 않았다. 그 침묵을 깬 것은 윤희였다.

윤희가 길게 한숨을 내쉬었다.

"그래. 게임, 좋지. 일 끝나고 하는 법 알려줄게."

"고마워!"

윤희는 힘없이 수저를 들었다. 식탁엔 분명 라플라카의 몫도 차려져 있었으나 그는 방바닥에 주저앉은 채 상자를 뜯기에 여념이 없었다.

'게임이라……'

윤희는 허탈한 얼굴로 콩나물국을 퍼먹었다. 그나마 속이라도 시원하게 풀고 있으니 다행이었다. 그 개운함 덕분에 윤희는 콩나물국을 통째로 들이켰다.

돈이 웬수

퇴근 후, 윤희는 책상에 앉아 한참 동안 휴대전화를 만지작거렸다.

"뭐 해?"

차 한 잔을 가지고 들어온 라플라카가 물었다.

"아, 돈이 생겼는데 전세로 바꿔달라고 할까 말까 고민 중."

"새 계약서는 이미 쓰지 않았어?"

"그렇긴 한데……."

윤희는 고민스러웠다. 아직 전세 계약이 몇 달 남아 있었다. 그러나 아직 내지 않았다 한들, 앞으로 내야 할 피 같은 월세가 아까운 것은 어쩔 수 없었다. 천오백이라는 큰돈을 통장에 계속 갖고 있는 것도 부담스러웠다. 분명 야금야금 쓰다가 다 사라져 버릴 텐데……. 당장 휴대전화만 해도 얼마였던가?

물론 라플라카에게 전화기를 사준 게 후회스럽지는 않았
라플라카가 정말로 기뻐하는 모습에 행복했으니까. 하지만 그건
그거고 이건 이거였다. 다달이 삼십에 이 년이면 칠백이십만 원이
다. 결코 적은 돈이 아니었다.

윤희는 아쉬운 소리를 해보기로 결정했다. 쇠뿔은 단김에 빼
야 하는 거랬다. 당장에 주소록을 열었다. 그 순간 전화벨이 울
렸다.

"어?"

윤희는 당황했다. 부모님이 돌아가신 후 생전 연락 없던 오빠
였다.

"왜?"

그때까지도 말 잘 듣는 강아지처럼 앞에 앉아 멀뚱히 보고 있
던 라플라카가 물었다. 윤희는 여전히 울리고 있는 핸드폰을 쳐
다만 보았다. 슬쩍 화면을 쳐다본 라플라카가 눈살을 찌푸렸다.

"뭐야, 너도 애인 있었냐?"

허윤석이라는 이름 석 자는 그 누가 봐도 남자 이름이었다. 라
플라카는 잔뜩 불쾌한 얼굴이었다. 윤희는 그런 라플라카의 반
응이 재미있었다.

"너 내 이름 아냐?"

"내가 바보냐? 윤희잖아."

"어, 윤희 맞는데 그럼 무슨 윤희인지는 알아?"

"어……."

라플라카는 머뭇거렸다. 윤희는 생글생글 웃어가며 뚫어져라
바라보았다. 그사이 전화는 끊어졌다.

"······몰라."

윤희의 얼굴에 미소가 사라졌다. 당연히 알 줄 알았다. 그래서 오빠임을 우회적으로 알려주려 한 것뿐이었는데······.

"몰라?"

"응."

"왜 그걸 몰라?"

윤희의 목소리는 어느덧 날카로워져 있었다. 그걸 모르는 라플라카는 여전히 투덜거렸다.

"안 알려줬잖아."

"아니, 그걸 안 알려준다고 몰라? 관심이 있으면 그걸 안 알려준다고 모를 수가 없단 생각은 들지 않니?"

윤희는 자신도 모르게 두다다 쏘아냈다. 뒤늦게 너무했나 싶었지만 후회는 안 했다. 어떻게 이름 석 자를 모를 수가 있단 말인가?

"안 알려줬는데 어떻게 아냐? 그리고 그거랑 그거랑 무슨 상관인데?"

라플라카는 여전히 윤희가 들고 있던 스마트폰을 가리키며 소리쳤다. 억울함이 가득 담긴 목소리였다.

"왜 없어! 애인이니까 있지!"

윤희는 들고 있던 스마트폰을 보란 듯이 앞으로 들이대며 소리쳤다. 그 순간, 휴대전화가 또 울렸다. 떠오른 이름은 허윤석, 세 글자였다.

"애인 있어서 참 좋겠다!"

버럭 소리 지른 라플라카가 획, 손을 뻗어 버튼을 터치했다.

[여보세요?]

그 순간 남자 목소리가 터져 나왔다. 윤희는 잔뜩 당황한 얼굴이었다. 라플라카는 흥 콧방귀를 뀌더니 방문을 쾅 닫고 나가 버렸다.

윤희는 난감하기 짝이 없었다.

윤희의 집은 남아선호사상이 투철한 집안이었다. 윤희는 오빠가 외로울까 봐 낳은, 좋은 말로 하면 오빠의 놀이 친구, 나쁜 말로 하면 오빠의 장난감으로 태어난 아이였다.

물론, 두 분 다 기본 인성은 가진 분이셨기에 드라마에 나오는 것 같은 그런 심한 차별을 받은 것은 아니었다. 그러나 은연중에 모든 것이 오빠 위주로 돌아가는 집이었고 그걸 세상 그 누구보다 가장 잘 아는 게 바로 오빠였기 때문에 둘 사이엔 알게 모르게 벽이 존재하고 있었다.

부모님이 사고로 그렇게 가신 후, 두 분의 유일한 재산이었던 한 채뿐인 아파트와 아버지의 퇴직금을 나누는 과정도 그렇게 깨끗하지는 않았다. 윤희는 아버지의 퇴직금과 부모님의 사고 보상금엔 1원 한 푼 손대지 않겠다고 말한 후에야 아파트를 판 돈을 나눠 받을 수 있었다.

새언니 덕분에 가능한 일이었다. 여동생 알기를 우습게 여기던 그였지만 제 마누라만큼은 끔찍하게 아낀 터라 그녀의 말을 거역하진 않았다.

[여보세요?]

두 번째 여보세요는 불만이 가득 담겨 있었다. 윤희는 자신도 모르게 몸을 떨고는 대꾸했다. 세 번째 여보세요는 아마 버럭이 될 확률이 컸기에 내버려 둘 수 없었다.

"여보세요?"

[뭐야, 윤희 너 전화를 받았으면 재깍재깍 대답을 했어야지?]

"으응, 그렇게 됐어. 무슨 일이야?"

[너 집이 어디랬지? 동네까진 왔는데 못 찾겠다.]

심장이 철렁했다. 대체 주소는 어떻게 알고 왔단 말인가?

"나 이, 이사했는데? 알잖아. 돈 받고 바로 이사한 거."

제발, 예전에 자취하던 고시원으로 찾아간 것이길 간절히 빌었다.

[내가 바보냐? 동사무소 가서 벌써 물어봤지. 그래서 어디야? 무슨 빌라들이 이렇게 다닥다닥 많이 붙어 있냐? 도저히 못 찾겠다.]

오빠는 투덜투덜 일장연설을 시작했다. 이런 동네 운운하면서 이런 데서 여자가 어찌 사느냐 등등…….

[야, 빨랑 말해. 더워 죽겠어.]

지금껏 떠들어댄 건 어디의 누구란 말인가? 대답할 틈도 주지 않아놓고선 그는 큰소리로 재촉했다. 잔뜩 기죽은 윤희는 조심스레 대답했다.

"으응, 그러니까 ○○교회 지나 첫 번째 골목에…….."

윤희는 집 위치를 알려주지 않을 수 없었다. 분명 물어본 주소가 적힌 메모지를 주머니 어딘가에 가지고 있을 거다. 다만, 더 손쉬운 방법이 있으니까 전화를 한 것뿐임을 윤희는 너무나 잘 알고 있었다.

그렇게 이십분 후, 윤희의 집 초인종이 울렸다. 내내 두근거리는 심장을 부여잡고 심호흡을 하고 있던 윤희가 화들짝 놀라며 벌떡 일어났다. 라플라카의 얼굴은 눈에 띄게 일그러졌다.

"뭐야? 이제 집까지 불러들이는 거냐?"

라플라카는 단순히 불만만 가득한 것만이 아니었다. 그의 얼굴엔 불만과 불쾌함이 버무려져 있었다.

윤희는 모든 것을 체념한 듯 터덜터덜 현관으로 걸어갔다. 라플라카가 목소리를 높였다.

"넌 내가 아무렇지 않냐? 애인을 집까지 불러들일 만큼?"

윤희는 입술을 깨물었다. 저 말을 다른 상황에서 들었다면 얼마나 좋았을까? 그러나 지금 당장 닥친 자신의 현실이 더 중요했다. 그래서 그만 화를 내고 말았다. 철없이 구는 그가 너무 싫었다.

"모르면 좀 가만히 있어!"

윤희가 내지른 소리에 라플라카는 굳어버렸다. 윤희는 그를 외면하고 현관을 열었다.

"뭐야, 뭐라고 소리를 지른 거야? 안에 누구 있어?"

제집인 양 성큼성큼 걸어 들어오는 남자를 본 라플라카는 민망함에 얼굴을 붉혔다.

유전자는 솔직하다던가? 세상 그 누가 와서 봐도 그는 윤희의 친오빠가 틀림없는 외모를 갖고 있었다. 똑같은 눈매, 똑같은 콧날, 똑같은 입술, 그저 머리카락이 짧고 키가 크고 골격이 투박할 뿐이었다.

"뭐야, 아무도 없구만, 대체 무슨 소리를 그리 지르냐? 계집애가 조신치 못하게."

오빠는 집 안을 이리저리 살피며 신발을 벗었다. 아무렇게나 팽개쳐 둔 구두 한 쌍을 윤희는 가지런히 정리했다.

좁디좁은 거실을 잠깐 둘러본 그는 식탁 의자에 앉았다. 민망함도 감출 겸, 거치적거리지 않기 위해 라플라카는 얼른 평, 작게 변해서는 싱크대 모서리에 걸터앉았다.

"오빠면 오빠라고 말이라도 좀 해주지……."

라플라카는 다리로 싱크대 문짝을 툭툭 치며 투덜거렸다. 윤희는 그런 그를 무시한 채 오빠의 맞은편에 앉았다.

"웬일이야?"

"손님이 왔는데 시원한 거 한 잔 없냐? 하, 벌써 10월인데 아직도 뭐가 이렇게 덥냐?"

오빠는 연신 손부채질을 하느라 여념이 없었다. 윤희가 자리에서 일어나자 라플라카가 말했다.

"냉동실에 얼음 얼려둔 거 있고 싱크대 서랍에 믹스 커피 있어."

윤희는 묵묵히 라플라카가 알려주는 것들을 꺼내 커피를 탔다. 윤희가 커피를 내려놓자 오빠는 또 주문했다.

"선풍기는? 없어?"

윤희는 거실 한구석을 힐끔거렸다. 좁디좁은 거실이다. 커피를 타는 동안 그것을 보지 못했을 리 없다. 그리고 봤다면 팔만 뻗어 버튼만 누르면 되는 거리다. 그러나 윤희는 순순히 자신이 직접 선풍기를 켰다.

"그래서 무슨 일이야?"

커피를 마시던 오빠는 집 안을 휘둘러보았다.

"얼마냐?"

"뭐가?"

"이 집."

"얼마긴 얼마야. 유산 분배하고 몽땅 집 구하는 데 썼으니까 빤하지."

"뭐야 그것밖에 안 해? 이 동네 집값 장난 아니라던데?"

"그거야 최근 일이고……."

내내 시무룩하니 힘없어 보이던 윤희가 고개를 반짝 들었다.

"뭐야? 설마 돈 문제로 온 거야?"

자신만만해 보이던 오빠가 갑자기 윤희의 손을 냉큼 잡았다. 차가운 뱀이 감아들기라도 한 것처럼 화들짝 놀란 윤희가 얼른 손을 빼내려 했다. 그러나 오빠의 힘은 그보다 더 억셌다.

"윤희야. 나 돈 좀 빌려주라."

"도, 돈은 무슨 돈? 나 돈 없어!"

세상에 어쩜 이리 돈 냄새를 잘 맡는단 말인가? 어릴 때부터 그랬다. 희한하게도 용돈 받을 일엔 무슨 레이더라도 달렸는지 빠지는 법이 없었다. 어쩌다 윤희를 예뻐하는 어르신들이 오빠 몰래 윤희에게만 용돈이라도 주려 하면 귀신같이 알고는 쫓아와 함께 받아내던 오빠였다.

"보증금 있잖아."

"미쳤어? 집 빼면 난 어디로 가라고?"

"혼자인 너야 고시원이라도 가면 되잖아? 한 번 가본 거 두 번을 못 가겠냐?"

오빠는 너무나 당연하단 투였다. 윤희는 입술을 깨물었다.

대학을 이유로 상경했을 때 윤희는 번듯한 방 한 칸을 구할 수가 없었다. 그즈음 오빠의 신혼집과 결혼식에 모든 돈을 죄다 쏟아부은 탓이었다. 그래서 창문 하나 없는, 마치 관이라도 된 것 같은 고시원에서 살아야 했지만 윤희는 아무 불평하지 않았다. 그저 집에서 독립한 게 좋기만 할 따름이었다.

그러나 그것은 초심에 불과했다.

옆 방에서 들려오는 온갖 잡소리들이 스트레스였다. 햇빛 한 점 들지 않아 그 스트레스는 커지기만 했다. 이러다 자신이 미쳐 버리고 말겠구나 싶을 즈음 부모님의 사고가 나서 유산을 받게 되었다. 부모님을 잃은 것은 슬펐지만 고시원을 벗어날 수 있게 된 것은 무척 기뻤다. 죄책감이 느껴질 만큼.

윤희가 이를 악물었다.

"나더러 또 고시원에 들어가라고? 오빠는? 오빠는 아빠 퇴직금에 두 분 사고 보상금까지 죄다 가져가 놓고는 왜 나더러 또 돈을 빌려달래? 갚을 능력이나 있어?"

쥐도 구석에 몰면 안 된다고 했다. 윤희는 바락바락 대들었다. 윤희의 오빠는 잠시 당황한 눈치였다. 그러나 평생을 강자로 군림해 온 그가 윤희 앞에서 쉽사리 주눅 들 리 없었다.

"야, 그 돈 그거 얼마나 한다고 아직도 갖고 있냐? 남자가 사업 좀 하다 보면 돈도 좀 날리고 그러는 거지."

"그 돈을 날려? 엄마 아빠 목숨값을?"

"뭐 그리 감정적으로 대하냐? 돈이 돈이지 그게 뭐?"

윤희가 벌떡 일어나 식탁 위의 컵을 치웠다. 아직 커피가 반쯤 남아 있었지만 싱크대에 부어버렸다. 성큼성큼 걸어가 선풍기도 꺼버렸다.

윤희가 거칠게 현관을 손가락질했다.

"나가."

"뭐?"

윤희의 오빠가 어리둥절한 얼굴로 반문하더니 이내 피식 웃었다. 평생 고분고분하게 살아온 윤희의 반격이 우스운 모양이었다. 윤희가 이를 악물고 목소리를 높였다.

"나가라고. 내 집이야. 나 돈 없어. 먹고 죽을래도 없어!"

윤희의 오빠는 가소롭다는 듯 낄낄거렸다.

"이 집 얼마짜린지 내가 빤히 알거든? 이 동네 이만 한 크기면 아무리 반지하래도 전세면 거의 억에 가까운 거 다 알아보고 왔거든? 계약서 어딨냐? 계약서나 한 번 보자. 월세야? 전세야?"

그는 스스로 계약서를 찾기라도 하겠다는 듯 두 눈을 크게 뜨고 사방을 두리번거렸다.

윤희는 헛웃음이 나왔다. 억이라니……. 억이라니! 억억거리다 억울해 미치고 환장할 지경이었다.

윤희가 버럭 소리를 내질렀다.

"십 억이든 이십 억이든 로또에 당첨이 된다 해도 오빠한테 빌려주고 고시원 들어갈 생각 눈곱만큼도 없으니까 나가!"

"너 로또 당첨됐니?"

오빠가 벌떡 일어나 윤희의 어깨를 잡으며 눈을 빛냈다. 대체 어떤 사고 구조를 가졌기에 그 말이 그렇게 들린단 말인가?

"무슨 헛소리를 하는 거야? 당장 나가!"

윤희는 온 힘을 다해 오빠를 뿌리치려 했다. 그러나 팔을 잡은 손길은 더욱 억세지기만 했다.

"얼만데? 십 억? 이십 억? 그 돈이면 충분해! 나 좀 빌려주라 응? 하늘 아래 단둘뿐인 혈육이잖냐. 응?"

미친 새끼, 목구멍까지 올라온 말을 꿀꺽 삼켰다. 최소한 예전 엔 이 정도까진 아니었다. 딱히 큰돈 만져볼 일 없이 살던 집인지 라 여동생을 좀 무시하긴 했어도 이렇게까지 미친놈은 아니었는 데……. 유산이 이 사달을 만든 게 아닌가 싶었다. 목돈 한번 만 져 보더니 헛바람이 단단히 든 게 틀림없었다.

"이거 놔!"

윤희가 몸부림쳤다. 그러나 오빠는 여전히 광인처럼 돈돈거릴 뿐이었다.

라플라카는 어느덧 싱크대 상판 위에 서 있었다. 처음엔 친오 빠라니까 잘해줄 생각이었는데 상황이 기묘하게 변해갔다. 그러 더니 이젠 상당히 위험해 보였다. 윤희의 오빠는 여전히 윤희의 어깨를 움켜쥔 채로 그녀를 위협하고 있었다.

"그러니까 그 돈, 좀 빌려달라니까? 아니, 내가 그냥 달라는 것도 아니고 빌려달라잖아. 응?"

"됐어! 로또 당첨 같은 거 된 적 없어!"

크게 소리친 윤희는 어떻게든 그 손아귀에서 빠져나오고파 이 리저리 몸을 비틀었다. 그러나 손아귀 힘이 어찌나 억센지 고통 만 커질 뿐이었다. 윤희 오빠는 윤희의 몸부림은 아랑곳하지 않 고 반문했다.

"아니 조금 전엔 당첨됐다며? 근데 왜 이런 허름한 데서 살아? 그리고 어떻게 이 오빠한테 한마디도 안 할 수가 있어? 응? 하늘에 계신 엄마 아빠가 아시면 얼마나 슬퍼하시겠니?"

광인도 이런 광인이 없었다. 윤희는 슬그머니 두려워졌다. 평소 폭력까지 행사하던 사람은 아니었다. 그러나…… 어쩐지 오늘은 그 이상도 가능할 것 같은 불길함이 밀려들었다.

윤희가 공포에 떨었다. 라플라카는 더 이상 두고 볼 생각이 없었다. 펑, 다시 커진 라플라카는 그대로 윤희의 오빠를 내동댕이쳤다. 오빠에게 잡혀 있던 터라 윤희도 휘청거렸지만 라플라카가 가볍게 부축해 주었다. 윤희는 얼른 라플라카의 뒤에 몸을 감췄다. 윤희는 잔뜩 겁에 질린 채 라플라카의 옷자락을 꼭 쥐고는 몸을 떨었다. 가녀린 떨림이 전해지자 라플라카의 얼굴이 험악해졌다.

거실 바닥에 주저앉은 오빠는 어리둥절한 얼굴이었다. 그러나 이내 상관없는 눈치였다. 발딱 다시 몸을 일으킨 그는 윤희를 향해 팔을 뻗었다. 그것을 가만 내버려 둘 라플라카가 아니었다.

윤희를 등 뒤에 굳건히 감춘 라플라카가 윤희 오빠의 팔을 쳐냈다. 그 행동이 어찌나 단호했던지 윤희 오빠는 속에 든 거라곤 지푸라기밖에 없는 허수아비처럼 휙, 몸이 돌아갈 지경이었다.

자세를 바로 한 오빠가 눈을 부라렸다.

"너 지금 나한테 무슨 짓을 한 거냐?"

아마도 라플라카가 한 행동을 윤희가 했다고 오해한 듯싶었다. 윤희는 이제 눈물까지 글썽이고 있었다.

이해할 수 없었다. 그사이 오빠에게 무슨 일이 있었던 걸까? 평소 깔보기는 했을지언정, 그래도 평범한 오누이였다. 다소 시끄러웠지만 순순히 유산 분배도 해줬다. 어릴 땐 가끔 윤희를 못

살게 구는 동네 남자애들을 혼내주기도 했었다. 그저 남들처럼 평범한, 그저 살짝 오빠 위주로 돌아가는, 그런 가정 속 콧대 높은 오빠일 뿐이었는데…….

라플라카가 입술을 깨물었다. 아무래도 특단의 조치가 필요해 보였다. 이대로 소극적으로 대응하기엔 집 안에 다른 이가 없어 점점 더 안 좋은 쪽으로 치달을 성싶었다.

라플라카의 행동은 생각과 거의 동시였다.

그가 윤희의 오빠를 번쩍 들어 옆구리에 꼈다. 허공에서 버둥거리는 윤희 오빠의 얼굴이 사색이 되었다. 미친 듯이 발버둥을 쳤다. 아무래도 이대로 현관밖에 내치는 건 불가능할 것 같았다. 현관과 거실 사이의 중문은 너무 작았고 너무 약했다.

한숨을 쉬던 라플라카가 그를 팽개쳤다. 바닥에 나동그라진 윤희의 오빠는 일어나려고 해보았다. 그러나 그가 반듯하게 다시 일어나기 전에 라플라카가 손가락을 휘둘렀다. 그러자 윤희의 오빠는 뿅, 하는 소리라도 난 것처럼 사라져 버렸다.

"어…….."

윤희가 어안이 벙벙한 얼굴로 라플라카를 쳐다보는데 누군가가 현관문을 쿵쿵거렸다.

"야! 허윤희! 너 이러기야?"

라플라카는 한 번 더 손가락을 휘둘렀다. 현관에 가지런히 놓여 있던 그의 구두 한 쌍이 눈 깜빡할 사이에 사라졌다. 바깥엔 침묵이 찾아왔다. 그러나 잠시 후, 이젠 대성통곡하는 소리가 들려왔다.

"윤희야 제발……. 응? 나 한 번만 살려주라! 제발!"

그는 현관문을 쿵쿵 두들기며 꺼이꺼이 서럽게도 울었다. 눈-는 벌렁이는 심장을 다독이며 가만히 서 있었다. 소리를 듣는 것조차 상당히 괴로운 듯 얼굴을 잔뜩 찌푸린 채였다.

"야! 너 이러기야! 너 우리 지현이 좋아했잖아!"

지현이……. 윤희는 통통한 팔다리를 버둥거리던 젖먹이를 떠올렸다. 고등학교 2학년 때였던가 3학년 때였던가 갑자기 집에 쳐들어온 배불뚝이 새언니. 그 언니가 낳았던 쬐끄만 생명체.

"지현이 죽으면 네 책임이야!"

오빠는 쿵, 요란하게 현관문을 한번 걷어차더니 이내 잠잠해졌다. 윤희는 멀거니 서 있었다.

지현이가 죽는다고? 대체 왜?

소현이 떠올랐다. 윤희가 유산을 받은 사실은 그리 큰 비밀이 아니었다. 얼마 안 되는 돈이기도 했지만 아직 세상 물정 잘 모르는 어린 대학생들이 그 사실을 알아봤자 어쩌겠는가? 부모님을 잃고 얻은 돈인 탓에 더더욱 그런 면도 있었다.

그러나 소현이만은 달랐다. 당장 엄마가 오늘내일하는 처지의 효녀였다. 그 사실을 잘 알기에, 최근에 부모를 잃어 그 심정을 잘 알기에 흔쾌히 천만 원을 빌려주지 않았는가?

윤희가 중얼거렸다.

"지현이가 어디 아픈가?"

말하는 윤희의 얼굴은 창백했다.

"다 뻥이야, 마음 쓰지 마."

라플라카는 지현이가 누군지 몰랐지만 윤희의 표정으로 충분히 짐작할 수 있었다. 그래서 당장 윤희 오빠를 쫓아가서 요절이라도 내버리고 싶었다. 라플라카가 보기에 그놈은 사기꾼이었다. 분명 윤희한테서 어떻게든 한 푼이라도 뜯어내고 싶으니 되도 않는 망발을 되는 대로 주워섬겼는데 그중 하나가 윤희에게 명중하고 만 것일 뿐이었다.

"네가 강하게 나가니까 어떻게든 흔들어보려고 툭 던져 놓은 거야. 그러니까 신경 쓰지 마."

"그런…… 거겠지?"

윤희가 라플라카를 올려다보았다. 라플라카는 부드럽게 미소 지어주었다.

"응. 그러니까 신경 쓰지 마."

"정말…… 그런 거겠지?"

윤희의 눈동자는 여전히 초조하게 흔들리고 있었다. 그녀의 시선은 아득히 저 먼 어딘가에 닿아 있었다. 그 끝에는 다리를 버둥대며 까르르 까르르 웃어대던 어린 지현이가 있었다. 라플라카는 그 모습을 볼 수 없었지만 마치 본 것 같았다. 윤희의 눈동자 속에 모든 것이 다 담겨 있었다. 그녀는 이미 무너지기 일보 직전이었다.

"거짓말이야. 그러니까 믿지 마. 내가 오래 살아봐서 아는데 네 오빠, 말과 행동이 딱 돈에 미친놈이야. 그러니까 마음 쓰지 마."

윤희의 시선이 이리 저리 방황했다. 안쓰러워진 라플라카가 윤희를 보듬어 안아주었다.

"신경 쓰지 마. 지현이는 안 죽어."

윤희가 두 눈을 감았다. 라플라카의 따스함에 비로소 지현의 환각이 눈꺼풀 밑으로 사라져 버렸다.

그러나 불안함까지 완전히 걷어내진 못했다. 그것을 증능

윤희는 잠들기 전까지 노트북 앞에 앉아 있었지만 한 글자도 써내지 못했다.

아르바이트를 마치고 퇴근 중이던 윤희는 심란함을 다스리지 못한 채 공원 산책길로 들어섰다. 이제 막 은행들이 익기 시작하는 시월이었다. 제법 선선해진 바람과 여전히 따가운 햇살이 부자연스럽게 어우러진 계절이었다. 윤희는 터덜터덜 공원을 걸었다.

"안녕하세요?"

왠 여자아이가 다가와 꾸벅 인사를 했다. 난생처음 보는 아이였다.

"날 아니?"

"그럼요. 어릴 때 봤어요."

"그래?"

"예."

"어…… 미안해. 난 기억이 나질 않는데……."

윤희는 얼굴 가득 미소를 지었다. 최대한 아이에게 상처를 주고 싶지 않은 탓에 지은 미소였다. 다행히 아이도 윤희를 따라 미소 지었다.

"에이, 왜 그러세요? 저 지현이에요. 허지현."

윤희가 눈을 크게 떴다. 윤희의 기억 속 지현이는 젖먹이였다. 아장아장 걸음마를 막 시작하던 때까지는 가끔씩 보기도 했었지만 이후론 본 적이 없는 탓이었다.

윤희는 믿을 수 없었다. 벌써 세월이 이리되었던가?

"지현이라고? 정말로?"

여자아이가 고개를 끄덕였다.

"예, 지현이에요. 고모가 돈 안 빌려줘서 죽어가는 지현이요."

당돌한 한마디와 함께 지현이의 피부가 벗겨지기 시작했다. 영화나 드라마에서 보던 파충류 외계인처럼 살갗이 죽죽 벗겨져 시뻘건 괴물이 되는가 싶더니 이내 흐물흐물 녹아내리기 시작했다. 윤희는 공포에 사로잡혔다. 흘러내린 지현의 사체가 스물스물 윤희에게 다가오고 있었다. 그러나 윤희는 꼼짝도 할 수 없었다. 비명은 물론이거니와 땅바닥에 붙박히기라도 한 듯, 한 걸음도 뗄 수 없었다.

한참 아침밥을 준비하던 라플라카는 기묘한 소리를 들었다. 보글보글 찌개 끓는 소리와 더불어 치직치직 지짐이 소리가 섞여 있는 와중에 어울리지 않는 기묘한 신음 소리였다. 라플라카는 얼른 가스렌지를 끄고 앞치마에 손을 닦으며 윤희에게 가보았다.

윤희는 모로 누워 잔뜩 웅크린 채 끙끙거리고 있었다. 이마에서 식은땀이 줄줄 흘렀다. 얼굴은 잔뜩 체하기라도 한 것처럼 새하얬다.

"윤희야?"

라플라카가 부드럽게 윤희를 흔들어 깨웠다. 윤희는 미동도 하지 않았다. 으으, 하는 고통에 찬 신음만 더 거세질 뿐이었다.

"윤희야, 꿈이야. 일어나 봐."

라플라카가 영차, 윤희를 아예 일으켜 앉혔다. 윤희는 그대로 툭, 라플라카의 품으로 쓰러졌다. 라플라카는 부드럽게 윤희의 등을 연신 쓰다듬어 주었다.

"일어나. 악몽이야. 괜찮아. 내가 있잖아."

조심스럽고 부드러운 말소리가 연신 윤희의 청각을 자극했다.

드디어 윤희의 입에서 뜨겁고 긴 한숨이 뿜어졌다. 동시에 윤희는 더욱 라플라카의 품으로 파고들었다. 라플라카는 온 힘을 다해 꼭 안아주었다.

"악몽이야. 이제 괜찮아."

윤희도 팔을 들어 라플라카를 끌어안았다. 그러나 오래지 않았다. 라플라카가 부드럽게 윤희를 떼어놓았다.

"어차피 곧 알람 울릴 시간이야. 씻고 나와. 밥 먹자."

"응."

윤희는 작게 미소 지었다. 힘이라곤 눈곱만큼도 찾아볼 수 없는 억지 미소였다.

식탁에 앉아서도 윤희는 깨작깨작거렸다. 라플라카는 이유를 빤히 아는 터라 차마 조심스러워 아무 말도 꺼낼 수가 없었다.

"다녀올게."

"응. 조심하고."

"응."

윤희는 터덜터덜 집을 나섰다.

그날따라 윤희는 실수 연발이었다. 엄마 손을 붙들고 들어오는 아이들이 전부 지현이 같았다. 유모차를 타고 온 아기들은 윤희의 기억 속 지현이었고 책가방과 학원 가방을 매고 쫄래쫄래 '아이스크림 하나 주세요' 하는 아이들은 전부 꿈속의 지현이었다. 그 탓에 윤희는 점심도 제대로 먹지 못했다.

"윤희 씨 어디 아프니?"

점장이 걱정스레 다가왔다. 몇 년간 한 번도 이런 적 없던 윤희였다. 사적인 친분이 따로 있는 건 아니더라도 심각하게 걱정할 수밖에 없는 상태였다.

"아뇨, 괜찮아요."

점장이 몇 번이나 더 쉬는 게 어떻겠느냐 물어왔지만 윤희는 이 악물고 버텨냈다. 한 푼이 아쉬울 때였다.

가까스로 일을 마치고 집으로 향하면서 윤희는 바로 휴대전화를 꺼내 들었다. 계속 이렇게 살 수는 없었다. 얼른 마음의 짐을 덜고 싶었다. 그래서 일말의 망설임도 없이 번호 하나를 눌렀다.

[여보세요?]

나이 든 여자의 목소리였다.

"안녕하세요. 저 윤희예요, 허윤희."

[어머, 학생, 웬일이야?]

학생일 때 계약을 한 터라 이후로 쭉 윤희를 학생이라 부르는 집주인은 영문을 모르겠는 눈치였다. 얼마 전 월세를 내는 것으로 새 계약서를 작성했으니 당장은 서로 연락할 일이 없는 탓이었다.

"계약서 말인데요……."

윤희는 거침없이 계약서 이야기를 꺼냈다.

"아직 기존 계약은 한참 남았고 새 계약은 시작도 안 돼서 드리는 말씀이에요."

[무슨 문제라도 있나요?]

그제야 집주인의 목소리에도 시름이 끼어들었다.

"죄송해요. 아무래도 계약을 파기해야 할 거 같아요. 제가 도저히 사정이 안 되네요. 그냥 다른 집 알아볼게요."

[그러니까 새 계약을 파기하겠단 거예요?]

들려오는 목소리가 조금 이상했다.

"예. 새 계약서까지 쓰고 죄송해요."

침묵이 이어졌다. 윤희는 길거리에 선 채로 아주머니의 답을 기다렸다. 일 초가 백년 같았다.

[좋아요. 해지하는 걸로 해요.]

집주인의 목소리가 쾌활했다. 윤희가 눈물을 글썽였다.

"감사합니다."

울먹울먹하는 소리가 전화기를 통해 넘어갔다.

[아니, 뭐 이런 걸로 울려고 그래? 학생 힘내요. 아무리 세상이 험악하다지만 그래도 아직 살 만한 곳이니까.]

"예, 감사합니다."

윤희가 씩 웃으며 얼른 눈물을 털어냈다.

[그럼 이사는 언제 할 건가요? 전세금은⋯⋯.]

"그게⋯⋯."

윤희는 또 난처한 얼굴로 연신 굽실거렸다. 상대가 없는데도 허공에 대고 굽실거리는 꼴이었다.

"조카가 수술비가 급해서⋯⋯."

윤희가 말끝을 흐렸다. 집주인은 또 침묵했다. 다행히 아까보다 길지는 않았다.

[알았어요. 최대한 빨리 입금해 줄게. 대신에 집도 최대한 빨리 빼주는 걸로 해요. 오케이?]

"감사합니다!"

윤희는 연신 허공에 대고 허리를 숙여 인사를 했다. 오가는 사람 그 누구도 그런 윤희에게 눈길 한번 주지 않았다.

통화를 마치자 갑자기 발걸음이 가벼워졌다. 천근만근 철근이라도 매단 것처럼 힘겨웠던 발걸음이 왜 이리 가벼운지……. 윤희는 연신 깡총거리며 집으로 향했다.

"어, 기분이 좋아 보이네?"

유니폼을 받아들며 라플라카가 물었다.

"응. 마음이 홀가분해졌어."

"홀…… 가분해져?"

"응. 지현이 수술비 내줄 거야."

"미쳤어?"

라플라카가 목소리를 높였다. 그러곤 이내 흠흠, 헛기침을 했다. 민망한 눈치였다. 윤희가 피식 웃었다.

"괜찮아. 그리고 나도 알아. 너 나 걱정하는 거. 근데 참, 나는 이상한 앤가 봐. 도저히 마음이 무거워서 아무 것도 못하겠는 걸 어쩌니?"

"네 오빠는 그 돈 갚을 능력이 없어."

라플라카는 며칠 전 보았던 윤희 오빠를 떠올려 보았다. 최대한 있어 보이게 한다고 노력한 것인지 정장을 쫙 빼입고 윤나게 닦아둔 구두를 신고 오긴 했지만 땀에 절어 풀어헤친 넥타이 하며 양복도 소맷부리에 해진 티가 역력했고 넥타이는 최대한 가린다고 가려보았지만 구김이 가 있었다. 구두 또한 아무렇게나 벗어두는 틈에 닳아 빠진 밑창을 똑똑히 본 터였다.

절대로 어디 돈 나올 구석이 있는 사람이 아니었다.

윤희가 팔을 뻗어 라플라카의 미간에 져 있는 주름을 꾹꾹 눌렀다.

"얼굴 펴. 돈은 또 생기겠지. 하지만 마음의 짐은 이렇게가 아니면 덜어낼 수 없는걸?"

그 순간 삐릭, 하는 소리가 났다. 윤희는 얼른 스마트폰을 확인해 보았다. 일원 한 푼 틀림없는 전세금이 입금되어 있었다. 아니 어쩜 이렇게나 빨리…… 윤희는 얼른 집주인에게 감사하다고 장문의 문자를 보냈다. 뭐 이런 걸 가지고 그러느냐는 짧은 답신이 돌아왔다. 흘깃 쳐다본 라플라카의 두 눈이 화등잔만 해졌다.

"너 미쳤어? 집 뺀 거야?"

"응."

"이만한 집, 그 돈으로 절대 못 구하는 건 알아?"

"알아. 저번에 이미 다 알아봤어."

"그런데도 그 돈을 오빠한테 주겠다는 거야?"

"오빠한테 안 줘."

라플라카는 멍한 얼굴이었다.

"어, 그럼 누구한테 줘?"

"새언니한테 직접 줄 거야."

그게 바로 윤희의 생각이었다.

어차피 돌려받지 못할 것은 똑같았다. 그러나 어제처럼 그리 희번뜩 돈에 미친놈이 되어버린 오빠에게 이 돈을 줄 수는 없었다. 이 돈은 부모님의 목숨값이었고 윤희의 평온한 삶을 저당 잡힌 돈이었다. 뭔가에 씐 듯한 오빠에게 줬다가 뭔 짓을 할지 어떻게 안단 말인가?

라플라카가 조심스럽게 물었다.

"부부일심동체라는 말…… 알아?"

"알아."

"근데 새언니한테 가져다주겠다고?"

"응. 새언니는 그래도 괜찮을 거야."

배불뚝이로 집에 들어와 윤희의 처지를 많이 개선해 주었던 새언니.

늘 남은 찬밥은 당연히 윤희 차지였던 집이었다. 맛난 반찬은 죄다 오빠 쪽으로 놓는 것 또한 당연한 집이었다. 그러나 새언니가 온 후로 달라졌다. 세상에 이런 집이 어디 있느냐며, 요즘은 레이디퍼스트라고 맛난 고기 반찬은 도로 윤희 앞으로 밀어주고 윤희의 찬밥은 자신의 뜨거운 밥과 바꿔주던 새언니였다. 그럼 결국 그 찬밥은 오빠 차지가 되었다.

난생처음 받아보는 대접에 윤희는 어안이 벙벙하여 엄마 아빠 눈치만 보던 날이 새록새록 떠올랐다. 그러나 새언니는 집안 최고의 갑이었다. 왕좌에 앉은 오빠가 죽고 못 사는, 설설 기는 여자였으니 오죽했을까?

그래서 윤희는 새언니에 대해서 좋은 감정을 갖고 있었다. 그런 새언니라면 틀림없이 이 돈을 올바른 곳에 써주리라.

그러나 라플라카가 강력한 펀치를 날렸다.

"언니한테 확인은 해봤어?"

"확인?"

"애가 정말로 아프냐는 확인."

윤희는 바로 대답하지 못했다. 그 생각은 정말로 해본 적이 없었다. 당장 마음의 짐을 덜어낼 생각에 급급했다.

"어…… 물어본 적 없는데……."

"그럼 확인부터 해보자. 응?"

윤희의 얼빠진 얼굴을 확인한 라플라카는 조심스럽게 윤희를 컨트롤 해나갔다.

"새언니 전화번호는 알아?"

"예전 건 알지만……."

"요즘엔 번호 잘 안 바꾸니까 일단 한번 걸어봐."

"그치만……."

윤희가 손을 떨었다. 불안했다. 설마 아니겠지……. 가만히 바라보던 라플라카는 윤희의 등 뒤에 서서는 조심스럽게 윤희의 스마트폰을 대신 터치했다. 몇 번의 터치에 주소록이 나타났다. 그러나 전부 이름으로만 저장되어 있는 터라 라플라카로서는 어느게 새언니인지 알 수 있는 방법이 없었다.

"새언니 이름이 뭐야?"

"김…… 미현."

라플라카가 휙휙 윤희의 스마트폰을 스크롤했다. 여전히 윤희의 왼손에 들린 채였다. 다행히 김미현이란 이름은 하나뿐이었다.

"전화 건다?"

"응."

윤희는 멍청하게 대답했다. 은은한 음악 소리가 들려왔다. 클래식이었다. 잠시 후, 달각 하더니 반가운 목소리가 들려왔다.

[어머, 아가씨! 어쩐 일이에요?]

윤희는 깜짝 놀랐다. 새언니였다. 그간 연락 한 번 없었건만 살갑게 받아주는 언니 덕분에 윤희는 용기를 낼 수 있었다.

"저예요, 윤희."

[알아요. 번호 보니 딱 아가씨던데? 무슨 일이에요? 무슨 일 있어요?]

새언니의 목소리로 걱정이 끼어들었다. 윤희는 얼른 고개를 흔들었다.

"아니에요. 무슨 일이 있는 건 아니고요. 그냥 지현이가 보고 싶어서요."

[지현이요?]

"예. 오늘 책가방 메고 다니는 여자애를 봤는데 갑자기 지현이 생각이 나더라고요. 아기 때 보고 못 봤지 싶어지는 게……."

[음…….]

새언니가 잠시 뜸을 들이더니 이내 밝게 말했다.

[아직 학교에 있을 시간이에요.]

"학교요?"

새언니의 목소리는 너무나 아무렇지 않았다. 일상 그 자체였다. 차마 거기에 대놓고 아프냐는 질문을 할 용기가 안 났다.

"그, 그럼 제가 찾아갈게요. 지현이가 뭐 좋아하죠?"

새언니는 그제야 조금 불편함을 드러냈다.

[……지현이가 많이 낯설어 할 거예요.]

윤희는 안도했다. 굳이 찾아오는 걸 만류할 이유가 뭐가 있을까? 집에 우환이 있기 때문이 아닐까? 그 우환이 바로 지현이의 투병이 아닐까?

"알아요. 그래서 좋아하는 선물만 주고 금방 오려고요. 차츰 자주 보면서 친해지면 되겠죠."

[그치만…….]

윤희는 얼른 쾌활하게 너스레를 떨었다.

"제가 시집갈 때가 됐나 봐요. 길거리 애들만 봐도 어찌나 예쁜 건지…….."

새언니가 한숨을 푹 내쉬었다. 윤희는 조마조마했다.

[아가씨, 사실은요…….]

윤희는 유레카를 외치고 싶었다. 드디어 새언니의 입에서 진실이 나오려 했다.

[저희가 이혼한 지 좀 됐어요.]

"이혼…… 이요?"

이런 전개는 예상하지 못했다. 대체 이게 무슨 소리란 말인가?

새언니는 막힌 둑이 터진 듯 구구절절 하소연을 시작했다.

[유산이 문제였죠. 다달이 월급이나 받던 회사원이 어느 날 갑자기 목돈을 손에 쥐니 돌았나 봐요. 여기저기 사업한단 말에 귀를 팔랑여 대더니…….]

이후는 모두가 흔히들 밟는 순서를 밟아나갔다. 사업한답시고 뛰어들었다가 망해 버렸다. 차라리 열심히 일이나 해보고 망했으면 억울하지나 않지, 홀랑 사기를 당해서 말아먹었다. 본전 생각이 난 윤희의 오빠는 신혼집으로 받았던 아파트까지 저당 잡혔다.

[나도 그 집에서 쫓겨날 때야 알았다니까요? 그래도 그때까지는 제가 어떻게 해보려고 했는데…….]

이후가 문제였다.

사업을 해야겠는데 돈이 없으니 여기저기 빌리기 시작했다. 처음엔 은행이었다. 나중엔 사채였다. 그 후엔 지인이었다. 빚은 눈덩이처럼 불어났고 더 감당할 수 없었던 새언니는 이혼을 선택했다.

[미안해요. 애는 이제 아빠가 없는 줄 알아요. 사채업자들 쫓아오던 기억들이 트라우마가 돼서 아빠란 말만 들어도 경기를 해요. 아가씨 보면…… 알잖아요. 둘이 똑같이 생긴 거…….]

새언니가 말끝을 흐렸다. 윤희는 슬프게 웃으며 고개를 흔들었다.

"아니에요. 그런 상황인지 전 전혀 몰랐어요."

[뭐 부러 연락을 안 했으니까요. 근데 아가씨.]

"예?"

[혹시 애 아빠 만났어요?]

윤희는 침묵했다. 그것이 그대로 대답이 되었다. 수화기 너머에서 긴 한숨이 들려왔다.

[아가씨. 내가 아가씨를 잘 아니까 하는 말인데 그이가 무슨 짓을 해도 돈은 빌려주지 마요. 아가씨라면 아직도 유산 잘 가지고 있겠죠?]

"그야……."

[몇 번이나 아가씨 찾아간다는 거 내가 말렸었어요. 그러다 까맣게 잊고 살면서 이혼까지 했는데 이렇게 전화한 거 보니까 기어코 그이가 아가씰 찾아간 모양이네요. 뭐라던가요?]

"아니…… 지현이가 아프다고…… 병원비가…….."

윤희는 말을 하면서도 양심에 찔렸다. 오빠는 그렇게 말하지 않았다. 그저 한마디 툭 던진 '지현이가 죽는다'라는 말에 저 혼자 상상력을 펼친 것에 불과했다.

[세상에. 그 인간이 하다하다 이젠 딸까지 팔아먹네. 절대로 빌려주지 마요. 지현이 건강해요. 태권도장을 다니는데 남자애들도 다 휘어잡는다니까요? 그러니까 믿지 마요. 절대로 빌려주면 안 돼요. 알았죠?]

새언니는 이후로도 신신당부했다.

통화를 마친 윤희의 표정을 통해 라플라카는 진실이 무엇인지 확실히 알 수 있었다. 그러나 아무 말도 하지 않았다. 윤희의 얼굴은 보기 싫게 일그러져 있었다. 무엇을 말해도 듣지 못할 상태가 틀림없었다.

윤희는 갑자기 정신이라도 차린 것처럼 다급하게 어딘가에 전화를 걸었다. 상대는 바쁜지 한참이 지나도 전화를 받지 않았다. 그러나 윤희는 끈질기게 기다렸다. 계속해서 차갑게 굳은 얼굴이었다.

[여보세요?]

"씨발놈아!"

윤희가 버럭 소리를 내질렀다. 라플라카는 깜짝 놀라 눈을 동그랗게 뜨고 윤희를 바라보았다.

[이년이 어디 감히 하늘 같은 오빠…….]

"하늘 같은 소리 하고 자빠졌네. 내가 네 앞에서 그렇게 얌전히 굴어준 건 엄마 아빠 때문이었다고 이 개 쓰레기 같은 새끼야!"

[너 기다려, 내가 당장…….]

윤희는 계속해서 오빠의 말을 잘라냈다. 단 한마디도 듣고 싶지 않았다. 살면서 지겹도록 들어온 말이었기에 어차피 듣지 않아도 무슨 소린지 잘 알고 있었다.

"한 번만 더 내 앞에서 돈돈 거리면 정신병원에 확 처넣어 버릴 테니까 알아서 해!"

[지랄 염병하고 있네. 네가 무슨 수로?]

윤희는 미친년처럼 깔깔깔 크게 웃어젖혔다.

"이 세상에 너의 피붙이는 딱 둘이 있지. 나 그리고 지현이. 그리고 우리나라는 피붙이 둘이면 너 같은 새끼 정신병원에 처넣는 거 일도 아니거든?"

소설을 쓰기 위해 이런저런 자료를 찾다가 알게 된 일이었다. 그것이 큰 사회문제로 대두되고 있다는 것도 잘 알고 있었다. 그때는 어찌 이런 일이 가능하냐고 비분강개했었는데 이런 식으로 써먹게 될 줄이야······.

오빠가 코웃음 쳤다.

[웃기고 있네. 지현이 미성년자거든?]

"너야말로 웃기지 마. 지현이 친권자가 새언닌데 과연 새언니가 네 편을 들어줄까?"

윤희의 목소리는 당당했다. 친권 문제는 그냥 찍어본 거였는데 빙고! 오빠는 한동안 아무 말도 못 했다.

"앞으로 다시는 내 눈앞에 나타나지 마라."

윤희가 단호하게 전화를 끊으려는데 오빠가 말했다.

[너 많이 변했다?]

윤희는 그 말이 너무나 우스웠다.

"그럼 이 험한 세상 기댈 사람 하나 없이 살아가는데 예전 같을 줄 알았어?"

[야, 아무리 그래도 나는…….]

"닥쳐. 이제 난 오빠 없어."

윤희는 냉정하게 전화를 끊어버렸다.

속이 후련했다. 한 번도 살면서 오빠에게 이렇게 분노를 터뜨려 본 적이 없었다. 윤희의 얼굴에 만족스러운 미소가 떠올랐다.

"너, 그런 면도 있었구나?"

라플라카의 물음에 윤희는 얼른 웃음을 지워냈다.

"화나잖아. 내가 얼마나 가마니로 보였으면 그딴 거짓말을 지껄이고 갔겠어?"

"가마니는 무슨, 그렇게 욕 잘하는 가마니도 있냐?"

윤희와 라플라카는 서로를 마주 보고 피식 웃었다. 그러나 그속 시원함은 얼마 가지 못했다.

말끔히 모든 분노를 터뜨리고 나니 그제야 현실이 닥쳐 왔다. 윤희는 어느덧 입금을 알렸던 조금 전의 문자를 물끄러미 바라보고 있었다. 라플라카가 그런 윤희의 손을 부드럽게 잡았다.

"자 이제 또 전화해."

"어디다?"

"어디긴 어디야. 집주인이지."

"하지만……."

윤희는 울상이었다. 어렵게 부탁을 하자마자 바로 입금해 준 집주인이다. 그런데 또 어떻게 번복을 한단 말인가?

"차라리 잘됐어. 이참에 전세금을 더 올려드리겠다고 말해. 그럼 혹시 모르잖아."

"그치만……."

얼마 전, 계약 문제로 근처 전세가를 검색하며 보았던 숫자들이 떠올랐다. 아무리 소현의 도움이 있었다 한들 어림 반푼어치도 없는 금액이었다.

"직접 부딪쳐 보기 전엔 아무것도 알 수 없는 법이야."

그러나 라플리카는 윤희에게 용기를 주었다. 윤희는 만지작거리고만 있던 핸드폰을 켜고 집주인의 전화번호를 눌렀다. 벨이울리는 와중에도 몇 번이나 끊고 싶었지만 그때마다 라플라카가빙그레 미소지어 주었다.

[여보세요?]

"저…… 예요."

[아, 미안해요. 아는데 내가 전화를 이렇게 받는 게 습관이 되놔서. 혹시 입금이 잘못됐어요?]

윤희는 주춤주춤하며 사정을 설명했다.

"사실은요……."

구구절절 소설을 쓰며 갈고 닦았던 실력까지 더하여 극적이며드라마틱한 스토리를 읊어냈다. 물론 뼈대는 진실에서 한 치도벗어남이 없었다. 그러나 누구라도 들으면 눈물 흘리지 않고는버텨낼 수 없을 만한 신파가 펼쳐졌다.

집주인은 숨소리 한번 내지 않고 끝까지 이야기를 들었다. 아니 장황한 윤희의 변명 덕분에 끼어들 여지가 없었다. 결국 집주인은 중간에 단호하게 끼어들었다.

[그러니까 다시 전세 계약을 하고 싶다 이거네요?]

"예. 어떻게 안 될까요?"

윤희의 모습은 비굴하기 짝이 없었다.

다시 그 관짝 같던 고시원으로 들어가고 싶진 않았다. 고시원은 아니라 해도 거기랑 크게 다를 바 없는 그런 원룸도 들어가고 싶은 생각은 없었다. 하지만 다달이 오륙십만원 전후의 월세를 낼 능력도 안 됐다. 당장 윤희로서는 이 아줌마 말곤 매달려 볼 사람이 없었다.

[미안해요.]

집주인의 목소리는 싸늘했다. 아무래도 뭔가 단단히 마음먹은 눈치였다.

[이미 집값은 몇 배가 뛴 상태였어. 난 그래도 학생 사정 봐준다고 천만 원이나 월세 삼십으로 퉁치려고 했지만 사실, 월세 계약 하면서도 후회했었거든. 당장 부동산 가서 창문에 붙어 있는 시세들만 확인해 봐도 싼 거 알 거예요.]

집주인의 목소리가 좀 더 단호해졌다.

[솔직히 말하면 난 학생이 계약 해지한다고 할 줄 알았어. 그런데 마음이 약해져서 그냥 새 계약서 썼던 거야. 후회스러웠지만 이미 계약서를 쓴 터라 잊으려 했는데 학생이 먼저 계약 해지를 하자고 했지.]

윤희가 입술을 깨물었다. 그때의 그 어색함, 그 이상함, 그게 그런 의미였단 말인가? 뛸 듯이 기쁜데 티 낼 수 없었던? 나이 든 사람은 다 그런가? 그게 연륜이요 세상 경험이란 것인가?

집주인이 계속 말을 이었다.

[난 할 만큼 한 거 학생도 알죠?]

다시 침묵이 이어졌다. 윤희도 집주인도 한마디도 하지 않았다. 윤희가 아무 말도 할 기미가 보이지 않자 집주인이 다시 입을 열었다.

[최대한 빨리 나가줘요. 계약한 기간 다 채우겠다면 나로선 할 말이 없지만 전세금은 이미 내준 상태니까 도리를 아는 학생일 거라 생각해요.]

그게 다였다. 그것을 끝으로 집주인은 전화를 끊었다. 윤희의 팔이 힘없이 떨어졌다.

"왜? 잘 안 됐어?"

윤희의 눈에서 눈물이 데구르르 굴러떨어졌다. 고시원이 생각났다. 하루 일과를 마치고 와서 다리 뻗고 누우면 딱인 공간. 이게 방인지 침대인지 알 수 없었던 공간. 눈앞이 캄캄했다.

윤희는 벌떡 일어나 방으로 들어갔다. 라플라카가 따라 들어가 달래주려 했지만 윤희는 쾅 문을 닫아버렸다. 그렇게 닫힌 문은 다음 날 아침이 될 때까지 열리지 않았다.

일을 마치고 돌아오는 윤희의 얼굴은 초췌했다.

"손님이 많았어?"

라플라카가 걱정스럽게 물었다. 빤히 윤희의 걱정거리가 뭔지 알고 있었지만 차마 대놓고 물어볼 수 없었다. 윤희는 말없이 방에 들어가 문을 닫아버렸다.

벌써 며칠째 집을 알아보는 중이었다. 틈만 나면 노트북을 켜 집을 찾았다. 현실은 처참했다. 가진 돈에 맞추자니 삶의 질이 너무 떨어졌다. 삶의 질을 유지하는 건 윤희가 가진 돈으로 어림도 없었다. 그 점이 자꾸만 윤희를 기운 빠지게 했다. 그나마 다행인 건 고시원에 다시 들어가진 않아도 된단 거였다.

"집 보는 거야?"

라플라카가 슬그머니 다가와 모니터를 보았다. 화면엔 작은 썸네일들이 가득했다. 대충 봐도 방 하나가 베란다요 부엌이요 거실이요 현관인 공간이었다.

한숨을 푹 내쉰 윤희가 노트북을 덮어버리더니 벌떡 일어나 침대에 벌렁 드러누웠다.

"직접 가서 보면 다르겠지."

라플라카가 조심스레 달래보았다. 그러나 윤희는 시체처럼 천장만 바라보았다. 지금껏 보아왔던 좁디좁은 방들이 자꾸만 떠올랐다. 대체 고시원과 차이가 뭔지 알 수 없는 집들이라니⋯⋯. 윤희가 발딱 일어나 앉았다.

"너 혹시 마법으로 펑, 하고 집 같은 거 못 만들어?"

"뭐?"

라플라카는 황당한 얼굴이었다. 그 얼굴을 빤히 보고서도 윤희는 포기하지 못했다.

"엘사는 얼음으로 성도 만들잖아. 넌 그런 거 못 해?"

라플라카가 난처한 얼굴을 했다.

"말했잖아. 그게 그렇게 뚝딱 되는 게 아니라고."

"손가락만 휙 흔들면 되는 거 아녔어?"

"보이긴 그렇게 보이겠지만 마법이란 거 네가 생각하는 그런 허무맹랑한 거 아냐. 엄연한 과학이라고."

윤희는 물끄러미 라플라카를 바라보기만 했다. 그런 대답을 원한 게 아니었다. 잔뜩 실망한 그녀는 이내 다시 벌렁 드러누웠다.

"밥 안 먹어?"

저녁밥은 이미 한참 전에 다되었다. 그러나 아무리 기다려도 윤희가 나올 기미가 없어 들여다본 참이었다.

"생각 없어."

"그래도 먹어야지."

"괜찮아. 나 그냥 잘래."

"으응."

라플라카는 힘없이 방문을 닫아주었다. 윤희는 그대로 이불을 뒤집어썼다. 시간은 째깍째깍 자꾸만 흘러가는데 잠이란 녀석은 오지 않았다. 현실로 닥쳐 온 이사를 생각하며 괴로워하던 윤희의 생각은 어느덧 살고 싶은 집에 대한 망상으로 바뀌었다. 내 방 하나, 라플라카 방 하나, 그리고 돼호 방 하나. 방 세 개에 거실과 부엌은 따로 분리되어 있어야 하고 욕실엔 욕조가 있는……. 상상은 점점 더 구체적이 되었고 덕분에 윤희는 시간이 흐르면 흐를수록 점점 더 말똥말똥해졌다. 그러다 보니 어느덧 날이 밝고 말았다. 윤희는 날이 밝은 것도 모른 채 여전히 멍하니 누워 있었다. 퀭한 얼굴이었다.

"윤희야, 아직도 자?"

달칵 문이 열리고 라플라카가 조심스럽게 물었다. 윤희는 대답이 없었다. 물끄러미 시체 같은 윤희를 바라보던 라플라카가 천천히 입을 열었다.

"집을 만드는 건 안 되는데 어느 정도 환경 개선은 가능해."

귀가 솔깃해진 윤희가 벌떡 일어나 라플라카를 보았다.

"환경 개선? 혹시 밖에서 보면 원룸이지만 안은 방 세 개짜리 아파트, 뭐 이렇게 바꿔줄 수 있는거야?"

라플라카가 피식 웃었다.

"미드 좀 고만 봐라. 말했지? 마법도 과학이라고. 햇빛이 더 잘 든다거나 바람이 잘 통한다거나 습도 조절이 저절로 된다거나 그런 정도를 말하는 거야."

반짝였던 윤희의 눈동자가 도로 생기를 잃었다.

"그런 거 가지고 환경 개선이라고 할 수 있는 거야?"

라플라카가 슬쩍 검지손가락으로 윤희의 이마를 밀었다.

"야, 그 정도도 대단한 거야. 얘가 이렇게 뭘 모른다니까?"

다소 익살스런 미소를 곁들인 핀잔이었다.

"이씽, 너어⋯⋯."

윤희가 눈을 흘겼다. 라플라카가 부드럽게 미소 지으며 말했다.

"그러니까 직접 보러 가자. 직접 보면 내가 이리저리 어떻게 바꿔줄 수 있는지 알려줄게. 그것까지 감안해서 고르면 그래도 좀 낫지 않을까?"

잘생긴 얼굴에 깃든 부드럽고 따스한 미소, 그 어떤 우울한 기분이라도 한 방에 날려 버릴 기분 좋은 목소리, 그런 그가 자신을 위로하기 위해 애쓰기까지 하고 있으니 어찌 기분이 좋아지지 않을 수 있을까?

완전히 모든 걱정을 떨쳐내진 못했으나 윤희는 라플라카의 갸륵한 정성에 화답해 주기로 했다.

"좋아. 그럼 당장 가자."

"안 돼. 밥 먹고 가자."

"밥?"

"응 벌써 다 해놨어."

"반찬이 뭔데?"

윤희가 눈을 빛내며 물었다. 윤희의 기분이 다소 좋아진 것을 느낀 라플라카는 이 여세를 계속 몰아가기로 작정했다.

그가 눈을 가늘게 뜨고 흐흐흐, 웃더니 대답했다.

"개구리 반찬."

분명 핀잔이 날아오리라 생각했다. 그러나 예상은 빗나갔다.

"오예! 개굴개굴 개구리 반찬이다! 맛있겠다!"

그렇게 외친 윤희는 자리를 박차고 뛰쳐나갔다. 라플라카는 자신의 노력에 화답해 준 윤희가 그저 예쁘고 고마울 따름이었다.

부동산 중개인은 윤희의 말에 다소 난처한 얼굴을 했다.

"금액이 애매하네요."

"애매하다뇨?"

한참이나 마우스를 딸깍딸깍하던 중개인이 다시 윤희를 쳐다봤다.

"혹시 대출이나 뭐 그런 건 안 돼요? 3,4천만 더 있으면 전세가 있을 것 같기도 한데……."

윤희는 침묵했다. 사채를 말한 게 아니라면 대출이 될 리가 없다. 신용카드도 못 만드는 판국이 아니던가?

"대출은 어렵고요……. 전세가 안 되면 반전세라도……."

"반전세라……."

아주 난해한 문제인 듯했다. 한참을 고민한 중개인이 물었다.

"동네는요?"

"이 동네에서 걸어 다닐 수 있는 거리만큼요."

이 동네 집값이 비싸다는 건 이미 잘 알고 있었다. 하지만 다른 곳에 갈 수 없었다. 아르바이트때문이었다.

그깟 아르바이트 새로 구하면 그만이라고 할지 모른다. 그러나 윤희에겐 달랐다. 현재 윤희의 시급은 남들에 비해 월등히 높다. 일반 학생 아르바이트생들보다 주부 직원의 시급이 더 높은데 윤희는 그 주부 직원보다도 더 높았다. 일 잘하고 특별히 모난 데 없고 고정적으로 꾸준히 일해온 윤희를 놓치기 싫은 점장의 특별 대우였다.

전부 다 성실함을 밑바탕으로 신뢰를 쌓은 덕분이었다. 다른 곳에서 이만한 대우 받기 어렵다는 걸 윤희는 너무나 잘 알고 있었다.

"반전세 가능성이 있는 게 하나 있긴 한데……."

중개인이 난처한 얼굴을 했다.

"있긴 있나요?"

윤희가 눈을 빛냈다. 잠시 머뭇거린 중개인이 자리에서 일어났다.

"가까우니까 걸어가죠."

중개인이 앞섰다. 그녀가 나가자 내내 윤희의 어깨에 앉아 있던 라플라카가 속삭였다.

"잘됐네. 거봐, 하늘이 무너져도 솟아날 구멍이 있는 법이라니까?"

"그러게."

윤희가 생긋 웃었다. 오랜만에 보는 미소에 라플라카는 마음이 따스해지는 것을 느꼈다. 그러나 그 따스함은 얼마 가지 않았다. 원인은 중개인을 따라 걸을수록 점점 진해지는 지독한 냄새였다.

"이게…… 무슨 냄새죠?"

"글쎄요 저도 잘…… 모르겠네요."

중개인은 눈을 맞추지 못했다. 그녀는 비좁은 골목을 찾아 들어가더니 심하게 녹이 슬어 조금만 건들어도 부서질 거 같은 철제 대문을 두드렸다. 분명 옆에 초인종이 있는데 거들떠보지도 않았다. 뿌옇게 앉은 먼지를 보니 한동안 사용하지 않은 모양이었다.

"집 보러 왔어요!"

목소리를 높이자 한참 후 슬리퍼를 직직 끄는 소리가 났다. 뒤이어 덜컹, 대문이 열렸다. 키도 덩치도 큰 할아버지 한 분이 모습을 드러냈다.

"왜 인제 와!"

버럭 소리부터 내지르는 폼이 귀가 먹은 건가 싶었다.

"그게 그렇게 됐어요! 좀 보러 가도 돼죠?"

중개인이 소리를 높였다. 할아버지는 잔뜩 불퉁한 얼굴로 옆으로 비켜섰다. 앞서 들어간 중개인이 할아버지 옆에서 어정쩡하게 서서는 계단을 가리켰다.

"이층이에요. 계단으로 올라가면 돼요."

표정이 기묘했다. 저 표정이 대체 무슨 의미인지 궁금했다. 일단 집을 보면 해결되겠지 싶어 윤희도 대문을 넘었다. 그리고 바로 그 이유를 알았다.

좁디좁은 마당에 쓰레기가 가득 쌓여 있었다. 가끔 TV에 나오는, 정신적으로 문제가 있어 쓰레기를 수집하는 사람들이 살던 집이 눈앞에 펼쳐져 있었다. 중개인은 슬쩍 몸으로 그 마당을 가려보기 위해 어정쩡하게 서 있던 거였다.

윤희는 멍한 얼굴로 집을 살폈다. 현관으로 이어진 작은 돌계단엔 흙만 가득한 화분이 층층마다 놓여 있었다. 식물은 없는데 화분이 왜 있는 건지 당최 이해할 수 없었다. 윤희의 시선을 따라가 본 집주인 할아버지가 말했다.

"음식물 쓰레기 묻어두는 겨. 버리는 것도 다 돈이여. 저렇게 썩으면 그게 다 퇴비여, 퇴비."

퇴비? 텃밭이 있는 것도 아닌 거 같은데 대체 퇴비를 어디에 쓴단 말인가? 구역질이 치밀었다. 그러나 윤희는 예의를 아는 사람인지라 간신히 참아냈다.

"그, 그래도 집에 들어가면 뭔가 다르지 않을까? 내가 할 수 이, 이, 있는 게 있을 거야."

대문을 넘자마자 난감하기는 매한가지였지만 어떻게 해서든 긍정적인 상황으로 바꿔줘야 했던 라플라카가 넌지시 속삭였다. 그러나 자신 또한 말을 더듬고 있음을 그는 깨닫지 못하고 있었다. 윤희의 얼굴을 확인한 중개인이 얼른 등을 떠다밀었다. 윤희는 다리에 힘을 주고 버티어 섰다.

"다른 집 보여주세요."

단호한 어투로 한마디를 남긴 채 윤희는 집 밖으로 나왔다. 그제야 깨달았다. 아까부터 풍기던 악취의 근원이 이 집이었음을.

이 동네에서 산 세월이 얼만데 어째서 이 집의 존재를 몰랐을까?

대문 안에서 중개인과 할아버지가 실랑이하는 소리가 들렸다.

"뭐여? 왜 집도 안 보고 간대?"

"그러니까 제가 청소 좀 해두시라고 했잖아요."

할아버지는 캬악 퉤 바닥에 침을 뱉더니 투덜거렸다.

"요즘 젊은것들은 그래서 안 돼. 물건 아까운 줄 몰라!"

중개인은 더 말을 섞지 않고 집을 나와 버렸다.

"하아— 진짜 이 집은 아예 빼버려려야겠어."

푹 한숨을 내쉰 중개인이 이내 윤희를 보며 난처한 얼굴을 했다.

"미안해요. 어차피 안 될 거 빤히 알았지만 정말 금액 맞는 데가 여기밖에 없었어요."

"아니에요. 돈 없는 제가 죄인이죠."

"근데 정말 금액대가 애매해요. 일이백만 되도 어찌 협상을 시도해 보겠는데……."

중개인이 말끝을 흐렸다. 윤희가 쓰게 웃었다.

"애초에 전세를 생각했던 건 아니에요. 혹시 몰라서 그리 말씀드렸던 거죠."

"월세도 괜찮아요?"

"그냥 월세가 적으면 적을수록 좋겠어요."

윤희가 쓰게 웃었다. 끝까지 전세를 포기하지 못하고 있었는데 이 집이 한순간에 그 어렵던 '포기'를 가져다주었다. 동시에 다른 동네를 갈까, 하는 생각도 들었다. 그러나 금액을 맞추려면 왕복세 시간은 가야 했다. 교통비도 문제였다. 버스비도 따져보니 만만치 않은 금액이었다.

스마트폰을 한참 살피던 중개인이 다른 집을 보러 가자고 앞장 섰다. 윤희가 힘없이 걷기 시작했다. 그 뒤를 따라가는 라플라카의 날갯짓에도 힘이 없었다. 그의 시선은 내내 윤희의 얼굴에 박혀 있었다. 윤희가 울상이니 그 또한 기분이 좋을 리 없었다. 덩달아 이 상황을 타개해 줄 어떤 능력도 없는 자신의 무능력함이 한없이 원망스러웠다. 그렇게 두 사람은 힘없이 다음 집에 도착했다.

대충 훑어본 윤희의 표정이 다소 풀어지는 듯했다. 현관을 열면 바로 집 안의 모든 것을 확인할 수 있는 작은 원룸이었으나 평수도 좀 있었고 무엇보다 올 수리를 한 집이라고 했다. 현재 살고 있는 사람이 이직을 하게 되어 날짜가 되기 전에 빠지는 터라 수리한 지 육 개월밖에 안 된 상태였다.

"이 정도면 괜찮네!"

라플라카가 환하게 웃으며 탄성을 터뜨렸다. 윤희도 집이 마음에 든듯했다. 무엇보다도 공동 현관의 잠금장치가 마음에 들었다. 3층이라 소홀하기 마련인데 방범창도 확실히 달려 있었다. 혼자 사는 여자에게 그보다 더 좋은 게 뭐가 있을까?

거주자가 함께 있었지만 윤희는 꼼꼼하게 수압도 확인해 보고 배수 상태도 확인해 보고 창문을 열어 주변도 살펴보았다.

윤희는 만족스러운 얼굴로 집을 나왔다.

"어때? 괜찮아 보이는데? 굳이 내가 뭘 안 해도 될 거 같고."

라플라카는 다소 들뜬 목소리였다.

"글쎄, 가격이 과연 맞을까?"

윤희는 애써 마음에 들지 않는 척 툭, 내뱉었지만 이미 마음이 들뜬 것은 어쩔 수 없었다. 돼호가 뛰어다니기엔 좀 부족했지만 그건 가구를 적당히 잘 배치해 주면 되리라…….

살고 있던 사람과 잠시 대화를 하느라 늦게 나온 중개인이 윤희의 얼굴을 보더니 환히 웃었다.

"집 괜찮죠?"

"글쎄요……."

윤희는 조심스러웠다. 어쨌든 중개인은 집주인의 편이기 마련이었으니까. 그러나 중개인이라 함은 낯선 사람들을 만나는 게 업이 아니던가? 눈치가 백단이지 않으면 해먹지 못하는 장사였다. 그런 그녀가 윤희의 기분을 모를 리 없었다.

중개인이 수다를 떨기 시작했다.

"집이 참 깨끗하죠. 건물 자체도 지은 지 얼마 안 됐어요. 여자 혼자 살기 이만한 데가 없지."

"중요한 건 가격이죠."

"이 동네치곤 저렴해요. 보자……."

중개인은 스마트폰을 한참 만지작거리더니 금액을 말해주었다. 그 금액을 들은 윤희의 표정이 딱 굳어버렸다. 라플라카도 마찬가지였다. 보증금에서 충격을 받은 게 아니었다. 윤희를 얼어버리게 한 것은 월세였다.

"월 오십이네요."

중개인은 아무렇지 않은 얼굴이었다. 이 동네 월세에 빠삭한 그녀이니 당연히 아무렇지 않은 가격이리라. 그러나 윤희는 달랐다. 오십이라니……. 한 달에 오십이면 일 년에 육백만 원, 이 년이면 천이백만 원이다. 세상에!

윤희의 눈치를 슥 살핀 중개인은 얼른 쾌활하게 말을 이었다.

"다른 집도 보러 갈래요? 원래 집 구경은 많이 하면 할수록 좋은 거라잖아요."

"……예."

윤희는 힘없이 대답했다. 중개인이 먼저 출발했다. 윤희는 아쉬운 듯 몇 번 3층을 올려다보곤 터덜터덜 그 뒤를 따랐다. 라플라카도 마찬가지였다. 그는 모기약에 취한 모기가 상하좌우 이리비틀 저리 비틀 애앵애앵거리는 것처럼 힘없이 두 사람을 따랐다.

이후로도 비슷한 상황은 계속됐다.

월세가 만족스러우면 집이 엉망이었다. 집이 마음에 들면 월세가 장난 아니었다. 윤희는 그때마다 천국과 지옥을 오갔다. 처음엔 들고 간 수첩에 꼼꼼하게 이것저것 메모까지 하고 있었지만 다섯 번째 집인가부터는 멍한 얼굴로 그저 쳐다볼 뿐이었다.

"보여드릴 건 대충 다 보여드린 거 같네요. 어떠세요?"

중개인도 다소 지친 모습이었다. 아무리 거리가 가깝다 한들 이리저리 돌아다니며 구경했으니 걸은 거리가 장난이 아니었다. 중개인의 얼굴엔 차를 끌고 갈걸, 하는 후회가 가득해 보였다.

"죄송해요. 집에 가서 생각을 좀 해봐야겠어요."

이런 손님이 어디 한두 명이던가? 중개인은 환히 웃으며 정중히 윤희를 배웅했다.

집에 돌아온 윤희는 또 침대에 벌러덩 드러누웠다. 황금 같은 토요일을 온통 발품 파는 데 소모한 것은 그다지 아깝지 않았다. 하지만 하나같이 마음에 드는 집이 없었다.

"원래 세상에 백퍼센트 내 맘에 드는 것은 없다고 하잖아."

라플라카가 조심스럽게 위로를 건넸다. 윤희는 한숨을 내쉬었다. 이 집을 처음 봤을 때가 떠올랐다. 하긴, 그때도 집만 봤을 때는 그다지 마음에 들지 않았었다. 고시원을 벗어날 수 있단 건 좋았지만 그사이 상상이 부풀고 부풀어 머릿속에 자리 잡게 된 집은 이 집과 맞는 구석이 하나도 없었다. 하지만 왜 계약을 했더라? 단 하나였다. 이 동네에서 가장 싼 집, 그것도 지나치게 저렴했던 월세 아닌 전세.

윤희가 힘없이 몸을 일으켰다. 그때가 운이 좋았던 거다. 현실을 깨닫고 보니 쓴웃음이 절로 나왔다.

현실은 시궁창이라더니, 어쩜 이리 엉망진창일 수 있을까? 자신의 능력이 겨우 이것뿐이었던가 싶어 슬퍼졌다. 그런데 윤희는 마음 놓고 슬퍼할 수 없었다.

빤히 라플라카의 얼굴을 바라보았다. 그의 얼굴엔 늘 감정이 떠돌곤 했다. 기분이 좋으면 좋은 대로 나쁘면 나쁜 대로 감출 줄을 몰랐다. 그런데 그 기분의 좋고 나쁨은 대부분 윤희와 관련이 있었다. 윤희의 기분이 좋으면 라플라카도 좋아했고 윤희의 기분이 나쁘면 라플라카도 슬퍼했다.

윤희는 천천히 입을 열었다.

"어쩌면 나는 단순히 이 집에서 나가는 게 싫은 걸지도 몰라."

"그래 맞아. 집하고도 정든다잖아."

라플라카는 얼른 맞장구를 쳤다. 금방이라도 울 거 같았던 그의 얼굴에 희망이 싹텄다. 덩치도 더 크고 키도 더 큰데 어쩜 이리 귀여워 보일 수 있을까? 그는 윤희에게 힘을 북돋워 주기 위해 안간힘을 쓰고 있었다. 윤희는 그런 그를 모른 척할 수가 없었다.

"그럼 넌 어떤 집이 제일 나은 거 같아?"

"나야 너만 좋다면 다 상관없지. 집 없이 살아온 세월이 얼만데."

대체 그는 그간 어떤 삶을 살아온 걸까?

"왜?"

윤희의 눈길에 라플라카가 고개를 갸웃하며 물었다. 윤희가 살짝 미소 지었다.

"아냐. 그래도 집을 구할 수 있는 내 상황이 무작정 나쁜 것만은 아니구나 싶어서."

라플라카가 두 눈을 깜빡였다. 무슨 소린지 모르겠는 눈치였다. 그런 라플라카를 보고 피식 웃은 윤희가 길게 기지개를 켜곤 크게 외쳤다.

"그래! 집 없는 사람들도 있는 마당에 난 집을 구할 돈이 있으니 그게 어디야?"

라플라카는 말없이 크게 미소 지을 뿐이었다. 그 미소에 빙그레 웃음으로써 화답해 준 윤희가 팽개쳤던 수첩을 챙겨 들었다.

"그럼 어느 집이 좋을까……."

뒤로 갈수록 지렁이가 기어가는 건지 메모를 한 건지 알아보기 어려워졌지만 그래도 적힐 건 다 적혀 있었다. 한참 훑어보던 윤희가 물었다.

"우리가 몇 집이나 돌았지?"

"글쎄 제법 돈 거 같은데……."

"막판에 기억에 남는 거 없어? 뒤에는 메모 자체를 안 했네."

"너도 기억이 안 나는데 나라고 나겠냐?"

윤희가 픔, 작게 소리 내어 웃었다.

"그래, 기억은 내가 알아서 되살려 볼 테니까 넌 밥이나 해라. 하루 종일 발품 팔았더니 배고프다."

시계를 확인한 라플라카가 벌떡 일어났다. 벌써 6시였다. 뛰쳐나가는 그를 보며 윤희는 몰래 웃었다.

"쟤 없었으면 어땠을까 몰라……."

라플라카가 들으라고 하는 소리가 아닌 혼잣말이었다. 그러나 귀가 밝은 라플라카는 그 말을 듣고는 배시시, 자신도 모르게 웃음 지었다. 윤희는 그 사실을 전혀 알지 못한 채 다시 메모를 쳐다보며 고민에 빠져들었다. 어쨌든 문제는 해결된 것이 아무것도 없었다.

누구도 원하지 않았지만, 꼭 할 수밖에 없는 이사 날짜가 확정되었다. 문제는 그것이 끝이 아니라 시작이란 사실이었다.

"포장 이사 되게 비싸구나……."

윤희는 한숨을 폭 내쉬었다. 제대로 된 이사를 해본 적이 있을 리가 없었다. 고시원에서 살다가 이 집에 들어오던 날 윤희의 이삿짐은 대형 캐리어 한 개가 전부였다. 그러나 이젠 달랐다. 당장 책장의 책부터가 문제였다.

"그냥 용달 불러. 짐이야 싸두면 돼. 얼마 하지도 않는걸?"

라플라카가 어깨를 으쓱하며 자신만만한 어투로 말했다. 윤희는 피식 웃었다.

"포장할 박스나 뽁뽁이 같은 건 공짜냐?"

"옆 동네 아파트 단지 재활용 쓰레기 수거하는 날에 가서 신문 지하고 박스 좀 주워오면 돼."

윤희가 눈살을 찌푸렸다.

"쪽팔려서 그 짓을 어떻게 해?"

"뭐가 쪽팔려, 남들 눈엔 보이지도 않는데."

라플라카는 아무렇지 않은 듯 어깨를 으쓱하며 말을 이었다.

"뭐, 일주일에 한 번씩인 거 같았으니까 앞으로 매주 가서 확인해 봐야겠다."

윤희가 잔뜩 주눅 든 얼굴로 말했다.

"미안해. 그런 일 시켜서."

라플라카는 활짝 웃었다.

"뭐가 미안해? 같이 살아주는 게 어딘데."

"같이 살아주긴 하지만 솔직히 넌 나 없어도 사는 데 아무 지장 없잖아. 그래서 이렇게 부려먹으니 좀 미안한 마음이 드는 거지."

"그런 소리 하지 마. 이렇게 같이 살아 주는 게 나한테 얼마나 대단한 건지 넌 잘 몰라. 난 막말로 몸이라도 팔아서 널 떠받들고 살아도 모자라다고."

"몸이라도……."

라플라카는 엄청 진지한 얼굴이었다. 그러나 윤희는 몸을 판다는 그의 말에 그만, 그의 잘난 근육이 두드러진 가슴팍을 쳐다보게 되었다. 순간 엉뚱한 상상이 떠올랐다. 화려한 호텔 스위트룸, 침대 위의 누군가를 향해 느끼하게 웃으며 천천히 셔츠를 벗는 라플라카, 곧이어 드러난 탄탄한 몸, 그 위에서 미끄러지는 반짝이는 조명…….

윤희의 얼굴에 불길이 일었다. 그래서 벌떡 일어나 냉장고를 열고 냉수를 꺼냈다. 물병째로 벌컥벌컥 물을 마시다가 그만 사레가 들렸다. 콜록콜록 연신 기침을 해대는 윤희의 등을 두드리며 라플라카가 근심 어린 얼굴로 물었다.

"괜찮아? 그러니까 왜 그렇게 급하게 마셔? 그러다 체해. 물 마시고 체하면 약도 없다 너?"

연신 등을 어루만지는 손길에 윤희의 불길은 또다시 활활 타올랐다.

"돼, 됐어!"

윤희는 얼른 목소리를 높이곤 휙 방으로 들어가 버렸다. 냉장고 문은 여전히 활짝 열린 채였고 물병은 식탁에 던지다시피 내려놓은 후였다. 라플라카는 갑자기 벌어진 이 황당한 상황을 이해할 수 없었다.

윤희가 방문을 닫아버린 터라 함부로 열고 들어갈 수 없었던 라플라카는 고개를 갸웃했다.

"왜 저러지?"

의문이 가득했지만 일단 할 일은 해야 했다. 냉장고 문을 닫고 바닥에 굴러다니던 뚜껑을 찾아 물병을 닫았다. 그렇게 다시 냉장고를 열어 물병을 제자리에 두고 문을 닫으려다가 라플라카는 멈칫했다.

"설마……."

냉장고의 냉기를 온몸으로 받으며 한참 서 있던 라플라카가 다급히 냉장고를 닫더니 코를 움켜쥐었다.

"젠장……."

그러나 이미 늦은 후였다. 라플라카는 얼른 욕실로 들어가 찬물로 세수를 했다. 다행히 코피는 금방 멎었다.

물기를 닦으며 욕실 밖으로 나온 라플라카의 눈에 윤희의 방문이 들어왔다.

"거기서 왜 그런 말을 해가지고……."

또 열기를 느낀 그는 머리를 세차게 흔들며 식탁 의자에 앉아 스마트폰을 꺼내 들었다. 뭔가 집중할 거리가 필요했다. 그래서 그는 최근에 설치한 게임을 켰다. 단순반복 작업만 하면 되는 거라 머리 비우기에 아주 효과적인 그런 게임이었다.

그러나 그는 그 쉬운 게임조차 길게 이어나갈 수 없었다. 자꾸만 정신을 놓고 멍하니 있다가 타임오버라는 소리에 화들짝 놀라 재시작하기를 무한 반복했다. 거실 한구석에서 돼호가 그런 라플라카를 한심한 얼굴로 쳐다보고 있었다.

라플라카는 성실했다. 윤희의 집 베란다에 다양한 박스들이 쌓여나갔다. 모든 작업은 윤희가 집에 없을 때 행해졌다. 때문에 둔하기 짝이 없는 윤희는 어느 날 문득 집이 텅 비었단 사실을 알았다.

"어? 언제 짐을 다 싼 거야?"

빨래를 널 일이 없어 베란다에 나가질 않다 보니 윤희로선 금시초문이나 다름없을 일이었다.

"벌써 며칠 됐는데?"

라플라카는 아무렇지 않게 말했다. 윤희는 새삼 놀라웠다. 아무리 작은 집이고 아무리 남들보다 적은 짐이라 해도 일일이 정리하고 분류하여 포장하려면 만만한 일이 아니었을 텐데 그는 마치 버려진 쓰레기라도 주워 쓰레기통에 넣은 것처럼 아무렇지 않아 보였다.

"마법 썼니?"

"그게 더 힘들다고 내가 말하지 않았냐?"

윤희가 눈을 흘겼다.

"말이 그렇다는 거지. 마법처럼 뿅! 하고 전부 박스 더미로 변신했잖아."

라플라카는 씩 웃으며 손가락으로 V를 만들어 보이곤 윤희의 방을 힐끔거렸다.

"이제 남은 건 네 방에 있는 물건들인데……."

윤희의 시선이 방으로 향했다. 그제야 깨달았다. 행거에 걸려 있는 옷 중 계절에 맞지 않는 옷들이 이미 다 치워지고 없었다. 라플라카의 세심함은 둘째 치고 자신의 둔감함이 너무나 놀라웠다.

"책, 미리 싸두고 싶은데, 당일엔 최대한 부산 떨지 않고 심플했으면 좋겠거든."

"난 상관없는데?"

"안 돼. 그날은 내가 도와줄 수가 없잖아."

"왜?"

윤희는 정말로 영문을 모르겠는 얼굴이었다. 그런 그녀가 라플라카는 너무나 고마웠다. 어느덧 그녀는 자신의 존재를 너무나 당연시 여기고 있었다. 특별하지 않은, 언제나 늘 곁에 있는 존재로 인식해 준다는 게 얼마나 큰 건지 깨닫지 못한 채.

윤희의 얼굴을 물끄러미 바라보던 라플라카는 자신도 모르게 흐뭇한 미소를 지었다. 윤희의 마음을 따스하게 만드는 부드러운 미소였다. 윤희는 자신도 모르게 넋을 잃고 그를 바라보았다.

라플라카가 입을 열었다.

"그렇게 내 존재를 당연한 걸로 여겨주는 게 고맙긴 한데, 이사 직원들은 내가 안 보일 거잖아. 괜히 박스 들고 어쩌고 돌아다니다가 괜한 오해라도 하면 어떡해?"

"어차피 이상한 거 봐도 알아서들 짜 맞춘다고 하지 않았어?"

윤희가 되물었지만 라플라카의 심각한 표정은 지워지지 않았다.

라플라카는 윤희의 오빠가 찾아왔던 날을 떠올리고 있었다. 그의 개입은 윤희와 오빠가 단둘이라는 상황 덕분에 엉뚱한 오해를 불러일으켰다. 그는 윤희가 자신을 팽개쳤다고 철석같이 믿지 않았던가?

이삿날에도 그런 상황이 생기면 곤란했다. 갑자기 사라졌다 나타나는 이삿짐들을 도저히 예상할 수 없는 형태로 윤희와 연결해 그녀를 난처하게 하는 일이 생길지도 모를 일이 아니던가? 괜히 그중에 상상력이라도 풍부한 사람이 있으면 더더욱 곤란한 일이 벌어질지도 몰랐다. 윤희를 외계인이나 귀신으로 착각하면 난감할 일이 아닌가?

"왜? 무슨 생각하는데?"

윤희가 그를 일깨웠다. 눈이 마주친 라플라카가 활짝 웃었다. 윤희가 따라 미소 지었다. 잠시 두 사람은 서로의 미소에 홀려 멍하니 있었다. 그 어색함을 깨닫고 정신을 먼저 차린 것은 라플라카였다.

"내가 어쩌면 그동안 전혀 모르는 누군가에게 민폐를 끼쳤을 지도 모른단 생각을 하고 있었어."

"무, 무슨 민폐?"

윤희도 뒤늦게 정신을 차리고 대꾸했다. 그녀가 말을 더듬었단 사실은 다행히 둘 다 몰랐다.

"내가 한 행동들 때문에 누군가가 귀신이나 외계인 취급을 받 았을지도 모른다는 걸 방금 깨달았거든."

"응, 그렇구나."

윤희는 얼른 무슨 말인지도 모르면서 알아들은 척 맞장구를 쳤다. 대화는 또 거기서 끊겼다. 라플라카가 성큼성큼 베란다로 나가 빈 박스 몇 개를 집어 왔다.

"오늘은 책이나 싸야겠다."

"지금 하게?"

윤희가 따라 일어나 그가 들고 있던 박스 몇 개를 나눠 들었다.

"응. 책은 내 맘대로 분류할 수 없잖아. 당장 필요한 책들 네가 따로 빼두면 나머진 내가 알아서 할게."

"나도 도울게."

"아냐 괜찮아. 나 힘 세다니까?"

라플라카가 팔을 들어 불룩, 이두박근을 만들어 보이더니 한 번 만져 보라는 식으로 눈짓을 건넸다. 윤희는 뭔가에 홀린 듯 손을 들어 만지려다가 얼른 정신을 차렸다.

"힘들어서 그런다는 게 아니라 미안하니까 그렇지. 내 짐이잖 아."

"말했지? 나는 몸을 팔아서라도 너를 떠받들어야……."

순간 정적이 온 집 안을 장악했다. 두 사람 모두 그것을 깨달았지만 아무 말도 할 수 없었다. 그 정적은 베란다의 박스 더미를 탐험하던 돼호가 구석에 빠져 에옹! 하는 소리를 크게 내지를 때까지 계속되었다.

"이 녀석! 너 또 거기서 뭐 하는 거야!"

살짝 얼굴이 상기된 라플라카가 얼른 베란다로 뛰쳐나갔다. 각양각색 다양한 사이즈의 박스들을 이용해 포장을 해둔 상태이다 보니 아무리 잘 쌓아 올린다 한들 틈은 있을 수밖에 없는 법, 돼호는 그 틈에 끼어 살려달라는 건지 아님 좋다고 신나서 그러는 건지 열심히 에옹거리고 있었다.

"녀석, 고양이 액체설도 있던데 넌 왜 그 모양이냐?"

라플라카는 돼호가 스스로 나오지 못해 도움을 요청했다고 철석같이 믿는 눈치였다.

"돼지라서 그렇지 뭐."

라플라카가 한심한 눈으로 돼호를 쳐다보며 중얼거리자 뒤따라 왔던 윤희가 받아쳤다.

"사료를 바꿀까?"

라플라카의 얼굴은 진지했다.

"이미 다이어트 사료를 먹이고 있는 중이었어."

"그럼 제한 급식을 실시하는 건……."

"내가 이미 해봤지. 매일 밥그릇 앞에서 시위하더라. 어느 날은 사료 항아리를 밀어서 깨뜨리더라니까?"

"역시 고양이는 요물인 건가?"

"난 가끔 저 앞발이 손은 아닐지 의심스러워. 혹시 나 일하러 갔을 때 짠~ 하고 사람으로 변하지는 않디?"

"다행히 그러지는 않더라."

두 사람은 되지도 않는 말을 한참이나 주거니 받거니 했다. 그러나 절대로 서로의 눈을 쳐다보진 못했다. 둘 모두 벌렁이는 심장을 다독이기 위해 안간힘을 쓰고 있었다.

"어? 진짜 포장 다 해놓으셨네?"

이사 당일이 되었다. 작은 트럭 한 대를 끌고 나타난 아저씨는 말끔하게 포장이 완료된 집 상태를 보고 깜짝 놀라는 표정을 지었다.

"그야 당연히 포장 이사를 하는 게 아니니까……."

아저씨의 반응을 이해할 수 없는 윤희가 말끝을 흐리자 함께 온 아주머니가 얼른 너스레를 떨었다.

"아이고, 덜렁 박스 몇 개 싸놓고 짐 다 쌌다고 하는 사람들이 얼마나 많은데요. 이렇게 말끔하게 다 싸둔 집은 포장 이사가 유행하기 전에도 없었어."

집은 텅 비어 있는 것과 다름이 없었다. 박스에 들어가지 않는 침대나 행거 식탁 등을 제외하곤 죄다 포장이 되어 있는 상태였다. 라플라카의 꼼꼼함 덕분에 부부로 보이는 두 사람은 무척 흥겨워 보였다. 윤희는 두 분을 도와 박스를 날랐다. 라플라카는 눈치를 살살 봐가며 그런 윤희를 거들었다.

그렇게 새집에 도착한 시간은 채 정오가 되기 전이었다. 짐이 얼마 없던 데다가 이미 다 싸둔 상태라 가능한 일이었다. 기분 좋고 유쾌한 오전이었으나 새 집을 본 윤희는 또 마음이 착잡했다.

가격대를 맞추고 맞추다가 겨우 선택한 집이었다. 그런데 저렴한 데는 다 이유가 있었다. 1층은 주차장이고 2층부터 원룸이 있는 5층짜리 빌딩의 1층 집이 윤희가 계약한 새집이었다. 주차장 한쪽, 원래 창고였지 싶은 곳을 집으로 개조한 것으로 보였다. 가장 먼저 이 집을 봤을 때 든 생각은 법적으로 가능하긴 한 건가, 였다.

현관과 욕실의 작은 창문을 열면 바로 주차장이었다. 다행히 길가로 난 창문도 하나 더 있긴 했는데 불행히도 바로 왕복 사차선 도로였다. 평소 차량 통행량이 얼마나 되는지 잘은 모르지만 조용히 살기는 그른 조건이었다.

현관을 열면 바로 좁디좁은 방이 나타났다. 세면기와 변기가 간신히 자리 잡은 욕실이 이 집의…… 아니, 이 방의 유일한 별도 공간이었다. 샤워호스랍시고 세면기 수전에 하나가 달려 있긴 했으나 샤워를 하려면 변기와 문짝에 물이 잔뜩 튀는 것을 도저히 막을 수 없어 보였다.

방의 한쪽 면에는 밥을 해먹으란 것인지 말란 것인지 알 수 없을 작은 싱크대가 덜렁 놓여 있었다. 싱크볼은 작았고 세탁기까지 일체형인지라 싱크대에는 수납공간이 전혀 없다고 봐도 무방했다. 그나마 상부장이 있어 다행이었다. 윤희는 괜히 라플라카에게 미안해졌다.

가뜩이나 집 탓에 우울하기 짝이 없는데 그런 윤희의 기분을 더욱 무겁게 하는 일은 계속해서 벌어졌다.

"점심 식사 하고 올게요."

아저씨가 말했다. 윤희는 웃으면서 그러시라고 했다. 그런데 아저씨는 멀뚱히 윤희를 쳐다보고만 있었다. 윤희가 물었다.

"왜요?"

"점심값 주셔야죠."

"어, 그런 거 없다고 광고하는 거 본 거 같은데요?"

"에이, 광고야 원래 그렇게 하는 거지. 점심값도 안 주고 일을 부려먹는 법이 어디 있나?"

아저씨가 대놓고 윤희에게 투덜거렸다. 아주머니는 듣고도 못 들은 척 분주히 일할 뿐이었다.

"하지만 분명 일체 계약한 금액 이외에 다른 어떤 것도 필요 없다고 한 걸 보고 계약한 거거든요."

윤희의 눈치가 씨알도 먹힐 것 같지 않아 보였는지 아저씨는 들고 있던 목장갑을 거칠게 툭툭 털며 몸을 돌렸다.

"하여튼 이래서 젊은 사람들은 안 돼."

욕설은 들어 있지 않았으나 꼭 욕설이라도 뱉어내는 것 같은 더러운 말투였다. 순간 욱한 라플라카가 한발 나섰다. 그러나 다행히 행동에 나서지는 않았다.

"나이를 똥구멍으로 처 드셨나……."

대신 그 분기를 입으로 뿜어냈다. 윤희는 아저씨 몰래 큭큭, 작게 소리 내어 웃었다. 윤희가 웃는 것을 힐끔 쳐다보는 두 사람의 눈초리가 썩 유쾌해 보이진 않았다. 두 내외는 뭔가 요란하게 구시렁거리며 자취를 감췄다. 착잡한 눈으로 그들이 사라지는 것을 확인한 윤희는 근처 편의점에서 삼각 김밥을 사왔다. 두 개였다.

"왜? 한 개만 사와도 되는데."

"됐어. 너도 먹어."

라플라카는 잠깐 머뭇거렸다. 윤희는 좀 화가 났다. 아무리 자신이 능력이 없기로 겨우 이깟 삼각 김밥에 머뭇거리는 그가 짜증났다.

"먹기 싫음 말든가."

윤희는 냉큼 그의 몫으로 사온 삼각 김밥을 까서 먹어버렸다. 뒤이어 자신의 몫도 먹어버렸다. 라플라카는 그런 그녀가 체할라, 생수병의 뚜껑을 열어 내밀었다. 끝까지 다정한 그를 보며 윤희는 울컥했다. 그의 몫을 먹어버린 게 후회됐다.

"괜찮아. 나야 편의점 가서 한두 개 집어먹어도 아무도 모르는데 뭐."

윤희가 우울한 건 느꼈지만 왜 우울한지 모르는 그는 애써 윤희를 다독이려 했다. 윤희는 억지 미소를 지었다.

"미안해. 괜히 화내서. 아까 아저씨가 돈 더 달라고 하니까 화나서 그랬어."

윤희는 애써 화살을 돌렸다.

"알아. 나도 화나더라. 너 혼자 있는 거 아니었으면 벌써 한 대 날렸을걸?"

"잘 참았어. 그렇게 욱해서 사람 때리고 그러는 거 아냐."

"알아. 나도 아무 때나 그러는 건 아냐. 그냥 너한테……."

라플라카는 말을 하다 말고 침묵했다. 이렇게 감정적으로 얽히는 게 윤희에게 부담인 건 아닐까, 요즘 한참 고민하는 참이었다. 아직 그 결론을 완전히 내리지 못한 터라 차마 말을 이을 수가 없었다. 그러나 윤희는 자기혐오에 빠져 있는 터라 그의 말을 듣지 못했다.

"아휴 더워. 시원한 거 뭐 좀 없어요?"

점심식사를 마친 두 사람이 모습을 드러내자마자 내뱉은 첫마디였다. 이번엔 아저씨가 아닌 아주머니였다. 굳이 그 시원한 것을 여기까지 돌아와 윤희에게서 찾는 건 무슨 의도란 말인가?

"죄송해요. 냉장고 전원을 미리 꺼두어야 한다고 해서 다 빼놓고 없네요."

윤희의 목소리는 차가웠다. 게다가 사실이었다. 냉장고도 이미 전날 다 비워둔 상태였다.

"시월인데 뭐가 이리 더워?"

아주머니는 마치 윤희 들으라는 듯 크게 말하며 수건을 꺼내 괜히 목 언저리를 훑었다. 윤희는 불쾌했다. 사실 아이스커피 정도라면 사다줄 용의가 분명 있었다. 하지만 그들의 태도는 윤희의 그런 마음을 싹 가시게 했다.

계약한 금액 이외에 더 낼 필요가 없다는 문구가 마음에 쏙 들어 계약한 업체였다. 이사를 자주 해보진 않았지만 추가 금액을 요구하는 경우가 부지기수란 사실은 이미 들어 알고 있었다. 더구나 그 광고는 '점심값 등'이라고 특히나 점심값을 강조하고 있었다. 윤희는 예상 불가능한 금액을 안고 가는 게 싫었다. 그래서 다소 비싸지만 두 눈 꼭 감고 선택한 업체였거늘…….

그러나 윤희는 가재도구를 볼모 잡힌 처지였다. 보잘것없는 것들이었지만 하나하나 직접 사 모은 집기들이었다. 그래서 조용히 침묵한 채 박스를 날랐다.

여전히 해가 쨍쨍 떠 있을 시각에 모든 일은 끝이 났다. 그들은 윤희로부터 입금이 된 것을 확인하자마자 뒤도 안 돌아보고 사라졌다. 씁쓸하거나 하지는 않았다. 어차피 다시는 볼 일이 없을 사람들이니 상관없었다.

현관을 열고 방 안을 살핀 윤희는 심란했다. 짐을 줄인다고 줄였건만 방은 이미 박스로 가득 차 있었다.

"괜찮아 금방 할 수 있어."

주변 눈치를 보며 살살 돕던 라플라카는 그제야 당당히 앞으로 나섰다. 윤희는 빙그레 웃으며 욕실 문을 열었다. 먼저 데려다 두었던 돼호가 에옹거리며 왜 자신을 가둬두었는지 불만을 표했다.

"미안해. 가둬놔서."

돼호는 골골골 노래를 부르며 윤희에게 몸을 부벼댔다. 라플라카는 이미 기운차게 첫 번째 박스를 뜯고 있는 참이었다.

부엌 살림살이였다. 신문지에 둘둘 말린 집기들이 하나하나 꺼내졌다. 그는 싱크대 상부장에 솜씨 좋게 모두 챙겨 넣었다. 얼마 되지 않는다 한들, 최근 밥을 해먹기 시작하면서 이것저것 구입한 것들이 자잘하게 많은지라 라플라카는 많은 고민을 해야 했다. 그런 그를 물끄러미 바라보던 윤희는 이리저리 상자를 뒤져 책 박스 하나를 찾아내 책장에 차곡차곡 꽂기 시작했다.

두 사람의 짐 정리는 한참이나 더 계속되었다. 집이 너무 좁은 탓에 일단 대충 풀고 나중에 정리하자는 방법도 먹힐 수가 없었다. 그러고자 한다면 방 한가운데 쌓아두고 살아야 했다.

결국, 하얀 달이 떠오른 후에야 짐 정리는 간신히 끝이 났다. 라플라카는 풀어낸 신문지와 상자 등을 차곡차곡 모아 골목 한 귀퉁이에 가져다 두었다. 그러곤 돌아와 현관을 쳐다보며 한참 고민했다.

"왜?"

"아무래도 주차장 쪽을 향해 있어서 좀 그러네."

"뭐 별수 있나?"

윤희가 쓰게 웃었다. 그런 윤희의 머리를 가볍게 헝클어뜨린 라플라카는 알아들을 수 없는 무슨 소리를 중얼거리며 팔을 휘둘렀다. 현관에 간유리라도 끼운 것처럼 반투명한 연둣빛 막이 나타나 일렁이다가 사라졌다. 윤희가 눈을 동그랗게 뜨고 물었다.

"뭐 한 거야?"

"자동차 매연 들어오지 말라고 해둔 거야. 1층 세입자에 대한 배려라고는 눈곱만큼도 없게 후진 주차해 뒀더라. 주차하고 시동 걸고……. 그 매연 다 어디로 가겠냐? 그 꼴은 내가 못 봐."

말을 마친 라플라카는 분주하게 욕실로 들어가서는 작은 창문에도 같은 마법을 걸었다. 마찬가지로 연둣빛 얇은 막이 나타났다가 금방 사라졌다. 욕실에서 나와 사방을 휘 둘러본 그는 도로가로 향한 창문에 다가가 같은 일을 했다. 그러나 이번에 나타난 현상은 달랐다. 강렬한 붉은빛이 창문틀을 따라 천천히 돌더니 팟 하고 사라졌다.

"뭐 한 거야?"

"방범용. 내가 없을 때 혹시 모르잖아."

윤희의 심장이 철렁 내려앉았다.

"너, 갈 거야?"

윤희의 잔뜩 떨리는 목소리에 라플라카는 어리둥절한 얼굴로 대꾸했다.

"아니 그게 아니라 살다 보면 내가 잠시 자리를 비우고 너 혼자 있는 경우도 있을 수 있고 내가 또 신도 아니고 정신 놓고 있을 때 누가 들어와서 해코지할지도 모르고……."

윤희가 갑자기 와락 그를 끌어안았다. 라플라카의 눈빛은 혼란스러웠다. 그러나 그의 손은 조심스레 윤희를 보듬고 있었다. 그는 혼란스러운 와중에도 윤희를 위한 말을 빼먹지 않았다.

"걱정 마. 네가 가라고 하기 전엔 아무 데도 안 가."

윤희는 그의 너른 가슴에 안겨 그의 따스한 손길을 느끼며 천천히 놀란 심장을 다독였다. 한참을 그렇게 두근두근 심장 소리를 들노라니 엉망진창이었던 마음은 차분하게 가라앉았다. 그런데 마음이 진정되고 나니 이젠 다른 문제가 떠올랐다.

갑자기 그 말을 그런 식으로 해석한 것도 민망했고 갑자기 그를 안아버린 것도 민망했다. 이 이상해진 분위기를 어떻게 반전시켜야 할지도 도저히 생각나지 않았다. 그래서 윤희는 계속 끌어안고 있기로 했다. 이러다 보면 언젠간 뭔가 생각나지 않을까? 하는 안일한 마음도 있었다. 동시에 그에게 안겨 있는 느낌이 참 좋았다. 그가 숨을 쉴 때마다 오르락내리락하는 가슴팍도, 단단한 근육을 통해 들리는 두근두근 심장 뛰는 소리도 모두 묘하게 마음 편하게 하는 구석이 있었다. 민망함과 편안함, 어느 게 더 그녀로 하여금 라플라카를 계속 안고 있게 하는지는 윤희도 가늠할 수 없는 문제였다.

그러나 라플라카는 그대로 오래 버틸 수가 없었다. 윤희가 갑자기 달려든 탓에 균형이 조금 무너져 있었다. 그래서 어정쩡하게 뭔가에 기댄 것처럼, 그러나 기댄 것은 아무것도 없는 애매한 상태로 서 있었다. 타고난 근력과 체력으로 버티고는 있었으나 아무리 그렇다 한들, 장시간 버티기엔 무리가 있었다.

라플라카는 슬쩍 주위를 둘러보았다. 책상 위에 아무렇게나 팽개쳐 둔 탁상시계가 보였다. 시계는 정확히 밤 10시를 가리키고 있었다.

"벌써 10시네? 너 저녁도 못 먹었잖아? 안 되겠다. 얼른 밥해 줄게."

라플라카는 호들갑을 떨며 윤희를 떼어냈다.

"이 밤에 밥 먹으면 살찌는데……."

윤희는 아쉬운 듯 입맛을 다셨다.

"그, 그래도 내일 일하러 가야 되잖아. 간단하게 해줄게."

그는 서둘러 앞치마를 찾았다. 그러나 어디에 있는지 도저히 찾을 수가 없었다. 아마 옷을 정리하다가 어딘가에 딸려 들어간 모양이었다. 문제는 거기서 끝나지 않았다. 가스 연결이 아직 되어 있지 않았다. 하루 종일 마음이 심란했던 터라 전화하는 것을 잊은 탓이었다.

"아, 도시가스……."

윤희가 탄식하며 시계를 확인했다. 그러나 아까 라플라카가 말했다시피 밤 10시였다.

"미안. 내일 아침 일찍 전화해 둘게."

"그치만 너 내일 일하러 가잖아. 너 없을 때 사람이 와봤자 할 수 있는 게 없는데 그럼 운이 없으면 내일 저녁 혹은 모레 아침까지……."

윤희가 하하하, 어색하게 미소 지었다.

"그, 그럼 삼각 김밥이나 왕창 사러 가볼까나?"

윤희는 홱 몸을 돌려 신발을 신었다.

"이 밤에 어딜 혼자 간다는 거야! 같이 가!"

그 뒤를 라플라카가 다급하게 따랐다.

새벽 5시. 윤희는 여지없이 울려대는 휴대폰 알람에 부스스한 얼굴로 자리에서 일어났다. 잠시 사방을 둘러보았다. 제법 밤이 길어진 터라 아직 캄캄했지만 한껏 좁아진 집을 확인하긴 어렵지 않았다. 그러다 문득 이상한 것을 느꼈다. 갓 지은 밥 냄새가 윤희의 코끝을 찔렀다.

"일어났어?"

라플라카가 말을 걸었다. 윤희는 흠칫 놀랐다. 그도 그럴 게 방 안은 아직 깜깜한 상태였다.

"어서 씻고 와. 밥 먹자."

라플라카가 그렇게 말하며 불을 켰다. 윤희는 눈을 감았다. 이윽고 빛에 익숙해지자 다시 눈을 떴다. 윤희는 방 한쪽 작은 밥상 위에 아침밥이 차려져 있는 걸 확인했다. 늘 그렇듯 뜨끈한 된장국과 간단한 밑반찬이었다.

"가스…… 어떻게 했어?"

"아무래도 삼각 김밥을 먹여 보내긴 좀 그래서. 그냥 힘 좀 썼어."

"힘?"

라플라카는 말없이 현재는 무용지물이나 다름없는 가스레인지를 향해 팔을 뻗었다. 팟, 하고 불꽃이 튀어 올랐다. 윤희는 멍하니 그 불꽃을 바라보며 중얼거렸다.

"뭐야, 너 먼치킨이야?"

윤희는 새삼 라플라카가 대단해 보였다. 라플라카는 머쓱한 얼굴로 윤희를 일으켜 세웠다.

"어서 가서 씻어. 국 식겠다."

"응."

윤희는 순순히 욕실로 들어갔다. 머리를 감고 세수를 하고 나오니 이불은 이미 개켜 있고 밥상은 가운데로 옮겨져 있었다. 식탁도 침대도 집이 너무 좁아 가져올 수 없어 내버린 탓이었다. 책상 또한 가져올 수 없었기에 좌식으로 바꾸었다. 이제 이 집에서 키 큰 가구는 책장뿐이었다. 그나마 욕실 옆에 작은 붙박이장이 하나 있어 다행이었다. 옷과 이불은 거기에 다 들어 있었다.

방 안을 둘러본 윤희가 말했다.

"집이 좁으니 높은 곳이라도 있어야 돼호가 운동을 좀 할 텐데……."

"책상, 냉장고, 책장, 싱크대 왕복 한 번 하면 지쳐 버릴걸?"

윤희가 피식 웃었다. 도무지 반박할 거리가 없는 말이었다.

"어서 와, 앉아."

라플라카가 방바닥을 톡톡 치며 말했다. 윤희는 빙그레 웃으며 그 자리에 앉아 수저를 들었다.

"근데 왜 일인분이야?"

"상할까 봐 장 안 봐뒀잖아. 남은 걸로 해서 그래."

"그래도……."

"괜찮아. 말했잖아 내게 식사는 취미라고. 어서 먹어."

그렇게 말하며 몸을 일으킨 라플라카는 앉은뱅이책상 아래 넣어두웠던 커다란 바구니를 꺼내 그 안에 담겨 있던 드라이어를 꺼냈다.

"어, 뭐하게?"

"머리 말려야지. 이제 쌀쌀한데."

"아니, 내가 알아서……."

윤희가 민망해했지만 그는 조금도 양보할 기색이 아니었다.

"얼른 밥 먹어. 이사를 와서 이제 가는 데 이십분씩 걸리잖아."

말을 하는 그는 이미 드라이어의 전원을 켜고 윤희의 머리를 매만지고 있었다. 윤희는 곧 터져 버릴 폭탄처럼 빨개진 얼굴로 수저질을 했다. 그러나 도저히 밥이 코로 들어가는지 입으로 들어가는지 알 수 없었다. 라플라카는 그런 윤희가 밥 먹는 데 방해되지 않도록 조심스럽게 머리를 말렸다.

밥을 다 먹고 욕실에 들어가 옷까지 갈아입은 윤희가 신발을 신었다.

"그럼 다녀올게."

"같이 가자."

"어? 왜?"

"깜깜하잖아. 멀어졌기도 하고."

"아……."

라플라카는 윤희의 슬리퍼를 꿰차더니 현관문을 열었다.

"가자."

윤희는 돼호를 찾았다. 라플라카가 바래다준다니 좋은 일은 분명했지만 갑자기 바뀐 환경에 라플라카마저 없으면 돼호가 얼마나 불안해하겠는가? 그러나 기우였다. 돼호는 일부러 활짝 열어둔 붙박이장 속 이불 위에서 널브러져 있었다. 윤희가 나가거나 말거나 전혀 관심이 없어 보이는 태도였다. 참 부질없는 걱정을 했구나, 하며 윤희는 현관을 나섰다.

윤희는 열심히 일했다. 예전엔 살고 있는 집이 넓다는 생각을 해본 적이 없었는데 이사를 하고 보니 천국이나 다름이 없었다는 걸 깨달았다. 다시 그런 집으로 가려면 더욱 열심히 일해야 했다. 그러나 아무리 계산해 보아도 이 짓으론 돈을 모을 수가 없다는 현실만 깨달을 뿐이었다. 착잡한 일이 아닐 수 없었다.

그러나 그런 심각한 문제들보다도 사소한 문제 하나가 더욱 자주, 더 많이 생각났다. 그것은 라플라카가 신었던 윤희의 작은 슬리퍼였다.

간단히 쓰레기를 버리러 나가거나 할 때 신었던 슬리퍼였다. 라플라카는 그것을 신고 윤희를 배웅했다. 그것이 너무나 마음에 걸렸다. 그러고 보니 그는 줄곧 처음 만난 날 스스로 만들어냈던 그 옷을 입고 있었다. 샤워를 하는 것은 종종 보았는데 빨래를 하는 것은 보지 못했거늘……. 마법이라도 사용하는 것인지 더러운 감은 없었으나 계속 한 벌인 게 마음에 걸렸다.

드디어 찾아온 점심시간, 윤희는 도시가스 연결을 위한 통화를 한 후, 라플라카에게 전화를 걸었다. 전화벨이 채 한 번도 다 울리기 전에 라플라카의 목소리가 들렸다.

[여, 여보세요?]

"나야. 왜 말을 더듬어?"

[아니, 그게 전화를 받을 일이 없었거든.]

세상에 오직 나밖에 없는 사람이라……. 분명 부담스러워야 할 텐데 뭔가 윤희는 그저 가슴이 먹먹할 뿐이었다. 그래서 목소리를 다듬고 쾌활하게 말했다.

"일 끝날 시간에 맞춰서 나와. 쇼핑하러 가자."

[쇼핑?]

"응. 이사했으니까 필요한 자질구레한 것들하고 네 옷이랑 신발 좀 사자."

[내 옷이랑 신발?]

잠시 라플라카의 목소리가 끊겼다. 윤희가 대답을 재촉했다.

"왜 싫어?"

망설이는 라플라카의 목소리가 들렸다.

[돈이 어디 있다고 옷이랑 신발을 사? 괜찮아.]

"내가 마음에 걸려서 그래."

[너 돈 없잖아.]

라플라카가 자꾸만 돈 없단 소리를 반복하자 윤희가 짜증을 부렸다.

"통장에 돈 있거든?"

[그 돈은 계속 모아둬야지. 보증금 내고 남은 거잖아.]

원래 살던 집의 보증금에 훨씬 못 미치는 현재 집의 보증금 덕분에 윤희의 통장엔 제법 많은 돈이 들어 있었다. 최대한 보증금을 올리고 월세를 낮춰보려 발악했으나 대부분의 집주인들이 그다지 좋아하지 않은 통에 어쩔 수 없이 남게 된 돈이었다. 그 돈은 불려서 새로운 곳으로 이사 갈 때 사용하든가 아니면 등단하고 책을 내 유명해지기 전까지 까먹으며 버티는 데 사용해야 하는 돈이었다.

모든 것을 잘 알고 있었지만 그래도 윤희는 화가 났다. 그는 단지 사실을 말하고 있을 뿐인데 자존심이 상처를 입은 기분이었다.

"난 분명히 나오라고 했다. 바쁘니까 끊는다."

윤희는 냉정하게 전화를 끊어버리곤 손에 들린 휴대전화를 멍하니 바라보았다.

"대체 이게 무슨 바보 같은 짓이냐?"

쌀쌀맞게 끊어버린 게 후회됐다. 돈이 없는 건 사실인데 왜 그 사실에 자존심이 상처를 입는단 말인가? 언제부터 그런데 관심을 가졌다고?

"에이, 몰라."

윤희는 얼른 전화기를 챙겨 들고 다시 근무를 위해 아래층으로 향했다.

라플라카는 윤희의 말대로 나와 있었다. 작은 요정 모습이었다. 윤희가 나오는 것을 확인한 그가 환하게 웃으며 팔락팔락 날아왔다.

"손님 많았어? 힘들었지?"

"뭐, 늘 그렇지 뭐."

언제나 늘 그렇듯 그가 환하게 웃는 모습에 윤희는 헤벌레, 바보가 되고 말았다.

"어디 갈 거야?"

"우선 천원숍 가서 자질구레한 것들 좀 사고 시장에 갈 거야."

"나 진짜 옷이랑 신발 필요 없는데? 봐."

라플라카가 휘리릭 윤희의 눈앞으로 날아와 앙증맞은 발을 내밀었다. 그 발엔 작고 귀여운 신발이 당당히 신겨 있었다. 그 귀여움에 윤희는 그만 배시시 미소를 지을 뻔했으나 얼른 마음을 다잡았다.

"마법 쓰면 힘들다며? 그러니까 얼른 따라오기나 해."

윤희는 성큼성큼 앞장섰다. 라플라카는 윤희의 재정 상태가 걱정스러웠지만 윤희가 하고 싶어 하니 더는 하지 말라는 말을 할 수 없었다.

"나, 나, 이거, 이거!"

라플라카가 호들갑을 떨었다.

"이거 필요해?"

"응. 벽에 붙여서 국자 같은 거 걸면 좋겠다."

"그래? 그럼 이것도 사자."

벌써 윤희가 들고 있는 바구니엔 이것저것 많이 들어 있는 상태였다. 그러나 라플라카는 타박하지 않았다. 윤희가 진심으로 즐거워하는 것을 그는 아까부터 느끼고 있었다. 걱정이 안 되는 것은 아니었지만 그래서 매의 눈으로 필요한 것들을 고르고 돌아다녔다. 윤희는 그런 그를 흐뭇하게 바라보았다.

"돈이란 게 참 좋은 거구나……."

윤희는 자신도 모르게 중얼거렸다. 뒤이어 쓰디쓴 미소가 올라왔다. 다행히 라플라카는 이미 한쪽 구석 수납함 코너에 정신이 팔려 있는 터라 윤희의 말과 행동을 알지 못했다. 얼른 우울함을 털어낸 윤희가 라플라카에게 다가갔다.

"뭐 해?"

"이건 가져가기 너무 커서 고민 중이야."

라플라카가 보고 있는 것은 플라스틱으로 된 서랍장이었다.

"음, 서랍장 하나가 있음 좋긴 하겠는데……."

한참 고민하던 윤희가 삼단 서랍장을 가리켰다. 라플라카는 단호하게 고개를 저었다.

"안 돼. 너무 작아."

"왜? 내 옷이 그렇게 많은가? 기껏해야 속옷이랑 양말이나 니트 정도 넣을 거 아냐?"

"아냐. 화장품도 책상 아래 바구니에 있고 드라이어 같은 것도 그렇고 하여튼 자질구레한 거 아직 여기저기 쑤셔 박아놨잖아. 그거 다 제대로 정리해야지."

바구니에 담아두는 것과 서랍에 정리하는 것의 차이를 알 수는 없었지만 윤희는 라플라카의 의견에 굳이 토를 달지는 않았다.

수많은 수납장들 사이를 이리저리 거닐던 윤희가 다시 라플라카 곁으로 다가왔다. 라플라카는 아까부터 칠단 서랍장 앞에 서 있었다.

"그럼 그거 살까?"

아마도 그게 사고 싶었던 건가 싶어 윤희는 넌지시 떠보았다. 그러나 라플라카는 고개를 저었다.

"아냐 됐어."

"왜?"

"너무 커."

라플라카가 확인한 것은 가격표였다. 그는 이미 바구니에 담긴 물건들의 가격을 정확히 알고 있었다. 서랍장은 그 모두를 합친 것보다 비쌌다. 그래서 돌아섰다.

라플라카는 아직도 요 며칠 윤희가 자꾸만 화를 내는 정확한 이유를 몰랐다. 하지만 아까 전화 통화를 하면서 비로소 이삿날 삼각 김밥을 먹지 않겠다는 말에 왜 그리 화를 낸 건지 조금 이해했다. 그래서 굳이 비싸서라는 말은 하지 않았다. 크기 따위는 사실, 그에게 전혀 문제가 아니었다.

팔랑팔랑, 이리저리 돌아다니던 라플라카가 큰 소리로 윤희를 불렀다.

"이거 좋겠다!"

윤희가 가서 보니 시스템 수납함이었다. 한 칸 한 칸 사서 원하는 대로 쌓아서 만드는 형태였는데 길쭉한 형태, 넓적한 형태, 모양도 다양했다.

"이거 사게? 덩치는 별로 차이가 없어 보이는데?"

"뭘 어떻게 정리해야 할지 아직 정해놓지 않았거든. 괜히 큰 거 샀다가 남으면 찝찝하잖아. 우선 이거 하나 사서 속옷하고 양말부터 정리해 보게."

"뭐 너 좋을 대로. 어느 걸로 사? 이거? 이거?"

펑, 크게 변한 라플라카는 길쭉한 걸로 두 개 집어 들었다.

"내가 들게."

라플라카는 아까부터 윤희가 짐을 다 들고 있는 게 마음에 걸리던 참이었다. 사람들을 피해 다니기가 힘들긴 하지만 마음의 짐에 비할 바는 아니었다.

모든 짐을 라플라카에게 빼앗긴 윤희는 계산대로 향했다.

"무엇을 도와드릴까요?"

윤희가 빈손으로 나타났으니 당연한 질문이었다. 하지만 그 질문에 윤희는 잠시 당황했다. 그제야 라플라카가 들고 있는 짐들이 직원의 눈에 보이지 않을 거라는 걸 깨달았다. 이 상황이 익숙한 듯 라플라카는 태연하게 들고 있던 바구니와 수납함을 계산대 위에 올려놓았다.

갑자기 나타난 물건들을 보고 직원은 석상처럼 굳어졌다. 윤희가 얼른 활짝 웃으며 직원의 관심을 돌렸다.

"계산해 주세요."

윤희의 태연한 태도에 전염된 듯 직원은 미소로 화답하더니 열심히 바코드를 찍었다. 계산을 마친 물건들이 한쪽에 차곡차곡 쌓여갔다.

"봉투도 하나 주세요."

윤희의 말에 '예' 하고 대답한 직원이 커다란 봉투를 꺼내주었다. 라플라카는 당연히 자신이 해야 할 일이라는듯 봉투를 받아들고 물건들을 슥슥 담았다. 윤희는 나머지 물건들을 마저 계산하면서도 계속 흘깃거리는 직원의 눈동자가 혼란스러운 것을 느꼈다. 뭐라고 해줘야 하는건 아닌가, 고민스러울 찰나, 신기하게도 직원은 순식간에 다시 평소의 모습이 되어 있었다.

모든 계산을 마치고 묵직한 봉투를 든 라플라카를 따르며 몇 번이나 직원을 돌아본 윤희가 중얼거렸다.

"신기하네……."

"뭐, 사람은 단순한 동물이니까."

"그럼 저 사람들 눈에는 방금 뭐가 어떻게 보인 걸까? 갑자기 물건들이 뿅 하고 나타났다 사라지는 것처럼 보인걸까?"

"난 모르지."

윤희가 머리칼을 쥐어뜯었다.

"으아! 궁금해 미치겠다!"

흘깃 쳐다본 라플라카가 잠시 뭔가 상상한 듯 갑자기 몸을 떨었다.

"궁금해도 제발 직접 해볼 생각은 마라. 심장 떨린다."

윤희가 멈칫, 기괴한 행동들을 멈추었다.

"심장이…… 떨린다고?"

"네가 나를 볼 수 없게 될 거란 소리잖아. 야, 상상만 해도 심장 벌렁거린다."

라플라카는 누가 와서 한 대 쥐어박고 가기라도 한 것처럼 고통스러운 얼굴이었다. 웃는 모습에만 반응하는 줄 알았는데 어째선지 그런 표정에도 윤희의 심장은 널을 뛰었다.

"가자. 너 배고프겠다."

라플라카는 윤희의 마음은 눈곱만큼도 눈치채지 못한 채 발길을 서둘렀다. 다행히 인파가 많을 시간도, 장소도 아니었기에 사람을 피하기 위해 애쓸 필요는 없었다. 윤희는 어쩐지 유쾌해진 기분으로 그와 나란히 걸었다.

한참 걷다 보니 분식집이 보였다. 문득 윤희는 라플라카에게 휴식을 선물해 주고 싶었다.

"떡볶이 먹을래?"

"왜? 집에 가서 밥 먹자. 5시에 도시가스 직원 오기로 했다며. 저녁 하는 데 시간 얼마 안 걸려."

"에이, 하루쯤 외식한다고 안 죽어."

윤희는 후다닥 달려가 분식집 문을 열며 말했다.

"난 떡볶이랑 참치김밥, 넌 뭐 먹을래?"

"아니, 나는……."

마지못해 따른 라플라카는 분식집 직원의 눈치를 살폈다. 한가한 탓에 꾸벅꾸벅 졸고 있던 젊은 아가씨가 딸랑거리는 종소리를 듣고 화들짝 놀라 다급히 얼굴을 매만지고 있었다.

여전히 라플라카가 왜 그러는지 이해 못 한 윤희는 머뭇거리는 그 대신 잽싸게 메뉴를 선택했다.

"그래, 넌 고기 좋아 하니까 순대 사야겠다. 내장 많이 섞어서. 떡튀순 세트에 참치김밥, 어때?"

라플라카는 그냥 웃기만 했다. 윤희는 이미 자리에 앉아 있었다. 너무나 아무렇지 않아 보이는 윤희가 고마우면서도 자꾸만 직원의 눈에 그녀가 어찌 비칠지 걱정된 라플라카는 어정쩡하게 다가와 자리에 앉았다. 그가 앉은 것을 확인한 윤희가 큰 소리로 직원을 불렀다. 라플라카가 채 만류할 틈도 없었다. 윤희의 부름에 활짝 웃으며 다가온 아가씨가 물었다.

"주문하시겠어요?"

윤희가 신이 나서는 주문했다.

"떡튀순 세트하고요 참치김밥 두 줄이랑 순대 일인분 추가요."

"드시고 가실 건가요?"

라플라카가 직원의 눈치를 보더니 냉큼 끼어들었다.

"포장해 가자."

윤희가 왜냐고 물으려는데 열심히 메모하던 아가씨가 생긋 웃으며 대꾸했다.

"떡튀순 세트 하나에 참치김밥 두 줄, 순대 일인분 포장 맞으신가요?"

"예? 아뇨, 우리 먹고……."

그제야 윤희도 무언가 상황이 이상한 것을 깨닫고 입을 다물었다. 윤희가 홱 고개를 돌려 라플라카를 보았다. 그러나 라플라카는 이미 깜짝 놀란 얼굴로 멍청하게 직원만 보고 있었다. 아가씨는 천진한 얼굴로 미소 지으며 되물었다.

"남자분이 포장해 가신다고 하셔서요. 혹시 드시고 가실 건가요?"

윤희와 라플라카의 눈은 더욱 동그래졌다. 멀뚱히 바라보던 아가씨가 슬그머니 한 손을 들어 얼굴 여기저기를 더듬었다. 자신을 뚫어져라 쳐다보는 두 사람의 행동이 의아한 모양이었다. 그녀의 손짓을 확인한 라플라카가 얼른 나섰다.

"아니 그냥 친절하셔서 그런 거예요. 신경 쓰지 마세요. 그리고 포장으로 해주세요."

"예. 금방 해드릴게요."

아가씨는 친절한 미소를 남기고 떠나갔다. 주방을 향해 무어라 외치는 아가씨를 끝까지 눈으로 좇으며 윤희가 중얼거렸다.

"너, 볼 수 있는 사람 대단히 드문 거 아니었어?"

"아니 그게, 볼 수 있는 사람이 종종 있긴 했는데……."

라플라카가 자신의 몸을 한번 훑어보았다.

"사람 모습으로 다닐 걸 그랬나 보다. 난 단지 부딪치고도 무시당하는 거 싫어서 날아다녔던 건데……."

라플라카의 시선이 다시 분식집 아가씨에게 향했다. 뭔가 넣을 놓은 눈빛이었다.

"이상하네…… 사람 모습으로 다닐 때도 종종 있었는데……."

윤희가 눈살을 찌푸렸다. 내내 젊은 아가씨를 쳐다보는 그가 맘에 들지 않았다.

"지나가는 행인 1을 보고 누가 아는 척을 하겠냐? 평소 알던 사람도 아니고."

홍, 콧방귀를 뀐 윤희는 정수기에서 냉수를 한잔 떠 마셨다.

"그런 거구나……."

라플라카는 여전히 꿈길을 헤매는 듯한 눈빛이었다. 윤희는 화가 났다. 탁, 소리가 나게 물 잔을 내려놓았다.

"예쁘냐?"

단호한 물음이었다. 남자란 짐승은 다 그렇다고 하지 않던가? 윤희의 눈빛은 매서웠다. 라플라카가 피식 웃었다.

"그 예쁘다의 기준이 시대마다 다른 건 알아? 매 시대, 미인의 기준이 바뀌어왔는데 그 모든 걸 체험한 내 눈에 예뻐 보이는 사람은 어떤 사람일 거 같아?"

"내가 알 게 뭐야?"

윤희는 아예 팔짱까지 끼고 라플라카를 노려보았다. 라플라카가 부드럽게 미소 지었다. 그 순간 윤희의 기분이 살짝 누그러졌다.

"왜 화가 났는진 모르겠는데 그래서 쳐다본 거 아냐. 그냥 신기해서 그런 거야."

그 순간 라플라카의 시선이 또 분식집 직원에게로 향했다. 윤희가 눈살을 찌푸렸다.

"아니 그렇게 볼 수 있는 사람이 많은 거였으면 왜 굳이 도망가는 나를 쫓아왔는지 모르겠네? 호랑이로 변해 협박까지 해가며?"

윤희는 끝까지 비아냥거렸다. 그러나 그런 자신이 너무 싫었다. 괜히 되지도 않는 질투임을 스스로 잘 알고 있었다. 그런데 자꾸 치미는 이 질투란 녀석은 자꾸만 윤희를 날카롭게 했다. 그것은 윤희 스스로 어떻게 할 수 있는 게 아니었다.

비아냥인 것을 모른 걸까? 질문을 들은 라플라카는 순간 얼굴을 붉히더니 점점 잦아드는 목소리로 대꾸했다.

"나도 왜 그랬는진 모르겠어. 그냥 눈이 마주친 순간 쫓아오고 싶었어."

어째선지 말을 마친 라플라카는 윤희의 눈을 마주보지 못했다. 윤희는 여전히 팔짱을 낀 채 불량스러운 태도로 대꾸했다.

"뭐야, 그 태도는? 누가 보면 사랑 고백이라도 한 줄 알겠다?"

윤희의 말이 끝나기 무섭게 라플라카의 얼굴이 귀까지 빨개져 버렸다. 계속해서 화를 내겠다고 굳게 다짐하고 있던 윤희는 의아했다.

"뭐야? 너 설마 진……."

윤희는 차마 끝까지 말을 이을 수가 없었다. 라플라카는 그대로 뒀다간 그 자리에서 뿅 하고 사라지기라도 하겠다는 듯 점점 어쩔 줄 몰라 하고 있었다. 그 태도는 마치 정말로 사랑 고백이라도 한 것 같은 눈치였다. 그것을 깨닫기 무섭게 윤희 또한 얼굴을 붉혔다.

"주문하신 음식 나왔습니다."

점원이 봉투를 들고 왔다.

"가, 감사합니다!"

이러지도 저러지도 못하고 있던 윤희가 발딱 일어나 봉투를 받으며 소리쳤다. 점원이 어리둥절한 얼굴로 서 있다가 다시 미소를 지으며 말했다.

"계산은……."

"아, 맞다. 계산."

윤희는 생전 계산 따위 해본 적이 없기라도 한 듯 호들갑을 떨며 지갑을 열어 카드를 내밀었다. 그 와중에 지갑을 두 번, 카드를 한번 떨어뜨린 것은 되새기고 싶지 않은 기억이었다.

"안녕히 가세요!"

두 사람이 분식집을 나서자 아가씨는 마지막까지도 친절하게 인사를 해주었다. 평소였다면 감사합니다, 라거나 안녕히 계세요, 라거나 경쾌하게 인사 한마디 건넸을 윤희였다. 그러나 그녀는 한마디도 건네지 못한 채 그렇게 한참을 걸었다.

눈이 마주치자마자 쫓아오고 싶었다고? 글자 그대로의 의미일까? 혹시 다른 의미가 있는 것은 아닐까?

그렇게 집에 도착해 현관 앞에 짐을 내려놓더니 냉큼 돼호부터 찾는 라플라카를 보며 윤희는 자신의 생각이 착각이 아닌 것에 어느 정도 자신이 생겼다. 그래서 물었다.

"그러니까 너는 나를 보고 첫눈에 반해서 쫓아온 거란 소리야?"

돼호를 열심히 쓰다듬고 있던 라플라카의 손이 멈칫했다. 윤희는 회심의 미소를 지었다. 라플라카가 보여주는 것은 뒤통수뿐이었지만 윤희는 이제 확신했다. 그런데 잠시 후, 라플라카가 일격을 날렸다.

"넌 왜 분식집 아가씨한테 질투했는데?"

순식간에 상황이 역전됐다. 그러나 라플라카의 태도는 승자의 것이 아니었다. 윤희 또한 승자가 아닌 것은 당연한 일이었다.

에옹, 하는 돼호의 한마디가 들렸다. 돼호는 자꾸만 라플라카의 손안에 머리를 디밀고 있었다. 기분 좋게 쓰다듬던 손길이 멈춘 것에 항의하는 것이었다.

"알았어, 이놈아."

그제야 라플라카가 민망함에서 깨어났다. 잠시 후 윤희도 깨어났다.

"배고프다. 사온 거나 먹자."

보통은 라플라카가 밥상을 차렸을 테지만 윤희는 자신이 먼저 나서 부산을 떨었다. 라플라카는 그런 윤희를 돕겠노라 선뜻 나서지 못했다.

감정적으로 윤희에게 기대도 되는지 한참 혼란스러운 중이었다. 그저 곁에만 있게 해달래 놓고 이래도 되는 걸까, 하지만 함께 살다 보니 정이란 놈이 들어버려 이젠 다른 의미까지 갖게 되었음을 언젠가부터 깨닫게 된 터였다. 그러나 자신의 그런 행동에 윤희가 부담을 느끼고 이제 그만 떠나달라 요청하면 어쩌나, 그것이 문제였다.

그런데 윤희가 질투를 했다. 지나가던 삼척동자도 그것이 질투임을 모를 수가 없었다. 그래서 그는 혼란스러웠다.

슬쩍, 라플라카의 시선이 앉은뱅이책상으로 향했다. 그곳은 윤희의 소지품뿐이라 라플라카가 손대지 않는 유일한 곳이었다.

덕분에 다소 정신 산만한 모습을 하고 있었다. 라플라카가 보고 있는 것은 그 위의 탁상 달력이었다.

벌써 시월도 지나 십일월도 절반이 지나가고 있었다. 그러나 공모전 스케줄이 빼곡하게 적혀 있던 탁상 달력은 여전히 구월을 가리키고 있었다.

라플라카의 안색이 어두워졌다.

"뭐 해, 안 먹어?"

윤희가 쾌활하게 불렀다. 라플라카는 얼른 감정을 추스르고 활짝 미소 지었다.

"먹어야지. 네가 차려준 건데."

"이게 차린 거냐? 그냥 뜬 거지?"

"어쨌든 네가 같이 먹자고 세팅해 둔 거잖아? 그럼 차린 거지, 뭐."

"오냐, 내가 너를 위해 차린 밥상이노라, 어서 먹도록 하여라."

윤희의 개그가 먹힌 것인지 라플라카가 경쾌하게 웃었다. 윤희는 활짝 웃는 그를 보며 빙그레 미소 지었다. 책상 위의 탁상 달력 따위 잘생긴 라플라카가 있는데 눈에 들어올 리 없었다.

윤희는 오늘도 여지없이 핸드폰 알람 소리에 눈을 떴다. 잠시 자리에 누워 눈을 깜빡깜빡해 보았다. 방 안이 캄캄했다. 또 미리 밥을 다 해놓고 불을 끈 건가 싶었으나 밥 냄새조차 나지 않았다. 방 안엔 음식 냄새가 전혀 없었다. 뭔가 이상했다. 윤희는 벌떡 몸을 일으켜 형광등 스위치를 향해 가려 했다. 툭, 뭔가가 발에 채였다. 묘한 느낌에 화들짝 놀란 윤희가 얼른 불을 켰다.

라플라카가 바닥에 누워 있었다. 분명 라플라카의 잠자리는 돼호의 쿠션 옆 본인의 침대이건만, 사람 크기의 그가 커다란 두 장의 날개를 드러내 놓은 채 맨바닥에 누워 있었다.

"야!"

불안감이 엄습한 윤희의 목소리는 날카로웠다. 그 소리를 들은 라플라카가 부스스 눈을 떴다.

"일어났네? 미안해, 밥을 못 해서……."

"왜 그래? 어디 아파?"

밥 따위 신경 쓸 문제가 아니었다. 라플라카는 힘없이 웃으며 고개를 흔들었다.

"아니, 그냥 일 년에 한두 번 이래. 그간 써온 마법 때문에 누적된 피로 같은 거."

피로라니……. 피로라 함은 그저 잠이 온다거나 힘이 없다거나 하는 정도가 아니지 않던가? 어찌 이리 혼절하게 되는 걸 단순히 피로라고 할 수 있단 말인가? 마법은 힘든 거라 그리 노래를 부르더니, 이 정도였단 말인가!

"그, 그럼 어떻게 해야 해? 내가 뭐 해줄 수 있는 건 없어?"

윤희의 목소리는 다급했다. 라플라카는 힘겹게 일어나 앉았다. 그 모양새가 정말 중병에라도 걸린 환자처럼 힘이 없었다.

"딱히 할 건 없고 푹 쉬면 돼. 그래서 날개가 이렇게 나와 있는 거고."

라플라카의 날개가 펄럭였다. 작을 땐 몰랐는데 큰 상태에서 펄럭이니 횡, 하고 바람이 불었다.

"요정 사이즈라든가 날개를 감추는 것도 다 마법으로 하는 거였어?"

"응. 이게 본모습이야."

말을 마친 라플라카는 힘없이 윤희가 누워 있던 이부자리로 엉금엉금 기어갔다. 정신을 차린 윤희가 얼른 그를 도와 자리에 눕게 하고 이불을 덮어주었다.

"미안해, 밥……."

"됐어. 지금 밥이 문제냐? 먹다 남은 튀김이랑 있어. 괜찮아."

"그치만……."

"너 없을 땐 원래 그렇게 다녔어."

"응……."

라플라카는 힘없이 다시 눈을 감았다. 그는 순식간에 잠에 빠져들었는지 더는 기척이 없었다.

윤희는 입술을 깨물며 시계를 확인했다. 출근을 해야 했다. 그러나 아픈 그를 혼자 두고 싶지 않았다. 윤희는 이미 스마트폰을 들고 있었다.

〈혹시 주무실까 싶어 문자로 연락드립니다. 출근 준비를 하던 중 욕실에서 넘어졌어요. 다리가 심하게 부어 걸을 수가 없네요. 못 갈 거 같아요. 죄송합니다.〉

쓰고 지우고 단어를 고치길 수십 번, 한참이 지난 후에야 윤희는 전송 버튼을 누를 수 있었다. 답변은 오래 걸리지 않아 바로 도착했다.

〈괜찮아요? 다리 부러진 건 아니죠?〉

윤희는 바로 답변을 보냈다.

〈심하게 삔 거 같아요. 병원부터 가보려고요.〉

〈조심하고 건강하게 월요일에 봐요.〉

〈네. 월요일에 뵙겠습니다.〉

윤희는 안도의 한숨을 내쉬었다. 오늘은 금요일, 다리가 삔 거라고 했으니 월요일에 멀쩡해 보여도 아무도 의심하지 않으리라.

거짓말을 끝낸 윤희는 바로 쌀통을 열었다. 뭘 해줘야 하는지는 알 수 없었으나 가만히 있을 수 없었다. 그가 좋아하는 음식이라도 해주면…….

"젠장……."

윤희는 나지막하게 욕설을 뱉어냈다. 윤희가 할 줄 아는 건 라면을 끓이는 것밖에 없었다. 다시 스마트폰을 집어 든 윤희는 레시피를 검색했다. 역시나 젠장, 뭐가 이리 어려운지 당최 이해할 수 없었다. 직접 만들어 주는 건 때려치우기로 했다. 그러고 나니 참 속이 편했다.

그러나 여전히 시체처럼 누워 있는 그를 보는 것이 마음 편하지 않았다. 마법을 많이 쓰면 저렇게 기운 없이 누워 있어야만 한단 건가? 문득 라플라카의 침대가 눈에 들어왔다. 요정 모습으로 있는 것도 마법이라니……. 벌떡 일어난 윤희는 싱크대 서랍을 열어 라플라카가 곱게 접어둔 쓰레기봉투 한 장을 꺼냈다. 그리고 라플라카의 침대를 들어 쓰레기봉투에 쑤셔 박았다. 그대로 현관을 연 윤희는 쓰레기들이 쌓여 있는 골목 끝까지 한달음에 달려가 그것을 버리고 돌아왔다.

이후로 그녀가 할 수 있는 건 없었다. 할 수 있는 것들은 생각뿐이었다. 9시가 되면 당장 이불부터 사러 가야지, 그리고 그가 깨어나면 삼겹살을 배 터지게 구워 먹여야지, 따위의 생각들을 하며 멀거니 그를 바라보았다.

걱정이 태산인 탓에 시간은 쏜살처럼 지나갔다. 9시가 되자마자 윤희는 집을 나설 준비를 했다. 혼자 있을 그가 신경 쓰여 쪽지 하나를 냉장고에 붙여두었다. 그러고도 안심이 되질 않아 몇번이나 뒤를 돌아보았다. 그런 윤희를 걱정하듯 내내 자신의 쿠션 위에 드러누워 있던 돼호가 몸을 일으켜 어기적어기적 라플라카의 머리맡으로 자리를 옮기더니 길게 기지개를 켰다.

윤희가 피식 웃었다.

"그래, 라플라카를 잘 부탁한다."

마치 대답이라도 하듯 돼호가 천천히 하품을 했다.

집을 나선 윤희는 바삐 발을 놀려 근처 대형 마트로 향했다. 그리고 좌절했다.

"오픈은 10시입니다, 고객님."

입구를 막아선 보안 직원이 환히 웃으며 안내해 주었다.

"무슨 오픈을 그렇게 늦게 해요?"

"죄송합니다, 고객님."

윤희는 눈살을 찌푸리고 근처 벤치에 털썩 주저앉았다. 보안 직원이 무슨 죄가 있다고……. 한마디 쏘아준 게 후회됐지만 이내 지워졌다. 윤희의 머릿속엔 온통 집에 혼자 남겨두고 온 라플라카에 대한 걱정뿐이었다. 때문에 윤희는 다리를 달달 떨면서 마트 건물 벽면에 붙어 있는 커다란 시계의 바늘만 뚫어지라 바라보았다. 시곗바늘은 참, 더디게도 움직였다.

10시 정각이 되자 보안 직원이 굳게 잠겨 있던 문을 열었다. 윤희와 마찬가지로 근처에서 기다리고 있던 아주머니 몇 분이 분주히 발을 놀렸다. 윤희도 그 틈에 끼어들었다.

윤희는 먼저 이불 코너로 향했다. 당장 라플라카가 마법을 쓰지 않고도 편하게 잘 수 있을 이부자리가 필요했다. 요와 이불 그리고 베개. 그러나 윤희가 원하는 건 없었다.

"뭐야, 요즘 침대 없으면 사람도 아니냐?"

짜증이 났다. 이불과 베개는 있어도 요는 찾아보기가 너무 어려웠다. 침대 커버는 지천에 깔려 있었다. 화가 났다. 괜히 이불 코너가 아닌 다른 매장들도 들러봤다. 간이침대 등이 몇 있었지만 들고 갈 수가 없었다.

윤희는 화를 내며 마트를 나섰다. 벌써 피 같은 시간이 삼십분이나 지나갔다. 윤희는 바로 스마트폰을 꺼내 주변의 이불집을 검색했다. 다행히 근처에 하나 있었다. 다만, 평소 윤희였다면 비싸다며 엄두도 내지 않을 브랜드였다. 그러나 고민은 필요 없었다. 윤희는 분주히 발을 놀려 이불집으로 향했다.

"어서 오세요!"

주인이 반갑게 맞이했다. 윤희는 잔뜩 심각한 얼굴로 이불을 살폈다. 두툼하고 푹신해 보이는 요가 있었다.

"요하고 이불 그리고 베개 하나 주세요."

쇼핑은 길지 않았다. 윤희는 일사천리로 물건을 고르고 카드를 내밀어 결제까지 마쳤다. 가격표는 아예 보지 않았다. 라플라카가 쓸 물건이었다. 가격표에 신경 쓰고 싶지 않았다. 당장 돌아가 라플라카를 살펴야 한단 생각에 주인이 무어라 말을 건네는 것조차 네네 대충 넘어갔다.

결제를 마치고 이불 배달을 부탁한 윤희는 정육점에 들러 삼겹살도 다섯 근을 샀다. 너무 많은가 싶었지만 남은 건 냉동시키면 그만이라 생각하며 과감히 카드를 내밀었다.

띵동. 문자가 날아왔다. 라플라카였다.

〈어디야?〉

문자를 확인한 윤희는 얼른 전화를 걸었다.

"괜찮아?"

[어. 그냥 좀 쉬면 된다니까? 너 일하러 안 갔어? 쪽지가 붙어 있던데?]

"너 아픈데 어떻게 일하러 가냐? 몸은 괜찮아?"

[아직 기운이 좀 없긴 하지만 멀쩡해. 어디야? 일하러 안 갔는데 왜 집에 없어?]

걱정이 가득한 기색이었다. 윤희는 빙그레 미소를 지었다.

"이것저것 사러 나왔지. 기다려 근처야. 다 왔어."

[응. 얼른 와.]

"알았어. 끊어."

윤희는 피식 웃었다. 꼭 퇴근 시간의 신혼부부 같지 않은가? 그냥 기분이 좋아져서 윤희의 발걸음은 경쾌했다.

"나 왔어!"

윤희가 활짝 문을 열었다. 라플라카는 아직 안색이 썩 좋지 못했다. 잔뜩 들떠 있던 윤희의 기분이 다시 가라앉았다.

"뭐야, 하나도 안 괜찮아 보이는데? 얼른 누워."

"아니, 그 정도는……."

라플라카는 윤희의 강압에 도로 드러누워야 했다.

"어딜 갔다 왔어?"

윤희는 사온 고기를 냉장실에 넣고는 돌아와 라플라카의 옆에 모로 누웠다. 팔에 머리를 받치곤 씩 웃었다.

"너 주려고 고기 사왔지."

"나 그냥 쉬면 된다니까?"

"됐어. 어쨌든 사왔으니까 먹어. 힘 딸리는 사람은 고기를 먹어줘야지."

"고마…… 워."

라플라카는 꼭 죄라도 지은 얼굴이었다. 윤희가 그런 라플라카의 이마에 가볍게 꿀밤을 먹였다.

"그런 얼굴 하지 마."

"나는 그냥 군식군데 너한테 짐이나 되고……."

여전히 짐이라 여기고 있었단 말인가? 윤희는 그가 안쓰러웠다. 다시는 그런 생각을 하지 않게 해줘야겠다고 생각했다.

"너 이제 짐 아냐."

그래서 단호하게 말했다. 이리저리 윤희의 시선을 외면하고 있던 라플라카가 드디어 눈을 맞췄다. 여전히 뭔가 미심쩍은 눈치였다.

"처음엔 그냥 집안일이나 시켜먹자고 같이 살자고 한 거 맞는데 이제 아냐. 이젠……."

윤희가 잠시 말을 멈췄다. 라플라카는 얌전히 그런 윤희를 기다렸다. 마침내 윤희가 다시 입을 열었다.

"……이제는 나도 너 없이는 안 돼."

윤희의 얼굴이 붉어졌다. 아무리 자신만만하게 말했다고는 하나 윤희도 여자였다. 사랑 고백이 아니던가? 그런 말을 먼저 내

뽑고 민망하지 않을 리 없었다. 슬그머니 시선을 돌린 윤희가 다시 입을 열었다.

"그, 그러니까 앞으로 마법은 금……."

"윤희야."

민망함에 다급히 화제를 돌리려던 윤희의 말을 라플라카가 막아섰다.

"어…… 왜?"

덕분에 방황하던 윤희의 시선이 다시 라플라카에게 향했다. 라플라카가 환하게 미소 지었다. 민망함이고 어색함이고 삽시간에 날아가 버렸다.

라플라카가 팔을 뻗었다. 한 손은 윤희의 어깨 너머로 한 손은 머리를 받친 팔 틈을 지나쳤다. 부드럽게 당겨지는 힘에 윤희는 어어, 끌려갔다. 라플라카가 눈을 감았다. 윤희는 잔뜩 당황한 채 그에게 이끌렸다.

라플라카의 입술은 부드러웠다. 한 팔을 바닥에 짚고 어정쩡하게 숙인 자세였지만 불편함을 느낄 수 없을 만큼 그의 입술은 따뜻하고 부드러웠다. 어느새 윤희 또한 눈을 감고 있었다. 윤희의 머릿속은 텅 비어버렸다.

라플라카가 말했다.

"고마워."

"어, 뭐, 뭐가?"

라플라카는 말없이 생긋 웃기만 했다. 그러고는 윤희를 부드럽게 자신의 곁에 눕혔다. 든든한 라플라카의 팔이 윤희의 베개가 되어주었다.

"그냥 전부다."

"아니 뭐 내가 뭘 했다고……."

"아무것도 안 해도 돼. 넌 그냥 있어주기만 해."

라플라카가 윤희를 꼭 안아주었다. 윤희는 눈을 감고 그의 포옹을 즐겼다. 그의 체취가 너무 좋았다. 아픈 것만 아니라면…….

"맞다. 안 돼."

윤희는 다급하게 떨어져 나와서는 똑바로 앉았다. 여전히 누워 있던 라플라카가 어리둥절한 얼굴로 물었다.

"뭐가 안 돼?"

"너 지금 힘 없다며. 안 돼. 건강해져야지."

한참을 어리둥절하게 쳐다보던 라플라카가 눈을 흘겼다. 윤희는 흠흠, 헛기침을 하며 민망해했지만 그런 그의 시선을 피하지는 않았다.

"윤희 너, 생각보다 엉큼하구나?"

"맞아, 나 엉큼해. 그러니까 어서 건강해지기나 해."

"나 마법만 못 쓰는 거지 지금 멀쩡한데?"

"멀쩡…… 하다고?"

"응."

라플라카는 단호했다. 윤희는 당황스러웠다. 이러려고 그런 건 아니었는데, 왜 이렇게 흘러간 걸까? 준비가 부족했다. 라플라카가 쓰러진 것이 당황스러워 아침에 샤워는커녕 양치도 못 했었…….

"으악!"

윤희가 비명을 지르며 얼른 뒤로 물러났다. 라플라카가 깜짝 놀라 따라 일어나 앉으며 물었다.

"왜? 어디 아파? 혹시 키스가……."

라플라카가 걱정스러운 얼굴로 물었다.

"모, 몰라도 돼!"

걱정스러웠다. 입 냄새가 나지는 않았을까? 물 한잔 못 마시고 잔뜩 건조한 상태 그대로였는데…….

"어디 아픈 거야?"

라플라카가 돼호처럼 네 발로 가까이 다가와 물었다. 윤희는 아무런 대답도 하지 않았다. 민망함이 몰려들었다. 세상에, 냄새 나는 키스라니! 얼마나 혐오스러웠을까! 고개를 갸웃하던 라플라카가 윤희의 안색을 살피기 위해 손을 치우고자 손목을 잡았다. 윤희는 기겁을 하고 홱 팽개치며 또 뒤로 물러났다. 한 손은 필사적으로 입을 막고 있었다.

"오, 오지 마! 냄새 나!"

"냄새?"

라플라카가 멈칫하며 물었다.

"냄새라니? 무슨 냄새?"

한참을 머뭇거리던 윤희가 간신히 대답했다.

"나…… 아침에 양치 안 했……."

윤희의 얼굴은 새빨개서 터지기 일보직전이었다. 차마 라플라카의 눈을 마주 볼 수 없었다. 그에게선 악취는커녕 기분 좋은 체취가 넘쳐흘렀었거늘, 지독한 구취가 가득한 상태로 키스를 하다니……. 어찌 이런 일이 있을 수 있단 말인가? 이건 최악이었다. 그에겐 테러였을 게 틀림없었다.

그러나 라플라카는 그런 윤희가 귀엽기만 했다. 그래서 쿡쿡쿡, 웃음이 터지는 걸 막지 못했다. 기분 좋은 그의 웃음소리에 윤희가 가까스로 용기를 내 그를 쳐다봤다.

눈이 마주친 라플라카가 바짝 다가앉아 윤희의 양손을 잡고 말했다.

"냄새 안 났어."

"안…… 났어?"

라플라카가 단호하게 고개를 끄덕였다.

"응. 안 났어. 그리고 냄새가 좀 났으면 어때? 윤희 넌데. 그러니까 한 번만 더 하자."

"뭐?"

이번에 바보 같은 표정을 지은 건 윤희였다.

"키스, 한 번만 더 하자고."

"야, 너 지금 환자라고……."

"아까 말했지? 이제 괜찮다고."

"안 돼. 키스하다가 더 진도 나가면……."

더 진행되면 그는 분명 쓰러질 거라고 윤희는 철석같이 믿고 있었다. 그러나 라플라카는 그런 윤희의 걱정 따위 아랑곳하지 않았다.

"엉큼하긴……."

한마디 내뱉은 그는 그대로 윤희에게 키스했다. 입술이 닿기 무섭게 황홀경에 빠진 윤희는 냄새에 대한 걱정 따위 몽땅 잊은 채 눈을 감았다.

감미로운 키스가 길게 이어졌다. 부드러운 손길은 덤으로 뒤

따랐다. 아무것도 필요 없었다. 그냥 서로의 숨결과 서로의 손길이면 충분했다. 그 숨결이 점점 거칠어졌다. 참을 수 없었던 윤희가 라플라카의 셔츠 밑단을 잡았다. 그대로 머리 위로 잡아당겨 벗기려는 찰나,

"계세요?"

누군가 큰소리로 외치며 현관을 두들겼다. 이불을 떠올린 윤희는 번개처럼 그에게서 떨어지며 소리쳤다.

"나가요!"

현관 앞에서 잠시 매무새를 살핀 윤희가 활짝 웃으며 현관을 열었다. 커다란 이불꾸러미가 들어왔다. 간단한 인사말을 주고받으며 배달부가 떠나갔다.

"뭐야, 이게?"

라플라카의 목소리엔 아쉬움과 궁금함이 잔뜩 섞여 있었다. 뒤늦게 빨갛게 부풀어 오른 입술을 인식한 윤희는 배달부가 눈치챘으면 어쩌나 때늦은 걱정을 하며 대답했다.

"네 이불."

"내 이불?"

"응."

라플라카가 돼호를 쳐다봤다. 정확히는 돼호가 자고 있는 도넛 방석 옆 자신의 침대가 있던 자리였다.

"침대는 어디 가고?"

"버렸어."

"왜?"

"너 요정 모습도 마법으로 유지하는 거라며. 그래서 마법 쓰지

말고 편하게 자라고 한 채 샀어."

"그치만 방이 좁아서……."

"안 좁아. 너랑 나랑 둘이 누워도 충분해."

"하지만 다 큰 남녀가……."

윤희가 눈을 흘겼다.

"방금까지 뭘 하고 있었는지 잊었나 보네?"

라플라카가 씩 웃으며 대꾸했다.

"아니 그러니까 앞으로 어쩌려고 그러느냔 소리지."

"어쩌느냐니?"

말을 마친 윤희가 이내 얼굴을 확 붉히며 소리쳤다.

"이 변태야!"

"내가 왜 변태야?"

"아무리 그래도 매일은 안 돼!"

윤희는 나름 심각한 얼굴로 대꾸한 것이건만 라플라카는 크게 웃음을 터뜨렸다. 저렇게 웃다가 또 쓰러지면 어쩌나 싶을 만큼 시원한 웃음소리였다. 윤희는 어리둥절한 얼굴이 되었다.

한참이나 웃다가 간신히 진정시킨 라플라카가 말했다.

"야, 변태는 내가 아니라 너잖아. 매일 할 생각이었단 말야?"

"내, 내가 언제 그랬어! 매일은 안 된다고 한 거지! 새벽에 일 나가려면 힘들단 말야!"

"그러니까, 매일 할 상상을 하긴 했단 거잖아?"

"아니라고!"

윤희는 바락바락 소리를 쳤다. 두 사람을 물끄러미 바라보던 돼호가 꼭 뭘 알아듣기라도 한 것처럼 휘유, 한숨을 내쉬더니 책상 밑으로 기어들어 자취를 감췄다.

윤희의 버럭질에 또 한참을 크게 웃던 라플라카가 한순간에 부드러운 표정이 되어 말했다.

"걱정 마. 뭐든지 네가 하잔 대로 할 거야. 매일 하자고 하면 매일 하고. 힘들다고 하면 안 해."

"아니, 내가 언제 매일 하자고……."

윤희는 말을 잇지 못했다. 쪽, 라플라카가 가볍게 키스했다. 윤희는 인형처럼 멍하니 앉아 있었다.

"오늘은 싫다고 했으니까 고기나 구워 먹자."

"고기?"

"응. 아까 고기 사왔다며. 많이도 사왔던데 나 먹으라고 그런 거 아냐?"

"아, 그래. 어서 먹자."

윤희는 벌떡 일어났다. 매일 하고 싶어 하는 변태로 찍힌 마당에 그것을 증명할 수는 없는 노릇이 아닌가? 그걸 아는지 모르는지 라플라카는 분주히 고기 구울 준비를 했다.

그렇게 두 사람은 평일 낮부터 삼겹살 냄새를 온 사방에 풍겼다. 다섯 근의 고기는 몽땅 라플라카의 배 속으로 사라졌다. 이젠 놀랍지도 않은 식욕이었다. 윤희 또한 원 없이 먹고 보니 배가 불렀다. 그런데 한편으론 뭔가 아쉬웠다.

윤희는 아주 진지하게 자신이 변태인 건 아닌지 고민해야 했다.

문송합니다

퇴근하는 윤희의 발걸음은 경쾌했다. 언제부터인가 산책도 생략하고 집으로 뛰어갔다. 단순히 집이 멀어져서 그런 것만은 아니었다. 윤희는 룰루랄라 콧노래를 부르고 있었다. 집이 가까워질수록 발걸음도 더욱 빨라졌다.

"나 왔어!"

현관을 열자마자 보이는 것은 라플라카였다.

"어서 와."

집이 좁아 굳이 현관 앞에 서 있지 않아도 될 것을, 그는 빙긋이 웃으며 현관 앞에서 윤희를 맞았다.

"오늘도 손님이 많았어?"

"뭐 늘 그렇지."

늘 해오던 간단한 안부가 오갔다. 윤희는 옷가지를 챙겨 들고 욕실로 들어가 샤워를 했다. 그녀가 나왔을 때 라플라카는 앉은 뱅이책상을 바라보고 있었다.

"왜? 거기 뭐 있어?"

머리칼의 물기를 닦으며 윤희가 물었다.

"돼호가 이상해서."

"오늘도 한 번도 안 나왔어?"

며칠 전 퇴근 후에도 같은 대화가 오고 갔었다. 그러나 정작 돼호는 아무렇지 않아 보였기에 그냥저냥 지나간 대화였다. 윤희가 보기에 돼호는 정말로 멀쩡해 보였다.

"하루 종일?"

"응."

"밥 먹으러도 안 나오고 화장실도 안 가고?"

"응."

라플라카의 대답은 간단명료했다. 윤희는 슬슬 걱정이 되기 시작했다. 고양이는 아픈 것을 티내지 않고 감추기 위해 자꾸만 구석진 곳으로 숨어드는 짐승이기 때문이다.

"책상 밑이야?"

라플라카는 말없이 고개를 끄덕였다. 윤희는 기다시피 다가가 책상 밑 바구니를 빼냈다.

"돼호야?"

윤희가 불렀다. 에옹~ 하는 소리가 들려왔다. 늘 그렇듯 윤희의 부름에 대답을 해온 것이다. 그러나 그 소리는 평소와 달리 힘이 없었다. 바로 어젯밤까지만 해도 전혀 이상함을 인지하지 못했던 터라 윤희는 깜짝 놀라 팔을 뻗어 돼호를 끌어냈다. 앞발을 잡혀 주르르 미끄러져 끌려 나오면서도 돼호는 저항 한번 하지 않았다. 밖으로 나온 돼호를 보며 윤희는 심장이 철렁 내려앉는 것을 느꼈다.

돼호는 숨을 몰아쉬고 있었다. 산소가 모자라 크게 들이쉬는 게 아닌 꼭 폐가 작아져서 힘들어 하는 것처럼 몸통이 잔뜩 조여졌다 풀어졌다를 반복하고 있었다. 게다가 열도 있었다. 윤희는 사색이 됐다. 이미 한번 죽을 고비를 넘긴 놈이었다. 길거리에서 다 죽어가는 걸 데려다가 간신히 살려낸 돼호였다.

"어떻게 이 모양이 되도록……!"

윤희는 얼른 입을 닫았다. 라플라카가 무슨 잘못이란 말인가? 지난 며칠간 라플라카는 끝없이 이상하다고 말해주지 않았던가?

"미안해. 나 병원에 다녀올게. 이동장 좀 찾아줄래?"

라플라카는 신발장을 열어 가장 높은 칸에 들어 있던 이동장을 꺼내왔다. 윤희는 이동장 안에 돼호가 좋아하는 담요를 깔았다. 그러나 눈치 빠른 돼호는 이미 어딘가로 숨어들고 없었다. 이미 병원은 이골이 나도록 들락인 터라 이동장만 보면 돼호는 병원을 연상하는 듯했다. 그러나 커다란 덩치를 가진 돼호가 이 좁은 방에서 숨을 곳이라곤 빤했다. 그래서 이내 윤희에게 잡히고 말았다. 돼호가 발버둥을 치는 바람에 팔뚝에 생채기가 났지만 윤희는 아랑곳하지 않았다. 그저 라플라카 혼자 눈살을 찌푸렸을 뿐이었다. 윤희는 너무나 능숙하게 돼호를 이동장에 넣고 지퍼를 채웠다.

"같이 가자."

현관 앞에서 신발을 신는 윤희를 보며 라플라카가 말을 건넸다. 얼굴엔 걱정이 한가득이었다. 윤희는 고개만 끄덕였다.

윤희는 종종걸음으로 큰길로 향해서는 바로 택시를 잡아탔다. 라플라카가 나타나기 전만 하더라도 돼호는 윤희의 유일한 가족이었다. 택시비가 아까울 리 없었다.

"어서 와요, 윤희 씨."

도착한 병원의 간호사가 친절하게 웃으며 맞아주었다. 이미 오래전부터 안면이 있던 터라 이 병원에선 윤희에 대해 대부분이 잘 알고 있었다.

"돼호가 많이 아픈 거 같아서요."

"많이요?"

윤희는 나오지 않기 위해 버둥거리는 돼호를 끌어냈다. 낯설지는 않으나 돼호에게 이곳은 그다지 좋은 기억이 없었다. 여전히 모든 것을 기억하고 있다는 것을 증명하고 싶었는지 돼호는 간호사와 의사에게 송곳니를 드러내고 발톱을 세웠다. 난동을 부리지 못하도록 잡고 있는 윤희가 버거울 지경이었다.

"어이쿠, 녀석 여전하네."

집에서는 에옹에옹 가냘픈 소리를 내며 애교를 떨던 녀석이 병원에 도착하니 캬앙! 호랑이의 후예임을 만천하에 드러냈다.

의사는 돼호의 상태를 날카로운 눈매로 살폈다. 그러나 그럴 필요가 없을지도 몰랐다. 돼호는 성질을 부리는 와중에도 숨쉬기를 어려워했고 손끝만 가져다 대도 열이 있음을 알 수 있었다.

"우선 초음파부터 해봐요."

앙칼지게 저항하는 돼호에게는 초음파 검사를 위한 면도부터가 난관이었다. 어찌나 사납게 구는지 간호사는 근처에도 오지 못했고 다년간의 경험을 쌓은 의사도 고개를 내둘렀다.

"녀석, 전에도 그러더니 여전하네."

의사는 살짝 윤희의 눈치를 보았다. 윤희는 그게 무슨 의미인지 알았다. 반려묘를 키우는 대부분의 사람들이 마취에 부정적이었다. 아마 그래서 윤희에게 섣불리 말을 꺼내지 못하는 것이리라. 윤희도 갈등했다. 피검사조차 하지 않고 마취를 하는 게 상당히 위험하다는 걸 알고 있었다. 가뜩이나 돼호는 마취 자체가 위험한 노령묘였다. 그러나 이렇게 성질을 부리는 상태로는 피검사조차 어려웠다.

"마취해 주세요."

윤희는 어렵사리 먼저 입을 열었다. 윤희의 말을 기다렸다는 듯 의사는 바로 마취 준비를 했다. 주사기가 나타나자 돼호의 몸부림은 더욱 심해졌다.

"몸을 이렇게 잡고……."

의사가 간호사에게 지시를 했다. 그러나 간호사는 잔뜩 겁을 먹은 듯 발톱깎이를 들고 서 있었다. 몇 번이나 돼호의 발톱을 깎으려 시도했으나 아직 한 개도 성공하지 못했다. 윤희는 쓴웃음이 났다. 이 상황에 발톱을 먼저 생각하다니……. 그러나 입 밖으로 꺼내진 않았다. 어쨌든 남들에겐 그저 짐승 새끼에 불과하다는 걸 잘 알고 있었다.

"뭐 해? 와서 안 잡아?"

"하지만……."

의사가 불러도 간호사는 요지부동이었다. 의사가 눈을 부라렸다. 윤희는 잠시라도 지체하게 내버려 둘 수 없었다.

"라플라카, 네가 잡아봐."

걱정스레 지켜보고 있던 라플라카가 화들짝 놀라 윤희를 바라 봤다. 의사와 간호사도 마찬가지였다.

"뭐 해? 어서 잡으라고!"

윤희가 버럭 성질을 부렸다. 라플라카는 얼른 다가와 의사가 시늉하던 대로 돼호를 겨드랑이 사이에 끼워 제압했다.

"제가 얼굴에 바람을 불게요. 그럼 되죠?"

벌써 몇 번이나 해본 일이었다. 의사와 간호사는 라플라카가 잡고 있는 돼호를 보고 넋을 놓고 있었다. 돼호는 마치 어딘가에 끼껴 있는 듯 꼼짝을 못했다. 그러나 그들의 눈에 보이는 것은 아무것도 없었다.

"주사, 안 놓으실 건가요?"

"네? 아, 네."

의사는 어리둥절한 얼굴로 주사를 들었다. 이해할 수는 없으 나 어쨌든 고양이가 꼼짝을 못 하니 좋은 기회였다.

윤희가 돼호의 얼굴에 훅, 바람을 불었다. 돼호가 움찔 놀라 행동을 멈췄다. 그사이 의사는 잽싸게 돼호의 목덜미에 주사를 놨다.

"잠깐만 더 잡고 있어."

윤희가 라플라카에게 말했다. 라플라카는 말없이 고개를 끄 덕이며 의사와 간호사의 눈치를 보았다. 그들의 얼굴엔 의문이 가득했으나 윤희는 아랑곳하지 않았다.

"돼호야, 이제 잠이 올 거야. 한숨 푹 자고 나면 다 끝나 있을 거니까 이제 괜찮아."

윤희는 돼호와 눈을 맞추고 부드럽게 속삭였다. 돼호는 그 말을 알아듣지 못한 듯 여전히 성질을 부렸지만 주사의 효과가 어찌나 좋은지 순식간에 축 늘어져 버렸다.

헤 벌어진 입으로 혓바닥이 삐져나왔다. 축 처진 탓에 제대로 안아서 들어올리기도 어려웠다. 그러나 의사와 간호사는 달랐다. 늘어진 돼호를 솜씨 좋게 안아 든 의사는 얼른 처치실로 이동해 면도기로 배의 털을 밀고 초음파 검사를 시작했다.

검사가 진행될수록 의사의 얼굴이 어두워졌다. 뭐라뭐라 설명을 했다. 윤희의 얼굴도 따라 어두워졌다. 곁에서 가만히 지켜보던 라플라카는 부드럽게 윤희의 어깨에 손을 올려두는 게 자신이 할 수 있는 전부라 안타까웠다.

"수술을 해야겠네요."

"수술이요?"

"예."

"수술을 하면 건강해질 수 있는 건가요?"

"그게……."

의사는 잠시 말을 멈추고 검사 결과와 돼호를 번갈아 살펴보았다. 그 사이 복수를 빼준 덕분에 돼호는 마취에서 채 다 깨지 않아 멍한 얼굴이면서도 호흡은 편안해 보였다. 의사는 몇 번이나 초음파 검사 결과와 피검사 결과를 눈앞에 두고 말을 하려다 말다 했다. 기다리다 지친 윤희가 먼저 물었다.

"왜요? 무슨 문제가 있나요?"

의사는 결심한 듯 입을 열었다.

"아무래도 돼호는 오래 살 수 없어 보여요."

윤희는 아무것도 할 수 없었다. 뭔가 툭, 끊어진 기분이었다. 웃음도 울음도 기쁨도 슬픔도 표현조차 할 수 없었다.

"윤희야……."

라플라카가 윤희를 불렀다. 덕분에 윤희는 가까스로 정신을 차릴 수 있었다. 윤희는 자신의 어깨에 올라온 라플라카의 손을 꼭 붙들었다. 따스함이 느껴지자 조금 힘을 낼 수 있었다.

"당장 죽는 건 아니죠?"

의사가 부드럽게 미소를 지었다. 그러나 표정은 그리 밝지 못했다.

"수술을 하면 좀 더 오래 살 수는 있어요. 하지만 이후에 계속 관리를 해줘야 하죠. 비슷한 케이스였지만 십 년 이상 더 살다 간 녀석도 있긴 했어요. 하지만 그건 거의 기적에 가깝죠. 그래서 보통 이런 경우 우리는 안락사를 권유해요."

윤희는 또 숨을 멈췄다. 시한부에 안락사라니…….

"윤희야?"

라플라카가 걱정스럽게 윤희를 불렀다. 윤희는 움직여지지 않는 고개를 억지로 움직여 눈을 맞추고 미소를 지어주었다. 눈이 마주친 라플라카도 생긋 웃었다. 늘 그랬던 것처럼 그의 미소는 윤희의 마음속 근심을 단번에 억눌렀다. 덕분에 윤희는 가까스로 마음을 추스르고 물었다.

"왜 안락사를 권유한다는 거죠?"

윤희의 기묘한 행동을 유심히 바라보고 있던 의사는 누가 졸던 걸 깨우기라도 한 듯 흠칫 하더니 대답했다.

"치료 비용이 만만찮아요. 그래서 어지간한 분들이 아니면 잘 선택하지 않죠. 선택했다 해도 열에 아홉은 시일이 흘러 안락사를 하러 오곤 해요. 이후에도 꾸준한 관심이 필요하거든요."

거기에서 말을 끝맺은 의사는 물끄러미 윤희를 바라보았다. 윤희는 그 시선에 의미를 담았다. '너도 그럴 거잖아'라는 의미를……. 윤희는 콧방귀를 뀌었다. 자신은 그깟 간병이 좀 힘들다고 돼호를 버리지 않을 자신이 있었다.

"치료비는 얼마나 드는데요?"

윤희는 자신만만한 태도로 물었다. 윤희의 눈을 뚫어져라 바라보던 의사는 잠시 후 입을 열었다.

"정확한 계산은 해봐야 알지만 매일 검사도 해야 하고 입원비에 수술비에……. 못해도 당장 사오백은 들 거예요."

흠칫 놀란 윤희는 눈을 감았다. 눈물이 흘러내렸다. 스스로가 혐오스러웠다.

가장 먼저 번개처럼 떠오른 것은 안락사였다. 세상에, 늘 반려묘라고, 가족이라고 당당히 떠들어놓고 안락사라니……. 간병쯤 아무것도 아니라고 콧방귀를 뀐 것이 일 초 전이었거늘……. 그깟 돈 앞에서…….

고통에 일그러진 윤희의 표정을 발견한 라플라카의 손에 부드럽게 힘이 들어갔다. 윤희도 그 손을 꼭 잡아주었다. 덕분에 입술을 한 번 질끈 깨무는 걸로 스스로에 대한 혐오감을 갈무리할 수 있었다.

잠시 윤희를 관찰하던 의사가 말을 이었다.

"돼호와 비슷한 상황의 경우 수술 전이든 후든, 열에 아홉은 안락사를 선택해요. 다들 그러니까 양심의 가책 같은 거 느끼지 않아도 돼요. 수술을 한다고 해도 돼호의 경우는 노령묘인지라 얼마 버티지 못할 가능성이 커요."

윤희의 표정이 순간 흔들린 것을 보기라도 했는지 의사는 안락사 쪽으로 유도했다. 윤희가 아르바이트를 해서 먹고 사는 사정임을 잘 알고 있는 탓이었다. 그러나 윤희는 고개를 흔들며 눈을 떴다.

"하지만 십 년 이상 더 사는 애들도 있다면서요."

"정말 기적 같은 경우에나 가능해요."

"그럼 평균은 얼마나 사는데요?"

"보통 일 년, 혹은 이삼 년, 짧으면 한두 달이 될 수도 있어요."

"어쨌든 수술하면 내일 당장 죽는 건 아니란 소리네요. 그럼 됐어요. 수술해 주세요."

의사가 살짝 인상을 찡그렸다. 아무리 반려동물이라도 본인의 능력이 감당하는 선에서 보살펴야 한다는 게 그의 철칙이었다. 그는 윤희의 사정을 잘 알고 있었다. 돼호를 매개체로 이어져 온 인연이 몇 년째였다. 윤희는 지금 틀림없이 무리하고 있었다. 단순히 그녀의 경제상태만을 말하는 게 아니었다.

의사는 아까부터 윤희와 라플라카 사이에 오간 행동들을 유심히 살펴보고 있었다. 불행히도 그는 라플라카를 볼 수 없었고 덕분에 윤희가 정신적으로도 충격을 받은 게 틀림없다고 생각했다.

의사가 다시 입을 열었다. 그는 윤희를 설득할 심산이었다.

"아르바이트비 몇 달치를 고스란히 내야 해요."

"괜찮아요. 돈 있어요."

윤희는 단호했다.

다행이었다. 이런 일이 있을 줄 알고 그런 일들이 있었나 보다. 윤희의 통장엔 돈이 있었다.

의사는 아무 말도 하지 않았다. 그의 시선은 윤희가 제 어깨 위에 부자연스럽게 올린 손에 닿아 있었다. 그런 의사를 보면서도 윤희는 뭐가 문제인 건지 인지하지 못했다.

의사가 물었다.

"괜찮아요?"

"예. 저 돈 있어요."

"아뇨 난 돈 이야기를 하는 게 아니에요."

의사가 윤희의 어깨 쪽을 눈짓했다. 윤희는 여전히 무엇이 문제인지 알지 못했다. 그러나 라플라카는 알아챘다. 라플라카가 슬그머니 제 손을 빼내자 그제야 윤희도 상황을 깨달았다.

윤희가 난처한 얼굴로 말했다.

"이건……."

"아까부터 옆에 누가 있는 것처럼 행동하더군요. 돼호가 유일한 가족인 거 잘 알아요. 혹시 필요하다면 내가 아는 정신과……."

"그런 거 아니에요!"

윤희는 버럭 성질을 부렸다. 의사는 얼른 입을 다물었다. 미친 놈이 스스로를 미쳤다고 인정하는 경우가 있던가? 아무래도 의사는 그 말을 떠올리는 것만 같았다.

투명한 유리벽 너머 간호사들이 힐끔거렸다. 윤희의 소리가 새나간 모양이었다. 그제야 윤희는 자신이 버럭 소리 친 것을 깨닫고 민망해했다.

윤희가 다시 차분해진 목소리로 말했다.

"저 정말 돈 있어요. 그리고 돼호 때문에 충격을 받아 정신이 이상해지지도 않았어요. 걱정은 감사하지만 정말 괜찮으니까 신경 쓰지 않으셔도 돼요."

의사는 여전히 말이 없었다. 윤희는 부러 미소를 지어 보였다. 그 미소가 더욱 기괴해 보였지만 의사는 더는 말하지 않았다. 어쨌든 그의 환자는 윤희가 아닌 돼호였다. 그 보호자가 끝까지 아무 문제가 없다고 주장하는데 그가 더 할 수 있는 것은 없었다. 의사는 말끔하게 포기했다. 치료비만 제때 내준다면 사실, 그로선 아무것도 문제 될 게 없었다.

"그럼 오늘 당장 입원해서 금식하고 내일 수술하는 걸로 하죠."

"예, 그렇게 해주세요."

윤희와 의사는 돼호의 입원과 수술에 대한 사소한 대화 몇 마디를 더 나누었다. 라플라카는 그 뒤에서 잔뜩 굳은 얼굴로 서 있었다.

집에 돌아오는 길, 라플라카는 한마디도 하지 않았다. 다행히 윤희 또한 한마디도 하지 않았다. 갈 때는 택시를 타고 갔던 그 길을 두 사람은 터벅터벅 걸어서 돌아왔다.

집에 도착하고 나서야 라플라카가 입을 열었다.

"돼호는 괜찮을 거야. 내가 잘 돌볼 수 있어."

"응."

윤희의 대답은 그게 전부였다. 라플라카는 물끄러미 윤희를 바라보았다. 윤희는 여전히 고개를 숙인 채 근심하고 있었다. 그 얼굴에 떠다니는 근심의 정체가 무얼까⋯⋯. 의사의 말이 떠올랐다. 정신과 의사를 소개해 준다고 했던가⋯⋯.

"근데 뭘 그렇게 걱정하고 있어?"

라플라카는 문제를 피해가고 싶지 않았다. 자신의 정체로 인한 문제점을 똑바로 쳐다보고 대화를 나누고 싶었다. 만약 그 때문에 단순 동거인 이상을 원하지 않게 된다면 그래서 떠나 달라고 요구한다면 슬프지만 동의해 줄 용의도 있었다.

윤희가 쓰게 웃었다.

"나, 아까 치료비 이야기 듣고 무슨 생각했는지 알아?"

잔뜩 긴장하고 있었고 잔뜩 대비하고 있었건만 윤희의 입에서 나온 것은 전혀 엉뚱한 말이었다. 라플라카는 잠시 당황을 내비쳤지만 이내 대화를 이어나갔다.

"무슨 생각을 했는데?"

윤희가 고개를 들었다. 눈에서 주룩 눈물이 쏟아졌다.

"안락사."

윤희는 그대로 소리 내어 펑펑 울었다. 깜짝 놀란 라플라카는 얼른 윤희를 안아주었다.

"수술하기로 했잖아. 왜 울고 그래? 생각쯤 누가 못 해?"

윤희는 라플라카의 품 안에서 고개를 마구마구 흔들었다.

"아냐. 나 정말… 진짜 아주 잠깐이었지만 정말…… 안락사시키고 싶었어……. 세상에…… 내가 돼호를……."

윤희의 울음이 더욱 커졌다. 토닥토닥 부드럽게 안은 채로 라플라카가 말했다.

"괜찮아. 사람은 원래 다 그래. 본능이야. 그 본능을 억누를 줄 아니까 사람인 거고. 너도 결론은 수술하는 걸로 지었잖아."

"그치만…… 그치만……. 아무리 그래도…… 돈이 없는 것도 아니고……."

윤희는 꺼이꺼이 서럽게 울었다. 라플라카는 쉬, 쉬, 연신 정수리에 입을 맞추며 윤희를 달랬다. 윤희는 라플라카의 품에서 병원에서부터 집에 오는 동안 가슴속에 꽁꽁 감춰놨던 감정을 죄다 꺼내놓았다. 가슴 밑바닥에 남아 있는 먼지 한 톨까지 싹다 꺼내 버렸다. 라플라카는 그 모든 것을 말없이 남김없이 받아주었다. 그것만이 그가 해줄 수 있는 유일한 일이었다. 그래서 라플라카는 슬펐다.

"나 취직할 거야."

한참을 울던 윤희가 가까스로 진정하는가 싶더니 꺼낸 첫마디였다.

"취직?"

라플라카는 여전히 남아 있는 윤희의 눈물을 닦아주며 물었다. 윤희가 고개를 끄덕였다.

"응. 병원비를 들고 안락사를 떠올리지 않을 내가 될 거야."

라플라카는 물끄러미 윤희를 바라보았다. 이내 그 시선은 윤희의 앉은뱅이책상 위 탁상 달력으로 향했다. 달력은 여전히 9월이었다. 윤희가 라플라카를 뚫어져라 바라보았다. 윤희의 시선을 느낀 라플라카가 다시 고개를 돌려 생긋 웃었다.

"넌 잘해낼 거야. 난 믿어."

성적표를 받아 들기 직전, 안절부절못하는 학생처럼 초조해 보이던 윤희의 얼굴에 함박웃음이 피어났다.

"고마워."

윤희는 그대로 다시 라플라카의 가슴에 머리를 기댔다. 라플라카는 부드러운 미소가 얹힌 얼굴로 꼭 안아줬다.

"너라면 그렇게 말해줄 줄 알았어."

윤희는 작은 속삭임에 라플라카는 연신 그녀의 머리를 쓰다듬었다. 그러나 그의 눈동자는 슬퍼 보였다.

윤희는 한 번 계획한 것을 절대로 미루거나 번복하지 않는 사람이었다. 라플라카에게 취직을 선포한 이후, 바로 자리를 알아보기 시작했다. 글쓰기를 그만둔 게 마음에 걸렸지만 병원에 돼호를 보러 갈 때마다 그 아쉬움은 저 멀리 달아나 버렸다. 그렇게 몇 개의 회사에 이력서를 보냈다. 그사이 시일이 흘러 돼호의 상태도 많이 호전됐다.

"퇴원은 언제쯤 할 수 있을까요?"

제법 넓지만 집에 비하면 좁디좁을 케이지 안에서 돼호는 고롱고롱 노래를 부르며 투명한 유리문을 뚫고 나오기라도 하겠다는 듯 연신 머리를 부벼대고 있었다. 그 너머에 있는 윤희와 라플라카의 손길이 그리운 모양이었다. 그 모습이 어찌나 안쓰러운지 윤희는 하루라도 빨리 퇴원을 시키고 싶었다.

"그게 애매하네요······."

의사는 말끝을 흐렸다.

"왜요?"

"잘 먹고 잘 놀고 있긴 한데 염증 수치가 그대로라서요."

"염증 수치요?"

"뭐, 몸 안 어딘가에 이상이 있단 소리죠."

"어디에 이상이 있는 건데요?"

"그게 문제예요. 까놓고 말씀드리면 모르겠어요."

잠시 침묵이 흘렀다. 너무 솔직하다고 타박해야 하는 건지 그것도 모르느냐고 화를 내야 하는 건지……. 결정을 마친 윤희가 입을 열었다.

"이런 경우 보신 적 없으세요?"

이 병원을 선택한 것은 하루에도 서너 번씩 응급수술이 행해지는 병원임을 알기 때문이었다. 이 병원은 캣맘 단체와 연계하여 길고양이 구조 사업을 하고 있었다. 덕분에 윤희와 마주하고 있는 의사는 다양한 케이스의 수없이 많은 고양이들을 치료한 경험이 있었다. 조금 이기적인 생각일지는 모르나 이미 많은 임상실험을 해보았으니 아무래도 그만큼 더 낫지 않을까, 하는 생각에서 선택한 병원이었다. 그런 병원이라면 분명 돼호와 같은 증상의 아이를 몇 번쯤은 보지 않았을까 싶었다.

"안락사를 선택하지 않은 고양이가 세 마리 있긴 했어요."

역시 있었다. 윤희는 희망을 품고 물었다.

"그럼 이유도 아시겠네요?"

그러나 의사는 고개를 흔들었다.

"아뇨. 아직도 이유를 모르겠어요. 셋 다 겉보긴 멀쩡한데 늘 염증 수치는 오르락내리락했죠. 덩달아 열이 나기도 하고……."

길게 이어진 설명을 윤희는 알아듣지 못했다. 묵묵히 듣고 있던 윤희는 자신에게 가장 중요한 질문 하나를 던졌다.

"그럼 그 고양이들은 어떻게 됐나요?"

"한 마리는 삼 년인가 살다 죽었고 한 마리는 아직도 살아 있고 한 마리는 퇴원도 못 해보고 죽었죠."

윤희가 입술을 깨물었다. 라플라카의 부드러운 손길이 윤희의 손에 닿았다.

"데려가자."

라플라카가 윤희의 귓가에 속삭였다. 윤희는 슬쩍 고개를 돌려 라플라카에게 대꾸하려 했지만 이내 입을 닫았다. 의사가 또 눈을 빛냈다. 더는 미친년 취급받고 싶지 않았다. 이제는 그 상황을 잘 이해하고 있는 라플라카도 굳이 윤희의 대답을 바라지 않았다.

"어차피 병원에서도 할 수 있는 게 없잖아. 그렇다면 집이 더 낫지 않을까? 마음이라도 편해야지. 지금 이 상태론……."

라플라카의 말을 알아듣기라도 하는 건지 돼호는 애처로운 눈으로 윤희를 바라보고 있었다. 골골골 작은 모터는 계속 돌고 있었다.

"개인적으론 퇴원을 추천 드려요."

의사는 마치 윤희와 라플라카의 대화를 듣기라도 한 것처럼 말했다. 윤희의 눈이 반짝 빛을 냈다.

"왜요?"

"솔직히, 병원에서 해줄 수 있는 게 없어요. 게다가 고양이는 아시다시피 스트레스에 취약한 동물이잖아요. 자기 영역이 아니라 힘들 거예요."

윤희는 잠시 의사의 눈빛을 살폈다. 대뜸 안락사부터 권유했던 의사였다. 혹시라도 다른 의미가 있는 것은 아닐까, 걱정스러웠다. 윤희의 시선에 의사가 난처한 얼굴을 했다.

"아무 의미 없으니 걱정 마세요. 돼호도 운이 좋으면 십 년 이상 살 수 있겠죠. 제가 봤던 가장 운 좋았던 그 녀석처럼."

"운이 없으면 나가자마자 죽을 수도 있고요?"

의사가 어깨를 으쓱하며 돼호를 가리켰다. 돼호는 어느새 발라당 드러누워 애교를 부리고 있었다.

"당장 죽을 것처럼 보이진 않네요."

윤희의 얼굴에 비로소 미소가 지어졌다.

"그럼 오늘 퇴원할게요."

윤희의 한마디에 퇴원 수속은 일사천리로 진행되었다.

병원비를 결제하며 윤희는 한번 몸을 떨었다. 대비한다고 했지만 사백만 원이 넘는 비용은 엄청난 충격이었다. 무엇보다 충격적인 것은 다시 한 번 안락사를 시켰어야 했나, 하는 생각이 들었다는 거였다.

윤희는 입술을 꼭 깨물었다. 당장 오늘, 지원했던 한 회사의 발표가 있는 날이었다. 공모전 당선자 발표 때도 이렇게 심장이 두근거리진 않았거늘……. 윤희는 잔뜩 굳은 얼굴로 돌아왔다.

돼호는 집에 오기 무섭게 방 한가운데 큰대자로 드러누워서는 눈을 감았다.

"녀석, 꼭 팔순 넘은 할아버지 같네."

날이 쌀쌀해 보일러를 돌려둔 탓이었다. 윤희는 피식 웃기만 했다.

라플라카가 이동장을 제자리에 두고 돼호를 위해 밥그릇과 화장실을 정리하는 사이 윤희는 오랜만에 노트북을 켰다.

"글 쓰려고?"

라플라카가 반짝 눈을 빛내며 물었다. 그러나 윤희는 고개를 저었다.

"아니, 메일 확인하려고."

"메일?"

"응. 입사 지원서 넣었었거든."

"아, 취직……."

라플라카의 얼굴이 다시 어두워졌다. 윤희는 그런 그를 전혀 눈치채지 못하고 있었다. 당장 급한 것은 라플라카가 아니라 입사 지원서의 당락 여부였다.

그러나 메일을 확인한 윤희는 신경질적으로 노트북을 덮어버렸다.

"왜?"

라플라카가 조심스럽게 물었다. 윤희는 대꾸도 하지 않고 벌렁 드러누웠다.

"문송한 세상이라더니, 하나도 틀리질 않네."

"문송한 세상?"

"문과는 취직이 안 되는 세상을 비꼬는 거지."

"아……."

라플라카도 윤희 곁에 앉았다.

"잘 안 됐어?"

"응."

"그럼 다른 데 넣으면 되잖아. 세상에 회사가 얼마나 많은데?"

윤희가 쓰게 웃었다.

이력서를 넣기 위해 회사를 고르는 것조차 만만한 게 아니었다. 몇 날 며칠을 고르고 또 골라야 했다. 서류조차 넣을 수 없는 곳이 태반이었다. 새삼 왜 남들이 그리 어학연수니 토익이니 자격증에 집착했던 건지 이해할 수 있었다. 윤희는 하나도 없었다. 평생 글쓰기에 올인해 온 탓이었다.

윤희가 벽을 향해 모로 누웠다. 차마 라플라카의 얼굴을 볼 수가 없었다. 당당히 취직하겠다고 선포했으나 결과는 처참했다.

"하나만 넣은 거야?"

"아니……. 일곱 갠가 더 있어……."

윤희가 힘없이 말했다. 라플라카가 빙긋 웃었다.

"그럼 아직 다 떨어진 거 아니잖아."

"어차피 떨어질 텐데 뭐……."

거의 울먹이는 목소리였다. 그런 윤희가 안쓰러워 라플라카는 부러 쾌활하게 말을 이어나갔다.

"길고 짧은 건 대보랬어. 세상일은 모르는 거다 너? 너보다 한참을 더 오래 산 이 오빠가 말하는 거니까 믿어도 돼!"

라플라카가 자신의 가슴을 탕탕 쳤다. 가만히 있던 윤희가 천천히 몸을 돌렸다.

"정…… 말?"

그 눈빛이 너무 간절해 보였다. 라플라카는 더욱 크게 환히 웃으며 대답했다.

"응. 넌 틀림없이 해낼 거야."

윤희의 얼굴에 조그만 미소가 떠올랐다.

"고마워……."

"고맙긴 뭘……. 어서 일어나. 내가 맛있는 거 해줄게."

"맛있는 거?"

"응. 뭐 먹고 싶어? 내가 다 해준다!"

"장부터 봐야 할걸?"

"보러 가면 되잖아. 같이 가자."

라플라카는 여전히 환히 웃었다. 언제나 그랬듯, 윤희는 라플라카의 잘생긴 얼굴에 어린 환한 미소에 마음의 평안을 찾았다.

윤희가 자리에서 일어나 앉았다.

"그럼 같이 마트 갈까?"

"그래. 얼른 가자. 뭐 먹고 싶은데?"

"음……."

윤희가 한참을 고민하다가 소리쳤다.

"쭈꾸미 볶음!"

"매콤하게?"

"콜!"

윤희가 벌떡 일어나 겉옷을 걸쳤다. 라플라카도 신이 나서 얼마 전 윤희가 사준 옷을 입고 신발을 신었다. 돼호가 쫄래쫄래 따라 나와서는 현관 앞에 석상처럼 앉아 에옹거렸다.

"걱정 마. 네가 좋아하는 간식도 사올게."

말귀를 알아듣기라도 한 것처럼 돼호의 표정이 밝아졌다.

그렇게 두 사람은 잠시 행복했다. 그러나 그 행복은 얼마 가지 않았다. 남아 있던 회사들의 발표가 났다. 그리고 윤희는 더더욱 우울해져만 갔다.

선택

일을 마치고 돌아온 후로 윤희는 책상 앞에서 꼼짝도 하지 않았다. 멀거니 스마트폰만 바라보고 있는 윤희를 보며 라플라카는 작게 한숨을 쉬곤 싱크대로 향했다. 달콤한 음료라도 만들어 위로해 줘야겠다 생각했다.

윤희가 아까부터 바라보고 있던 것은 통장 내역이었다. 오늘부터 역으로 하나하나 되짚고 있었다. 잔액을 볼 때마다 마음이 싱숭생숭했다. 세상에, 이사한 지 얼마나 됐다고……. 벌써 어마어마한 돈을 사용했다. 돼호의 병원비를 차치하더라도 엄청난 액수였다. 이래서 통장에 돈을 가지고 있으면 안 된단 거였나 보다. 윤희가 길게 한숨을 쉬었다.

"왜 대답을 안 해?"

라플라카가 슬쩍 건들자 윤희가 화들짝 놀랐다.

"뭐, 뭐야! 놀랐잖아!"

윤희가 버럭 소리를 내지르자 라플라카는 어리둥절한 얼굴이었다.

"아니 아까부터 부르고 있었……."

그러다 이내 입을 닫았다. 슬쩍 그의 시선이 탁상 달력으로 향했다. 윤희는 영문을 모른 채 그를 따라 탁상 달력을 바라봤다가 다시 라플라카를 바라보며 물었다.

"아까부터 불렀다고?"

라플라카는 책상 위를 가리켰다. 머그잔에서 김이 모락모락 올라오고 있었다. 우유가 듬뿍 들어간 따뜻한 핫초코였다.

윤희는 미안한 얼굴로 얼른 잔을 들었다.

"아, 내가 딴생각을 하느라고……."

"무지 뜨거울……."

"으에!"

라플라카의 말이 끝나기도 무섭게 윤희는 한 모금 머금었던 코코아를 잔에 도로 뱉어내고 혓바닥을 내밀었다. 라플라카가 피식 웃었다.

"금방 식을까 봐 좀 뜨겁게 데웠어. 천천히 마셔."

"응."

윤희는 연신 습, 습 거리며 헤헤, 웃었다. 윤희가 미소를 짓자 라플라카는 가슴속에 가득했던 먹구름이 조금 옅어지는 걸 느꼈다.

"근데 아까부터 뭐 하고 있었어?"

"통장."

"통장은 왜?"

윤희는 쓰게 웃었다. '요즘 돈을 너무 많이 쓴 거 같아서'라는 말을 차마 밖으로 내뱉을 수 없었다. 태반의 돈이 돼호와 라플라카를 위한 지출이었다. 얼마 전에 산 이불 세트도, 최근에 산 라플라카의 겨울 옷가지들도 마찬가지였다. 괜히 라플라카가 죄책감이라도 갖게 되는 건 윤희가 원치 않는 일이었다.

"뭐야? 이건 누군데 천오백이나 입금했어?"

라플라카가 놀란 얼굴로 물었다. 소현이 입금해 준 돈이었다. 어느덧 거꾸로 거슬러 올라가 그날의 입출금 내역까지 보고 있던 모양이다. 물끄러미 그 숫자를 바라보고 있던 윤희의 머릿속에 반짝 불이 들어왔다.

빚을 다 갚았다고 했다. 심지어 은행 빚도 아니고 사채 빚이라고 했다. 이자가 엄청났을 텐데 그 빚을 다 갚고도 모자라 가게까지 열었다. 소유한 바와 식당 등이 한두 개가 아니라고 했었다. 윤희가 부모님이 돌아가시고 유산 분배를 받을 즈음 잠적했었으니까 소현 모친의 투병 기간까지 감안해 보면 못해도 최소 오 년 만에 벌어진 일이었다.

"오 년이라……."

윤희는 잠시 고민했다. 오 년이면 서른셋. 결코 등단에 늦은 나이가 아니었다.

물론, 그 일이 쉬운 일이 아니란 것은 알았다. 하지만 세상 물정 모르는 코흘리개 어린아이도 아니고 순결에 집착할 나이도 아니고 어차피 결혼은 안 하면 그만이지 않나? 술 취한 사람들의 비위를 맞추는 것도 쉬운 일은 아니리라. 술에 취해 주정 부리는 사람들을 개처럼 보아오지 않았던가? 그러나 그쯤이야 어떠랴, 어차피 취직에 성공했다 한들 그 또한 자존심 접고 인간성 접고 개처럼 굴어야 한다고들 하지 않던가?

갑자기 머리가 환해지는 기분이었다.

"나, 취직할 수 있을 거 같아."

"정말?"

"응!"

윤희가 자신만만하게 외쳤다. 어찌나 자신감이 넘치는지 라플라카는 자신도 모르게 미소를 머금었다.

"무슨 일인데?"

그러나 라플라카가 던진 질문에 윤희의 얼굴에선 미소가 사라졌다. 라플라카 또한 미소를 지워냈다.

"어……. 내가 뭐 하면 안 되는 질문을 한 건가?"

윤희는 얼른 웃으며 손사래를 쳤다.

"아냐! 그냥 아직 안 될지도 모르는데 너무 일찍 말하면 부정 타지 않을까 싶어서 그런 거야!"

엄청난 호들갑이었다. 그도 그럴 것이 술집 일이 아니던가? 윤희는 차마 그에게 그 말을 해줄 수 없었다.

"싱겁긴……."

라플라카는 피식 웃으며 윤희의 머리를 헝클었다. 윤희는 헤헤헤 웃기만 했다. 라플라카는 다시 자리에서 일어나 싱크대로 향했다. 어느덧 저녁밥을 준비해야 할 시간이었다. 윤희가 바삐 소현에게 문자를 보내는 사이 라플라카는 등을 돌린 채 저녁 준비에 여념이 없었다. 그런데 그 손길이 평소보다 많이 느렸다.

라플라카는 조금 전, 핫초코를 마시라고 아무리 불러도 대꾸하지 않던 윤희를 떠올렸다. 그는 자신도 모르게 질끈 입술을 깨물었다. 눈가가 촉촉하게 젖어들고 있었다.

라플라카가 무슨 생각을 하고 있는지도 모른 채 윤희는 초조하게 소현의 답신만 기다렸다. 핸드폰을 두 손으로 잡고 간절히 기도라도 하는 것처럼 무릎까지 꿇고 있었다.

띠링, 문자가 올 거라 생각했건만 윤희의 스마트폰이 요란하게 울기 시작했다. 깜짝 놀란 윤희는 얼른 화면을 확인했다. 소현이었다.

"여보세요!"

윤희가 얼른 전화를 받았다.

[무슨 말이야?]

대뜸 건너온 말이었다. 슬쩍 라플라카의 눈치를 살핀 윤희는 냉큼 신발을 신고 현관을 열었다. 혹시라도 라플라카가 왜 나가느냐고 물어볼까 싶어 번개보다 더 빨리 움직였지만 불행 중 다행으로 라플라카는 그럴 정신까지는 없는 상태였다.

현관 밖으로 나오고서도 윤희는 연신 집을 힐끔거리며 한참을 멀어졌다.

[뭐야? 왜 대답을 안 해?]

"아니 문자에 쓴 내용 그대로야. 나도 돈을 좀 벌어야 할 거 같아서……."

[돈? 너 무슨 일 있니? 내가 빌려줄까?]

소현의 목소리엔 걱정이 가득했다. 윤희는 제 일처럼 걱정하는 소현의 마음 씀씀이에 절로 미소가 머금어졌다.

"마음은 고마워. 근데 돈을 빌려달라고 연락한 게 아니라 소개 좀 시켜달라고 전화한 거야."

[소개?]

"응. 이제 아르바이트로 먹고 살기가 좀 막막해서. 취직을 하려고도 해봤는데……."

윤희는 구구절절 최근에 있었던 일들을 쏟아냈다. 말하면서 점점 감정이 격해졌다. 돼호의 안락사에 대해 이야기할 때는 눈물까지 주룩 흘리고 말았다.

묵묵히 듣고 있던 소현이 물었다.

[취직 자리 알아봐 달라는 거야? 나한테?]

"응."

윤희의 대답은 조심스러웠다. 소현은 잠시 말이 없었다. 그러나 오래지 않아 답을 해주었다.

[나도 기껏해야 바나 식당이 전부라…….]

"그거 말고."

윤희는 얼른 소현의 말을 끊었다. 그러나 선뜻 말을 잇지는 못했다. 소현은 묵묵히 윤희의 말을 기다렸다. 크게 숨을 한번 들이켠 윤희는 용기를 내 말을 이었다.

"그러니까 너 빚도 갚고 돈도 많이 벌었다며, 나도 잠깐 이 악물고 돈 벌어서 생활의 안정을 좀 찾고 난 후에 다시 글 쓰려고 너처럼."

[나처럼?]

"응."

또 찾아온 침묵. 윤희는 소현의 반응에 점점 불안해졌다. 소현이 다시 말했다.

[너, 이 일 너무 쉽게 보는 거 아냐?]

"아, 아냐! 절대 그런 거 아냐!"

[그런데 그렇게 쉽게 말이 나와?]

"내가 오죽하면 그랬겠어? 나도 더는 갈 데가 없어."

윤희의 단호한 대답에 소현은 또 말문을 닫았다.

이번 침묵은 제법 길었다. 윤희의 표정은 점점 어두워졌다. 이마저 안 된다면 대체 어딜 가서 돈을 벌어야 한단 말인가?

그러나 소현은 윤희의 진정한 친구였다. 그녀는 윤희의 요청을 외면하지 않았다.

[내일 시간 돼?]

"내일?"

[응. 좀 만나자.]

"갈게! 꼭 갈게!"

윤희의 활기찬 목소리에 당황한 듯 소현은 또 한참을 침묵하다 말을 이었다.

[문자로 주소 보내줄게. 내일 보자.]

"응! 내일 봐!"

뚝, 통화가 끊어졌다. 윤희는 함박웃음을 지었다. 집으로 돌아오는 발걸음이 어찌나 가벼운지 몰랐다. 깡충깡충 뛰어온 윤희는 활기차게 문을 열었다.

"뭐야? 누구 전환데 나가서 받아?"

"남자는 아니네요."

윤희는 장난꾸러기처럼 찡긋하며 받아치더니 이내 메롱, 혀를 내밀었다. 라플라카는 피식 웃었다.

"누가 뭐래? 기분 좋아 보인다?"

"응. 아까 말한 취직 자리, 내일이면 확실히 될 거 같아."

"확실히?"

"응."

"그럼 이제 직장 다니는 거야?"

윤희는 아차 싶었다. 이제 곧 큰돈을 벌 수 있게 됐단 사실에 기분이 너무 떠 있었다.

"음…… 비밀이야."

윤희는 생긋 미소 지으며 능청을 떨었다. 그에게 사실대로 말해줄 수는 없는 노릇이었다. 라플라카가 얼굴을 찡그렸다.

"뭐야 너, 생전 비밀 같은 건 없더니?"

"왜 서운해?"

"응."

윤희는 라플라카가 슬쩍 회피할 줄 알고 던진 질문이었다. 그러나 라플라카는 단도직입적이었다. 윤희는 민망해졌다.

"음…… 미안해."

푹 고개 숙인 윤희가 손가락을 배배 꼬며 사죄했다. 그런데 라플라카는 그보다 더 미안해하며 입을 열었다.

"어, 난 그런 의미로 말한 게 아니었는데……."

윤희는 이게 무슨 소리인가 싶어 고개를 들어보았다. 윤희와 눈이 마주친 라플라카가 좀 슬픈 미소를 지었다.

"난 그냥 솔직하게 말한 것뿐이었어. 근데 네가 그렇게 미안해할 줄은 몰랐네. 사람이란 누구나 비밀을 갖고 있을 수 있는 건데 난 그냥 서운하냐고 물어보길래 그래서……."

"그럼 너도 비밀이 있어?"

"아니, 없어."

세상에 이런 단무지가 또 있을까. 윤희는 아까보다 더욱 미안해해야 했다. 윤희가 또 푹 고개를 떨궜다.

"어……. 내가 또 하면 안 되는 말을 한 건가?"

"아냐. 내가 죄인이지 뭐."

슬쩍, 라플라카가 생각보다 대단한 고수인 건 아닌가 하는 생각이 들었다.

"그러지 마. 그럼 내가 미안해지잖아."

한 발짝 다가온 라플라카가 윤희의 손을 잡아주었다. 저녁 식사를 준비하느라 찬물을 오래 만진 탓에 차가워져 있었다. 분명히 온수를 써도 된다고 말했거늘……. 윤희는 그의 차가운 손이 싫었다. 더는 그가 찬물에 손을 담그지 않게 하고 싶었다.

"몽식아."

윤희가 번쩍 고개를 들더니 라플라카를 불렀다. 라플라카가 눈을 찡긋하며 살짝 불쾌함을 드러냈다.

"뭐야. 멀쩡한 이름 두고 갑자기……."

"있잖아. 지금 당장은 말해줄 수 없지만 전부다 너랑 돼호를 위한 일이야."

"갑자기 왜 그래? 무섭게……."

라플라카가 슬그머니 말끝을 흐렸다. 그는 정말로 두려워하고 있었다.

"그렇게 심각한 일은 아니야. 다만……."

윤희는 말을 이을 수 없었다.

라플라카가 아팠던 날, 서로 고백을 했다고 생각했다. 그러나 라플라카는 그렇지 않은 모양이었다. 사실, 윤희는 그날 이후 밤마다 기대했었다. 하지만 그는 손가락 하나 건들지 않았다. 라플라카를 위한 이불 세트를 사던 날, 다급한 탓에 그냥 네, 네, 하다 보니 구입하게 된 이불은 분명 윤희가 고른 디자인이었지만 싱글 사이즈는 아니었다. 요도 이불도 심지어 베개도 한 쌍, 이인용 더블 사이즈였다. 어쩐지 지나치게 비싸더라니……

라플라카는 그 이불을 보고도 아무 말이 없었다. 심지어 매일같이 아무렇지 않게 이불을 펴고 개고 잠을 잤다. 그러나 둘 사이엔 아무 일도 일어나지 않았다.

서운할 지경이었다. 먼저 덮쳐 버릴까 싶은 날이 한두 번이 아니었다. 도무지 그 이유를 알 수 없어 수없이 많은 밤, 온갖 가설을 세워보았다. 그리고 얻은 결론은 그는 인간이 아니다, 였다.

물론 그가 인간인지 아닌지는 중요하지 않았다. 윤희에게 중요한 것은 그가 자신이 그런 곳에서 일하는 것을 어떻게 생각할지였다. 동시에 그에게 솔직해져야 한다는 양심 문제였다.

"내가…….."

그러나 차마 입이 떨어지지 않았다. 그 또한 자신에게 관심이 있는 건 분명했다. 하지만 그게 사랑인지는 확신이 없었다. 그저 함께 사는 가족에게 건넨 농담일지도 모른다. 사이좋은 남매들도 이렇게 산다고들 하지 않던가? 연인인 듯 연인 아닌 이 묘한 상황을, 그러나 자신은 연인이라 여기고 있는 상황. 만약에……. 정말로 만약에 그런 데서 일한다 해도 아무렇지 않다고 말한다면?

"뭐야? 왜 말을 하다 말아?"

라플라카는 잔뜩 궁금한 얼굴이었다. 윤희는 몇 번이나 더 입을 열었지만 끝내 말을 잇지 못했다.

"아냐. 그런 게 있어."

"너 오늘 되게 싱겁다?"

"그럼 간을 좀 해주시든가요."

실없이 건넨 윤희의 농담에 라플라카가 자지러지게 웃었다. 경쾌한 웃음소리가 좁은 방을 가득 채웠다. 그의 웃음소리가 어찌나 청아한지 절로 몸과 마음이 정화되는 기분이었다. 그러나 끝끝내 뱉어내지 못한 한마디가 밥을 먹는 내내 명치 끝에 걸려 있었다.

이불을 깔고 있는 라플라카의 너른 등을 보며 윤희는 몰래 한숨을 쉬었다. 오늘도 아무 일도 없이 지나가겠지……. 어쩐지 섭섭했다. 이제 그 일을 시작하면…….

윤희는 세차게 머리를 흔들었다. 2차는 거부하면 그만이란 말을 어디선가 주워들은 기억이 났다. 술 좀 따르고 웃음 좀 팔고, 비록 돈은 좀 덜 벌겠지만 아르바이트보단 많이 벌 테니 2차는 나가지 말아야지…….

"뭐 해?"

"응? 아, 아무것도 아냐."

생긋 웃은 윤희는 얼른 제자리로 기어들어 갔다. 불을 끈 라플라카도 이내 윤희의 옆에 자리 잡았다. 돼호는 이미 초저녁부터 붙박이장 속에 들어가 보이지 않은 지 오래였다.

환한 달빛이 들이쳤다. 보름달인 모양이었다. 빌딩 숲 도시 한복판에도 보름달의 하얀 빛은 구석구석 비쳐 들었다.

규칙적인 생활이 몸에 밴 윤희는 새근새근 고른 숨을 쉬고 있었다. 그러나 라플라카는 그렇지 않았다. 요즘 그의 마음엔 늘 폭풍이 쳤다. 그 폭풍의 중심엔 윤희가 있었다.

그저 곁에만 있으면 족했다. 상호교류가 가능한 인간, 단지 그 이유 하나면 그만이었다. 그런데 점점 그 이상을 원하게 되었다. 놀랍게도 윤희 또한 그래 보였다. 그래서 라플라카의 갈증은 더더욱 커져만 갔다. 동시에 행복했다. 하지만……. 라플라카는 자꾸만 시야에 들어오는 탁상 달력을 외면하며 윤희 옆에 모로 누웠다. 윤희가 시야에 들어왔다. 그저 자는 모습만 봐도 가슴 뭉클하고 행복하게 하는 윤희…….

"윤희야……."

가만히 바라보던 그가 조심스레 윤희를 불렀다.

"으응……."

언제나 썩 깊게 잠들지 못하는 윤희가 대답을 했다. 라플라카는 잠깐 놀란 얼굴이었다. 그러나 이내 다시 새근새근 고른 숨소리를 내는 윤희를 보며 평온해졌다.

"너한테 더 많은 신세를 지고 싶지 않았어."

윤희는 또 한참 있다 으응, 하고 대답했다. 그가 무슨 소리를 하는지는 알고 있는 걸까? 물끄러미 윤희를 바라보던 라플라카는 다시금 뇌리 속으로 뛰어든 탁상 달력을 지워냈다.

"그냥 날 볼 수 있으니까, 나랑 대화가 가능하니까, 그래서 그런 줄 알았거든. 근데 아닌가 봐."

윤희는 무어라 웅얼거리며 몸을 돌렸다. 옆으로 누워 라플라카를 향한 자세였다. 라플라카는 아래로 내려간 이불을 끌어 윤희의 어깨까지 덮어주곤 자신의 손을 그대로 윤희의 팔 위에 올려두었다. 천천히 그의 엄지손가락이 윤희의 어깨를 쓸었다. 윤희가 잠에서 깰까, 무척이나 조심스러운 손길이었다.

한참을 그렇게 가만히 있던 라플라카의 눈에서 눈물이 흘러내렸다.

"어쩌면 좋을까……. 네가 떠나라고 할지도 모른단 생각만 했지. 이런 일이 생길 거라곤 생각도 못 했는데……."

라플라카는 얼른 팔을 거두어 눈물을 닦아냈다. 그러곤 윤희에게 바싹 다가가 그녀의 베개 위에 자신의 머리를 얹었다. 이마가 닿을 듯 말 듯 가까운 거리였다.

"어째서 꿈에 젖어 행복하게 살던 네가 이렇게 되었을까?"

윤희는 여전히 아무것도 모른 채 '으응……' 하는 소리만 냈다.

"왜 나를 만난 후에 그런 일이 생기기 시작한 걸까?"

윤희는 여전히 고른 숨소리만 내고 있었다. 라플라카의 눈에서 또 눈물이 흘러내렸다.

"혹시…… 나…… 때문인 건 아닐까? 어쩌면 내가 너에게……."

윤희가 부스럭 몸을 돌렸다. 이제 똑바로 누운 자세였다. 라플라카는 그대로 머리를 숙여 윤희의 어깨에 살며시 머리를 댔다.

"내가…… 내가 너에게 불행을 안겨다 준 건 아니겠지?"

말이 끝남과 동시에 또 눈물이 흘러내렸다. 윤희는 이번에도 '으응……' 하는 소리를 냈다. 잠결이라 아무 뜻이 없는 것을 알면서도 그 대답은 비수가 되어 라플라카의 심장을 후벼 팠다.

"미안해. 정말 미안해. 어쩌면 나 때문에 영원히 불행해질지도 모르는데……."

윤희는 여전히 살짝 입을 벌린 채 잠을 자고 있을 뿐이었다. 그 곁에서 라플라카는 혼자 소리 없이 오열했다.

한참을 윤희의 어깨에 기대 울던 그가 눈물을 닦아냈다.

"윤희야……."

그는 조용히 윤희의 대꾸를 기다렸다. 한참이 지나 윤희는 '으응……' 하고 대답했다. 빙그레 미소 지은 라플라카는 윤희의 귀에 키스라도 할 것처럼 다가갔다. 그러나 입술은 쉽사리 떨어지지 않았다. 한참 고민하던 그는 드디어 결심한 듯 살며시 두 눈을 감고 무어라 속삭였다.

윤희는 고요했다. 새근새근, 숨소리만 들려왔다. 째깍째깍 시계 초침 소리가 울려 퍼졌다. 대답을 기다리던 라플라카는 후, 한숨을 내쉬더니 다시 윤희의 이불을 정돈해 주었다.

"잘 자. 좋은 꿈꾸고. 꿈속에서라도 행복했음 좋겠다."

갑자기 윤희가 번쩍 눈을 떴다. 눈을 뜨기 무섭게 홱 라플라카 쪽으로 몸을 돌렸다.

"아까 뭐라고 했어?"

라플라카가 고개를 갸웃하더니 대꾸했다.

"잘 자라고?"

"아니, 그 전에!"

라플라카의 눈이 가늘어지더니 곱게 휘었다.

"뭐야 너, 자는 거 아니었어?"

"빨리! 뭐라고 했는데?"

윤희는 멱살이라도 잡을 것처럼 보였다. 이불을 덮어주느라 어정쩡하게 있던 라플라카는 머리를 팔에 받치곤 편하게 자세를 잡았다.

"뭐라고 들었는데?"

그의 말에 윤희가 얼굴을 붉혔다.

"그러니까……."

윤희는 쉽게 대답하지 못했다. 잠결에 들은 그 말이 진짜인지 꿈인지 확신이 없었다. 그러고 보니 계속 라플라카의 달콤한 목소리를 듣고 있었다. 그 또한 꿈인지 진짜인지 알 수 없었다.

"사랑해."

라플라카가 말했다. 윤희의 사고가 멈췄다. 벼락이라도 내리친 것처럼 윤희는 굳어 있었다. 시계 소리도 창밖을 지나치는 요란한 오토바이 소리도 아무것도 들리지 않았다. 오직 쿵쾅 쿵쾅 심장 소리뿐이었다.

"사랑한다고."

라플라카는 여전히 그 자세 그대로 마치 '내일 아침에 뭐 먹을래?'라고 묻는 듯한 태도였다. 윤희는 그의 눈을 바라볼 수 없었다. 어째서 이렇게 심장이 뛴단 말인가? 그깟 한마디가 뭐라고?

물끄러미 윤희를 바라보고 있던 라플라카가 고개를 숙였다. 그의 입술이 윤희의 귓가에 닿을 듯 말듯했다. 그가 내뿜는 숨결에 윤희의 뺨이 삽시간에 빨개졌다.

"사랑해."

그것은 숨소리였다. 목소리가 전혀 얹혀 있지 않은 숨소리 그 자체였다. 윤희는 그대로 숨을 멈췄다. 쿵쿵 심장 뛰는 소리가 더 크게 울려 퍼졌다. 잠들기 직전, 그렇게 괴롭히던 문제가 잠결에 해결되다니!

라플라카는 그대로 윤희의 뺨에 입을 맞췄다. 윤희는 눈을 감았다. 점점이 내려오던 그 입맞춤은 윤희의 입술까지 이어졌다. 그의 입술이 닿자 윤희는 자신도 모르게 입을 벌리고 숨을 뱉어냈다. 라플라카는 윤희가 뱉어낸 숨결을 고스란히 받아마셨다.

장난치는 듯 가벼운, 그러나 숨넘어갈 듯 자극적인 키스가 이어졌다. 윤희는 가슴에 두 손을 모은 채 눈을 감고 그저 가만히 있을 뿐이었다.

라플라카가 윤희를 부드럽게 밀어 똑바로 눕혔다. 윤희는 저항하지 않았다. 그의 손길이 뜨겁게 이어졌다. 귀한 보물처럼 성스러운 여신처럼 라플라카는 정말 조심스럽게 그리고 안타깝게 윤희를 어루만졌다. 윤희는 뜨거운 숨을 내쉬는 것밖에 할 수 있는 게 없었다. 그저 사람의 손길일 뿐이건만, 단지 그 사람이 라플라카라는 이유 하나만으로 정신을 차릴 수가 없었다.

어느덧 품 안에 나신이 된 윤희를 가둔, 마찬가지로 달빛만을 걸친 라플라카가 상체를 숙여 윤희의 귓가에 속삭였다.

"사랑해."

윤희가 힘차게 팔을 들어 라플라카의 목을 끌어안으며 화답했다.

"나도 사랑해."

윤희의 목소리가 귀에 꽂힌 순간 라플라카의 눈에서 또 눈물이 흘러내렸다. 그는 두 눈을 질끈 감고 부드럽게 윤희를 파고들었다. 윤희의 입에서 뜨거운 신음이 흘러나왔다.

하얀 달빛을 받은 라플라카의 근육이 꿈틀거릴 때마다 방울방울 뜨거운 땀방울이 윤희의 뺨에 떨어졌다. 용암보다 더 뜨거운 그것은 윤희의 정신을 점점 더 아득하게 했다. 윤희는 어느덧 완전히 자신을 잃었다. 자기 자신을 잃은 윤희를 가득 채운 것은 오직 라플라카뿐이었다.

그 때문에 윤희는 땀이라 여겼던 그것이 라플라카의 눈물임을 끝끝내 알지 못했다.

새벽 5시. 겨울이 코앞인 탓에 사방은 여전히 깜깜했다. 날씨 또한 제법 쌀쌀해진 터라 윤희는 이불을 돌돌 말고 웅크린 채 자고 있었다. 이미 아침 준비를 마친 라플라카는 도로 불을 끄곤 무릎을 끌어안은 채 물끄러미 그녀를 바라보고 있었다.

한참을 지켜보던 라플라카가 팔을 뻗어 윤희의 맨 어깨를 슬픈 눈으로 어루만졌다. 윤희는 아무것도 모른 채 새근새근 자고 있었다.

휴대전화 알람이 울렸다. 윤희는 화들짝 놀라 꽁꽁 둘러맨 이불 속에서 몸부림쳤다. 그러나 이불을 돌돌 말고 있던 탓에 쉽사리 나올 수 없었다. 내내 슬픈 얼굴로 그녀를 보고 있던 라플라카가 그 모습에 그만 큰소리로 웃으며 말했다.

"야, 이불."

그러나 윤희는 여전히 몸부림을 쳤다. 한참을 더 꿈틀거리더니 급기야 애벌레처럼 몸을 굽혔다 폈다 반복하며 책상에 다가가 팔을 뻗어 스마트폰을 집어 알람을 껐다. 이제 라플라카는 완전히 자지러질 지경이었다.

"야, 너 지금 완전히 애벌레 같아."

깔깔깔 큰소리가 방 안을 가득 채웠다. 그러나 윤희는 아무렇지 않은 듯 눈을 비비더니 팔을 빼고 길게 기지개를 켰다.

"일어나. 5시야."

윤희는 크게 하품을 했다.

"게으름 그만 피우고 일어나세요. 그러다 늦……."

라플라카는 말을 멈췄다. 뭔가 이상했다. 윤희가 사방을 두리번거리다 입을 열었다.

"뭐야? 어디 갔대? 화장실에 있어?"

윤희의 시선이 라플라카를 통과해 화장실 문으로 향했다. 그러나 문은 반쯤 열려 있었고 불은 켜 있지 않았다.

"이상하네?"

고개를 갸웃한 윤희는 다시 스마트폰을 손에 들었다. 잠시 후, 라플라카의 바지 주머니 속 스마트폰이 띵똥, 문자가 도착했음을 알려왔다. 불행히도 윤희는 그 소리가 들리지 않는 모양이었다. 라플라카는 입술을 깨물고 떨리는 손으로 주머니 속 휴대전화를 꺼내 들었다.

〈어디야?〉

눈물이 주룩 흘러내렸다. 그는 떨리는 손을 간신히 다독여 답신을 보냈다.

〈잠깐 나왔어. 밥 차려놨으니까 출근해.〉

띵똥, 윤희의 핸드폰이 울었다. 답신을 본 윤희가 얼굴을 찡그렸다.

"뭐야? 대체 어딜 갔길래 혼자 출근하래?"

윤희는 잔뜩 서운한 눈치였다. 그도 그럴 게 간밤에 서로의 사랑을 확인했다고 여긴 후였으니 그 서운함은 평소보다 훨씬 더 크리라.

〈혼자 출근하라고?〉

라플라카는 잔뜩 굳은 얼굴로 다시 답신을 보냈다.

〈미안. 일이 좀 생겨서.〉

문자를 확인한 윤희는 휴대전화를 살짝 패대기치다시피 내려놓았다.

"칫, 비밀이라고 했다고 시위라도 하는 거야 뭐야?"

흥, 콧방귀를 한 번 더 뀌어준 윤희는 꼼지락 꼼지락 이불 속에서 기어 나왔다. 알몸이었지만 빈집이라 여긴 윤희는 그대로 벌떡 일어나 욕실로 걸어 들어갔다. 아무 일도 없는 상황이었다면 단숨에 라플라카를 매혹할 모습이었으나 라플라카는 하염없이 눈물만 흘릴 뿐, 미동도 하지 않았다.

물소리를 한참 듣다가 문득, 부딪치기라도 하면 윤희가 무슨 생각을 할까, 겁이 났다. 라플라카는 최대한 구석진 곳에 자리를 잡고 잔뜩 몸을 웅크렸다. 작은 모습으로 변하는 게 더 나을 거란 이성적인 생각 따위 전혀 끼어들지 못했다.

다시 알몸으로 나온 윤희는 물기를 닦고 머리를 말리며 밥상을 쳐다봤다. 분명 이인분이 차려져 있었다. 수저 두 벌, 밥그릇 두 개, 국그릇 두 개. 윤희가 눈살을 찌푸렸다. 옷까지 다 챙겨 입은 윤희는 라플라카가 차려둔 아침을 먹고 밥상을 치우곤 한 번 더 문자를 보내왔다.

〈진짜 나 혼자 가?〉

라플라카는 무어라 답을 보내야 할지 갈등했다. 그러나 어떤 답을 보내든 윤희가 실망할 건 당연지사였다. 그래서 한참 썼다 지웠다를 반복하다가 가까스로 전송을 했다.

〈미안.〉

짧은 답신에 윤희가 눈살을 찌푸렸다. 이번엔 아까처럼 혼잣말로 투덜거리지도 않았다. 윤희의 일그러진 얼굴이 보기 싫어 라플라카는 얼굴을 무릎에 묻었다. 달칵, 하는 소리가 나고 다시 쾅, 하는 소리가 이어졌다. 이후로 방 안엔 고요만이 남았다. 그 고요를 라플라카의 흐느낌이 천천히 채워 나갔다.

윤희는 하루 종일 일에 집중할 수 없었다. 서로의 사랑을 확인했다고 믿은 다음 날, 혼자 출근해야 했던 현실이 믿어지지 않았다. 왜 그랬지? 물어보고 싶었다. 사방을 둘러본 윤희는 한가해진 틈을 타 문자를 보냈다.

〈뭐 해?〉

〈청소해. 왜?〉

윤희는 뭐라고 대답해야 할지 알 수 없었다. 점장의 눈을 피해 어렵사리 보낸 문자이건만, 돌아오는 답은 평소와 다름이 없지 않은가?

"윤희 씨, 뭐 해?"

점장이 눈치를 줬다. 포스 앞에서 어린 학생 하나가 멀뚱멀뚱 윤희를 쳐다보고 있었다. 윤희는 얼른 핸드폰을 제자리에 돌려놓고 손님을 받았다. 뒤이어 우르르 단체 손님이 밀려들었다. 정신 없이 주문을 받는 와중에도 윤희의 머릿속 한쪽에는 라플라카에 대한 걱정이 똬리를 틀었다.

눈 코 뜰 새 없이 바쁜 시간이 지나고 잠시 한숨 돌릴 틈이 생긴 정오, 점심을 챙겨 2층으로 올라간 윤희는 또 휴대전화를 손에 들고 라플라카의 번호를 눌렀다. 띠리리 띠리리 신호음이 길게 이어졌다. 라플라카는 전화를 받지 않았다. 윤희의 다리가 점점 방정맞게 덜덜거렸다. 결국엔 '통화가 연결되지 않아……'라는 여자의 안내 멘트를 받아야만 했다. 윤희는 얼굴을 찡그리며 연결을 끊고 다시 통화를 시도하려 했다. 순간 띵똥, 문자가 날아왔다.

〈왜?〉

윤희는 신경질적으로 답신을 보냈다.

〈왜 전화 안 받아?〉

〈돼호 녀석이 훼방 놨어. 전화를 받으려니까 그냥 몸으로 깔아버렸거든.〉

손톱을 깨물던 윤희는 행동을 멈췄다. 평소에도 돼호가 자주 하던 짓이었다. 특히나 진동으로 해두면 더더욱 그러했고, 때문에 그게 귀여워 일부러 벨소리와 진동을 함께 켜두곤 했었다. 그것은 라플라카 역시 마찬가지였다.

윤희는 까실까실 자신을 괴롭히는 문제가 뭔지 분명히 알고 있었다. 서로를 확인했다고 느낀 다음 날의 냉대. 그것은 분명 냉대였다. 잡은 물고기는 밥을 안 준다던가……. 그러나 혼란스러웠다. 분명히 밥상은 이인분이었다. 함께 밥을 먹으려고 준비를 했단 거다. 미리 계획해 둔 냉대가 아닌 것은 분명한데…….

〈근데 오늘따라 연락이 잦네? 무슨 일 있어?〉

라플라카의 문자엔 걱정이 가득 묻어 있었다. 윤희는 얼굴을 붉혔다. 그간 근무 중엔 특별한 용무가 있는 게 아니고서야 딱히 연락을 해본 적이 없었다. 민망했다. 갑자기 없던 의부증이라도 생겼단 말인가? 윤희는 어이없는 얼굴로 실없이 웃으며 타이핑했다. '아니 그냥'까지 쳤던 윤희는 냉큼 지웠다. 뭔가 여지를 남겨 둘 수는 없다. 그가 오해하게 할 수는 없으니까. 이번엔 '너 아침에 왜'까지 다시 쳤다가 또 지웠다. 그에게도 특별한 사정이 있을 수도 있는데 괜히 집착하는 것처럼 비춰질지도 몰랐다. 밀당은 중요한 법이다. 특히나 이미 잠자리를 한 후라면 여자가 불리하기 마련. 윤희는 다시 다리를 달달달 떨며 손톱을 깨물었다.

커서가 깜빡깜빡하는 것을 멍하니 바라보고 있는데 슉, 텍스트 한 줄이 올라왔다.

〈또 진상 손님 있어? 내가 가서 혼내줘?〉

윤희의 얼굴에 미소가 떠올랐다. 그래, 이래야 라플라카답지. 윤희는 경쾌하게 답문자를 보내주었다.

〈아냐. 그냥 보고 싶어서 그랬어.〉

밀당이란 단어가 생각난 것은 이미 전송 버튼을 누른 후였다. 후회는 찰나, 슉, 답장이 도착했다.

〈나도. 어서 퇴근했으면 좋겠다.〉

배시시 미소 지은 윤희는 냉큼 커다란 하트가 세 개나 그려진 이모티콘을 보내주었다. 한참 후, 똑같은 이모티콘이 날아왔다. 윤희는 아무도 없는 곳에서 홀로 꺅꺅거렸다. 걱정 따윈 이미 저 멀리 우주 밖으로 사라지고 없었다.

오후 3시가 되었다. 윤희는 번개보다 더 빠르게 퇴근 준비를 마치고 달려 나갔다. 문을 열고 뛰쳐나가는 윤희를 보며 다른 근무자들이 무슨 일이 있나 걱정을 할 정도였지만 윤희는 그저 라플라카가 미치도록 보고 싶을 뿐이었다.

숨이 턱에 차도록 달렸다. 저 멀리 집이 보였다. 달리기 때문인지 아니면 다른 것 때문인지 심장이 크게 쿵쾅거렸다.

덜컥, 윤희가 현관을 열었다. 그리곤 환하게 미소를 머금었다. 무뚝뚝하게 굳은 얼굴로 윤희를 보고 있던 라플라카는 뒤늦게 눈이 마주친 것을 깨달았다.

"무슨 일 있는 거야? 왜 그런 얼굴을 하고 있어?"

윤희가 신발을 벗으며 걱정스럽게 물었다. 라플라카는 눈물이 터져 나오려는 것을 꾹 눌러 참고 환히 웃으며 고개를 흔들었다.

"아무것도 아냐."

"근데 왜 그런 표정을 하고 있어? 아침에 무슨 일 있었어?"

"아무 일도 없었네요."

라플라카는 가볍게 대꾸하며 윤희의 에코백을 받아 들었다.

"뭐야, 내가 비밀을 만들었다고 너도 비밀을 만들겠다 이거야?"

"뭐, 그럴 수도 있고 아닐 수도 있고~"

라플라카는 쾌활해 보였다. 얼굴에서 미소가 떠나질 않았다. 빤히 바라보던 윤희가 별안간 라플라카를 끌어안았다.

"내가 얼마나 걱정했는데……."

어정쩡하게 팔을 든 채 가만히 서 있던 라플라카도 따스한 미소를 지으며 윤희를 안아주었다.

"괜찮아. 아무 일 없었어."

"어제 그……."

윤희의 얼굴이 빨개졌다. 라플라카가 쿡쿡쿡, 웃음을 터뜨렸다. 윤희는 빨개진 얼굴을 들키기 싫어 더욱 세게 그를 안으며 말했다.

"그…… 런 일이 있고 나서 갑자기 혼자 출근하라고 하니까 별생각을 다 했잖아."

"무슨 생각했는데?"

라플라카의 목소리엔 장난기가 다분했다. 윤희는 여전히 고개를 들지 못한 채 대꾸했다.

"그러니까 내가 마음에 안 들었다거나…… 자고 나니 생각했던 그, 그, 그런 게 아니었다거나……."

라플라카가 커다랗게 웃음을 터뜨렸다. 그의 몸이 크게 흔들렸다.

"바보야. 어떻게 그런 생각을 하냐? 넌 내가 성에 안 찼어?"

윤희가 벌떡 고개를 들고 외쳤다.

"그럴 리가 없잖아!"

라플라카가 손가락으로 윤희의 이마를 밀었다.

"바락바락 소리 안 질러도 다 알아. 여자는 굳이 입으로 말하지 않아도 몸으로 다 말해주니까. 그런데……."

라플라카의 눈살이 살짝 찌푸려졌다.

"섭섭하네. 난 네가 어땠는지 다 느끼고 다 알았는데 넌 몰랐다는 거잖아? 내가 어땠는지 하나도 못 느낀 거야? 정말로?"

"아니, 그건 아니고, 그게……."

윤희의 얼굴이 점점 더 빨개졌다. 느끼고 자시고 할 틈이 없었다. 오락가락하는 정신을 붙들고 있기도 버거웠으니까.

빨개진 윤희의 얼굴을 보며 라플라카는 안도의 미소를 머금었다. 화제를 돌리는 데 성공한 것이 기뻤다. 더불어 윤희가 다시 자신을 볼 수 있는 것도 참 다행한 일이었다. 이 상황이 얼마나 오래 지속될지는 의문이었지만…….

"오늘 저녁에 약속 있다고 하지 않았어?"

"아……."

윤희가 얼른 시계를 확인했다.

"아직 시간 한참 남았네. 저녁 먹고 만나자고 그랬거든."

"저녁을 먹고?"

라플라카가 고개를 갸웃했다. 보통 저녁 약속은 저녁을 먹기 위해 만나는 게 아니던가? 윤희가 난처하게 웃었다. 아무리 생각해도 속 시원히 해명해 줄 만한 거짓말이 생각나지 않았다.

"뭐 어쨌든, 그럼 저녁은 같이 먹는 건가?"

아무것도 아는 게 없었지만 윤희의 얼굴에 떠오른 난처함이 싫은 라플라카가 환히 미소 지으며 물었다. 그의 미소에 안도한 윤희가 깡총거리며 소리쳤다.

"부대찌개 먹자, 부대찌개!"

"좋아. 해주지. 그전에……."

라플라카가 윤희의 허리를 잡고 확, 끌어당겼다. 윤희는 휘청이며 끌려갔다. 잔뜩 당황한 윤희와 달리 라플라카는 여유로운 얼굴로 머리를 숙였다.

부드러운 키스였다. 윤희는 두 눈을 감았다. 동시에 라플라카의 손이 윤희의 셔츠 속으로 파고들었다. 윤희가 얼른 몸을 뺐다.

"지금 낮이야……."

그러나 그 목소리는 이미 잔뜩 들뜬 상태였다.

"뭐 어때, 우리 둘뿐인데 오늘 하루 종일……."

'다시는 네가 나를 못 볼까 봐 두려웠단 말이야'라는 말이 목구멍까지 올라왔다. 그러나 터져 나온 것은 다른 말이었다.

"……보고 싶어 죽는 줄 알았단 말이야."

"아니 맨날 그랬는데 새삼스럽게……."

윤희는 말을 더 이어나갈 수 없었다. 라플라카의 키스가 다시 이어졌다. 흘깃 시계를 확인한 윤희는 모든 것을 내려놓았다. 어차피 시간은 많고 많았다.

"혼자 가려고?"

"응. 미안해."

아침엔 혼자 출근하게 했다고 살짝 짜증이 났던 윤희였다. 그런데 이번엔 어떻게 해서든 떼어놓고 가기 위해 애를 썼다. 소현과 만나기로 한 곳이 윤희는 생전 발길도 해본 적 없는 유흥가였다. 해가 지고 달이 뜨면 그제야 화려하게 하루를 시작하는 곳이었다. 그 거리에 가장 많은 비중을 차지하는 게 어떤 가게들일지는 굳이 언급하지 않아도 되리라.

바로 며칠 전이었다면 무슨 일이 있어도 따라가려 했을 라플라카였다. 그러나 그는 고집을 부리지 않았다.

"알았어. 차 조심하고. 돌아올 때 문자 해. 마중 갈게."

순순히 혼자 가라고 해주는 라플라카를 보면서도 윤희는 이상함을 눈치채지 못했다. 그저 준비해 두었던 수많은 거짓말들을 꺼내지 않아도 되는 것에 안도할 뿐이었다. 그가 언제 갑자기 보이지 않게 될지, 두려워하고 있다는 걸 알 수 있는 방법이 윤희에겐 없었다.

"응. 최대한 일찍 올게."

"알았어. 다녀와."

"응, 갔다 올게!"

윤희는 활기차게 손을 흔들며 집을 떠났다.

또 텅 비어버린 집에서 라플라카는 잠시 고민했다. 탁탁탁, 멀어지는 윤희의 발소리가 또렷이 귀에 박혔다. 뭐가 저리 신이 난 걸까…… 취직이 그리 좋을까? 어째서 너는 그렇게 취직을 고집하는 걸까?

마음 같아선 때려치우라고, 다시 글을 쓰라고 하고 싶었다. 그러나 그는 스스로에게 그런 자격이 없다고 생각했다. 그래서 그가 할 수 있는 것은 한숨을 쉬는 것뿐이었다.

더는 아파 보이지 않는, 그러나 꾸준히 살펴야 하는 돼호가 물끄러미 라플라카를 올려다보았다.

"따라가라고? 밤이 깊었는데 어딜 혼자 다니게 내버려 둘 수 있느냐고?"

돼호의 대답은 간단명료했다.

"냐앙~"

라플라카의 귀에는 그 소리가 꼭 '응!'이라 대답하는 것처럼 들렸다. 라플라카는 고민했다. 궁금했다. 대체 뭘 하러 가기에 오지 못하게 하는 걸까? 그러나 라플라카는 고개를 흔들었다. 비밀이라고 말하던 윤희의 표정이 떠올랐다. 굉장히 복잡해 보이는 얼굴이었다. 그저 장난으로 비밀을 언급한 게 아니란 소리다. 그렇다면 몰래 따라가 알아내는 걸 좋아하지 않으리라.

라플라카가 돼호의 머리를 쓰다듬었다.

"미안하지만 따라가는 건 패스. 몰래 미행한 거 윤희가 알면 실망할 거야."

이번에도 돼호는 냐앙~ 하고 대답했다. 라플라카의 손길 탓인지 골골골 모터 소리는 덤이었다.

이후 라플라카에게 부여된 것은 억겁 같은 기다림뿐이었다. 째깍째깍 초침 소리만이 가득한 방 안에서 그는 멍하니 시계만 바라보았다.

화려한 간판을 올려다보며 윤희는 잠시 호흡을 골랐다. 그저 번화한 유흥가라고만 여겨온 곳이었다. 가끔 일이 있어 오며 가며 몇 번 본 적 있는 그런 종류의 간판이었다. 뭐 하는 곳일까, 의문조차 가지지 않았던 간판이건만…….

클럽 칸의 입구는 윤희가 생각했던 것처럼 번쩍번쩍 화려하며 천박하지 않았다. 무척 세련된 디자인과 색감의 간판 아래, 지하로 향하는 계단은 마찬가지로 세련된 검은색으로 치장되어 있었다.

윤희는 한참을 망설였다. 자신도 모르게 연신 주위를 두리번거렸다. 아는 사람이라도 만나면 어쩌나 하는 생각에서였다. 그러나 사방엔 술에 취해 비틀거리는 사람들밖에 없었다.

윤희는 피식 실소를 터뜨렸다. 이 일을 하겠다고 마음먹은 후가 아니던가? 겨우 이깟 계단 하나 내려가는 것에 겁을 먹으면 어찌 돈을 벌겠단 말인가? 윤희는 크게 심호흡을 하고 당당히 계단을 내려갔다.

"어서 오……."

문을 열었던 남자가 멈칫했다. 윤희의 차림은 아무리 봐도 손님도 종업원도 아니었다. 청바지에 셔츠, 그리고 그 위에 새로 구입한 모직 코트를 입었다. 마찬가지로 라플라카가 골라준 작은 핸드백도 크로스로 매고 있었다. 머리는 한데 뒤통수에 질끈 묶여 있었고 화장이라곤 눈썹을 정리하고 립글로스를 바른 게 다였다.

"음, 뭔가 잘못 오신 거 같은데요?"

"아뇨. 여기 맞아요. 친구 만나러 왔어요."

"아니 아가씨. 친구는 커피숍에서 만나야지 여기는……."

"어서 와요. 소현이 누나 찾아왔죠?"

새로 나타난 남자가 윤희에게 알은척을 하자 문을 열어준 남자는 더욱 어리둥절한 얼굴이었다.

"형, 그거 본명……."

그러나 새롭게 나타난 남자는 그를 무시한 채 윤희를 이끌었다.

"누나가 기다리고 있어요."

윤희는 예의 바르게 문을 열어준 남자에게 인사를 하고 새로 나타난 남자를 따랐다.

어두컴컴한 복도였다. 하지만 윤희가 생각했던 그림이 아니었다. 윤희는 시끄러운 노래방의 복도를 떠올렸건만 생각보다 아늑

했다. 희미하게 들리는 소음만 아니었다면 말이다. 작았지만 부어라 마셔라 떠들어대는 소리는 이곳이 뭐 하는 곳인지 자꾸만 일깨워줬다.

"여기예요."

남자는 정중히 문 앞에 서서 빙그레 웃었다. 그 미소가 묘했다. 대체 무슨 의미인 걸까? 윤희는 이내 고개를 돌렸다. 알아서 뭣하겠는가? 윤희가 크게 심호흡했다.

이 문 너머에 윤희가 막연하게만 알고 있었던, 그러나 앞으로 큰돈을 벌게 해줄 새 세상이 놓여 있었다. 희망도 샘솟았지만 어쩐지 두려움이 더 컸다.

"안 들어가요?"

남자가 재촉했다. 윤희는 두려움을 억누르고 남자에게 예의 바르게 고개를 숙여 감사함을 표한 후 문을 열었다.

윤희의 눈앞에 새 세상이 펼쳐졌다. 그러나 그것은 그녀가 생각했던 그런 게 아니었다. 그것은 윤희에게 생지옥이나 다름없을 곳이었다. 윤희는 아무것도 하지 못했다. 활짝 열린 문 너머에서 쏟아지는 소음은 그녀가 상상했던 종류가 아니었다. 충격에 휩싸여 멍하니 선 윤희를 보고 히죽 웃은 남자는 쾅, 문을 닫아버렸다.

제일 먼저 윤희의 시선을 사로잡은 것은 커다란 테이블 중앙에 올라가 춤을 추고 있는 헐벗은 여자였다. 남자들은 그녀를 향해 휘파람을 불었다. 속옷만 남은 그녀가 벗을 듯 말 듯 애를 태우자 참지 못한 누군가가 지갑에서 오만 원짜리 여러 장을 꺼내 흔들었다. 여자는 씩 웃으며 브래지어의 후크를 풀었다. 윤희는 차마 더 볼 수 없어 고개를 돌렸다.

휙 바닥에 떨어지는 브래지어가 눈에 들어왔다. 그러나 그 브래지어는 더는 윤희의 관심을 끌지 못했다.

커다란 테이블 주위는 벽을 따라 기다란 소파가 에워쌌고, 여자들은 하나같이 진한 화장기 머금은 얼굴로 활짝 웃고 있었다. 남자들은 눈이 풀린 채 괴물 같은 얼굴을 하고 있었다. 그들의 대다수는 테이블 위의 여자에게 정신이 팔려 있었는데 그렇지 않은 남자들도 있었다. 윤희의 관심을 끈 것은 바로 그 사람들이었다.

소파에 반쯤 눕다시피 앉은 남자의 활짝 벌린 다리 사이로 여자의 머리가 보였다. 탁자 밑에 들어간 채 무엇을 하고 있는지는 생각하고 싶지 않았다. 그 옆자리, 흔들흔들 연신 술을 흘려대며 여자의 어깨에 팔을 두른 남자의 다른 한 손은 여자의 치마 속을 휘젓고 있었다. 한참이나 꿈틀거리다 빼낸 손이 번들거렸다. 남자가 여자에게 음담패설을 쏟아냈다. 하지만 여자는 불쾌한 기색 없이 깔깔깔 웃기만 했다.

그 옆에 소파를 침대 삼아, 소파 팔걸이를 베개 삼아 누워 있는 여자의 상의는 활짝 열려 있었다. 그녀의 짝인 듯 기름진 중년 사내가 여자의 다리를 활짝 벌리더니 엉금엉금 기어갔다. 그러곤 화려한 브라를 난폭하게 끌어내렸다. 여자의 젖가슴이 출렁이며 모습을 드러냈다. 남자는 눈을 빛내더니 술잔을 높이 들어 기울였다. 여자의 가슴에 술이 쏟아졌다.

남자는 짐승처럼 달려들어 술을 빨았다. 한 방울도 흘리지 않으려는 듯 갓난쟁이가 엄마젖을 빨 듯 힘차게 빨아대다 바지 허리띠로 손을 가져갔다. 순간 여자의 얼굴이 일그러졌다. 그러나 그녀는 이내 미소를 되찾고 그 손을 잡아 만류했다. 그러나 소용

없었다. 남자는 여자의 손을 난폭하게 쳐 냈다. 끝까지 벨트를 풀지 못하게 하려는 여자와 끝까지 풀려 하는 남자 사이의 웃지 못할 실랑이를 더 보고 싶지 않아 윤희는 홱 몸을 돌려 버렸다.

윤희는 숨조차 제대로 쉴 수 없었다. 술을 마시는 거라고만 알고 있었다. 영화나 드라마에서 보던 것처럼 술이나 좀 따라주고 안주나 좀 먹여주고 같이 러브 샷 좀 해주고 그런 거라고 생각했다. 관계는 2차나 가야 한다고 생각했다. 그런데…….

"넌 뭐야?"

윤희가 서 있던 방문 옆에는 작은 문 하나가 더 있었다. 문 앞에 붙어 있는 안내판으로는 분명 화장실이었는데 나온 것은 두 사람이었다. 눈이 풀린 중년 남자 뒤로 잔뜩 추켜 올라간 미니스커트를 정돈하며 여자가 따라 나왔다. 그녀가 앞선 사내의 뒤통수를 노려보며 나지막하게 욕설을 뱉었다. 그걸 들은 건지 남자가 고개를 돌렸다. 그러자 여자는 순식간에 미소 지으며 애교를 떨어댔다.

남자가 윤희를 턱짓하며 달라붙은 여자에게 물었다.

"신참이야?"

남자는 재빠르게 윤희의 전신을 훑더니 입술을 핥았다. 윤희를 발견한 여자의 얼굴에 순간 당혹감이 스쳐 지나갔다.

"고 년 평범해 보이니까 더 꼴리네."

남자가 흐흐 웃더니 지갑을 꺼냈다. 그 안에서 오만 원짜리를 몇 장을 꺼낸 남자가 윤희의 눈앞에서 흔들었다.

"옷 한 벌에 두 장. 시이- 작!"

남자의 말이 무슨 의미인지 윤희는 알 수 없었다. 멀쩡한 정신이었어도 몰랐을 텐데 지금 윤희는 충격으로 이미 정신을 놓은 후였다. 윤희가 뭔가 하기를 멀뚱히 기다리던 남자가 이내 히죽 웃었다.

"오호라, 그런 건 재미없다 이거네? 좋아!"

남자가 갑자기 달려들어 윤희의 코트를 벗기려 했다. 난폭하게 이리저리 흔들린 윤희는 가까스로 정신을 차렸다.

"뭐, 뭐 하는 거예요!"

"반항도 하네? 나 이런 거 되게 좋아하거든!"

남자가 입술에 침을 바르더니 아까보다 더 난폭하게 달려들었다. 윤희는 쿵, 벽에 밀쳐졌다. 대체 이게 무슨 상황인가 어리둥절해하고 있던 여자가 얼른 다가와 남자의 팔을 잡았다.

"오빠, 우리 가게 애 아냐."

콧소리가 가득 녹아 있는 애교스런 목소리였다.

"계집년이 술집에 있으면 다 똑같은 년이지! 아니긴 뭐가 아냐?"

그러나 남자는 뭔가에 사로잡힌 듯 광기 어린 눈으로 다시 윤희에게 달려들었다. 윤희가 저항해 보았지만 소용없었다. 코트의 단추 하나가 투둑 떨어져 나갔다. 남자는 활짝 벌어진 코트를 기세 좋게 끌어당겼다. 훅 끌려 내려간 코트가 크로스백 끈에 엉켜 볼썽사나운 꼴이 되었다. 그러나 남자는 그런 것에 신경 쓰지 않았다. 이제 그의 손은 윤희의 셔츠 단추를 노리고 있었다.

"오빠, 아니야! 가끔 아빠 찾으러 오는 딸래미들이 있단 말야!"

여자의 목소리가 다급해졌다. 그녀가 보기에 아무리 봐도 윤희는 가게 종업원이 아니었다. 실제로 종종 아빠나 남편을 찾으러 오는 여자들이 있기도 했다.

"아빠 찾으러 오는 딸래미?"

순간 벌컥, 문이 열렸다. 아까의 그 남자였다.

"뭐야?"

여전히 윤희의 옷자락을 움켜쥐고 있는 남자가 눈을 부라렸다.

"아이고, 정말 죄송합니다. 급한 일 때문에 여동생이 방문하기로 했었는데 착오가 있었나 봅니다."

웨이터가 윤희의 팔을 잡아끌었다. 손님에게 정중히 말하는 투와 달리 굉장히 단호하고 억센 손길이었다. 덕분에 정신이 혼미한 윤희는 종이 인형처럼 휙 끌려나갔다. 윤희를 놓친 남자는 어리둥절한 얼굴로 중얼거렸다.

"여동생?"

웨이터가 굽실거렸다.

"예. 제 친여동생입니다. 급한 집안일 때문에 부득불 여기로 오게 했는데 이런 일이 생겼네요. 정말 죄송합니다."

웨이터는 손님이 더 무어라 말하려는 걸 무시하고 곁에 서 있던 종업원에게 무언의 눈빛을 날렸다. 눈이 마주친 여자의 얼굴에 순식간에 화사한 미소가 걸렸다.

"어머, 오빠! 거봐, 내가 뭐랬어. 우리 가게 애 아니라니까?"

여자는 고단수의 콧소리를 장착한 채 남자를 이끌었다. 웨이터는 한 번 더 굽실거려 인사를 한 후 단호하게 문을 닫았다.

웨이터에게 끌려 복도로 나온 윤희는 그대로 주저앉았다.

"괜찮아요?"

웨이터가 물었다. 윤희는 아무 대꾸도 하지 않았다. 웨이터가 한숨을 쉬었다.

"일어나요. 여기 계속 있다가 또 봉변 당해요."

봉변이라는 말에 윤희가 번쩍 고개를 들었다. 웨이터가 능글맞게 웃었다.

"저 술 취한 진상들이 언제 우르르 몰려나올지는 아무도 모르는 거거든."

윤희는 스프링처럼 발딱 일어났다. 웨이터가 몸을 돌리며 고갯짓했다.

"이쪽으로 와요. 누나가 기다려요."

누나……. 입구에서 분명 소현 누나라고 했었다. 하지만…….

"아까는 이 방에서 기다린다면서요?"

윤희가 차갑게 물었다. 웨이터가 다시 몸을 돌리더니 쓰게 웃었다.

"나라고 그러고 싶어서 그랬나? 누나가 시키니까 했지."

"누나가 시키다니요?"

"따라오기나 해요."

웨이터는 다시 몸을 돌려 성큼성큼 걸었다. 동시에 덜커덕, 윤희가 방금 나온 방의 문이 요란한 소리를 내며 흔들렸다. 화들짝 놀란 윤희는 얼른 웨이터의 뒤를 따랐다.

좁은 복도를 이리저리 돌아 남자가 문 앞에서 말했다.

"들어가요."

윤희가 의심의 눈초리를 보냈다. 웨이터는 한숨을 폭 내쉬더니 문을 활짝 열었다. 윤희는 얼른 눈을 감았다. 또 아까와 같은 더러운 광경을 보고 싶지 않았다.

"뭐 해? 안 들어오니?"

윤희가 눈을 떴다. 소현의 목소리였다. 문 앞에 서 있던 소현이 웨이터에게 눈인사를 건넸다.

"고마워."

"칫, 누나니까 들어준 거야."

"그래. 그러니까 고맙다고."

소현이 웨이터의 엉덩이를 톡톡 두드렸다. 웨이터는 큭큭 웃더니 그대로 가버렸다.

사방이 고요했다. 아무래도 가장 안쪽에 있는 방인 모양이었다. 활짝 열려 있는 방 안으로 소현이 윤희를 이끌었다. 내부 구조는 아까 그 방과 크게 다르지 않았다. 벽을 뱅 둘러싸고 있는 푹신한 소파, 가운데 자리 잡은 널찍한 테이블.

소현이 문을 닫았다. 그나마 들려오던 희미한 소음마저 완벽히 차단되자 윤희는 서러움이 북받쳐 울음을 터뜨리고 말았다.

윤희가 그대로 바닥에 주저앉았다. 여전히 핸드백 끈에 걸려 볼썽사납게 걸쳐 있는 코트자락이 그런 윤희를 더욱 꼴사납게 만들었다. 소현이 그런 윤희를 천천히 일으켜 세웠다.

"이 나쁜 년아! 왜 그런 거야!"

윤희가 버럭 소리를 질렀다. 소현은 쓰게 웃더니 윤희를 바로 옆 소파에 앉히고 자신도 그 옆에 앉았다.

소현은 말없이 탁자 위에 놓여 있던 담뱃갑 속에서 기다란 담배 하나를 뽑아냈다. 그 옆 재떨이에는 이미 무수한 꽁초들이 쌓여 있었다.

"한번 보니 소감이 어때? 그래도 할 수 있겠어?"

윤희의 얼굴이 사색이 됐다. 바로 눈앞에 조금 전 본 풍경이 생생히 되살아났다. 윤희가 두 눈을 질끈 감았다.

찰칵, 라이터를 켠 소현이 담배에 불을 붙이더니 한 모금 깊게 빨아들여 길게 연기를 뱉어냈다.

"나는 종종 대한민국 유부녀들이 불쌍하다고 생각해. 사회생활 하면서 여자 딸린 술집에 가는 걸 아무렇지 않게 여기는 여자들 말이야. 하아— 진짜 와서 한번 봐야 되는데……."

소현이 또 담배 연기를 뿜어냈다.

"그냥 술이나 따라주는 거겠지. 음담패설이나 좀 하는 거겠지. 하하호호 웃어가며 살랑살랑 기나 좀 살려주는 거겠지. 그러다 돈 주고 2차 가서 평범하게 섹스하는 거겠지."

소현이 쓰게 웃었다.

"나도 그랬으니 이해해. 그래서 알려주고 싶었어."

윤희가 소현을 노려보았다.

"그래서 그런 거야? 나의 바보 같은 망상을 깨주려고? 그래도 이건 너무 심……."

"너도 봤으니 알겠지? 그 안에선 뭐든지 다 해. 거기서도 그 정돈데 2차 가면 어떨 거 같아? 너희가 생각하는 그 평범한 섹스? 아니, 나는 그걸 이렇게 표현하겠어. 지랄염병!"

소현이 난폭하게 담배를 비벼 껐다. 마지막에 터져 나온 네 글자에 서린 지독스런 혐오감은 윤희를 꽁꽁 얼려 버렸다.

"차마 입으로 언급하기도 더럽다. 사디스트가 차라리 낫지. 이건 더러워. 더럽단 말로도 모자랄 만큼 더러워. 그것 말곤 도저히 표현할 방법이 없어. 왠 줄 알아? 그 새끼들은 섹스를 샀다고 생각 안 해. 사람을 샀다고 생각하지. 인권? 자존심? 인간성? 그런 거 없어. 자기는 돈을 냈어. 정당한 지불을 했다고 생각하지. 그러니까 시키는 건 다 해야 해. 그걸 과시하려고 더, 더, 더, 말도 안 되는 것들을 시켜. 밖에서 거지 같은 새끼들일수록 더 더러워. 밖에서 당한 걸 자기가 돈 주고 산 노예한테 다 푸는 거지. 그래서 걔들이 수백만 원이라도 낸 거 같아? 아냐. 꼴랑 십만 원이야. 단돈 십만 원!"

소현이 소리지르다시피 쏟아냈다. 윤희는 차마 그런 소현을 향해 화를 낼 수 없었다. 소현의 얼굴엔 혐오감이 고스란히 드러나 있었다.

소현이 홱 고개를 돌려 윤희를 바라봤다. 윤희가 움찔 놀랬다. 소현이 말했다.

"그런데 네가 이 일을 하겠다네? 그 말을 들은 내 심정이 어땠을 거 같니?"

"그치만 너도……."

소현의 얼굴이 더욱 심하게 일그러졌다.

"내가 자진해서 온 거 같아? 아냐. 사채 빚에 팔린 거야. 그땐 장기를 꺼내 파는 것보다 이게 낫다고 생각했거든."

소현이 미친년처럼 크게 웃더니 소파에 몸을 묻었다.

"근데 아냐. 차라리 오장육부 꺼내 팔고 죽어버리거나 병신으로 사는 게 훨씬 나아."

후, 긴 한숨과 더불어 침묵이 찾아왔다. 윤희는 엉망이 된 코트를 똑바로 챙겨 입는 것밖에 할 수 있는 게 없었다.

"내가 돈을 많이 번 게 그렇게 부러웠니?"

소현이 물었다. 윤희는 고개를 푹 숙였다.

"얼마나 더러운 돈인지는 알고 부러워한 거니?"

"부러워서 그런 거 아냐. 난 단지……."

소현이 윤희의 말을 잘랐다.

"난 네 상황, 대체 뭐가 어떻게 나쁘단 건지 이해가 안 가. 여전히 통장에 현금 있고 빚 없고 월세지만 집 있고 따박따박 돈 주는 일자리 있고, 뭐가 문제야?"

윤희는 자신의 상황을 지나치게 좋게 보는 것이 얄미워 소현을 노려보며 쏘아붙였다.

"희망이 없잖아."

소현은 윤희의 눈을 피하지 않았다. 한마디도 하지 않은 채였다. 소현의 눈빛에 담긴 수많은 의미들에 민망함을 느낀 윤희가 얼굴을 붉히며 소리 높여 항변했다.

"그래. 내 상황이 별반 나쁘지 않다고 생각할 수도 있어. 근데!"

윤희가 잠시 숨을 골랐다. 어느덧 잔뜩 흥분하고 있었다. 아까완 다른 의미로 눈시울이 붉어졌다.

"희망이 없잖아! 이대로 살다가 더는 아르바이트조차 할 수 없게 되면! 그래서 지금 살고 있는 코딱지 같은 집조차 가질 수 없게 되면! 길바닥에서 떨고 있는 나를 상상하는 거! 그게 얼마나 비참한지 알아?"

윤희가 거칠게 숨을 몰아쉬었다. 어깨가 들썩들썩할 정도였다. 소현이 그 어깨를 부드럽게 억누르며 물었다.

"넌 꿈이 있잖아. 그거면 충분한 거 아녔어?"

윤희는 단칼에 그 말을 부정했다.

"꿈은 실현 가능성이 없어서 꿈이라고 하는 거야."

말을 마치자 주룩 눈물이 흘러내렸다.

한참이나 나이 많은 선배를 향해 기세 등등 눈알을 부라리던 혜정이의 얼굴이 떠올랐다. 뒤를 이어 그간 등단해 온 후배들의 면면이 떠올랐다. 되새겨 보니 모두 혜정이와 친한 아이들이었다.

"나도 줄이나 설 걸 그랬어. 선배들은 글만 좋으면 다 된다고 우리를 현혹했지. 근데 현실은 아냐. 글이 아무리 좋아도 줄을 잘못 서면 쳐다도 안 보는 게 현실이라고!"

윤희가 오열했다. 소현은 묵묵히 그런 윤희의 등을 다독여 주었다. 상당히 복잡한 눈빛이었다.

윤희의 울음이 조금 잦아들었다. 소현은 티슈를 몇 장 뽑아주었다. 윤희는 눈물을 닦고 코를 풀었다. 자신이 똑똑히 목격했던 생지옥이 떠올랐다. 저절로 몸을 떨었다. 아무리 생각해도 자신이 그 일을 한다는 건 불가능해 보였다. 그 생각을 하기 무섭게 또 서러워졌다. 왈칵 눈물이 흐르려는 걸 막기 위해 소파에 등을 기대고 눈을 감았다.

"하아~ 난 이제 어떡하지?"

윤희의 혼잣말에 소현이 물었다.

"넌 뭘 하고 싶은데?"

윤희가 눈을 뜨고 천장을 한참이나 뚫어져라 바라보다가 대답했다.

"돼호가 아플 때 안락사부터 떠올리고 싶지 않아. 관인지 집인지 구분하기 어려운 좁디좁은 집에서도 탈출하고 싶어. 하루에도 열두 번씩 돈 문제로 고민하고 싶지 않아."

"글은? 등단은 안 할 거야?"

윤희가 고개를 돌렸다. 소현은 윤희의 슬픈 눈을 마주해야만
했다.

"너도 알잖아. 나는 몸과 마음이 편안해야 글이 써지는 타입인
거. 손 뗀 지 제법 됐어. 심란해서 한 글자도 쓸 수가 없어서."

소현이 지그시 눈을 내리깔았다. 뭔가 심각한 고민을 하는 듯
보였다. 윤희는 묵묵히 소현의 답을 기다렸다. 이윽고 소현이 다
시 윤희와 눈을 맞췄다.

"일단 돈이 더 있으면 좋겠다는 거지?"

"당장은 매달 마이너스인 상황을 좀 벗어나고 싶어."

"그럼 내가 일자리 줄까?"

윤희의 얼굴이 흐려졌다.

"나 이쪽 일은 아무래도……."

"이쪽 일 아냐. 나 씨푸드 뷔페도 하나 갖고 있어."

"뷔페?"

"응. 일이 너무 많아서 직원을 더 뽑을까 생각하고 있었거든."

"그…… 래도 괜찮겠어?"

소현이 생긋 웃었다. 윤희는 민망했다. 그러나 거절할 수가 없
었다. 그래서 잠시 주춤하다가 현실적인 문제를 꺼내 들었다.

"그럼 시급은……."

소현은 명쾌하게 대답했다.

"월급으로 줄게. 한 달에 이백만 원."

"뭐?"

"왜? 적어? 더 줘?"

"아니 기껏해야 하루 여섯 시간밖에 못 할 텐데 어떻게 이백을……."

"평일에 여섯 시간 가능한 거구나? 너 주말엔 쉬잖아."

"응."

"그럼 잘됐네. 주말엔 풀타임. 어때?"

"아무리 그래도 그렇지 어떻게……."

윤희는 머릿속에서 바삐 계산기를 두들겨 보았다. 세상에……. 한참이나 더 얹어주는 꼴이었다.

"나, 너한테 그렇게까지 신세 지고 싶지 않은데……."

선뜻 거절할 수도 그렇다고 선뜻 승낙할 수도 없어서 윤희의 목소리는 기어들어 갔다. 소현이 호탕하게 웃었다.

"걱정 마. 우리 아르바이트생들 원래 기본급보다 훨씬 더 많이 받아. 그만큼 일이 힘들거든. 따지고 보면 너랑 큰 차이도 없을 걸?"

"그래서 뭐가 남아? 너도 돈 벌자고 하는 일이잖아."

"괜찮아. 벌이가 제법 쏠쏠해. ○○동에 있거든."

윤희의 눈이 동그래졌다. ○○동은 번화가 중에서도 으뜸으로 치는 동네가 아니던가? 평일 한낮의 유동인구가 어지간한 유흥가의 주말 오후 유동인구에 맞먹을 만큼 많은 곳이었다. 심지어 주말엔 거의 한여름 피서철의 해변가나 다름이 없었다.

"거기 월세 엄청 비싸지 않아?"

"내 거야. 월세 따위 안내. 그러니까 배짱 장사가 가능한 거지 뭐."

윤희의 입이 소리 없이 떡 벌어졌다.

"대체 어떻게 그렇게 번 거야?"

"물어봐도 안 알려준다. 영업 비밀이거든. 내 스킬 배우려고 돈 내겠다는 애들 줄이 부산까지 이어졌는데 내가 그냥 알려주겠니?"

소현이 눈을 찡긋했다. 윤희는 밉지 않게 눈을 흘겨 되받아쳤다.

"하여튼 기집애. 무슨 일이든 끝장을 본다니까?"

"그런 식으로라도 해야지, 안 그럼 못 버텼어."

소현이 다시 침울해졌다. 윤희는 얼른 활기차게 웃으며 손을 내밀었다.

"그럼 앞으로 잘 부탁해요, 사장님!"

소현이 다시 미소를 머금으며 윤희의 손을 잡고 악수를 했다.

"오냐, 앞으로 일 열심히 하도록 하여라!"

소현이 건넨 별거 아닌 너스레에 윤희는 깔깔깔 소리 내어 웃었다.

"그럼 계약이 성사되었으니 나랑 술 한잔할래?"

소현이 묻자 윤희는 시계를 확인했다. 벌써 자정을 넘고 있었다. 워낙에 늦은 약속 시간인지라 당연한 일이었다.

윤희가 난처하게 웃었다.

"미안. 내일 새벽부터 일을 나가야 해서."

"아, 내가 내 생각만 했네."

"아냐. 괜찮아."

"그럼 택시 잡아줄게. 가자."

"응."

두 사람이 활기차게 일어났다. 소현은 윤희를 뒷문으로 이끌어 택시를 잡곤 돈까지 쥐여주었다. 받지 않겠다는 윤희와 받으라는 소현 사이의 실랑이가 한참을 이어졌다. 그러나 승자는 소현이었다.

"잘 가."

"응. 다음에 또 봐!"

두 여자가 서로를 향해 살갑게 손을 흔들었다.

사방이 고요했다. 이따금 한두 사람이 오가는 것을 제외하면 인기척이라곤 전혀 없는 골목.

라플라카는 아까부터 골목의 이쪽 끝에서 저쪽 끝까지 오락가락하는 중이었다.

"왜 이렇게 안 온담……."

연신 휴대전화를 꺼내 시간을 확인했다. 몇 번이나 문자를 보내보았지만 윤희는 답이 없었다. 때문에 라플라카의 속은 새까맣게 타들어 가고 있었다.

띠링, 휴대전화가 울렸다. 라플라카의 번호를 아는 것은 윤희뿐이었다.

〈미안, 이제 확인했네. 지금 가는 중. 거의 다 왔어.〉

눈살을 찌푸린 라플라카가 답장을 보내기 위해 열심히 타이핑했다. 그러나 아직 익숙하지도 않은 데다가 마음이 급해 자꾸 오타가 나자 나지막하게 욕설을 내뱉더니 바로 통화를 시도했다. 목소리가 들리지 않을지도 모른단 걱정은 그 순간, 머릿속에 없었다.

달칵, 전화가 연결되는 소리가 들리더니 뒤이어 '감사합니다'라고 외치는 윤희의 목소리에 이어 탕, 하는 소리가 났다.

[응, 왜?]

왜? 왜라니! 라플라카는 화가 났다.

"어디야?"

[방금 택시에서 내렸는데?]

"그러니까 어디냐고!"

라플라카는 자신도 모르게 버럭 소리를 내질렀다. 그는 스스로 소리를 질렀단 것조차 인지하지 못하고 있었다.

[뭐야? 왜 소리를 지르고 그래?]

윤희가 묻고 나서야 그는 그것을 깨달았다.

"미, 미안. 나도 모르게 그만……."

수화기 너머에서 기묘한 소리가 들려왔다. 끽끽거리는 것 같기도 하고 끅끅거리는 것 같기도 하고……. 라플라카는 그것이 무엇을 의미하는지 알 수 없어서 불안했다.

"뭐, 뭐 하는 거야?"

[야, 너 되게 우, 웃긴다.]

윤희가 말을 더듬었다. 웃음이 잔뜩 섞인 목소리였다. 라플라카는 얼굴을 붉혔다. 그러나 당장은 무안하고 민망한 게 먼저가 아니었다.

"빨리 어딘지 말이나 해."

[어디긴 어디야, 큰길이지.]

라플라카는 전화를 끊었다. 동시에 펑, 요정으로 변했다. 파라락, 날갯짓이 어찌나 빠른지 날개는 보이지도 않았다. 라플라카는 총알처럼 슝, 날았다.

저 멀리 윤희가 보였다. 갑자기 끊어진 통화에 어리둥절한 듯 제자리에 서서 전화기를 쳐다도 보고 흔들어도 보고 연신 여보세요, 라고 말도 해보는 참이었다. 잽싸게 도착한 라플라카가 다시 펑, 크게 변했다.

"으악!"

윤희는 비명을 지르며 휘청거렸다. 라플라카는 그런 윤희의 손에서 휙 미끄러지는 휴대전화를 잽싸게 낚아채고 동시에 그녀의 허리도 감싸 안았다.

"뭘 그렇게 놀래냐?"

"아니, 그럼 갑자기 사람이 나타났는데 안 놀래면 그게 인간이냐?"

"택시 탔다며. 집 앞까지 태워다 달래지 그랬어?"

"골목골목 이리 가주세요, 저리 가주세요 하기 귀찮아서 그랬지."

"그럼 나한테 연락이라도 하든가. 마중 나오라고."

"미안하잖아."

라플라카가 눈살을 찌푸렸다.

"나한테 그런 걸로 미안해하지 마. 당연한 거니까."

단호하게 말을 마친 라플라카가 윤희의 손을 잡았다.

"가자."

"응."

뒤늦게 민망함을 느낀 라플라카의 얼굴은 살짝 붉어져 있었다. 대놓고 사랑한단 고백은 잘도 하면서 어째서 이런 말은 이다지도 민망해하는 건지······. 그의 뒤를 따르는 윤희가 키득거렸다. 그 소리를 들은 라플라카의 얼굴은 더욱 붉어졌다.

"그래서 갔던 일은 어떻게 됐어?"

라플라카의 질문에 윤희는 웃음을 지워냈다. 또 그 지옥을 떠올리고 말았다.

"왜? 무슨 일 있었어?"

라플라카가 고개를 돌려 윤희를 보며 물었다. 윤희는 얼른 미소를 머금었다. 크로스백의 끈을 잡는 척, 떨어져 나간 코트의 단추 부분을 가리면서였다.

"아무 일 없었어. 그리고 나 이제 식당에서도 아르바이트 하기로 했어."

"일을 더 한다고? 힘들지 않겠어? 그리고 식당 일이면 힘들 텐데······."

라플라카의 얼굴이 걱정으로 물들었다. 윤희가 활짝 웃었다.

"괜찮아. 하루에 여섯 시간, 주말에 열두 시간씩 일하고 한 달에 이백만 원 준대. 원래 하던 일도 계속 할 수 있으니까······."

윤희가 잠시 숨을 골랐다.

"한 달에 삼백이 넘어! 대단하지 않아? 취직해도 삼백 벌기 힘들다고!"

윤희는 가슴 벅차 보였다. 라플라카는 작게 미소 지었다.

"네가 좋아해서 다행이다."

불행히도 윤희는 라플라카의 그 말을 듣지 못했다.

"그 돈에 생활비만 지금 수준으로 계속 유지하면 저축도 꽤 할 수 있어. 그럼 몇 년 안으로 집도 늘릴 수 있고⋯⋯."

윤희는 뺨을 장밋빛으로 물들이며 단꿈에 젖어 있었다. 그런 윤희를 바라보는 라플라카의 표정은 많이 슬퍼 보였다.

저 멀리 환한 불빛이 보였다. 이 시간, 유일하게 문을 열고 있는 이 근방의 유일한 편의점이었다.

"맥주 마시자, 맥주!"

"늦었어. 내일 일 나가야지."

"나 아직 젊거든? 그 정도쯤 거뜬해!"

윤희는 라플라카에게 잡힌 손을 풀어내곤 깡충깡충 뛰어 휙, 편의점 안으로 들어가 버렸다. 라플라카는 한숨을 폭 내쉬고 그 뒤를 따랐다.

윤희의 얼굴은 잔뜩 붉어져 있었다. 윤희의 곁에는 그녀가 비워낸 맥주캔 다섯 개가 가지런히 줄 맞춰 놓여 있었다. 라플라카의 얼굴엔 걱정이 한가득이었다.

윤희는 기분이 좋았다 해서 다 먹지도 못할 치킨에 족발에 닭발까지 시켜놓았다. 다 고기를 좋아하는 라플라카를 위해서였다. 평소라면 치킨 하나를 시킬 때조차 많이 고민을 했었거늘⋯⋯. 이제 이깟 것쯤 아무것도 아니라는 생각에 더더욱 기분이 좋아졌다. 어찌나 기분이 좋은지 새벽에 출근해야 하는 그녀를 걱정하느라 잔뜩 구름이 낀 라플라카의 표정조차 눈치채지 못할 정도였다.

"자자, 너도 어서 한 잔⋯⋯."

맥주 캔을 높이 들어 올렸던 윤희가 말을 멈추더니 두리번거렸다.

"뭐야 그새 어디 갔어?"

그러나 라플라카는 상을 가운데 두고 맞은편에 앉아 있었다. 윤희의 행동에 그의 얼굴이 사색이 되었다.

"화장실에 있어?"

윤희가 소리를 지르며 일어나려 했다. 라플라카는 어찌할 바를 몰랐다. 화장실까지 확인하면 대체 무어라 핑계를 대야 한단 말인가? 그러나 다행스럽게도 윤희는 술에 취해 제대로 일어나지도 못하고 있었다.

"에이씨, 이놈의 이불!"

일어나지 못하는 것이 민망했는지 윤희는 따뜻해지라고 미리 깔아두었던 이불에 괜한 화풀이를 했다.

다시 똑바로 앉은 윤희가 고개를 들었다. 그녀는 잠시 인상을 찡그렸으나 이내 활짝 웃었다.

"어? 왔네? 시원해?"

말하면서 바보처럼 헤, 웃었다. 라플라카는 억지로 미소를 지어냈다.

"자자, 어서 너도 한 잔!"

윤희의 강권에 라플라카도 맥주 캔을 들었다. 윤희가 다섯 캔을 마실 동안 여전히 한 캔뿐인 상태였다.

"이번에도 마시다 내려놓으면 죽는다!"

윤희가 엄포를 놓더니 자신의 여섯 번째 캔을 홀랑 비워 버렸다. 라플라카는 쓰게 웃으며 캔을 입에 댔다. 그러나 한 모금도 넘기지 못했다.

윤희가 빈 캔을 머리 위에 뒤집어 흔들자 살짝 남아 있던 맥주가 주룩 흘러내려 머리칼을 적셨다. 윤희는 으에에 하는 소리를 내며 호들갑을 떨었다. 라플라카가 냉큼 일어나 티슈를 뽑더니 얼른 맥주를 닦아내기 시작했다.

"바보냐? 캔을 그렇게 흔들면 어째?"

"그니까 왜 안 마시냐고."

윤희가 눈을 흘겼다.

"새벽부터 일하러 가야 하는 애가 그렇게 퍼 마시는데 기분이 좋겠냐?"

잠시 라플라카가 닦아내는 대로 이리저리 흔들리던 윤희는 이내 라플라카를 향해 눈을 치켜뜨곤 투덜거렸다.

"넌 내가 취직한 게 맘에 안 드는 거 같다?"

정곡을 찔린 라플라카의 손이 멈칫했다. 그러나 그는 얼른 평정심을 되찾고 다시 손을 놀리며 말했다.

"싫을 게 어딨어? 네가 하고 싶은 거면 해야지."

"그런 게 어딨어? 이래도 좋고 저래도 좋고, 넌 나한테 뭐 바라는 게 없니?"

윤희는 조금 서운해 보였다. 그 기색을 눈치챈 라플라카가 윤희 앞에 앉아 눈을 맞췄다.

"당연하잖아. 난 네가 뭘 하든 어떤 사람이든 상관없어."

"그게 말이 돼? 사랑하면 당연히 원하는 게 있어야지."

"난 정말 네 옆에만 있을 수 있으면 아무것도 필요 없는데……."

윤희가 샐쭉거렸다. '그런 게 어딨어?'라며 작게 투덜거리는 것은 덤이었다. 라플라카는 실로 난감했다. 정말로 원하는 게 없었다. 다시 글을 쓰길 바라긴 하지만 그것은 어디까지나 '곁에 있고 싶다'의 범주에 불과했다.

윤희는 토라져 있었다. 라플라카는 그런 윤희를 만족시켜야
했다.

"음……."

라플라카가 뭔가 말을 하려 했다. 윤희가 투덜거림을 멈추더
니 귀를 쫑긋거렸다. 곁눈질로 윤희를 살핀 라플라카가 속으로
한숨을 쉬었다. 뭐라고 하지? 대체 뭐라고 해야 하지? 그러다 퍼
뜩, 떠오르는 것이 있었다.

"아, 하나 있다."

"뭔데? 뭔데? 뭔데?"

"비밀 없는 거."

윤희가 그대로 굳어버렸다. 이런 식으로 기습 공격을 가할 줄이
야……. 라플라카가 큭큭, 작게 웃었다. 새삼 장난기가 발동했다.

"그래 비밀, 연인 사이에……."

연인이라는 말을 스스로 입에 담으며 라플라카는 가슴 한편이
찌르르, 아파오는 것을 느꼈다. 그러나 이내 통증을 밀어내고 말
을 이었다.

"……비밀이 있는 게 어딨어?"

라플라카는 부러 과장되게 삐진 척을 했다. 윤희는 식은땀을
흘렸다.

"아니, 그게 있잖아……."

이젠 윤희가 난감해했다. 라플라카는 몰래 큭큭거렸다. 이내
깊은 한숨을 내쉰 윤희가 체념한 듯 말했다.

"미안해."

"알면 됐어."

라플라카는 그저 그렇게 넘어갈 생각이었다. 그런데 윤희는 술술 모든 것을 불어버렸다.

"실은, 일자리를 구하러 간 게 맞긴 한데 그 일자리가 썩 좋은 게 아니었어."

"썩 좋지 않은 일자리?"

라플라카는 자신도 모르게 윤희의 말을 따라 했다. 아니 일자리면 다 돈 버는 일자리일 텐데 썩 좋지 않은 일자리란 게 무슨 의미란 말인가? 일의 강도에 비해 돈이 적게 벌리는 식으로 효율이 좋지 않은 일자리란 의미인가?

"그게, 업소에 나가려고 했었거든."

"업소?"

라플라카는 여전히 영문을 모르는 눈치였다. 늘 겉으로 구경만 해왔지 실제로 끼어들어 본 적이 없는 인간의 삶인지라 깊은 곳까지 파고들어 본 적이 없었다.

"그러니까 기생 같은 거. 술 마실 때 옆에서 술 따르고 춤추고 노래하고……."

끔찍했던 그 방에서의 기억이 파노라마처럼 눈앞에 펼쳐졌다. 순간 윤희가 몸을 떨었다.

라플라카는 여전히 영문을 모르는 눈치였다. 윤희는 그가 비밀이 없었으면 좋겠다고 말할 때보다 훨씬 더 난감해졌다.

"기생, 몰라?"

"알아. 시 잘 쓰고 그림도 잘 그리고 노래도 잘 하고……."

윤희가 한숨을 폭 내쉬었다.

"요즘 기생은 옛날 그런 기생하고 다르더라고. 그러니까……."

옛날에 봤던 기생 드라마 하나가 생각났다. 그 드라마에서 주인공인 여자는 자신을 함부로 대하는 사내들에게 자신은 창기가 아니라고 말하곤 했었다.

"……요즘엔 창기밖에 없더라고."

"창…… 기?"

그제야 라플라카의 얼굴이 창백해졌다. 난생 본 적 없는 라플라카의 반응에 당황한 윤희가 얼른 목소리를 높이며 손사래를 쳤다.

"근데 아냐! 안 하기로 했어! 난 예기를 생각하고 갔는데 요즘 현실은 창기더라고. 그걸 내가 어떻게 해? 그래서 안 하기로 했어! 안심해도 돼! 더럽혀질 일 따위 없어!"

라플라카가 눈살을 찌푸렸다.

"더럽혀지다니? 그런 말이 어딨어?"

"어? 보통은 그렇게 말하지 않…… 나?"

윤희의 목소리는 점점 기어들고 있었다. 라플라카가 고개를 절레절레 흔들더니 윤희의 머리를 콩, 가볍게 쥐어박았다.

"다른 남자의 품에 안겨 있을 걸 상상하니까 화가 난 거지 그게 더럽다거나 뭐 그런 생각을 한 건 아니거든?"

"그게…… 그거 아닌가?"

라플라카가 와락 윤희를 끌어안았다.

"미안해."

윤희는 라플라카의 품에 안긴 게 마냥 좋아서 히죽거리며 물었다.

"뭐가 미안한데?"

라플라카가 두 눈을 질끈 감았다.

"난 네가 그렇게까지 힘들어 하는 줄 몰랐어. 정말 미안해. 이해하지 못해서."

윤희는 가슴이 뭉클했다.

그가 몰랐던 것은 어찌 보면 당연한 일이었다. 윤희는 그가 자신의 힘듦을 알지 못하길 바랐다. 그래서 굳이 티를 내지 않았고 말도 하지 않았다. 그런데 그가 무슨 신기가 있다고 그걸 알아챌 수 있단 말인가? 그러나 그가 이렇게 깊이 공감해 주자 그간의 모든 걱정과 시름이 한순간에 날아가는 것 같았다. 그래서 그를 위로해 주고 싶었다.

윤희가 그의 품에서 빠져나왔다. 그리곤 라플라카의 머리를 쓰다듬으며 말했다.

"아이구 우리 몽식이 많이 컸네. 이제 그런 것도 이해할 줄 알고."

라플라카가 눈을 가늘게 뜨고 윤희를 노려보았다.

"나 방금 바라는 거 하나 더 생겼어."

윤희가 눈을 빛내며 대답했다.

"진짜? 그게 뭔데? 내가 다 들어준다!"

"몽식이라고 부르지 말 것."

잠시 멍하니 있던 윤희가 히죽, 웃더니 딴청을 부렸다.

"뭐야, 왜 말을 안 해? 몽식이 어디 갔나?"

윤희가 주위를 두리번거리며 딴청을 피웠다. 순간 라플라카의 심장이 덜컹, 하고 떨어졌다. 다행히 '몽식이'라고 불러준 탓에 그게 농담이라는 걸 깨달을 수 있었다. 윤희의 시선 또한 정확히 라플라카에게 닿아 있었다. 라플라카는 얼른 감정을 추스르며 진지한 얼굴로 말했다.

"다 들은 거 알거든?"

"아닌데? 난 하나도 못 들었는데?"

"딴청 피우지 말고 얼른 양치하고 잠이나 자. 벌써 3시다."

윤희는 벌렁 이불 위에 드러눕더니 눈을 감고 자는 척을 했다.

"너 그러다 이 다 썩어서 치과 치료비 수백 깨진다."

윤희가 인상을 팍 쓰더니 몸을 홱 돌렸다. 낄낄거리던 라플라카가 다시 한 번 입을 열었다.

"난 족발 냄새랑 치킨 냄새가 섞인 뽀뽀는 싫다."

윤희가 두 눈을 번쩍 떴다.

"양치하고 오면 뽀뽀해 주는 거야?"

"그것뿐이랴? 잘 자라 토닥토닥도 해준다."

라플라카가 어깨를 으쓱했다. 윤희가 발딱 몸을 일으켰다.

"그럼 당연히 해야지! 꼭 해야지!"

윤희가 행진하는 군인처럼 씩씩하게 욕실로 들어갔다. 내내 미소를 잃지 않고 있던 라플라카는 윤희가 사라지기 무섭게 웃음을 잃었다.

술을 마셔 다행이었다. 그렇지 않았다면 분명 이상한 것을 눈치챘을지도 몰랐다. 라플라카는 입술을 깨물었다. 불길함이 자꾸만 커져 갔다.

벌컥, 욕실 문이 열렸다. 라플라카는 잽싸게 다시 웃음을 머금었다. 윤희는 두다닥 뛰어와 냅다 자리에 눕더니 얌전히 눈을 감았다. 피식 웃은 라플라카는 술판을 대충 정리하고 불을 끄고 그 곁에 자리 잡았다.

"잘 자."

라플라카가 쪽, 입을 맞췄다. 윤희는 발그레하니 얼굴을 붉혔다. 옆으로 누워 팔로 머리를 받친 채 라플라카가 그런 윤희를 물끄러미 바라보았다. 한참을 그러고 있으려니 윤희가 눈을 떴다.

"뭐야? 잘 자라 토닥토닥은 안 해주는 거야?"

라플라카는 순간 큭, 웃음을 터뜨렸다.

"뭐야, 왜 웃……."

영문을 모르는 얼굴로 따지고 들려던 윤희의 얼굴이 이내 붉게 물들었다. 번뜩 지나가는 흑역사 하나가 뇌리를 강타했다. 가까스로 웃음을 가라앉힌 라플라카가 말했다.

"너 술버릇 되게 귀엽구나?"

윤희의 머릿속에서 민망했던 예전 일이 촤르륵 스쳐 지나갔다. 차마 술이 깬 후 일부러 그랬다는 걸 말할 수 없었던 윤희는 확 몸을 돌렸다. 등 돌린 윤희를 라플라카가 꼭 안아주었다.

"남자랑은 술 먹지 마."

부드럽게 귓가에 속삭이는 소리에 윤희가 몸을 떨었다. 삽시간에 묘해진 분위기가 윤희로 하여금 뭔가를 기대하게 했다. 윤희는 잔뜩 긴장했다. 두근두근하는 심장을 부여잡고 양손을 모은 채 두 눈을 꼭 감았다. 그러나 윤희의 기대는 소리 없이 무너졌다.

"자장자장 우리 윤희, 잘도 잔다 우리 윤희."

라플라카는 그대로 윤희의 팔을 토닥토닥 다독여 가며 자장가를 불렀다. 윤희는 몰래 한숨을 폭 내쉬곤 잠을 청했다. 그것도 모르고 라플라카는 밤새도록 자장가를 불렀다. 다행히 밤이 깊었고 술도 많이 마신 터라 윤희는 금세 잠이 들었다.

식당 일은 예상보다 훨씬 고됐다. 따지고 보자면 패스트푸드점도 식당이니 그 정도일 거라 여기며 무시했건만……. 세상에, 사람이 그렇게 많을 줄이야…….

번화가의 가장 큰 빌딩 꼭대기 층에 자리 잡은 씨푸드 뷔페는 홀에서 상주하는 직원만 수십 명이었다. 즉석 요리를 위한 주방장은 그보다도 더 많았다. 윤희가 할 일은 딱 둘, 손님이 나간 후 식탁을 치우고 다시 세팅하는 것과 작동을 마친 식기세척기에서 그릇을 꺼내 홀에 채워두는 일이었다.

쉴 수가 없었다. 윤희가 치운 식탁은 채 삼 분도 지나기 전에 손님이 다시 앉았다. 식기세척기에서 꺼내다 꽉 채워놓은 그릇들은 순식간에 동이 났다. 눈 코 뜰 새 없이 바쁘게 보내다 보면 어느덧 영업 종료. 윤희와 직원들은 뒷정리까지 말끔히 마치고 자정이 다 되어야 퇴근했다.

그렇게 집에 돌아온 윤희는 오늘도 파김치였다.

힘없이 현관에 들어온 윤희는 휙, 신발과 코트를 벗어 던져 버렸다. 안쓰러운 표정의 라플라카는 그런 윤희의 뒤를 따라다니며 신발을 정돈하고 코트를 집어 옷걸이에 걸었다. 그 사이 윤희는 라플라카가 미리 깔아둔 이불 위에 털썩 드러누워 그대로 코를 골았다.

라플라카가 욕실에 들어가 세숫대야를 들고 나왔다. 조심조심 윤희의 두툼한 니트를 벗겨낸 라플라카는 이내 양말도 벗겨냈다. 그러곤 욕실에서 들고 나온 세숫대야의 따뜻한 물과 수건을 이용해 발을 닦아주었다. 건조하지 말라고 꼼꼼하게 크림까지 발라주었다.

이불을 발까지 잘 덮어준 라플라카는 다시 새 수건과 새 물을 가지고 나왔다. 그리고 이번엔 얼굴을 닦아냈다. 조심스럽게 그리고 꼼꼼하게 말끔히 닦아내고 마찬가지로 로션을 듬뿍 발라주었다.

씻기기를 마친 그는 이제 윤희의 팔을 주무르기 시작했다.

무거운 식기 탓에 첫날은 일을 마치고 밤새도록 끙끙거린 윤희였다. 처음엔 영문을 몰라 당황스럽기만 했거늘……. 이제 라플라카는 당연하다는 듯 매일 밤 윤희의 팔을 마사지해 주었다. 불행히도 윤희는 집에 오자마자 녹초가 되어 쓰러지는 터라 그 사실을 알지 못했다.

마사지까지 마치고 불을 끈 라플라카가 윤희 곁에 누웠다. 이제 날씨가 많이 쌀쌀해져 두툼한 커튼을 단 덕분에 빛 한 점 들지 않는 방은 컴컴해서 아무것도 보이지 않았다. 라플라카가 조심스럽게 윤희를 품에 안아주었다. 안쓰럽고 안쓰러웠지만 해줄 수 있는 게 아무것도 없어서 라플라카는 슬펐다. 잠결에도 포근함을 찾아드는지, 빙그레 미소 지은 윤희가 라플라카의 품으로 파고들었다.

조용한 행복은 몇 시간 가지 않았다. 얼마의 시간이 흘렀을까? 라플라카가 조심스럽게 자리에서 일어났다. 싱크대 상부장 한쪽에 솜씨 좋게 달아둔 스탠드의 불을 켰다. 그 스탠드는 한껏 목을 꺾어 조리대를 비추고 있었다. 형광등을 켜면 윤희의 숙면에 방해가 될까 싶어 생각해 낸 라플라카의 배려였다.

그는 조심스러운 손길로 윤희의 아침 식사를 준비하기 시작했다. 도마 위에서 칼질을 할 때도 천천히 소리가 나지 않게 썰었다. 시계를 확인한 그는 커튼을 걷었다. 상부장의 스탠드를 끄고 형광등을 켰다. 윤희가 움찔, 얼굴을 찡그렸다. 잠시 후, 윤희의 휴대전화 알람이 울렸다.

얼굴을 한번 찡그린 윤희는 이불 속으로 파고들었다. 그러나 연신 울리는 알람을 이겨낼 순 없었다.

퉁퉁 부은 얼굴로 다시 기어 나온 윤희가 알람을 껐다. 껍데기를 벗겨 낸 것처럼 몸만 빠져나온 윤희가 욕실로 들어갔다. 그 사이 라플라카는 밥상을 차려내고 이불을 정리했다.

씻고 나온 윤희가 밥상 앞에 앉았다. 일인분이었다. 라플라카는 맞은편에 앉아 물끄러미 윤희를 바라보기만 했다. 윤희는 아무 말 없이 수저를 들었다. 입맛이 없었지만 이 밥을 먹지 않으면 하루 종일 일을 하는 건 불가능했다. 그래서 꾸역꾸역 밀어 넣었다.

밥을 다 먹고 양치질까지 마친 윤희는 출근 준비를 마저 하곤 집을 나섰다. 신을 신기 전 집을 휘, 둘러보았다. 그러곤 눈살을 찌푸렸다.

"빨리도 나간다니까……. 칫."

윤희가 중얼거린 소리를 라플라카는 분명하게 들었다. 그래서 그는 스르륵, 힘없이 주저앉았다. 그런 라플라카를 보지 못한 윤희는 횅하니 나가 버렸다.

띵동, 휴대전화가 울렸다. 라플라카는 선뜻 확인하지 못했다. 어차피 윤희일 터…….

〈인사라도 하고 나가지. 장은 내가 보면 된다니까 출근하는 것도 안 보고 그냥 나가 버리냐?〉

한참이나 머뭇거리다 확인한 윤희의 문자는 라플라카의 가슴을 후벼 팠다. 라플라카는 덜덜 떨리는 손가락을 다독여 가며 간신히 답신을 보냈다.

〈조금이라도 더 많이 들러봐야 하니까 미안.〉

〈널 볼 수 있는 슈퍼 사장님이 어디 있을 줄 알고 찾겠다는 거야.〉

〈이런 거라도 도와야지. 너, 너무 힘들어 보여.〉

진심이었다. 윤희는 너무 힘들어 보였다. 당장 때려 치라는 말이 목구멍까지 솟아 나왔다.

〈괜찮아. 돈 많이 벌어야 우리 몽식이 좋아하는 고기 많이 사주지! 기다려! 첫 월급 타면 한우로 배 터지게 먹여줄 테니!〉

자신도 모르게 피식, 웃음이 새어 나왔다. 윤희가 이리 일하는 이유. 그 이유를 너무나 잘 알고 있기에 그는 차마 일을 그만두란 말을 할 수가 없었다.

탁상 달력은 내내 책상 위에 있었다. 여전히 9월에서 멈춰 있는 달력을 버리지 않고 내버려 둔 것 때문에 라플라카는 희망의 끈을 놓을 수 없었다. 아니 단지 희망 때문이 아니었다. 이제 그는 윤희를 떠날 수가 없었다.

포기하고 가야겠단 생각을 안 해본 것은 아니었다. 그런데 윤희는 도저히 떠날 수가 없었다. 자신이 사라지고 난 후 슬퍼할 윤희가 상상되어 도저히 견딜 수가 없었다. 그녀가 우는 걸 상상할 때마다 라플라카는 무너지고 말았다.

에옹~ 가느다란 돼호의 목소리가 들렸다. 커다란 덩치에 어울리지 않는 가늘고 높은 소리였다.

"어 미안. 배고팠겠네."

라플라카는 얼른 사료 통을 열어 돼호의 밥그릇을 채워주었다. 그러나 돼호는 사료는 본체만체 라플라카의 다리에 머리를 부볐다. 라플라카의 눈에서 왈칵 눈물이 쏟아졌다.

"그러지 말고 밥이나 먹어, 욘석아."

하는 말과 달리 라플라카의 커다란 손은 연신 돼호의 머리를 쓰다듬고 있었다. 돼호가 골골골 노래를 부르기 시작했다. 고양이의 골골송은 묘하게 사람의 마음을 편하게 하는 구석이 있었다. 말없이 한참을 쓰다듬던 라플라카가 나지막하게 말했다.

"고마워."

사람들이 왜 애완동물을 키우는지, 라플라카는 돼호를 보며 알게 되었다.

돼호로부터 위로를 받은 라플라카는 다시 힘을 내 집을 치웠다. 그새 말라붙은 밥그릇을 닦는 게 조금 어려웠지만 말끔하게 씻어놓고 먼지 한 톨 남지 않도록 청소까지 마친 그는 장바구니와 윤희가 남겨두었던 체크카드 한 장을 챙겨 들고 집을 나섰다.

"집 잘 봐라."

돼호는 빙그레 웃는 것 같은 얼굴로 현관 앞에 앉아 길게 에옹~ 하고 울었다. 라플라카는 씩 웃고 문을 닫았다.

어쨌든 자신을 볼 수 있는 시장상인은 꼭 찾아야 했다. 이제 윤희는 장을 보러 갈 시간조차 없었다. 처음엔 단지 윤희에게 핑곗거리를 대기 위해 꺼낸 말이었었는데 문득 생각해 보니 필요한 일이라 여겨져 이후로 꾸준히 찾아다니는 중이었다. 불행히도 아직 소득이 없는 게 흠이었지만…….

라플라카는 포기하지 않았다. 오늘은 더 멀리까지 가볼 참이었다. 그러나 해가 저문 후 풀죽은 채로 돌아왔다. 현관을 열자마자 내내 거기 있었던 것처럼 돼호가 라플라카를 맞이했다.

에옹~ 돼호가 울었다.

"응. 오늘도 허탕이었어."

라플라카가 말을 마치자 돼호가 또 에옹~ 하고 울었다. 라플라카가 피식 웃었다.

"미안. 근데 내일도 나가야 해. 심심해도 좀 참아."

돼호가 또 에옹거렸다. 라플라카가 근심 어린 얼굴을 했다.

"네 주인은 당분간 계속 그럴 거 같아."

돼호는 꼭 울상이라도 지은 것처럼 묘한 표정을 짓더니 붙박이장 속으로 자취를 감춰 버렸다. 물끄러미 바라보고 있던 라플라카는 얼른 샤워를 하곤 어제 널어둔 빨래를 걷었다. 일을 마치고는 보일러 온도를 높이고 이불을 깔아두었다. 붙박이장 속 돼호가 슬그머니 나타나 이불 한가운데 떡하니 자리를 잡고 누워 똬리를 틀었다. 피식 웃은 라플라카는 벽에 등을 기대고 앉아 휴대전화를 꺼냈다.

〈언제 와?〉

언제 올지 뻔히 알고 있었다. 하지만 한번 보내보고 싶었다. 한참 있다가 띠링, 짧은 답변이 왔다.

〈금방 가.〉

윤희라고 퇴근 시간이 한참 남은 것을 모를 리 없었다. 그러나 그녀는 늘 금방 간다고 대답했다. 라플라카가 씩 웃었다. 문명의 이기. 그 혜택을 자신이 보게 될 줄이야……. 참 다행이었다. 휴대전화마저 없었더라면 어땠을까……. 한참 후 띠링, 라플라카의 휴대전화가 또 울렸다.

〈보고 싶다. 오늘은 택시를 타고 가버릴까 보다!〉

라플라카의 얼굴이 차갑게 굳어버렸다. 돼호가 귀신같이 다가와 손등을 핥았다. 얼른 정신을 차린 라플라카가 돼호의 머리를 한번 쓰다듬고는 답신을 보냈다.

〈나도 보고 싶다. 얼른 와.〉

커다란 하트를 들고 있는 귀여운 토끼 이모티콘이 날아왔다. 입술을 쭉 내민 채였다. 순간 라플라카가 웃음을 터뜨렸다. 그 모습이 윤희의 얼굴처럼 보였다. 라플라카는 자신도 모르게 휴대전화를 들어 입을 맞췄다.

일하는 데 방해가 될 거라 여긴 라플라카는 전화기를 치웠다. 그리고 방의 불도 껐다. 한 푼이라도 아끼는 게 윤희를 위한 일이란 생각에서였다.

벽에 머리를 기댄 라플라카는 그렇게 하염없이 윤희가 퇴근하기를 기다렸다. 째깍째깍 시간이 자꾸만 흘러갔다. 억겁이라도 될 것 같았던 기다림이 끝나고 삑삑삑 현관의 잠금장치가 울어댔다. 라플라카는 벌떡 일어나 불을 켰다. 그리고 현관 앞으로 뛰어갔다. 혹시라도 모르는 일이었다.

벌컥, 문이 열렸다. 윤희는 파김치가 된 채로 터덜터덜 들어와서는 휘 둘러보더니 인상을 찡그렸다.

"얼른 오라더니……."

윤희의 시선은 라플라카의 옆, 돼호에게로 향했다.

"넌 라플라카가 어디 갔는지 아니?"

윤희가 돼호를 끙차 들어 안으며 물었다. 라플라카는 그런 그녀에게 부딪치기라도 할까 싶어 후다닥, 구석으로 비켜났다. 돼호는 라플라카를 바라보며 연신 에옹거렸다. 마치 '여기 있잖아!'라고 외치는 것 같았다. 그러나 윤희는 돼호의 말을 알아듣지 못했다.

"그냥 집에만 있어도 되는데 바보같이……."

윤희는 돼호를 내려놓곤 코트와 양말을 벗어 팽개쳤다. 그리고 불을 끄고 이불 속으로 기어들어 갔다. 따스해진 이불이 기분이 좋았다. 그래서 눕자마자 스르륵 잠이 들어버렸다.

라플라카는 흘러내린 눈물을 닦았다. 그러나 이내 추스르곤 욕실로 들어가 수건과 세숫대야를 들고 나왔다. 요 며칠 계속 해온 것처럼 성스러운 의식이라도 되는 듯, 그는 윤희의 얼굴과 손발을 닦아주었다. 꼼꼼하게 화장품도 발라주고 팔다리를 마사지해 주는 것도 잊지 않았다. 윤희는 라플라카의 손길이 시원한지 연신 끙끙거렸다. 오늘은 일이 더 고된 모양이었다. 평소보다 윤희의 소리가 더 컸다. 라플라카는 더더욱 정성 들여 안마를 해주었다. 땀을 뻘뻘 흘리며 모든 것을 마친 그는 가볍게 샤워를 하고 불을 껐다. 숙면을 방해하는 가로등빛이 들어오지 못하도록 두툼한 커튼도 꼼꼼하게 매만진 후 윤희 곁에 누웠다.

"어디 갔다 이제 와……."

잠에 취한 윤희는 몸을 돌리더니 먼저 팔을 뻗어 라플라카를 안았다. 다행히 눈을 감은 채였다. 라플라카는 아무 대답도 하지 않았다. 어차피 그녀는 지금 그를 볼 수도 들을 수도 없었다.

그래서 그는 조용히 윤희를 꼭 안아줄 뿐이었다.

잠에 취한 윤희는 씩 웃더니 라플라카의 가슴팍에 키스를 했다. 여전히 눈을 감은 채였다.

"사랑해……."

웅얼거리는 듯한 그 말에 라플라카의 눈에서 왈칵 눈물이 쏟아지려 했다. 그는 이를 악물었다. 그러나 채 수습하지 못한 눈물이 툭, 윤희의 얼굴에 떨어졌다. 라플라카는 조심스럽게 윤희를 끌어안고 이마에 입을 맞추며 중얼거렸다.

"나도 사랑해……."

마치 그 말을 듣기라도 한 것처럼 윤희가 배시시 미소를 짓더니 다시 꿈의 나락으로 떨어졌다. 라플라카는 윤희를 품에 안고 소리 없이 숨죽여 밤새도록 눈물지었다.

이별

새벽 출근, 새벽 퇴근에 몸도 마음도 적응된 어느 날이었다. 아침에 일어나 언제나처럼 잠에 취한 채 세수를 하러 들어갔던 윤희는 그새 이불을 개어놓고 밥상까지 차려놓은 채 나가 버린 라플라카의 행동에 눈살을 찌푸렸다.

"뭐야?"

얼굴의 물기를 닦고 화장품을 바르며 윤희는 투덜거렸다.

"거 배웅 좀 해주고 나가면 어디 덧나나? 나쁜 놈."

윤희는 앉은 자세 그대로 엉덩이를 직직 끌며 밥상 앞으로 이동했다. 역시나 딱 일인분이었다.

"설마 이것 때문인가?"

돈 때문에 고생하는 자신을 위해 일인분만 차리기로 했다, 그런데 혼자서 멀뚱히 보고 있으면 자신이 또 왜 이인분이 아니냐며 뭐라 할 게 분명하니 난처해지기 전에 자리를 피한다……. 아니 이 무슨 말도 안 되는 상황이란 말인가? 윤희는 또 눈살을 찌푸렸다.

"바보 멍청이 해삼 멍게 말미잘."

해산물과 바보 멍청이와의 상관관계는 알 수 없으나 윤희는 그렇게 투덜거리며 수저를 들었다. 붙박이 벽장 속에서 자고 있던 돼호가 훌쩍 뛰어나왔다. 마치 같이 아침을 먹겠다는 듯, 돼호는 자기 밥그릇으로 향해 사뿐사뿐 걷더니 알 수 없는 몸짓을 했다. 국그릇을 들어 뜨끈한 콩나물국을 마시며 윤희는 돼호의 행동을 유심히 바라보았다. 꿀꺽, 국물을 삼키고 그릇을 내려놓으며 윤희가 피식 웃었다.

"너 판토마임도 할 줄 아냐? 누가 보면 거기에 사람이 있는 줄……."

윤희는 말을 멈췄다. 판토마임. 돼호는 판토마임을 하고 있었다. 사람 하나만 그 옆에 서 있다면 딱 다리 주위를 뱅뱅 돌며 꼬리를 감고 머리를 부비적거리는 모습이었다. 윤희는 등골이 오싹했다.

"돼, 돼호 너 지금 뭐 해?"

윤희는 수저를 멍청하게 든 채로 물었다. 돼호는 흥, 하고 콧방귀라도 뀌는 듯 도도하게 고개를 쳐들더니 훌쩍, 앉은뱅이책상 위로 올라갔다. 윤희가 너저분하게 꺼내놓은 화장품들이 이리저리 흩어져 있었지만 사뿐사뿐 다 피해 가서는 먼지 쌓인 탁상 달력을 뒷발로 툭, 쳐서 방바닥으로 떨어뜨렸다.

윤희는 홱 고개를 돌렸다. 마치 방바닥에 떨어진 달력이 핵폭

탄이라도 되는 것 같은 반응이었다. 밥이 반이 넘게 남아 있었지만 벌떡 자리에서 일어나 코트를 챙겨 입고 목도리를 둘렀다. 그리고 뒤도 안 돌아보고 집을 뛰쳐나왔다.

패스트푸드점까지 걸어가는 동안, 두 번이나 차에 치일 뻔했다. 심각하기 짝이 없는 얼굴로 그냥 직진하느라 횡단보도의 신호를 무시한 탓이었다.

매장에 도착해서도 실수는 계속되었다. 손님한테 돈을 받고 멍하니 서 있는다거나 트레이를 닦다 말고 멀거니 허공을 바라보는 식이었다. 그러나 같은 직원도, 심지어 점장까지도 윤희에게 말을 걸 수 없었다. 윤희의 주위엔 뭔가 단단한 방벽이 둘러쳐진 것처럼 보였다.

다행히 큰 사고 없이 일을 마치고 윤희는 소현의 뷔페로 향했다. 거기서도 같은 일은 계속되었다. 손님이 빠져나간 테이블이 속속 생겨났지만 윤희는 멍하니 제자리를 지킨 채 서 있기만 했다. 함께 일하던 다른 직원들은 윤희가 사장 백으로 들어온 것을 알고 있기에 불만을 드러내지 못한 채 날카로운 눈빛들만 보냈다. 평소 낙하산을 타고 내려온 윤희가 마음에 들지 않았던, 하지만 사장님에게 함부로 반기를 들 수 없었던 매니저는 때는 이때다, 윤희를 다그쳤다.

"허윤희 씨?"

윤희는 대답이 없었다. 매니저는 조용히 주위를 둘러보며 윤희의 소매를 잡아끌었다.

"허윤희 씨? 나 좀 봅시다."

윤희가 퍼뜩 정신을 차렸다. 그녀는 그대로 구십도로 허리를 숙였다.

"죄송합니다. 정신 차리고 일하겠습니다."

그러더니 힘차게 부엌으로 가서는 방금 작동을 마친 식기세척기를 열고 접시들을 챙겼다. 그러나 그러지 말았어야 했다. 와장창, 윤희는 들고 있던 접시를 모두 떨어뜨려 깨뜨리고 말았다. 식사 중이던 손님들의 시선이 일제히 주방으로 쏠렸다. 다행히 주방 안인지라 그 모습을 볼 수 있는 사람은 없었다.

매니저가 벌게진 얼굴로 달려와 윤희를 나무랐다.

"허윤희 씨? 사장님 인맥 타고 오면 이래도 되는 건가?"

윤희는 입술을 깨물었다. 매니저가 자신을 어찌 보는지는 이미 잘 알고 있었다. 편견을 없애보고자 특히나 더 열심히 했기에 근육통에 시달린 터였다. 그러나 반박할 말이 없었다. 스스로도 오늘 하루, 자신이 딴생각에 빠져 있었다는 걸 잘 알고 있었다.

라플라카, 그와 얼굴 마주 보고 대화를 한 게 언제였더라?

아무리 생각해 봐도 기억나지 않았다. 그럴 리가 없다고, 그저 기억해 내지 못하는 것뿐이라고, 워낙 흔해 빠진 일상이라 기억에 남지 않은 것뿐이라고 위안도 해보았으나 소용없었다. 늘 따뜻하게 미리 준비된 이부자리, 거지꼴로 파김치가 되어 잠이 들었는데 일어나 보면 보이는 잘 정리된 행거와 어쩐지 개운한 몸 상태, 늘 빠짐없이 준비되어 있는 따뜻한 밥상, 늘 말끔하게 정리되어 있는 좁은 집과 옷가지……

분명 라플라카와 함께 살고 있는 증거들이 지천에 깔렸는데 왜 대화를 한 기억이 나지 않는단 말인가?

몇 번이나 휴대전화를 들어보았다. 그러나 차마 문자를 보낼

수가 없었다. 전화통화를 해보고 싶었으나 겁이 났다. 아니 공포
스러웠다.

"허윤희 씨? 내 말이 말 같지 않아?"

잔소리를 퍼붓는 와중에도 딴 세상에 가 있는 윤희의 행동에
매니저는 머리끝까지 화를 냈다. 그러나 윤희의 도망간 정신은
돌아올 줄 몰랐다.

"허윤희 씨!"

"무슨 일이죠?"

때마침 소현이 주방으로 들어왔다. 하루에 한 번 출근 도장을
꼭꼭 찍던 소현이었기에 별스런 일은 아니었다. 그럼에도 매니저
는 크게 당황하며 어쩔 줄 모르겠는 얼굴로 윤희와 소현을 번갈
아 바라보다가 굳게 결심한 듯, 입을 열었다.

"허윤희 씨가 그릇을 깼습니다."

그는 당당하게 보란 듯이 여전히 남아 있는, 다른 직원들이 치
우고 있던 파편을 가리켰다. 주변을 훑어본 소현이 윤희를 바라
보았다. 윤희는 소현이 온 것도 모른 채 여전히 딴 세상이었다.

"윤희야?"

소현이 불러보았다. 그러나 윤희는 고개만 돌릴 뿐, 눈을 맞추
지 못했다. 그녀의 눈동자는 공허하게 허공의 어딘가를 바라보
고 있을 따름이었다. 소현은 단박에 그녀에게 무슨 문제가 있음
을 알아챘다.

"윤희는 오늘 조퇴해야겠네요. 죄송해요."

소현은 정중하게 허리를 숙여 매니저와 직원들에게 사죄했다.
그들은 어찌할 바를 몰라 안절부절못했다. 소현은 그들을 뒤로

한 채 윤희를 탈의실로 데려가 코트를 입히고 소지품을 챙겨 들게 했다. 윤희는 꼭두각시 인형처럼 소현이 입히면 입히는 대로 들리면 들리는 대로 그저 움직였다. 소현이 아무것도 하지 않자 윤희도 그대로 행동을 멈춘 채 가만히 서 있기만 했다. 한숨을 내쉰 소현이 입을 열었다.

"윤희야."

윤희의 고개가 움직였다. 소현을 향한 고갯짓이었다. 그러나 그 시선의 끝엔 소현이 없었다. 소현이 한 번 더 부드럽게 불렀다.

"윤희야."

윤희의 눈동자가 흔들렸다. 한참을 방황하던 끝에 비로소 눈동자에 소현이 맺혔다. 소현이 빙그레 미소 지었다.

"무슨 일이야?"

소현의 질문은 한참이 걸려 윤희의 정신에 닿았다. 윤희가 간신히 입을 열었다.

"내가…… 큰 실수를 한 거 같아."

말을 뱉어낸 윤희의 눈에서 왈칵 눈물이 쏟아졌다. 소현은 얼른 윤희를 품에 안고 어깨를 다독여 주었다.

"무슨 실수를 했는데? 또 무슨 문제가 있는 거야?"

소현의 품에서 윤희가 세차게 도리질 쳤다.

"내 탓이야. 내가……. 나 때문에…… 그가 사라진 거야!"

윤희의 울음소리가 더욱 커졌다. 소현은 흘깃, 문이 굳게 닫혀 있는지 확인했다. 그러나 보지 않아도 문밖에 몇몇이 엿듣고 있음을 알 수 있었다.

"자자, 그러지 말고 나가서 이야기하자."

소현은 얼른 윤희의 눈물을 닦아내며 등을 떠다밀었다. 문이 열린 후부터는 최대한 자신의 몸으로 윤희를 가리며 식당을 빠져 나왔다. 주차장에 도착한 소현은 윤희를 조수석에 앉히고 안전 벨트까지 매준 후 운전석에 자리 잡았다.

"그가 사라졌다는 게 무슨 소리야?"

그러나 윤희는 여전히 같은 말을 되풀이했다. 그게 무슨 소린 지 소현은 이해할 수 없었다. 그저 지난번, 어둠 속으로 깡충거리며 뛰어들던 윤희를 떠올릴 뿐이었다. 분명 애인에게나 할 법한 행동이었다. 소현은 그때 그 남자와 잘못된 게 분명하다는 결론을 내렸다.

"집 주소나 말해봐. 데려다줄게."

소현이 스마트폰의 내비게이션을 작동시키며 말했다. 윤희는 쿨쩍거리며 술술 주소를 불었다.

운전하며 오는 내내 윤희는 유리창에 머리를 대고 훌쩍거리기 바빴다. 윤희의 훌쩍임을 들으며 소현은 속으로 얼굴 한 번 본 적 없는 윤희의 '남친'을 욕했다. 망할 새끼, 지깟 게 뭔데 우리 윤희 를……

차분하게 생각할 여유를 얻은 윤희는 비로소 현실을 직시했다. 시간이 멈춰 버린 공모전 달력과 사라진 라플라카. 갑자기 더 서러워졌다. 모두 자신의 책임이었다. 자신의 행동에 대한 결과였다. 돈을 벌겠다는 것도 꿈이 아니던가? 돈이 목표인 생을 천박하다 말하는 건 소설 속 세상 물정 모르는 꼰대들이나 하는 게 아니던가? 그런데 어째서? 여전히 꿈을 갖고 있고 행복하다 여기고 있었는데 대체 왜!

윤희는 또 크게 소리 내어 울었다.

푸른 하늘을 바라보며 아, 맑은 날씨로구나, 감탄을 터뜨려 본 적이 언제였던가? 까르르 웃음을 터뜨리며 달려가는 어린아이들을 보며 흐뭇한 미소를 지어본 것은 또 언제였던가? 한푼 두푼 없는 돈을 모아 찾아온 어린 커플들의 알콩달콩을 보며 참 좋을 때다~ 하고 중얼거려 본 적은 또 언제였을까?

윤희는 가을 단풍을 기억하지 못했다. 울긋불긋, 나뭇잎을 주워 책갈피를 만드는 것도, 공원에 나가 높고 푸른 하늘을 벗 삼아 책 한 권 읽다 오는 것도 올해는 없었다. 심지어 얼마 전 첫눈이 왔던 날에는 어떠했던가? 막차를 타고 집으로 돌아오는 길, 질척한 길을 보고 아, 눈이 왔었지……. 했던 게 전부였다. 살면서 한 번도 빼먹지 않고 감탄을 터뜨렸던 첫눈, 늘 소소하게라도 끄적이게 했던 그 아름다운 첫눈을 난생처음 기념하지 않았다.

설움이 밀려들었다. 사실, 윤희는 이미 모든 것을 알고 있었다.

창문가에 떨어진 붉디붉은 단풍을 보며 하나 주워볼까, 생각했었다. 그러나 이내 고개를 돌려 외면하고 홀 청소를 했다. 푸른 하늘을 보며 읽고 싶은 책이 있었다. 그러나 당장 해결해야 할 돈 문제에 다시 골몰했다. 첫눈이 오던 날, 조용하고 포근한 세상을 보며 문득, 발자국 그림을 그려볼까 하는 생각을 했었다. 그러나 단 일 분도 지체할 수 없을 새벽 출근길이었다.

자신은 이미 모든 것을 알고 있었다는 걸 깨달았다. 그저 목표가 바뀐 것뿐이라고 자위했으나 거짓이라는 걸 마음 깊은 곳에서 알고 있었음을 알았다. 그렇지 않고서야 라플라카를 잃은 것이 이렇게 사무치게 아프지는 않으리라.

집에 도착했지만 윤희는 온몸에 힘이 없었다. 한숨을 한번 내쉰 소현은 윤희를 부축했다. 윤희는 휘청거리며 간신히 현관의 비밀번호를 눌렀다. 띠릭, 문이 열리자 소현이 잠시 머뭇거렸다.

"어……. 연락 없이 들이닥쳐 죄송합니다. 윤희가 상태가 많이 안 좋아서 바래다주느라고요."

현관 앞에 서 있던 라플라카의 눈이 커다래졌다. 소현의 부축을 받고 간신히 서 있던 윤희도 홱 고개를 돌려 소현을 쳐다봤다.

"기집애야, 같이 사는 남자가 있으면 있다고 말을 해줬어야지."

소현이 난감한 얼굴로 타박을 했다. 동시에 그녀는 혼란스러웠다. 남친하고 헤어졌다고 울고불고 난리 친 게 아니었던가? 그럼 이 남자는 뭐란 말인가? 그런 그녀에게 윤희가 소리쳤다.

"왜 너는 보이는 거야!"

윤희는 온몸으로 분노를 뿜어냈다. 소현은 영문을 모르는 얼굴로 멍하니 있을 뿐이었다.

"앞에 있으니 보이지 왜 보이냐고 묻는……."

"너같은 애가 꿈과 행복이 뭔지 안다니! 말도 안 되잖아!"

윤희가 버럭 내지른 소리에 소현이 눈살을 찌푸렸다. 팔짱을 낀 소현이 살짝 떨리는 음성으로 대꾸했다.

"뭔가 대단히 화나는 일이 있는 건 알겠는데 말이 좀 심하다고 생각하지 않니? 비록 그런 일을 했지만 나도 사람이야. 당연히 꿈도 있고 행복이 뭔지도 알아."

입술을 깨물고 안절부절못하던 윤희가 와락 소현의 목을 끌어안았다.

"미안해. 잘못한 건 난데……. 내가 잘못한 건데……."

윤희는 미안하단 말을 끊임없이 반복했다. 소현은 윤희를 다독였다.

"알아. 이유는 모르지만 뭔가 일이 있어서 그런 거. 그러니까 이제 진정하고 말 좀 해봐."

윤희는 여전히 앵무새처럼 미안하단 말만 했다. 절레절레 고개를 흔든 소현이 고개를 돌렸다.

"뭐해요? 남자친구면 좀 달래봐요. 그렇게 멀거니 보고만 있지 말고."

라플라카를 향한 말이었다. 그러나 라플라카는 얼어 있었다. 눈동자가 심하게 흔들렸다. 소현과 눈을 맞춘 그가 천천히 입을 열었다.

"내…… 가 보여요?"

소현이 눈살을 찌푸렸다. 여전히 엉엉 울며 미안하다고 반복해대는 윤희를 다독이며 라플라카에게 쏘아붙였다.

"아니, 둘 다 왜 그래요? 지금 나 데리고 장난해요? 내가 뭐 장님인가?"

그러나 라플라카도 윤희도 아무 변화가 없었다. 결국, 소현은 윤희를 힘차게 라플라카에게 밀었다. 라플라카는 어영부영 윤희를 받아 안았다. 라플라카의 품에 안긴 윤희의 눈이 커졌다. 라플라카는 정확히 윤희의 얼굴을 바라보고 있는 반면, 윤희는 그의 뒤편 어딘가를 허무하게 바라보고 있었다. 비로소 소현도 뭔가 이상하다는 걸 깨달았다.

"뭐야? 너 어디 아프니? 왜 그래?"

소현이 다급하게 윤희의 여기저기를 만져 보았다. 그러나 이상이 있는 곳은 없었다. 소현은 여전히 안심할 수 없었다.

"너 설마 눈에 이상 생긴 거야? 이거 보여?"

소현이 윤희의 눈앞에서 이리저리 손을 흔들었다. 윤희의 눈동자는 무의식중에도 눈앞에서 흔들리는 소현의 손을 따라 이리저리 움직였다. 그러나 소현이 손을 치우면 다시 라플라카를 통과해 허공을 바라보았다.

"세상에, 뭐야? 정말로 안 보이는 거야?"

라플라카가 입술을 깨물었다. 윤희가 더듬더듬 라플라카의 몸을 더듬었다. 조금씩 더듬더듬 위로 향하던 윤희의 손이 드디어 라플라카의 얼굴에 닿았다.

"너 여기 있는 거야?"

윤희가 물었다. 라플라카가 고개를 끄덕였다. 그의 얼굴에 손이 닿아 있는 상태라 윤희는 그 행동을 느낄 수 있었다. 주룩, 눈물이 흘러내렸다.

"계속 있었던 거야?"

라플라카가 또 고개를 끄덕였다. 윤희는 두 눈을 감고 와락 라플라카를 끌어안았다.

"매일 밤 안아주었던 거지?"

라플라카는 이번에도 묵묵히 고개를 끄덕였다.

"바보야. 말을 해주지 그랬어. 목소리가 들리질 않으면 문자라도 보내지 그랬어. 내가 보낸 문자에 꼬박꼬박 답신을 보내줬었잖아. 왜 그랬던 거야? 왜 나를 바보로 만든 거야!"

윤희가 엉엉 소리 내어 울었다. 눈에 보이진 않지만 따스한 그의 체온이, 부드러운 그의 손짓이, 두근거리는 그의 맥박이 고스란히 느껴져 더욱 서글펐다.

라플라카는 조심스럽게 윤희를 현관 앞 방바닥에 앉혀 신을
벗겼다. 스르륵 사라졌다 나타나는 신발을 보며 윤희는 입술을
깨물었다.

띠링, 문자가 왔다. 윤희는 신경 쓰지 않았다. 지금은 그보다
더 중요한 게 있었다. 그런데 윤희의 가방이 사라지는가 싶더니
다시 모습을 드러내고 동시에 윤희의 손에는 핸드폰이 들려 있었
다. 화면이 켜진 채였다.

〈밥은?〉

라플라카의 문자였다. 윤희가 피식 웃었다.

"이 와중에 밥이 넘어가니?"

띠링, 또 문자가 왔다.

〈당연하지 다 먹고 살자고 하는 일인데.〉

윤희는 다급한 손짓으로 흘러내리는 눈물과 남아 있는 눈물
자국을 닦아내고는 활짝 웃었다.

"아직 안 먹었어."

띠링, 핸드폰이 또 울렸다.

〈오늘 이렇게 일찍 올 줄 몰랐어. 조금만 기다려.〉

윤희가 기세좋게 고개를 끄덕이며 대꾸했다.

"응. 기다릴게."

말을 마친 윤희는 벌떡 일어나 욕실로 들어갔다. 이내 쏴아,
시원한 물소리가 들렸다. 물끄러미 욕실 문을 바라보던 라플라카
가 그제야 멀뚱히 서 있던 소현에게 말했다.

"식사는요?"

"아직…… 안 했어요."

라플라카가 옆으로 비켜서며 방 안을 향해 팔을 뻗었다.

"들어오세요. 밥 금방 돼요."

"아, 네."

소현은 쭈뼛거리며 방 안으로 들었다.

작은 방이었다. 앉은뱅이책상 옆에 자리를 잡자 모든 것이 한 눈에 보였다. 라플라카는 이내 능숙하게 앞치마를 두르고 식사 준비를 시작하는가 싶더니 뭔가 막 생각난 듯 플라스틱 수납장을 열었다. 그리고 그 안에서 뭔가를 꺼내 소현에게 내밀었다. 소현 이 물었다.

"윤희…… 옷이 왜요?"

그것은 윤희의 속옷 한 세트와 티셔츠 그리고 추리닝 바지였다.

"윤희가 그냥 들어가서요."

라플라카가 욕실을 눈짓했다. 소현은 한숨을 폭 내쉬었다.

"직접 가져다주면 되잖아요."

라플라카가 피식 웃었다.

"그게, 싫어하더라고요."

소현이 고개를 갸웃거렸다.

"안 했어요?"

"뭘요?"

"섹스."

라플라카가 얼굴을 빨갛게 물들이더니 횡설수설했다.

"아니 그건 아닌데…… 아니, 했다는 건 또 아니고, 아니, 그 게 또 안 했다는 것도 아니지만…… 프라이버시도 있는 거고 윤

희가 싫어하기도 하고 나도 좀 그렇기도 하고 윤희가 그러고 있는
거 보면 또 난감하기도…… 아니, 그건 또 아니고……!"

소현이 큭큭 웃더니 라플라카에게서 윤희의 옷가지를 받아들
고 자리에서 일어났다. 라플라카는 난감한 상황을 얼른 벗어나
야겠다고 여긴 것인지 홱 몸을 돌려 다시 싱크대로 향했다.

소현이 똑똑 욕실문을 노크했다.

"누, 누구세요?"

"나야. 옷 가져왔어."

달칵, 살며시 문이 열렸다. 문 뒤에서 물을 뚝뚝 흘리는 윤희
가 고개를 빼꼼 내밀더니 팔을 뻗었다.

"고, 고마워."

옷을 낚아챈 윤희는 냉큼 문을 닫아버렸다. 아마 소현에게도
보여주기 싫은 모양이었다. 소현이 고개를 절레절레 흔들었다.

윤희는 말개진 얼굴로 나와 방 한가운데 앉아선 멀거니 싱크대
를 바라보았다.

스르륵, 도마가 사라졌다. 사라졌던 도마는 조리대 위에서 다
시 모습을 드러냈다. 덜컥, 싱크대 하부장 문이 열리는가 싶더니
문짝에 걸려 있던 거치대의 식칼 하나가 스르륵 사라졌다. 냉장
고가 어느 순간 활짝 내부를 드러냈다. 그 안에서 당당한 자태를
뽐내고 있던 당근 하나가 휘릭 자취를 감췄다. 냉장고 문은 눈
깜빡할 사이에 다시 단단히 닫혀 있었다. 도마 위에서 통통통 납
작하게 썰린 당근 토막들이 한 개 두 개 모습을 드러냈다. 가지런
히 누워 있는 모습이었다. 당근 토막들은 착착착 채 썰린 당근으
로 변해 버렸다. 쏴아, 수도꼭지가 물을 쏟아냈다. 뒤이어 뚝뚝

물을 흘리는 식칼이 건조대 위 수저통에 꽂힌 채로 모습을 드러 냈다.

윤희는 꿋꿋하게 눈물을 참아냈다. 이렇게 보이는 거구나……. 어떻게 이런 걸 보고도 아무렇지 않게 여길 수 있을까? 말이 안 되지 않는가? 그러다 이내 이해했다. 자신은 벌써 근 이십 일 동 안 그를 보지 못했으면서도 깨닫지 못하고 있었다. 남들이 들으면 어떻게 그런 일이 있을 수 있느냐며 비웃을 일이 아니지 않은가?

"그래서 설명은 언제 해줄 거야?"

한참이나 윤희와 라플라카를 관찰한 소현이 입을 열었다. 윤 희는 틀림없이 라플라카를 보지 못하고 있었다. 계속된 관찰로 얻은 결론이었다. 소현은 도저히 믿을 수 없었다. 당당히 자신의 눈앞에 서 있는 저 잘생긴 미남자가 어째서 윤희의 눈엔 보이지 않는단 말인가?

"그게……."

윤희는 여전히 싱크대 위에서 벌어지고 있는 마법 같은 일을 지켜보며 천천히 설명을 시작했다. 소현은 묵묵히 듣기만 했다. 추임새 한번 감탄사 한번 없었다.

어느덧 작은 밥상이 방 한가운데 펼쳐졌다. 정갈하고 소박한 밑반찬들이 차려졌다. 이인분이었다. 그즈음, 윤희의 설명이 끝 났다. 소현은 말이 없었다. 깊은 생각에 잠긴 눈치였다.

밥상을 한번 훑은 윤희가 물었다.

"왜 이인분이야? 너는?"

차마 허공을 보고 말힐 수가 없어 밥상에 시선을 둔 질문이었 다. 잠시 후 띠링, 핸드폰이 울렸다.

〈난 괜찮아. 식기 전에 어서 먹어.〉

"돈 걱정……."

'하지 말라니까'는 밖으로 튀어나오지 못했다. 그간 돈돈거린 건 자신이지 않은가? 차마 라플라카의 얼굴을 볼 수 없었다. 지금 이 순간만큼은 그를 볼 수 없는 게 참 다행이지 싶었다.

"먹자."

윤희가 소현을 일깨웠다. 소현이 퍼뜩 정신을 차린 듯 응, 하더니 수저를 들었다.

윤희는 입맛이 없었다. 그러나 그가 해준 밥을 그렇게 내버려둘 생각도 없었다. 윤희는 억지로 꼭꼭 씹어 밥을 삼켰다. 스르륵, 밥상 위에 물 잔이 나타났다. 윤희가 씩 웃었다.

"고마워."

윤희가 물잔을 들어 한 모금 마셨다. 그리고 두 번째 밥술을 떴다. 멍하니 먹는 둥 마는 둥 하고 있던 소현이 물었다.

"그러니까 꿈과 희망이 없으면 그를 볼 수 없다 그거야?"

이미 입에 들어온 밥을 꼭꼭 씹으며 윤희가 고개를 끄덕였다. 소현이 재차 확인했다.

"네가 돈 때문에 글쓰기를 멈추고 꿈을 잃어버려서 그를 볼 수 없게 된 거고?"

윤희는 슬픈 얼굴로 고개를 숙이며 자그맣게 '응' 했다. 소현이 고개를 돌려 라플라카를 보았다. 그는 윤희의 옆에서 윤희만 보고 있는 참이었다.

"그런데도 그렇게 남아 있는 거예요? 당신의 존재 자체를 볼 수도 들을 수도 없는 사람 곁에서?"

"내가 볼 수 있으니까."

윤희에게서 시선 한번 떼지 않고 내뱉은 말이었다.

소현은 속으로 감탄을 터뜨렸다.

그 일을 하면서 참, 남자란 존재에 신물이 났다. 아내와 아이의 사진으로 가득한 스마트폰을 들고 신혼 때 어땠는지 연애 때 어땠는지를 행복한 얼굴로 줄줄 읊어대면서도 한 손으론 자신의 몸뚱이를 주물거리는 남자들이 수두룩했다. 아내는 여전히 자신이 이런 곳에 오는지 눈치조차 채지 못하고 있다며 어쩜 그리 바보 같냐는 식으로 호탕하게 웃으며 떠들어대던 치들도 있었다. 더욱 놀라운 것은 그들 대부분이 있는 듯 없는 듯 길거리에서 흔하게 마주치는 평범한 아저씨들이란 사실이었다. 그래도 성매매를 하는 사람은 어디 한 군데 나사가 빠진 남자겠지, 원래부터 유흥을 즐기는 날라리겠지 하는 생각을 했었건만 한해 두해 시간이 지날수록 길가에서 흔히 볼 수 있는 아저씨 1, 2, 3이 주 방문자라는 걸 알게 되면서 소현은 남자를 믿지 않게 되었다.

그런데 자신이 보아온 그 어떤 타입에도 속하지 않는 남자가 눈앞에 있었다.

잠시라도 눈을 떼면 윤희가 사라질까 봐 안타까움이 가득한 눈빛으로 내내 지켜보며 살뜰히 챙기는 남자와 그 남자가 차려준 밥을 입맛 하나 없으면서 쌀 한 톨 버리지 않겠단 각오로 꼭꼭 씹어 삼키는 여자.

물끄러미 둘을 바라보던 소현이 자리에서 일어나 윤희의 책장으로 다가갔다. 그리곤 하나하나 차근차근 책등을 훑었다. 이내 착착착 예닐곱 권의 책이 뽑혀 나왔다.

소현이 다시 자리에 앉았다. 들고 온 책은 윤희 곁에 내려놓았다.

"역시, 너는 못 버렸네."

윤희는 물끄러미 소현이 내려놓은 책을 만져보았다. 쓴웃음이 나왔다.

왜 문창과에 왔느냐는 질문이 있었다. 어떤 상황에서 그런 질문을 받았는지는 기억나지 않았다. 윤희는 당당히 자신이 글쓰기를 결심하게 된 책의 제목을 말했다. 불행히도 선배들이 모르는 작가의 알지 못하는 책이었다. 서로를 쳐다보며 너는 아는 사람이냐는 질문이 오가는 와중에 한 교수님께서 입을 여셨다.

"그 책을 어디서 봤지?"

잔뜩 굳은 얼굴로 건넨 질문이었다. 윤희는 활짝 웃으며 대답했다.

윤희가 십대 시절을 보낸 작은 아파트 단지에는 도서대여점이 하나 있었다. 딱히 취미랄 게 없었던 윤희의 모든 용돈은 바로 그 대여점에 바쳐졌다. 문턱이 닳도록 들락이며 닥치는 대로 읽었다. 그러다 보고 또 보고 싶은 책은 서점으로 달려가 직접 구입했다. 윤희가 언급한 책은 그렇게 사서 모은 책 중 하나였다.

윤희의 당당하고도 쾌활한 대답에 교수님은 눈살을 찌푸리셨다.

"그런 되먹지 못한 책들은 당장 내다 버려."

그 순간 윤희의 심정이 어떠했는지는 말로 설명할 수 없을 정도였다. 그분은 단순한 교수가 아니었다. 문단에서 알아주는 이름 있는 분이었다. 하늘 같은 대선배이자 스승이며 자신의 롤 모델로 삼아야만 하는 분의 말씀이었다. 내키지 않았으나 윤희는 꾸역꾸역 책장을 정리했다. 어린 시절부터 사 모았던 수많은 책들이 하나하나 버려졌다. 그러나 그 와중에도 끝끝내 버리지 못한 책이 있었다.

소현이 꺼내놓은 책이 바로 그 책들이었다.

"난 이 책들 다 잃어버렸어."

소현의 눈빛이 아련해졌다.

"어수선하게 장례 치르고 일을 시작하고 이사를 하고……. 정신 차려보니 책은 한 권도 없더라."

꺼내놓은 책 중 하나를 유독 안타깝게 바라보던 소현이 얼른 활짝 웃었다.

"근데 역시 넌 아직도 갖고 있었어. 참 다행스럽게도 말이야."

"아니 그건 그냥……."

윤희의 눈동자가 흔들렸다. 그녀의 눈동자가 진초록 잎사귀와 새빨간 꽃잎이 눈에 띄게 대비되는 낡은 표지를 쓸었다. 그 책을 처음 읽던 날, 그날의 감동이 고스란히 떠올랐다. 무슨 내용인지는 희미해서 기억나지 않으나, 그날의 감동만큼은 또렷하게 생각났다.

"이 책들, 다시 한 번 읽어봐."

윤희가 눈을 들어 소현을 보았다. 소현이 다시 한 번 힘주어 말했다.

"지금까지 이십삼 일 일했잖아. 휴일 포함 딱 일주일 남았네. 남은 일주일간 출근하지 말고 하루에 한 권씩 책을 읽고 감상문을 써와. 그게 남은 일주일간 네가 할 일이야."

"소현아, 그게 무슨……."

"그리고……."

소현은 윤희의 말은 듣지도 않은 채 자신의 핸드백을 끌어당겼다. 지퍼를 열자 화장품이 든 파우치를 비롯한 개인 소지품 사이로 책 한 권이 모습을 드러냈다.

"자. 이 책도 거기 포함이야."

윤희의 책만큼은 아니어도 제법 손때 묻은 작은 책이었다.

"이 책은 뭐야?"

"나영 선배 책이야."

"나영…… 선배?"

윤희의 눈동자가 커졌다. 믿을 수 없는 눈치였다. 윤희가 되물었다.

"설마 그 나영 선배?"

"응. 혜경이 부모님 때문에 퇴출당한 그 나영 선배."

윤희는 깜짝 놀라 책의 저자 이름을 살펴보았다. 〈이나〉라고 적혀 있었다. 윤희의 시선이 꽂힌 저자명을 확인한 소현이 씩 웃었다.

"또 그들이 어떻게 찾아와 무슨 짓을 할지 몰라서 겁나셨다더라. 하지만 자신의 이름을 버리고 싶지 않았대. 그래서 그걸 필명으로 하셨대."

나영 선배, 그녀의 이름은 이나영이었다.

"대체 무슨 수로 출판을……."

"우리 대학 다닐 때 주고받던 대화 기억나?"

주고받은 대화가 어디 한두 개던가? 윤희가 선뜻 대답하지 못하자 소현이 다시 입을 열었다.

"쓰고 싶은 글과 써야 하는 글 사이의 괴리감 때문에 항상 어려워했었잖아."

"아, 그거……."

교수님들은 글에 철학을 담아야 한다고 했다. 세상의 문제를 꼬집어야 한다고 했다. 그러나 윤희와 소현은 달랐다. 두 사람은 글에 행복을 담아야 한다고 여기고 있었다. 철없던 신입생 때는 당당히 그런 의견을 주장하기도 했었다. 그러나 그들의 의견은 곧 철저히 무시당했다. 어느덧 두 사람 또한 그 이야기는 하지 않게 되었다. 그저 단둘이 있을 때 종종 그 의아함에 대한 이야기를 나누었을 뿐이었다.

"우리는 글을 쓰려면 무조건 문창과를 나와야 하고 무조건 등단을 해야 한다고 여기고 있었잖아. 근데 나도 나중에 알게 된 거지만 그렇지 않더라고."

"등단을 하지 않고도 글을 쓴다고? 너 설마……."

소현이 고개를 끄덕였다.

"응. 네가 생각하는 그거."

윤희는 마뜩찮은 얼굴이었다. 학교를 다니며 받은 교육을 무시할 순 없었다. 윤희는 미심쩍은 눈으로 나영 선배의 책을 보았다. 그런 윤희를 향해 작게 한숨을 내쉰 소현이 라플라카를 가리

컸다. 영문을 모르는 라플라카가 살짝 고개를 갸웃했다.

"윤희 너, 내가 왜 저 사람을 볼 수 있느냐고 궁금해했었지?"

윤희가 크게 당황했다.

"아니, 아까 그건 내가 실수로……. 미안해!"

윤희는 얼른 목소리를 높이더니 넙죽 엎드려 사죄했다. 제아무리 화가 났다 하더라도 절대로 해선 안 되는 말임을 잘 알고 있었다. 소현이 생긋 웃었다.

"아냐. 네 말이 맞아. 우리 중에 꿈과 희망을 가진 사람은 없어."

"아니, 나는……."

윤희는 연신 난처한 표정을 했다. 소현은 라플라카가 윤희를 위해 가져왔던 물 잔을 들어 목을 축이곤 눈을 내리깔았다.

"나도 처음엔 그랬어. 생각 없는 인형처럼 그렇게 멍하니 하루하루를 보냈지. 그렇게 한 해가량 흘렀나? 어느 날 어린 후배 하나가 생겼어. 근데 그 애는 늘 생기발랄하더라. 신기했지. 어떻게 그럴 수 있을까?"

소현은 그 후배가 정말 신기했다. 어떻게 이 일을 하면서 저렇게 아무렇지 않을 수 있을까? 몇날 며칠을 살펴보았지만 도저히 그 이유를 알 수 없었다. 그래서 소현은 어느 날 대놓고 물어보기로 했다. 암울하기 짝이 없는 이 삶을 헤쳐 나갈 수 있게 해주는 어떤 뭔가가 있다면 자신도 그걸 갖고 싶었다.

그 후배는 소현을 물끄러미 바라보더니 책 한 권을 꺼내놓았다. 이게 무슨 의미냐는 물음에 자신은 책을 통해 스트레스를 해소한다고 했다.

"어떤 강력계 형사님을 만난 적 있어요. 그분이 말하길 형사 일을 오래 하다 보니 세상이 온통 더럽게 보였대요. 그래서 난을 기르기 시작했고 이후로 마음의 짐이 좀 덜어지더래요."

그 이유를 알 수는 없었지만 어렴풋이 뭔가를 알게 됐더란다. 그래서 그녀는 이 거지 같은 일의 반대편에 있는 게 무얼까 생각해 봤단다. 그래서 선택한 게 로맨스 소설을 읽는 거였고 놀랍게도 효과가 있었다고 했다.

게다가 그 후배가 한번 읽어보라며 건네준 그 책은 우연인지 필연인지 나영 선배의 데뷔작이었다.

"나도 그 책을 통해서 깨달았어. 그 후배완 조금 다른 방향이었지. 후배는 스트레스를 해소하는 데 그쳤다고 했지만 난 그 책을 읽으며 너와 했던 많은 대화들을 떠올렸어."

"글쓰기를 마음먹은 계기……."

윤희가 중얼거리자 소현이 힘차게 고개를 끄덕였다.

"맞아. 글쓰기가 인생의 전부였던 시절, 그 시절이 너무 그리운 거야. 그리고 다시 그렇게 할 수 있을 거란 이유 모를 자신감이 들더라. 나영 선배잖아. 그 나영 선배도 이렇게 보란 듯이 책을 냈는데 우리라고 못할 게 뭐가 있어? 그래서 이후로 열심히 일했어. 이 악물고 일해서 빚 다 갚고 거꾸로 저축을 시작했지. 양심이고 뭐고 다 팔았어. 스폰도 많이 받았어. 그렇게 악착같이 돈을 모았고 드디어 끝냈어."

"끝?"

"응. 나 이제 일 그만둘 거야. 실질적으론 벌써 그만뒀어. 나도 일주일 후면 이제 완전히 그쪽하고 손 떼는 게 돼. 나 좋다고 죽자고 매달리는 치가 몇 있긴 한데 그들만 떼어내면 완전히 쫑."

"그럼 설마……."

윤희는 설마설마했다. 그러나 그 설마가 맞았다.

"응. 나도 다시 글 쓰고 있어. 일 년 전쯤부터 구상해서 하나하나 낙서하듯 채워 나간 것에 불과하지만."

"소현아……."

윤희의 눈에서 왈칵 눈물이 쏟아졌다. 소현은 그런 윤희를 조심스레 다독여 주었다.

"윤희야. 네 상황을 봐. 네 상황은 아무리 봐도 나쁘지 않아. 빚 없고 집 있잖아. 심지어……."

소현이 라플라카를 보았다. 라플라카는 뒤에 이어질 말이 예상된 듯 민망한 얼굴로 흠흠 헛기침을 했다.

"이렇게 살신성인 너를 뒷바라지하는 남자친구도 있잖아. 그런 네가 나보다 못할 게 뭐야? 너도 할 수 있어."

소현의 품에서 몸을 일으킨 윤희가 눈물을 닦아내며 말했다.

"하지만 출판을 하려면 등단부터……."

소현이 눈살을 찌푸렸다.

"네게 글쓰기의 꿈을 심어준 건 교수님들이 내다 버리라고 했던 이 책이야."

소현은 탕탕, 소리 나게 꺼내놓은 책을 내려쳤다.

"근데 그런 이 책을 쓰레기라 말했던 교수님들이 출판의 올곧은 길이라고 주장하는 등단을 꼭 해야 할까?"

소현이 책의 윗면을 쓸어보았다. 먼지가 묻어났다.

"이것 봐. 너 한동안 이 책은 거들떠보지도 않은 거잖아. 왜 그랬어? 교수님들 때문에 그런 거잖아. 문장 버린다고, 글 버린다고, 다 내다 버리라고 했던 그 말, 그 말이 봉인이 된 거잖아. 내가 장담하는데 그간 네가 써온 글들, 네 의도와 다를걸? 아마 등단에 적합한 글, 교수님들의 입맛에 맞는 글, 그런 글을 썼을 거야. 맞지?"

윤희의 심장이 철렁 떨어졌다. 완벽한 정곡을 찔린 탓이었다. 윤희의 얼굴에 그 당황이 고스란히 떠올랐다. 소현의 목소리가 높아졌다.

"잘 생각해. 네가 원하는 게 뭐야? 교수님들한테 인정받는 것? 아니면 책 잘 팔아 돈 잘 버는 것?"

윤희는 천천히 고개를 저었다. 잔뜩 일그러진 얼굴이었다.

"아냐. 난 그런 걸 원해본 적은 한 번도 없어. 난 단지……."

윤희 대신 소현이 말을 맺었다.

"그냥 네가 행복해지는, 읽는 사람이 행복해지는 글쓰기를 하고 싶었던 거잖아."

주룩, 윤희의 눈에서 눈물이 흘러내렸다. 윤희는 그 눈물을 닦아낼 생각도 못한 채 고개를 떨궜다.

윤희의 손이 낡은 책으로 다가갔다. 자신을 행복하게 했던 책. 단순한 텍스트로 이토록 사람을 행복하게 해줄 수 있다니……. 그것은 놀라운 일이었다. 그래서 갖게 된 꿈이었다. 그랬건만…….

내내 윤희와 소현을 번갈아 바라보기만 하던 라플라카가 팔을 뻗었다. 그는 조심스럽게 책 위에 올려진 윤희의 손을 감싸 쥐었다. 윤희가 고개를 들었다. 그러나 이내 눈을 감았다. 윤희는 그의 따스한 온기를 느꼈다.

"너도…… 그렇게 생각해?"

라플라카는 빙그레 웃으며 윤희의 손등을 쓸어주었다. 윤희는 차마 겁이 나서 눈을 뜨지 못했다. 두 사람을 물끄러미 지켜보던 소현이 얼른 나섰다.

"자. 그럼 남은 일주일, 이 책들 다 읽고 감상문 쓰기 오케이?"

윤희가 불안하게 눈을 떴다. 애써 라플라카를 찾지 않는 척하며 소현을 바라본 윤희가 입을 열었다.

"하지만 일을 하기로 해놓고 안 나가면 너는……."

매니저가 떠올랐다. 소현의 인맥을 타고 떨어진 낙하산이라고 흰눈으로 보고 있지 않았던가? 그 상황에서 소현에게 누가 되지 않기 위해 더더욱 열심히 일해왔던 윤희였다. 그러나 소현은 어깨를 한번 으쓱하는 게 다였다.

"내가 사장인데 누가 뭐래?"

당당한 그녀의 반응에 윤희가 피식 웃더니 고개를 끄덕였다.

"알았어. 한번 해볼게."

윤희는 책들을 다시 반듯하게 정리해 앉은뱅이책상에 올려두었다. 문득, 여전히 9월을 가리키고 있는 달력이 눈에 거슬렸다. 윤희는 공모전 일정이 빼곡한 그 달력을 들어 재활용쓰레기를 모아놓은 박스에 던져 버리고 돌아와 다시 수저를 들었다.

오후 3시 30분. 띡띡띡띡, 비번 누르는 소리가 들렸다. 멍하니 앉아 있던 라플라카가 벌떡 일어나 현관 앞으로 다가갔다. 띠리릭, 소리와 함께 문이 열렸다.

"다녀왔습니다."

모처럼만의 환한 대낮의 귀가였다. 그러나 윤희는 기세 좋게 귀가를 알린 것과 달리 여전히 현관 문고리를 잡고 있었다. 겁이 났다. 그녀는 너무나 겁이 나서 차마 뒤를 돌아보지 못했다. 질 끈 감은 두 눈이 그것을 증명하고 있었다.

안타까운 눈으로 바라보던 라플라카는 조심스럽게 다가가 윤 희를 안아주었다. 윤희가 흠칫 몸을 떠는 게 느껴졌다. 그러나 그녀는 끝끝내 눈을 뜨지 않았다. 눈만 감고 있으면 아무것도 변 한 게 없는 세상이었다. 따스한 체온, 마음 편안해지는 체취, 모 두 느껴졌으니까.

그러나 계속 그러고 있을 수는 없었다. 라플라카는 조심스럽 게 윤희에게서 떨어졌다. 윤희는 내키지 않는 듯 천천히 눈을 떴 다. 여전히 그는 보이지 않았다.

띠링, 하는 소리에 윤희가 얼른 문자를 확인했다.

〈친구가 낸 숙제를 해야지.〉

윤희가 힘겹게 미소 지었다.

"응. 그래야지⋯⋯."

라플라카는 혹여라도 놀랠까, 조심스럽게 윤희의 코트와 목도 리를 벗겼다. 윤희는 다시 두 눈을 질끈 감고 그가 하는 대로 내 버려 두었다. 라플라카는 늘 그랬던 것처럼 모든 것을 제자리에 정돈했다.

좁은 방은 따스한 온기가 느껴지고 있었다. 반짝반짝 윤이 나 는 보잘것없는 세간살이의 광택은 모두 라플라카의 손길이었다.

그런데 그 사람은 보이지 않았다. 윤희는 또 눈물이 떨어질 거 같아 성큼성큼 걸어 책상 앞에 앉았다. 그가 보고 있을 게 빤해 눈물 흘리는 모습을 보여주고 싶지 않았다.

윤희는 쌓여 있는 책들을 물끄러미 바라보다가 나영 선배의 책을 집어 들었다. 자줏빛 바탕에 단조문양이 규칙적으로 박혀 있는 겉표지가 학교에서 보아오던 책들과 사뭇 달랐다. 책장을 펼치자 만화가의 멋들어진 일러스트도 들어 있었다. 윤희는 자신도 모르게 빙그레 미소 지었다. 교수님들과 선배들이 보았다면 당장에 기함할 그런 책을 펼쳤단 생각에 뭔지 모를 쾌감이 느껴졌다. 그러나 그게 다였다. 잠시 잠깐, 일탈과도 같은 쾌감을 느끼곤 다시 혼란스러움이 찾아왔다. 아무리 책을 읽어보려 해도 자꾸만 방 안을 훑어보게 되었다.

혹시라도 그가 보이진 않을까? 그러나 당연하게도 그는 보이지 않았다. 그걸 깨닫고 나면 윤희는 방 안에 아까 보았던 것과 뭐 달라진 건 없는지를 매섭게 찾아보았다. 그리고 뭔가 바뀐 것을 발견하면 안도했다. 그것은 곧, 그가 이 방에 있다는 증거였다.

아까부터 윤희가 하는 양을 물끄러미 바라보던 라플라카는 한숨을 내쉬었다. 그는 휴대전화를 꺼내 들고 한참이나 타이핑을 했다. 썼다 지웠다 썼다 지웠다 무한 반복을 한참이나 한 끝에 그가 전송 버튼을 눌렀다. 띠링, 문자가 왔음을 알리자 윤희는 책을 팽개치다시피 던지고 휴대전화를 꺼내 들었다.

〈불안해하지 마. 나는 항상 네 곁에 있어.〉

윤희가 슬프게 웃었다. 눈가가 촉촉하게 젖어들었다. 윤희의 앞에 어느새 다가와 앉은 라플라카가 있었지만 윤희는 그것도 모른 채 휴대전화를 두 손으로 꼭 움켜쥐고 울먹였다.

"그치만 보이질 않는걸……."

라플라카는 팔을 들어 윤희의 눈가에 맺힌 눈물을 부드럽게 닦아주었다. 윤희는 꿈이라도 꾸는 것처럼 두 눈을 감더니 자신의 손을 들어 그의 손을 덮었다.

"이렇게 하고 있으면 네가 있다는 걸 알겠는데 눈만 뜨면 넌 사라지고 없어. 네가 보이질 않으니까 너무 불안해서 아무것도 할 수 없어. 나 어떡하지?"

또르르, 또 눈물이 흘러내렸다. 라플라카는 무릎으로 일어섰다. 그리고 윤희의 뺨을 부드럽게 감싸더니 흘러내린 눈물을 입술로 닦아냈다. 부드럽지만 뜨거운 그의 입술을 느낀 윤희가 얼굴을 붉혔다. 그러나 잠깐이었다. 그의 손길도 그의 입술도 이내 사라졌다. 윤희의 표정이 차갑게 굳었다. 윤희의 눈동자가 어지럽게 방 안을 훑었다. 라플라카는 심장이 찢어지는 것만 같았다.

책을 다시 읽어야 했다. 소현이 어떤 의도에서 윤희에게 그런 일을 제안했는지는 그도 잘 알았다. 그래서 라플라카는 어떻게 해서든 윤희가 책을 읽게 해줘야 했다. 대체 무슨 방법이 있을까? 뭘 어떻게 해야 할까?

라플라카는 말없이 자리에서 일어나 바닥에 두툼한 요를 깔았다. 그리고 차렵이불을 돌돌 말아 거대한 쿠션처럼 만들었다. 잠시 고민한 그는 그대로 윤희를 번쩍 들어 올렸다. 윤희가 깜짝 놀라 꺅 소리를 질렀다. 눈을 감고 버둥거리던 그녀는 엉겁결에 라플라카의 목을 꽉 끌어안았다. 라플라카는 물씬 풍기는 윤희의 체취를 흠뻑 들이마시고 그대로 커다란 이불더미에 등을 기대고 앉아 있을 수 있도록 내려놓았다. 윤희의 무릎에 베개가 놓아졌다. 뒤이어 그 위에 책도 놓였다. 갑작스레 벌어진 일에 윤희는 어리둥절한 얼굴로 여전히 허공을 이리저리 둘러보았다.

라플라카가 그 옆에 나란히 벽에 기대앉았다. 바짝 붙어 앉은 터라 그의 움직임을 고스란히 느낀 윤희가 고개를 돌렸다. 예상과 달리 그가 보이지 않자 잠깐 윤희의 눈살이 찌푸려졌지만 이내 평온해졌다. 라플라카가 윤희의 손을 잡고 있었다.

문자는 오지 않았지만 윤희는 이게 무슨 의미인지 알았다. 라플라카는 부드럽게, 하지만 힘 있게 윤희의 손을 잡고 있었다. 절대로 놓지 않겠다는 듯, 하늘이 두 쪽이 나도 나는 절대로 이 손을 놓지 않겠다는 단호한 의지를 충분히 느낄 수 있었다.

빙그레 웃은 윤희가 말했다.

"알았어. 노력해 볼게."

윤희는 라플라카가 잡지 않은 다른 손으로 남아 있는 나머지 눈물을 모두 닦아내곤 책을 펼쳤다. 그가 손을 잡고 있는 터라 좀 불편했지만 윤희도 그리고 라플라카도 거기엔 개의치 않았다.

그러한 두 사람의 노력 끝에 윤희는 비로소 책에 몰입할 수 있었다.

째깍째깍 시간이 흘러갔다. 라플라카는 문득 방이 어두워진 것을 알았다. 창밖을 보니 해가 지고 있었다. 불을 켜줘야 하는데 일어날 수가 없었다. 윤희는 엄청난 집중력을 보이고 있었다. 손을 놓으면 그 집중이 깨질 것 같았다.

라플라카가 손가락을 튕겼다. 달칵, 하는 소리와 함께 전등 스위치가 켜졌다. 어스름해지고 있던 방이 환해졌다. 다행히 윤희는 그것조차 눈치채지 못했다.

곧 저녁 시간이 다가올 것이다. 그러나 라플라카는 아무것도 하지 못했다. 그는 그렇게 멀거니 윤희만 바라보았다. 윤희가 책에 푹 빠져 변화무쌍한 표정을 보이고 있는 걸 흐뭇한 눈으로 지켜봐 주었다.

드디어 윤희가 마지막 장을 덮었다. 이미 달이 높이 떠오른 시간이었다. 윤희는 무척이나 행복한 얼굴이었다.

그저 평범한 두 남녀에 대한 이야기였다. 충분히 주변에 있을 법한 그런 이야기였다. 그러나 문장 하나하나가 주는 여운은 대단했다. 윤희는 두 눈을 감고 스르륵, 라플라카의 어깨에 기댔다. 푹 젖은 이 여운에서 빠져나오고 싶지 않았다. 여전히 윤희의 손을 잡고 있던 라플라카는 잔뜩 기대를 품은 채 그런 윤희를 보았다.

잠시 후 반짝 눈을 뜬 윤희가 조심스레 라플라카의 손에서 자신의 손을 빼냈다. 라플라카는 순순히 그 손을 놓아주었다. 윤희는 정말 오랜만에 노트북을 켰다. 그리고 자신이 그간 등단을 위해 써왔던 글이 들어 있는 폴더를 열었다. 수없이 많은 미공개 원고가 있었다. 모두 한 번씩 미역국을 먹은 글들이었다. 남들은 하나의 원고를 수정하고 수정하고 또 수정한다지만 윤희는 그렇게 하지 않았다. 이유는 몰랐지만 그냥 싫었다. 그러다보니 쌓인 원고가 한둘이 아니었다.

"내가 장담하는데 그간 네가 써온 글들, 네 의도와 다를걸? 아마 등단에 적합한 글, 교수님들의 입맛에 맞는 글, 그런 글을 썼을 거야. 맞지?"

소현의 말이 떠올랐다. 갑자기 부끄러워졌다. 초심을 잃고 있었다. 그저 행복해지고 싶어서 글을 쓰려 했던 거였는데 어느덧 교수님이 원하는 글쓰기, 선배들이 좋아하는 글쓰기를 하고 있었다. 틀에 박혀 있는 누군가의 입맛을 따지고 계산하는 그런 글.

갑자기 등골이 오싹했다. 보다 일찍 깨달았다면 라플라카를 만날 수도 없었다. 그나마 다행한 것은 공식에 짜 맞춘 글을 쓰고 있으면서도 스스로 알지 못해 행복해하고 있었단 사실이다. 이 얼마나 대단한 타이밍이란 말인가?

노트북을 물끄러미 바라보던 윤희는 이내 미련 없이 모든 원고를 지워 버렸다. 너무나 아무렇지 않은 얼굴, 아무렇지 않은 손길이었다. 이내 휴지통까지 비우려는 걸 보면서 크게 당황한 라플라카가 얼른 문자를 보냈다.

〈ㅁ하는거야?〉

뒤이어 한 번 더 문자가 왔다.

〈뭐 하는 거야?〉

너무 놀란 탓에 오타를 확인할 새도 없이 보냈었던 라플라카가 재차 보내온 문자였다. 그것을 확인한 윤희가 갑자기 너털웃음을 터뜨렸다. 여전히 휴대전화를 손에 든 채로 라플라카는 멍하니 그런 윤희를 바라보기만 했다.

한참을 웃던 윤희가 간신히 웃음을 멈추고 고개를 돌렸다. 천천히 팔을 뻗어 앞을 더듬었다. 그러면 분명 지척에 있으리라. 윤희의 예상은 맞았다. 윤희가 뻗은 팔이 라플라카의 손에 닿았다. 처음에 라플라카는 윤희가 자신을 볼 수 있게 된 줄 알았다. 그래서 흠칫 떠는 것을 윤희가 느낄 정도였다. 더듬더듬 손, 손목, 팔, 팔꿈치를 더듬어 올라오는 손길을 보고서야 자신이 착각한 것을 알았다. 순식간에 실망이 밀려들었지만 라플라카는 이내 털어냈다.

한참을 더듬더듬 점점이 짚어 올라온 윤희의 손이 드디어 라플라카의 뺨에 닿았다. 한 손이 뺨에 닿았으니 그 뒤는 문제없었다. 윤희는 눈을 감고 반대 손도 들어 뻗었다. 이번엔 너무나도 쉽사리 라플라카의 반대편 뺨에 윤희의 손이 닿았다. 윤희는 그대로 눈을 감고 그를 끌어당겼다. 라플라카는 엉거주춤 윤희에게 끌려갔다. 그러나 뒤이어 다가올 일이 무엇인지 눈치챈 그도 천천히 눈을 감았다.

입맞춤은 길었다. 진하지 않았지만 충분히 따스한 키스였다.

뜨거운 입술이 도로 떨어져 나갔다. 라플라카도 윤희도 다시 눈을 뜨지 않았다. 윤희의 두 손은 여전히 라플라카의 뺨을 감싸고 있었다.

윤희가 입을 열었다.

"너를 꼭 되찾을 거야."

말을 마치자마자 팔을 뻗어 라플라카를 강하게 끌어안았다. 와락 당기는 손길에 라플라카가 균형을 잡기 애먹을 정도였다.

라플라카의 자세는 엉망으로 잔뜩 힘들어 보였다. 자신에게 쏠리는 무게로 윤희도 충분히 상황을 알 만하건만 그녀는 절대로 팔을 풀지 않았다. 도리어 더 꼭 그를 품에 안은 윤희가 나지막하게 중얼거렸다.

"너를 꼭 되찾을 거야. 그리고 다시는 잃지 않을 거야."

균형을 잡기 위해 다소 난처한 얼굴을 하고 있던 라플라카의 얼굴에 따스한 미소가 떠올랐다. 그는 어차피 윤희가 듣지 못할 것을 알면서도 속삭였다.

"나도 절대로 너를 잃지 않을 거야."

마치 그 말을 알아듣기라도 한 것처럼, 윤희의 얼굴에 환한 미소가 떠올랐다. 다시 두 눈을 감은 두 사람의 뜨거운 키스가 이어졌다.

에필로그

"몽식아! 나 커피 한 잔만!"

햇살 가득한 너른 거실, 타다닥, 키보드 소리가 바삐 울려 나오는 작은 서재, 라플라카가 정성 들여 가꾸는 베란다의 수많은 화분들, 그 틈을 노닐며 라플라카의 신경을 자극하는 돼호.

방 세 개, 스물일곱 평짜리 12층 아파트. 애지중지 키우는 화분에 또 돼호가 테러를 가할까 신경을 곤두세우고 있던 라플라카가 한숨을 작게 내쉬며 소파에서 일어났다. 그는 얌전히 부엌으로 가 커피머신에서 진한 커피를 내렸다. 윤희가 좋아하는 달달한 커피였다.

"그 몽식이라고 부르는 것 좀 그만하라니까?"

"어, 고마워."

모니터에 정신 팔린 윤희는 까칠한 얼굴로 동문서답했다.

그날 이후 윤희는 미친 듯이 글을 썼다. 다시 라플라카를 볼 수 있게 된 것은 당연지사였다.

윤희는 글 하나가 완결되면 이것저것 재고 따지지 않고 닥치고 여기저기 투고했다. 그렇게 일 년쯤 되던 날, 원고 하나가 계약이 되었다. 그날의 뛸 듯이 기뻐하던 윤희의 얼굴을 라플라카는 똑똑히 기억했다. 절대로 잊을 수 없는 날이었다.

불행히 판매량이 썩 좋지는 않았으나 윤희는 기특하게도 좌절하지 않았다. 통장의 잔고가 점점 줄어들었지만 거기에도 용케 신경을 쓰지 않았다. 그렇게 일 년쯤 또 지나자 출간한 글 중 하나가 대박을 냈다. 그날의 윤희는 그저 빙그레 웃는 게 다였다.

윤희는 더더욱 글에 매진했다. 라플라카는 그런 윤희를 살뜰히 보살폈다. 그렇게 몇 해를 더 보내고 드디어 두 사람은 보금자리를 옮길 수 있었다.

모니터 속으로 들어가기라도 할 듯한 윤희를 물끄러미 바라보던 라플라카는 이내 체념한 듯 터덜터덜 거실로 돌아왔다. 리모컨을 들어 텔레비전을 켜봤지만 그의 신경은 온통 윤희에게 향해 있었다.

심심했다. 윤희가 어찌나 열심히 일에 몰두하는지 가끔 서운할 지경이었다.

라플라카가 얼른 고개를 흔들었다.

"앉으면 눕고 싶다더니 대체 무슨 생각을 하고 있는 거냐?"

혼잣말을 중얼거린 라플라카는 텔레비전을 끄더니 벌떡 일어났다. 힐끔, 활짝 열린 방문 너머 열심히 일하는 윤희를 보노라니 저절로 미소가 머금어졌다.

라플라카는 용기 내어 다시 윤희에게 다가가 물었다.

"산책갈래?"

"응."

대답은 간단명료했는데 윤희의 신경은 여전히 모니터에 향해 있었다. 손을 멈춘 채 잔뜩 눈살을 찌푸리고 고심하는 게 뭔가 막힌 모양이었다.

라플라카는 피식 웃으며 윤희의 머리에 입을 맞췄다. 그제야 윤희가 얼굴을 붉히며 고개를 돌렸다.

"뭐야, 뜬금없이?"

"그냥 예뻐서."

"싱겁긴……."

그게 다였다. 윤희는 다시 글쓰기에 몰두했다. 라플라카는 윤희의 서재 한켠에 있는 커다란 빈백에 털썩 주저앉았다. 옆에 놓인 뚱땡이 펭귄 인형을 폭 끌어안은 채였다. 윤희는 그것을 아는지 모르는지 다시 열심히 타이핑을 시작했다. 아까와 달리 환해진 표정을 보니 막혔던 게 풀린 모양이었다.

라플라카의 얼굴에선 흐뭇한 미소가 떠나질 않았다. 이제 부족한 게 없었다. 윤희가 행복한 지금, 라플라카도 행복했다.

그저 단 한 가지……. 아쉬운 게 있었다.

윤희가 의자를 뒤로 밀더니 으아아, 기괴한 소리를 내며 기지개를 켰다. 뒤늦게 라플라카를 발견한 윤희의 눈이 동그래졌다.

"어? 거기서 뭐 해?"

"그냥 앉아 있는데?"

라플라카는 바보처럼 대답했다. 피식 웃은 윤희가 손을 내밀었다.

"가자."

"어딜?"

"산책 가자며."

라플라카가 씩 웃었다.

"뭐야, 못 들은 거 같았는데?"

"다 듣고 있었거든요? 몽.식.씨?"

라플라카가 눈을 흘겼다.

"못됐네."

"응. 나 못됐어. 그럼 산책 안 간다?"

라플라카는 벌떡 자리에서 일어나 윤희의 손을 낚아채다시피 잡았다.

"그런 게 어딨냐? 한입으로 두 말 하는 건 나쁜 거야."

그러곤 성큼성큼 현관으로 걸었다. 윤희는 피식피식 웃으며 쫄래쫄래 따라나갔다. 현관 앞에 선 라플라카가 문득 발을 멈추더니 뒤를 돌아보았다.

"왜?"

윤희는 천진난만하게 웃었다. 라플라카가 심각한 얼굴로 음, 하는 소리를 냈다.

"왜 그러는데?"

윤희는 정말로 영문을 모르겠는 얼굴이었다. 라플라카가 슬그머니 팔을 들어 현관 신발장 문짝에 붙어 있는 거울을 가리켰다.

"이거 한번 봐."

"거울을? 왜?"

윤희는 이리저리 얼굴을 돌려가며 거울을 살폈다. 전혀 모르겠단 얼굴이었다. 으이그, 한숨을 한번 내쉰 라플라카가 다시 윤희의 손을 잡더니 욕실로 끌고 들어갔다. 커다란 욕조와 샤워부스가 따로 있는 널따란 욕실엔 파우더룸도 별도로 붙어 있었다. 세면대로 데려간 라플라카는 물을 틀었다.

"세수해."

"세수?"

"응. 너 언제 세수했는지 알아?"

"음, 모르겠는데?"

라플라카가 눈살을 찌푸렸다.

"얼른 해. 눈곱이 덕지덕지……."

라플라카가 길게 한숨을 내쉬었다. 윤희는 허리를 숙이며 투덜거렸다.

"어차피 너는 봬도 않는데 뭐 어때 창피를 당해도 나 혼자 당할 텐데."

아무 악의 없는 말이었으나 라플라카는 찌릿한 통증을 느껴야만 했다. 어푸어푸, 몇 번인가 물을 묻힌 윤희는 수납장을 열어 새 수건을 꺼내서는 대충 물기를 닦아냈다.

"됐지? 이제 가자."

여전히 물이 잔뜩 묻어 있는 앞머리 하며 마찬가지로 물이 튄 데다 후줄근한 목 늘어난 티셔츠 하며……. 라플라카는 혀를 차며 이번엔 옷 방으로 잡아끌었다. 라플라카가 양쪽으로 길게 늘어선 붙박이장의 문 하나를 활짝 열었다. 아직 휑했지만 분명히 예전에 비하면 잔뜩 늘어난 윤희의 옷들이 모습을 드러냈다.

"뭐, 동네 산책하는데 꼭 옷까지 갈아입어야 해?"

"그럼 그 목 늘어난 티셔츠를 입고 나가려고?"

윤희가 고개를 숙여 자신을 훑었다.

"아니 이게 어디가 어때서?"

"그 예쁜 몸을 꼭 그런 데다……."

윤희의 티셔츠 끝을 잡고 휙 벗겨낸 라플라카가 말을 멈췄다. 투덜거리면서도 그가 하는 대로 내버려 뒀던 윤희는 엉망으로 형클어진 머리칼을 매만지다가 라플라카의 멍한 얼굴을 보았다.

윤희가 얼굴을 붉히며 눈을 흘겼다.

"뭐야? 엉큼하긴……."

라플라카의 시선은 윤희의 벗은 몸에 꽂혀 있었다. 윤희는 얼른 서랍을 열어 새 티셔츠를 꺼내 후다닥 머리를 꿰었다. 간신히 팔도 꿰어 옷을 정돈하려는데 라플라카의 커다란 손이 새로 꺼낸 붉은 티셔츠를 다시 휙, 벗겨 버렸다.

마주친 라플라카의 눈빛이 뜨거웠다. 윤희가 눈을 가늘게 뜨고 한마디 했다.

"변태."

라플라카는 씩 웃더니 터프하게 윤희의 허리를 끌어당겼다. 윤희는 가만히 눈을 감았다. 뜨거운 키스가 이어졌다. 마치 잡아먹을 듯, 자꾸만 라플라카가 다가드는 통에 주춤주춤 뒷걸음질 치던 윤희가 덜커덩, 옷장 문에 부딪쳤다.

"몽식아, 잠깐만. 여기는……."

라플라카가 잔뜩 얼굴을 찡그렸다.

"그 몽식이 소리 좀 안 하면 안 돼?"

윤희는 라플라카의 목을 와락 끌어안더니 소곤거렸다.

"싫어."

분명 자신의 의지에 반하는 대답이었건만 귓바퀴에 닿는 뜨거운 숨결에 라플라카는 모든 것을 잊어버리고 번쩍, 윤희를 안아 올렸다. 윤희는 까르르 웃으며 더욱 힘차게 라플라카를 끌어안았다. 라플라카는 성큼성큼 옷 방을 나와 침실로 들어가며 뒷발질로 쾅, 문을 닫아버렸다.

거실에 홀로 남은 돼호는 눈을 빛냈다. 드디어 호시탐탐 노리던 라플라카의 화분을 물어뜯을 절호의 기회가 왔음을 뚱땡이 돼호는 알고 있었다. 돼호는 신이 나 보였다. 폴폴폴 털을 휘날리며 베란다로 나간 돼호는 마음 놓고 화초를 물고 뜯고 씹고 맛보았다. 그렇게나 지키고 싶었던 화분들이었지만 늘 돼호에게 당하고 마는 데는 다 이유가 있었다.

한참이 흘러 달칵, 문이 열렸다. 알몸으로 나온 윤희는 마치 누구 지켜보는 사람이 거실에 있기라도 한 것처럼 후다닥 욕실로 뛰어 들어갔다. 슬쩍 열린 문 너머에서 마찬가지로 옷을 벗은 라플라카가 침실을 정리했다. 침대 시트를 가지런히 정리한 후 바닥에 굴러다니던 자신의 옷가지를 대충 꿰어 입은 라플라카는 윤희가 벗어둔 옷을 빨래바구니에 휙 던져 넣었다. 흥얼흥얼 콧노래까지 부르면서였다.

쏴아, 물소리가 시원한 욕실문을 바라본 라플라카는 씩 웃더니 가만히 주문을 외웠다. 세찬바람이 불기라도 한 것처럼 갈색 곱슬머리가 한바탕 휘몰아치고 다시 차분하게 가라앉았다.

돼호는 눈을 땡그랗게 뜨고 멍하니 라플라카를 바라보고 있었다. 화분 하나에 앞발을 턱 얹은 채였다. 한쪽 눈을 찡긋, 불편함을 표시한 라플라카가 터벅터벅 다가가 돼호를 화분으로부터 떼어놓으며 말했다.

"왜, 마법으로 샤워하는 거 첨 보냐?"

그제야 정신 차린 듯 돼호는 파바박 발버둥을 치며 라플라카의 손에서 벗어나더니 후다닥 몸을 감췄다. 돼호의 호들갑에 화분 하나가 발길에 채여 흔들거렸다. 라플라카가 얼른 그 화분을 잡아 똑바로 세웠다.

"너는 고양이가 무슨 풀을 그렇게 좋아하냐? 응?"

라플라카가 일갈했다. 그러나 돼호는 이미 보이지 않게 된 후였다.

"왜? 돼호가 또 화분 못살게 굴었어?"

머리를 털며 윤희가 물었다. 말개진 얼굴에 향긋한 장미향이 물씬 풍기고 있었다.

"응. 아무래도 캣글라스를 키워야 하나 봐."

벌떡 일어나 뚜벅뚜벅 다가온 라플라카가 가볍게 윤희의 이마에 키스하더니 수건을 빼앗았다.

"내가 해도 되는데……."

윤희가 말끝을 흐렸다. 얼굴은 좋아 죽겠는 표정이었다. 윤희의 손을 잡고 부드럽게 욕실의 파우더룸으로 이끈 라플라카가 드라이어를 꺼냈다.

"됐어. 내가 좋아서 하는 건데 뭐."

윤희가 의자에 앉자 위이잉 시끄러운 소리에 대화가 중단되었다. 그러나 두 사람 모두 행복해 보였다.

말끔해진 윤희와 언제나 말끔한 라플라카가 산책을 나섰다. 윤희가 이 아파트 단지로 이사를 오게 된 결정적인 이유, 멋들어진 공원에선 시원한 분수가 한창 쏟아지고 있었다.

"새 집, 참 마음에 들어 그치?"

"응."

두 사람은 벤치에 앉아 시원한 분수를 바라보았다. 한손에는 시원한 레모네이드 한 잔씩 든 채였다.

윤희가 스르륵 라플라카의 어깨에 머리를 기댔다. 라플라카는 그런 윤희를 한번 보곤 주위를 둘러보았다. 잔뜩 걱정스러운 얼굴이었다. 그리고 그 걱정을 일깨워 줄 커플을 발견하고 말았다.

두 사람은 연신 윤희를 손가락질하고 있었다. 라플라카는 두 눈을 질끈 감더니 이내 조용히 윤희를 일깨웠다.

"윤희야, 이제 들어가자."

"왜? 좀 더 있자. 바람이 참 시원하고 좋은데."

"닭곰탕 해줄게. 시간이 좀 걸리는 거라 그래."

"피이— 난 닭곰탕보다 그냥 이러고 있는 게 더 좋은데……."

"그래서 굶겠다고?"

라플라카가 짐짓 근엄해 보이는 목소리를 냈다. 윤희는 에휴, 하더니 똑바로 앉았다. 라플라카가 가장 싫어하는 게 밥 굶는 거란 걸 몇 년간의 생활로 뼈저리게 알고 있었다.

"알았어. 산책은 다음에 또 하지 뭐. 가자."

이내 체념한 윤희는 발딱 일어나 라플라카에게 손을 내밀었다. 그러나 라플라카는 선뜻 그 손을 잡지 못했다.

"왜?"

윤희가 고개를 갸웃거렸다. 라플라카는 여전히 멀뚱히 선 채로 자신들을 지켜보는 커플을 힐끗거렸다. 홱 고개를 돌린 윤희도 두 사람을 보았다. 그러나 라플라카와 달리 윤희는 뭐가 문제인지 모르는 눈치였다.

"왜?"

윤희가 재차 물었다. 라플라카가 웃으며 고개를 흔들었다.

"아냐, 가자."

라플라카도 벌떡 일어나 윤희의 손을 잡았다. 윤희는 행복한 얼굴로 팔을 흔들며 걸었다.

밤이 깊었다. 아무리 일이 밀려도 해가 지면 칼같이 잠드는 윤희였다. 종종 밤새워 글을 쓰고 싶어 했지만 라플라카는 용납하지 않았다.

둘이 함께 쓰는 침실 침대 위에서 윤희는 쿨쿨 잠들어 있었다. 라플라카는 그런 윤희의 머리칼을 연신 쓰다듬었다. 그런데 그의 표정은 조금 어두웠다.

자꾸만 낮에 자신들을 손가락질하던 커플이 생각났다. 갑자기 속이 답답해진 라플라카는 조심스레 침대에서 내려왔다. 마찬가지로 조심스럽게 침실 문을 닫고 나왔다. 거실에서 홀로 배회하던 돼호가 냐옹, 하는 소리를 냈다. 라플라카는 쉿, 손가락을 세워 입술에 대고는 신발을 신고 현관문을 열었다.

밤바람이 시원했다. 아무도 없는 빈 공원에서 라플라카는 그렇게 멀거니 앉아 있었다. 하아, 긴 한숨이 뿜어졌다.

행복했다. 너무 행복한데 그래서 욕심이 났다. 사람이 되고 싶었다. 사람이 되어 세상에 외치고 싶었다. 내가 윤희의 남자라고, 윤희는 내 여자라고 바락바락 소리를 지르고 싶었다.

"젠장……."

고양이가 개가 되고 싶어 하는 꼴이었다. 가능할 리가 없지 않은가? 라플라카는 벤치 등받이에 등을 기대고 축 늘어졌다.

한참을 그러고 있었다. 공원엔 인기척이 하나 없었다. 이미 새벽 4시. 가끔 순찰을 도는 경비원이 있을 뿐이었다.

멍하니 허공에 시선을 던져 두던 라플라카가 갑자기 몸을 바로 했다. 허리를 꼿꼿이 세운 그가 눈을 가늘게 떴다. 저 멀리 기묘한 게 보였다.

"어…… 설마……."

라플라카가 눈을 크게 떴다. 동시에 펑, 하는 소리를 내며 작게 변했다. 파라락, 보이지 않을만큼 날개가 바삐 움직이자 라플라카가 총알처럼 튀어나갔다.

"기다려!"

쌩, 하고 날아간 라플라카는 허공에서 펑, 하고 크게 변해서 상대를 붙잡으려 했다. 그러나 워낙 빠른 속도로 날았던지라 라플라카는 그대로 그 사람을 덮쳐 쓰러뜨리는 꼴이 되었다.

철퍼덕, 난데없이 나타난 라플라카 때문에 바닥에 쓰러진 사람이 꽥 비명을 질렀다.

"아, 뭐야 진짜……."

순간 민망해진 라플라카가 얼른 손을 내밀었다.

"미안…… 해."

남자가 물끄러미 고개를 들어 라플라카를 보았다. 그런데 그는 아무렇지 않아 보였다. 남자가 고개를 갸웃거렸다.

"뭐야? 왜 안 놀래?"

"뭐가?"

넘어진 남자가 어깨를 으쓱 하자 파라락, 그의 날개가 펄럭였다. 라플라카가 피식 웃었다. 번쩍, 빛이 뿜어지더니 라플라카의 등 뒤에서도 똑같이 생긴 날개가 모습을 드러냈다.

"뭐야, 동족이었어?"

남자가 피식 웃더니 라플라카가 내민 손을 잡고 자리에서 일어났다.

"이십년 만이네. 반가워 나는 키리에."

자신의 이름이 키리에임을 밝힌 남자가 이리저리 자신의 옷에 묻는 흙을 털어냈다.

"나는 라플라카. 뭐가 이십년 만인데?"

라플라카가 물었다. 키리에가 씩 웃으며 대꾸했다.

"같은 몽중인을 만난 것."

"……그렇게 우리가 드물어? 이십 년 만에 겨우 한 명 만날 만큼?"

걱정스럽게 라플라카가 뱉어낸 질문에 키리에가 깔깔깔 소리 높여 웃었다.

"야, 너 바보냐? 나를 볼 수 있는, 그러니까 행복한 몽중인 말야."

라플라카는 여전히 영문을 모르는 눈치였다. 혼자 한참을 웃던 키리에가 그제야 어색하게 웃음을 멈췄다.

"너 모르는구나?"

"뭘?"

키리에는 주위를 두리번거리더니 벤치 하나를 발견하고 털썩 주저앉았다.

"자, 너도 여기 앉아봐."

키리에가 통통 옆자리를 두들겼다. 라플라카는 살짝 거리를 두고 앉았다. 반가운 동족이긴 하나 아무래도 전혀 알지 못하는 낯선 상대인 것이 마음에 걸렸다. 키리에는 그런 라플라카의 태도에 전혀 관심이 없는 듯 기세등등한 태도로 말을 이었다.

"너도 알다시피 행복한 인간만 우리를 볼 수 있잖아? 마찬가지야. 우리도 행복해하지 않으면 동족을 볼 수 없어. 근데 불행하게도 그 사실 때문에 우리는 태반이 불행해하지. 그래서 서로를 볼 수 없는 게 정설이나 다름없어. 아주 어린애들, 혹은 드물게 행복한 녀석들만 서로를 볼 수 있지. 덕분에 숫자는 제법 되지만 절대로 서로를 발견할 수 없는 거지."

키리에가 말을 멈췄다. 멍하니 바라보던 라플라카는 한참이나 말이 이어지질 않자 의아했다.

"왜 말을 하다가 말아?"

"뭔 소리야? 난 할 말 다 했는데?"

"그게 다야?"

"뭐가?"

"우리에 관한 거, 우리끼리 사는 도시가 있지는 않은지, 많은 동족은 다 어디에 있는지, 우리는 어떻게 태어나고 어떻게 죽는지, 혹은……"

키리에가 흐응, 하더니 눈을 가늘게 뜨며 팔짱을 끼더니 말을 받았다.

"혹은 인간이 될 수는 없는지?"

라플라카가 벌떡 일어났다.

"뭐야? 내가 하려던 말을 어떻게 알아?"

매서운 얼굴이었다. 그러나 키리에의 반응은 상반됐다. 키리에는 또 한 번 크게 깔깔깔 웃었다.

"야, 뭘 그렇게 정색하고 그래? 아까 우리가 어떻게 죽느냐고 물었지? 우린 안 죽어. 근데 숫자는 자꾸 줄어들지. 왜 줄어드는지 알아?"

그 이유를 라플라카가 알 리 없었다. 살면서 몽중인을 만나본 적이 없으니 당연했다.

키리에가 정색을 하며 또박또박 말했다.

"이유는 단 하나, 모두가 인간이 되고 싶어 하고 인간이 되기 때문이지."

"인간이…… 된다고?"

라플라카가 멍청한 얼굴로 물으며 다시 털썩 주저앉았다. 키리에가 고개를 좌우로 까딱 까딱 하며 흥겨운 노래라도 흥얼거리듯 말했다.

"너도 알겠지만 이대로 사는 게 되게 거지같거든. 존재 자체가 의심스러우니까. 그래서 자살을 꿈꾸지. 근데 우리는 불사야. 죽을 방법은 딱 하나, 인간이 되어 자살하는 것밖에 없어."

라플라카의 뇌리에 자살이니 죽음이니 하는 단어는 들어오지 않았다. 중요한 것은 오직 하나였다.

"그러니까 인간이 될 수 있는 거야?"

"응."

"그게…… 가능하다고? 저, 정말?"

라플라카가 말을 더듬었다.

인간이 될 수 있단다. 그토록 소원했던 일이었다. 어쩜 자신은 행운아일지도 모른다. 세상에!

"근데 넌 특이하다? 보통은 죽고 싶어서 인간이 되고 싶어 하는데……."

키리에가 라플라카의 위아래를 훑었다.

"나를 볼 수 있는걸 보면 넌 지금 행복하단 건데 왜 인간이 되고 싶어 해?"

자신이 행복한 이유, 그것을 떠올린 라플라카의 얼굴에 홍조가 피어났다. 키리에가 피식, 웃음을 머금었다.

"흐응, 대체 뭐가 널 행복하게 했을까?"

민망해진 라플라카가 흠흠 헛기침을 하며 되물었다.

"그럼 넌 뭐 때문에 행복한 거야? 너도 나를 보고 있잖아."

"나야 뭐, 천성이 좀 긍정적이거든."

키리에는 자신만만한 태도로 어깨를 으쓱하며 말을 이었다.

"난 태어나서 지금까지 단 한 번도 몽중인을 보지 못한 적이 없어. 아마 최고 기록일걸?"

"부럽다……."

진심이 담긴 한마디였다. 활짝 웃어준 키리에는 이내 화제를 라플라카에게로 돌렸다.

"그래서 인간이 되는 방법을 정말 모른다는 거야?"

"응."

"알려주면 김 빠질 텐데."

"왜?"

"너무 간단해서."

"상관없어."

"진짜야. 너 충격받을걸?"

"그 정도야?"

키리에가 힘차게 고개를 끄덕였다.

"응. 스스로가 바보 같아져서 쥐구멍에라도 숨고 싶어질걸?"

"상관없어. 난 지금 겨우 창피함 따위에 물러설 기분이 아니야. 윤희를 위해서라도 기필코 인간이 되어야 해."

함께 데이트를 할 때마다 손가락질하는 사람들, 마트 장 한번 맘 편히 볼 수 없는 상황, 윤희를 위해 선물을 사다주고 싶어도 아무것도 살 수 없는 이 상태. 이제 끝내고 싶었다.

"그러니까 인간이 되고 싶은 게 여자 때문이었구나?"

키리에가 피식피식 웃었다. 라플라카가 얼굴을 붉혔다.

"아니, 뭐 꼭 그런 건 아니고……."

"아니, 사랑이 뭐 어때서 그렇게 빼? 자신감을 좀 가져봐. 세상에 사랑보다 위대한 건 없으니까."

키리에가 탕탕, 라플라카의 어깨를 두들겼다. 그 행동에 힘입은 라플라카가 고개를 빳빳이 들고는 활짝 웃었다.

"응. 위대한 사랑이야."

"바보 같기는……."

너무 당당한 라플라카의 행동에 키리에가 핀잔을 줬다. 라플라카는 민망해하며 도로 고개를 숙였다.

"너 진짜 개 같구나?"

"뭐? 개?"

번쩍 고개를 쳐든 라플라카가 키리에를 노려보았다. 라플라카의 반응에 잠시 당황한 키리에가 말을 바꿨다.

"아니 강아지. 개는 뭔 죄가 있다고 다들 욕으로 써먹어서 상황을 이렇게 이상하게 만든다니?"

"가, 강아지?"

금방 화를 냈던 게 무색할 만큼 라플라카는 눈에 띄게 당황했다.

"어, 너 대형 애완견 같아. 그 여자는 좋겠네. 부럽다……."

키리에의 부러움엔 진심이 담뿍 담겨 있었다. 슬금슬금 키리에의 손이 라플라카의 팔을 더듬었다. 무슨 의미인가 싶어 내버려 두었더니 그 손은 슬금슬금 셔츠 속으로 파고들었다.

키리에가 느끼한 목소리로 말했다.

"나 남자도 좋아한다?"

기겁한 라플라카가 냉큼 뒤로 물러나더니 소리쳤다.

"알려주기 싫으면 됐어! 난 윤희뿐……."

라플라카가 채 말을 끝맺기도 전에 키리에의 웃음소리가 사방으로 번져 나갔다.

"야, 나도 됐어. 지천에 깔린 게 섹시한 여잔데 무슨……."

라플라카는 그제야 윤희를 만나기 전, 여기저기 장난질을 치고 다니던 기억이 떠올랐다. 그리고 키리에 또한 자신이 그랬던 것처럼 장난질을 친 것에 불과하다는 걸 깨달았다.

라플라카는 민망함을 수습할 길이 없어 흠흠, 어색한 헛기침만 자꾸 해댔다.

"뭐 어쨌든 되게 진심인 거 같고 되게 급한 거 같으니까 알려줄게. 쥐구멍 파고 안 들어간다고 약속해."

키리에가 새끼손가락을 내밀었다. 라플라카는 이번엔 또 무슨 장난질이냐는 눈빛으로 매섭게 쏘아보았다.

"아, 이번엔 아냐. 진짜 너 걱정해서 하는 말이야."

몇 번이나 미심쩍게 쳐다본 라플라카는 어렵사리 새끼손가락을 걸었다. 키리에는 위아래로 새끼손가락이 걸린 손을 몇 번 흔들더니 확 풀어서 팽개치며 외쳤다.

"좋아! 이제 이 형님이 방법을 알려준다!"

라플라카의 눈에 기대가 한가득 차올랐다.

"기대하시라! 개봉 박두!"

키리에는 입으로 두두두두두두두 북소리를 냈다. 그에 따라 라플라카의 심장도 벌렁벌렁거렸다.

"방법은 간단해. 마법으로 뿅! 하면 끝나."

"마…… 법?"

라플라카는 선뜻 이해하지 못한 얼굴이었다. 잠시 살핀 키리에가 피식 웃더니 설명을 계속했다.

"너 옷 바꿔 입을 때 어떻게 해?"

"그냥 옷을 생각하고 마법을……."

말을 멈춘 라플라카의 얼굴이 확 붉어졌다. 그것을 감지한 키리에가 깔깔깔 웃었다.

"거봐라, 내가 쥐구멍 파고 싶어질 거라 그랬지?"

라플라카가 벌떡 일어났다. 펑, 하는 소리와 함께 작은 요정이 나타났다. 라플라카는 번개보다 더 빠르게 총알보다 더 빠르게 파라락, 날개를 움직여 그 자리를 휭 벗어났다.

"야! 조심해서 가고! 인간이 된 후에도 계속 행복하길 바란다!"

저 멀리 아득한 곳에서 키리에의 외침이 들려왔다. 라플라카는 그대로 하늘 높이 솟아올라 12층, 윤희의 집 베란다 방충망을 힘겹게 열고 들어왔다.

라플라카가 거친 숨을 몰아쉬었다.

세상에, 그렇게 간단할 줄이야. 나는 왜 그 생각을 못 했던 걸까? 키리에가 옳았다. 라플라카는 당장 쥐구멍에라도 들어가고 싶은 얼굴이었다. 어두컴컴한 거실 한쪽에서 사료를 먹고 있던 돼호가 이상하다는 듯 고개를 갸웃거렸다.

"너도 내가 멍청하다고 생각하는 거냐?"

돼호는 냐앙~ 한마디 하는 게 다였다. 라플라카가 눈살을 찌푸렸다.

"그래, 그 간단한 방법을 생각조차 못 했으니 바보같다고 할 수밖에……."

으악 으악 비명을 지르며 제 머리를 쥐어박던 라플라카는 순간 침실에서 들린 윤희의 잠꼬대에 흠칫 놀라 몸을 떨었다. 잠시 숨죽였던 그는 단순한 잠꼬대에 그친 것을 알고는 안도의 한숨을 내쉬었다. 덕분에 펄펄 들끓었던 창피함도 다소 가라앉아 있었다.

"마법으로 한방이라……."

라플라카는 눈을 감았다. 인간이 되길 소원한다라……. 빙그레 미소가 떠올랐다. 거실 바닥에서 기묘한 빛줄기가 솟아올랐다. 그 빛은 소용돌이를 그리며 나선형으로 라플라카를 타고 올랐다. 사방에서 바람이 불어오는 듯했다. 그러나 움직이는 것은 라플라카의 옷가지와 머리칼뿐이었다. 곁에서 멀거니 구경하는 돼호의 털은 한 가닥도 움직이지 않았다.

뱅글뱅글 돌던 빛줄기가 사라졌다. 머리칼이 차분하게 내려앉았다. 라플라카가 반짝 눈을 떴다. 겉보기엔 변한 게 아무것도 없었다. 그러나 라플라카는 알았다. 팔을 들어 손을 쥐었다 폈다 해보았다. 이내 빙그레 웃음 지었다. 전신을 맴돌던 마법이 사라진 것을 그는 확실하게 느낄 수 있었다.

라플라카는 뛸 듯이 기뻤다. 침실로 들어가는 그의 발걸음은 너무나 경쾌했다.

"뭐야…… 어디 갔다 와……."

윤희가 실눈을 뜨고 그를 보았다. 라플라카는 부드럽게 웃으며 쪽, 입을 맞췄다.

"잠깐 물 마시러 갔다 왔어."

윤희는 이미 다시 잠들어 있었다. 씩 웃은 라플라카는 이불 속에서 윤희를 꼭 안아주었다. 내일 아침이 되면 말해줘야지, 눈 뜨자마자 당당히 손 붙잡고 마트에 가야지, 당당히 짐도 내가 다 들고, 당당히 손도 잡고, 또 당당히 보란 듯이 키스도…….

상상만 해도 너무 좋아서 절로 웃음이 났다.

외전. 소현

서울은 오늘도 여지없이 꽉꽉 길이 막혀 있었다. 그 틈에 소현의 검은색 차도 끼어 있었다.

가다 서다를 반복하고 있지만 소현은 전혀 답답해 보이지 않았다. 음악을 틀어둔 것도 아닌데 흥얼흥얼 콧노래를 중얼거렸다. 가끔 고개도 흔들었는데 그때마다 머리칼 속에 숨어 있던 귀걸이가 반짝 모습을 드러내며 빛을 발했다.

콧노래 소리밖에 들리는 게 없던 소현의 차 안에 조용한 노래가 흐르기 시작했다. 소현이 핸들의 버튼을 눌렀다. 달칵, 하는 소리와 함께 윤희의 목소리가 자동차를 가득 메웠다.

[기지배야! 대체 언제 도착하는 거야?]

소현이 피식 웃었다.

"길이 막혀서."

[길 막힐 것까지 감안했어야지! 아님 지하철이라도 타든가!]

윤희는 잔뜩 성난 목소리였다. 그러나 소현의 얼굴에선 미소가 떠나지 않았다.

"걱정 마. 거의 다 왔어."

[거의 다 왔대놓고 이제 출발하고 뭐 그런 거 아냐?]

"윤희야. 사업하는 사람한테 약속은 칼이란다."

소현의 말투는 너무나 태연했다. 우습게도 소현은 아직 서울 한복판이었다. 그리고 윤희는 속아 넘어가지 않았다.

[웃기시네. 내가 한두 번 당하니?]

소현은 자신도 모르게 킬킬 웃음을 터뜨렸다.

"미안해. 일이 그렇게 됐어. 간밤에 글빨을 좀 받아서 밤을 샜거든. 운전하다 졸 수는 없어서 잠깐 잔다는 게……."

[시끄러! 빈손으로 오기만 해봐! 가만 안 둘 테니까!]

"걱정마라. 양손 가득! 묵직하게 간다. 맛난 거나 많이 해놓으라고 전해줘."

[오기나 해. 음식 다 식는다고 몽식이 완전 울상이라고.]

"뭐야? 그러니까 지금 몽식 씨가 울상이라 나한테 전화한 거였어?"

윤희의 목소리가 끊어졌다. 당황한 윤희의 얼굴을 고스란히 떠올린 소현이 또 킥킥거리고 웃었다.

"기지배야. 싱글 염장 그만 지르고 끊어. 그리고 나 아직 서울이야. 좀 걸린다."

[뭐? 아까는……]

"안녕!"

기세 좋게 외친 소현이 또 핸들의 버튼을 눌렀다. 그 순간 차내에 가득했던 윤희의 목소리가 사라져 버렸다.

띠링, 문자가 날아왔다. 흘깃 쳐다보니 윤희였다.

〈나쁜년.〉

덜렁 세 글자뿐이건만 소현은 빵 터져서는 깔깔깔 한참을 웃었다.

✠

복잡한 도로 위에서 한참을 가다서다 반복하다 보니 어느 순간 소현의 차는 시원시원한 속도를 내고 있었다. 그렇게 달리다보니 저 멀리 높다랗게 솟은 아파트들이 빼곡하게 나타났다. 소현은 익숙하게 차를 몰아갔다.

소현의 차가 지하주차장으로 들어갔다. 빈자리가 사방에 가득했지만 소현은 한참을 더 안으로 들어갔다.

저 멀리 1층으로 빠져나가는 계단이 보였다. 소현은 그 계단이 윤희의 집 703동으로 바로 이어진다는 걸 알고 있었다. 운좋게 바로 옆 자리가 비어 있었다.

소현은 빈자리에 차를 세우고 경쾌하게 계단을 올랐다. 계단을 빠져나오니 커다란 나무 사이로 오솔길이 사방으로 뻗어 있었다. 그러나 소현은 망설임 없이 길 하나를 택했다.

아직은 지어진 지 얼마 되지 않아 사람 보기 힘든 동네이건만 어쩐 일인지 오늘따라 웬 사내 하나가 있었다. 저승사자 흉내라도 내는 것인지 머리부터 발끝까지 검은색으로 빼입은 그 남자는 커다란 나무에 반쯤 기대 있었다. 그 남자는 소현이 스쳐 지나가는 것을 보곤 길게 휘파람을 불었다.

소현이 눈살을 찌푸리더니 홱 고개를 돌렸다. 남자는 팔짱을 딱 낀 채로 소현의 위아래를 훑어보고 있었다.

소현이 몸을 돌렸다. 또각또각 힘찬 발걸음으로 남자에게 다가갔다. 남자는 그 기세에 압도당했는지 자세를 바로하고 팔을 풀더니 두 눈을 크게 떴다.

"이봐요."

소현이 말을 걸자 남자가 움찔 놀랐다.

"여자는."

소현이 남자를 거칠게 밀었다. 남자가 가볍게 휘청거렸다.

"당신의."

소현이 좀 더 세게 남자를 밀었다. 남자는 또 한발 휘청거리며 뒤로 물러났다.

"눈요깃감이 아니야."

이번엔 온 힘을 다해 남자를 밀쳤다. 남자는 몇 발자국 휘청거리며 물러나가다 살짝 튀어나온 돌부리에 걸려 엉덩방아를 찧었다. 소현은 콧방귀를 뀌며 남자를 싸늘하게 쳐다보곤 다시 원래 가던 길로 돌아가려 했다.

바닥에 쓰러져 있던 남자가 벌떡 일어나더니 소현의 팔을 잡았다.

"잠깐만!"

소현이 거칠게 팔을 휘둘러 남자의 손을 떨쳐냈다.

"함부로 손대지 마!"

그러나 남자는 감격에 겨운 얼굴이었다.

"와우! 성깔까지 딱 내 스타일이야!"

소현의 얼굴이 구겨졌다. 말을 뱉은 남자는 실수였던 듯 깜짝 놀란 얼굴로 몇 번 제 입술을 때리더니 고개 숙여 사죄했다.

"미안, 생각을 꺼내 말하는 게 버릇이 되놔서 그래. 이해해 주라."

"꺼져."

소현은 벌레라도 씹은 얼굴이었다. 남자는 어리둥절한 얼굴로 서 있었다. 자신의 행동이 썩 예의 바르지 못하단 것은 알고 있었지만 그게 저렇게까지 혐오할 만한 것인지 궁금해하는 얼굴이었다.

어쨌든 남자는 소현을 포기할 생각이 없어보였다. 이미 저만큼 멀어진 소현의 뒤에 대고 남자가 소리쳤다.

"기다려 봐!"

소현은 그 소리를 무시했다. 남자가 훌쩍 허공으로 날아올랐다. 소리 없이 남자의 등에서 날개가 펼쳐졌다. 훌쩍 소현을 뛰어넘은 남자가 사뿐히 그녀의 앞을 가로막았다.

남자가 기쁜 얼굴로 말했다.

"그러니까 너는 내가 보이는 거지?"

우뚝 멈추어 서 있던 소현이 남자를 위아래로 훑었다. 그는 자신만만하게 등 뒤의 날개를 펄럭였다.

"이거 보여?"

소현의 시선은 분명하게 날개에 향해 있었다. 남자가 어깨를 으쓱했다. 드디어 둘 사이에서 자신이 우위를 점했다고 여긴 모양이었다. 그런데 소현이 콧방귀를 뀌었다.

"몽중인이라고 달라질 거 같아? 어림없어. 꺼져."

소현은 홱 남자를 지나쳐 다시 발걸음을 옮겼다. 남자는 바보 같은 얼굴을 하고 있었다. 오래가지는 않았다.

"기, 기다려 봐!"

남자가 홱 몸을 돌리더니 다시 파라락, 날개를 움직였다. 엘리베이터 앞에 도착한 소현의 곁에 사뿐히 내려앉은 그가 물었다.

"내가 보이는 것도 모자라 몽중인이 뭔지도 알아?"

소현이 남자를 흘깃거렸다. 그러나 그게 다였다. 띵, 하는 소리를 내며 엘리베이터가 열렸다. 소현이 12층 버튼을 눌렀다. 따라 탑승했던 남자가 눈을 빛냈다.

"12층! 나도 거기 친구 있는데!"

소현이 눈살을 찌푸렸다.

"설마 몽식 씨는 아니지?"

"몽식이? 아닌데? 그 녀석 이름은 라플라칸데?"

소현이 피식 웃었다. 뒤늦게 그 사실을 깨달은 듯 소현은 얼른 정색하고 혼잣말을 뱉어냈다.

"그럼 그렇지. 몽식이가 특별한 거였어."

남자는 소현에게 바짝 다가서며 물었다.

"그 녀석은 뭐가 특별한데?"

소현이 또 눈을 흘기며 날카롭게 외쳤다.

"달라붙지 마. 짜증나니까."

남자가 양손을 들고 항복하는 모션을 취하더니 얼른 한발 물러났다.

"미안. 버릇이 되놔서……."

소현은 흥, 크게 콧방귀를 뀌더니 엘리베이터에서 내렸다. 남자도 따라 내렸다.

"그래서 어쨌든 넌 내가 보이는 거잖아? 그치?"

소현은 아무 대꾸도 없었다. 그래도 남자는 상관없어 보였다.

"내 이름은 키리에라고 해. 너는 이름이 뭐야?"

소현은 마치 그가 보이지도 들리지도 않는다는 듯 초인종을 눌렀다. 짧은 기다림 후 달칵 문이 열렸다. 라플라카가 고개를 내밀었다.

"어서 와요."

소현을 보고 반갑게 맞이하던 라플라카가 그녀의 뒤에 있는 키리에를 발견하곤 눈살을 찌푸렸다.

"뭐야? 네가 왜……."

"몽식 씨 친구?"

소현의 물음에 라플라카가 얼른 고개를 흔들었다. 소현은 그럼 그렇지, 하는 얼굴로 휙, 제집인 양 안으로 들었다.

"그럼 나도……."

소현을 따라 들어가려던 키리에를 라플라카가 제지했다. 그러나 키리에는 피식 웃더니 펑, 요정으로 변해서는 그를 따돌려 버렸다. 라플라카가 눈살을 찌푸렸다. 이제 그로선 마법을 쓰는 상대를 제지할 방법이 없었다.

"어……?"

거실에서 소현을 반기고 있던 윤희가 어리둥절한 얼굴로 키리에를 보았다. 펑, 다시 크게 변한 키리에가 활짝 웃었다. 소현에게 부비적거리고 있던 돼호가 키리에를 보자마자 바짓가랑이를 붙들고 놀자고 애교를 부리기 시작했다.

키리에가 감격스러운 얼굴로 외쳤다.

"행복이 가득한 집! 감동적이야!"

뒤늦게 다가오는 라플라카에게 윤희가 눈으로 물었다. 라플라카는 한숨을 내쉬며 고개를 흔들 뿐이었다. 키득거린 키리에가 스스로 자신을 소개했다.

"나, 이제는 사람이 된 저 녀석 친구, 키리에라고 해. 내가 인간이 되는 방법을 알려줬지."

갑자기 윤희의 표정이 환해졌다.

"당신이었군요? 요즘 라플라카가 외출이 잦아져서 여자인가 했는데……."

윤희가 눈을 흘겼다.

"남자친구였어? 집에도 좀 데려오지 그랬어?"

"아니 나는……."

윤희를 독식하고 싶었다고는 차마 말을 꺼내지 못하는 라플라카였다.

윤희가 키리에를 보고 활짝 웃었다.

"환영해요. 오늘은 라플라카가 인간이 된 것을 축하하는 파티니까 라플라카의 친구라면 대환영이에요."

"그럼 기꺼이……."

키리에가 정중히, 그러나 마치 유럽의 중세시대에서 날아오기라도 한 것처럼 한손을 가슴에 대고 깊이 허리를 숙였다. 잠깐 당황스러운 얼굴로 쳐다보던 윤희도 얼른 허리를 숙였다. 몸을 세

388 내 사랑 몽식이

운 키리에가 생긋 웃더니 자신을 소개했다.

"저는 몽중인, 키리에라고 합니다."

"저는……."

윤희가 따라 자신을 소개하려는데 키리에가 냉큼 끼어들었다.

"알아요, 윤희 씨. 저 녀석이 행복한 이유."

키리에가 라플라카를 힐끔거렸다. 윤희는 뭐가 그리 부끄러운지 얼굴을 붉히며 키리에를 거실로 인도했다. 윤희의 인도에 따라 거실에 도착한 키리에는 먼저 와서 앉아 있던 소현의 옆자리에 털썩 주저앉았다. 소현이 대놓고 싫은 티를 냈다. 키리에가 작게 속삭였다.

"그럼 저 여자 옆에 앉을까?"

키리에가 윤희와 라플라카를 눈짓했다. 서로 마주보고 웃음 짓고 있는 커플을 본 소현은 어쩔 수 없다는 듯 한숨을 내쉬었다.

"자, 다들 맛있게 드세요. 라플라카가 며칠 전부터 김치까지 새로 싹 담았답니다."

윤희는 집주인답게 대접을 시작했다. 분명 라플라카가 주인공인 잔치였건만 어느덧 다시 앞치마를 두른 라플라카도 당연하다는 듯 곁에서 윤희를 보조했다.

"뜨거우니까 내가 할게."

"내가 애냐?"

윤희는 걱정하는 라플라카에게 눈을 흘기고 냄비를 들었다. 라플라카는 마치 물가에 아이를 내놓은 어미처럼 그런 윤희의 뒤를 졸졸졸 따라왔다. 키리에가 호들갑을 떨며 이미 상다리가 부러지게 차려진 반찬들을 이리저리 치우고 냄비가 놓일 자리를 만들었다. 윤희는 활짝 웃으며 그 자리에 냄비를 놓았다.

"자! 기대하시라! 몽식이가 공들여 끓인 밀푀유…… 앗 뜨거!"

"윤희야!"

야심차게 라플라카의 요리를 소개하려던 윤희는 의지가 너무 앞선 탓에 그만 냄비 뚜껑을 맨손으로 붙들었다. 라플라카가 다급하게 불러봤지만 윤희의 손이 좀 더 빨랐다. 요란한 소리를 내며 냄비 뚜껑은 제자리로 다시 돌아갔다. 다행히 살짝 들어 올리다 만 터라 음식상은 크게 상하지 않았다.

"얼른 찬물로 식히자."

"그냥 살짝……."

"얼른!"

라플라카의 성화에 윤희는 말 잘듣는 강아지처럼 일어나 라플라카를 따랐다. 라플라카는 냉장고에서 얼음을 꺼내 볼에 담고 정수기에서 냉수를 받았다.

"그냥 손끝 살짝인데……."

"열기 안 빼면 화상 된다고."

라플라카는 단호했다. 윤희는 좋은 듯 싫은 듯 알 수 없는 표정을 하고 볼에 손을 담갔다. 아일랜드 식탁에서 머리를 맞대고 앉아 있는 두 사람을 보며 빙그레 웃은 소현이 투덜거렸다.

"저것들이 끝까지 염장을 지르네."

진심은 아니었다. 소현의 미소는 흐뭇해 보였다. 그러나 그 사실을 모르는 키리에가 찰싹 달라붙어 중얼거렸다.

"부러우면 나는 어때?"

소현이 거칠게 그를 밀어냈다. 키리에는 포기하지 않았다.

"에이, 그러지 말고 너도 한 마리 키우지 그래? 날이면 날마다 오는 기회가 아니야. 마법 쓸 줄 아는 남친! 얼마나 좋아?"

소현은 매서운 눈으로 키리에를 돌아보았다. 눈이 마주친 키리에는 자신의 장점을 어필이라도 하려는 모양인지 활짝 웃었다. 문득 그 미소가 너무 환해서 눈이 부시단 생각이 들었다. 소현은 문득 가끔 생각하던 아쉬움을 떠올렸다.

지금 삶에 부족한 건 없었다. 하지만 종종 아쉬운 게 있었다.

연애나 결혼 따위 애초에 머릿속에서 지워 버린 지 오래였다. 하지만 하늘이 무너져도 서로를 믿고 의지할 수 있는 반쪽. 남녀노소를 떠나서 그런 존재는 하나쯤 있음 좋겠다 싶기도 했다. 당장은 윤희가 있었지만 영원히 윤희와 라플라카 사이에 끼어 있을 수도 없을 노릇이었으니…….

소현은 작게 한숨을 내쉬었다. 참으로 야무진 꿈이었다. 키리에는 여전히 소현을 뚫어져라 바라보고 있었다. 생글생글 웃어가면서…….

일을 그만둔 후 몇 명인가 구애하던 남자가 있었다. 그러나 하나같이 덜떨어진, 명품백에 외제차라는 소현의 겉모습에 혹한 남자들이었다. 소현은 그 남자들을 떼어낼 때 사용했던 방법을 이번에도 써먹어보기로 했다.

소현이 입을 열었다.

"난 네가 감당할 수 없을 과거를 가지고 있어."

보통 여기까지만 운을 떼면 남자들은 멈칫했다. 그러나 키리에는 어깨를 으쓱하더니 줄줄 과거사를 읊어냈다.

"예전에 언제더라……. 지금부터 아득히 먼 옛날이었어. 어떤 여자가 있었어. 그 여자애는 나를 자기가 모셔야 될 신인 줄 알았지. 뭐 어쩌다보니 그 애랑 부부지연을 맺었어. 근데 인간은 참 금방 죽어. 그 애가 죽던 날 세상이 다 싫어지더군. 그녀가 절대 죽지 말라고만 안 했으면 나도 따라 죽었을 거야. 그래서 난 산 것도 죽은 것도 아닌 상태로 물 위에 둥둥 떠다니기만 했어. 얼마나 오랜 기간이었는지 기억도 안나. 어느날 문득 정신을 차려보니 저 멀리 비행기가 날아 다니더군. 물론 그땐 그게 비행기인 줄도 몰랐지만."

잠시 키리에가 눈을 감았다. 감정을 추스르는 모양이었다. 그러나 오래 걸리지는 않았다. 반짝, 다시 눈뜬 키리에가 평온한 어투로 말했다.

"난 살면서 한 번도 그 애를 잊어본 적이 없어. 솔직히 잊을 자신도 없어. 행복하게 살라던 유언이 아니었으면 난 진작에 따라 죽었을 만큼."

뒤이어 어느새 원래대로 돌아온 듯 씩 개구쟁이처럼 미소 지었다.

"이정도면 공평한 거 같은데?"

소현이 얼굴을 찡그렸다.

"그거랑은 차원이 다른데?"

그제야 키리에가 웃음을 지웠다. 소현을 물끄러미 바라보던 키리에는 라플라카 쪽으로 고개를 돌리며 말했다.

"이제 기억났어. 저 녀석 애인한테 목숨만큼 귀한 친구가 있다고 했는데……."

키리에의 시선이 다시 소현에게 향했다. 어느덧 다시 개구쟁이 같은 미소가 떠올라 있었다.

"네가 '그' 소현이구나?"

소현은 아무 대답도 할 수 없었다. 라플라카가 어디까지 이야기했을까? 윤희와 라플라카 사이에 비밀은 없어 보였는데…….

소현이 얼굴을 구겼다.

"나에 대해 대체 뭘 얼마나 알고 있는거지?"

그러나 키리에는 여전히 아무렇지 않은 얼굴로 엉뚱한 질문을 꺼내들었다.

"길고 긴 인간의 역사에서 여성의 직업 1위가 뭔지 알아?"

소현은 대답하지 못했다. 알 수 있을 리 없었다.

"바로 네가 했던 그거."

소현이 입술을 깨물었다. 키리에는 정확히 다 알고 있는 게 분명했다. 그런데도 키리에는 여전히 아무렇지 않은 얼굴로 말을 이었다.

"정말 좋아서 그 일을 하는 선택한 여자는 아무도 없어. 간혹 아닌 것처럼 보이는 여자들도 있긴 한데 그 여자들은 다른 일을 해도 똑같이 열심히 했을 여자들이지. 옛날 여자들은 직업을 가질 수 없었던 거 알지? 그래서 남편이든 아버지든 아들이든 남자라는 울타리를 잃은 가난한 여자들은 다들 호구지책, 먹고 살아야 하니까, 죽을 수 없으니까 자신이 할 수 있는 유일한 일을 선택할 수밖에 없어. 선택은 선택인데 선택이라고 할 수가 없다고. 아니면 죽어야 했으니까. 그리고……."

키리에가 잠시 소현의 눈을 바라보더니 말을 이었다. 개구쟁이는 어디 가고 한가득 진지한 눈빛이었다.

"내가 듣기로 너도 그랬던 걸로 아는데?"

소현은 눈을 감아버렸다. 돌이켜 생각하고 싶지 않은 과거였다. 소현이 괴로워하는 것을 느낀 듯 분위기를 반전시켜 보려 함인지 키리에가 활기차게 말을 이었다.

"그리고 제일 중요한 건 내가 괜찮다는데 누가 뭐래? 그게 제일 중요한 거 아닌가?"

소현이 헛웃음을 터뜨렸다.

"그럼 죽어버린 여자를 가슴에 품고 있다는 너를 나는 왜 받아들여야 하는데?"

키리에가 씩 웃었다.

"성깔도 얼굴도 내 스타일이니까."

소현은 어이없었다.

"네가 나를 받아들이려는 이유 말고 내가 너를 받아들여야 되는 이유."

"말했잖아. 내 스타일이니까. 내가 원하니까. 대체 뭐가 더 필요해?"

소현은 그의 사고구조를 꿰뚫기가 어렵겠지 싶었다. 그래서 방법을 바꾸었다.

"그녀가 슬퍼하지 않겠어?"

키리에가 또 어깨를 으쓱했다.

"행복하게 오래오래 살랬거든. 그래서 실천해 왔고. 이제 더 행복해질 기회가 생겼는데 굳이 마다할 건 없잖아? 혹시 알아? 너야말로 그녀가 내게 보내준 선물일지?"

"말이 되는 소리를 해."

"말이 왜 안 돼? 내 스타일이면서 나를 볼 줄 아는 꿈과 희망에 가득찬 여자, 나를 볼 수 있으면서도 현실부정 하지 않고 내가 보이는 것을 인정하는 여자. 네가 처음인데?"

"웃기고 있네. 그녀가 있잖아."

"불행히도 그녀는 내 스타일은 아녔지. 심성이 온순하고 자애로우며 눈물 많은 여인이었거든."

키리에는 여전히 크게 미소 짓고 있었다. 그녀에 대해 말할 때도 전혀 아무렇지 않아 보였다. 그녀에 대한 이야기가 거짓말은 아닌가 싶을 정도였다.

문득 집이 고요하다는 걸 느낀 소현이 주위를 둘러보았다. 여전히 머리를 맞대고 있던, 그러나 온통 소현과 키리에의 대화에 귀를 기울이고 있던 윤희와 라플라카가 얼른 아닌 척, 홱 고개를 돌리다 서로 머리를 부딪쳤다. 소현은 그만 작게 웃음을 터뜨리고 말았다.

"뭐, 저 녀석하곤 다를 거야."

키리에의 목소리에 소현이 다시 고개를 돌렸다.

"무슨 소리야?"

"네가 그랬잖아. 저 녀석이 특별한 거라고. 아마 네가 원하는 게 대형 애완견 같은 남자인 거 같은데 불행히도 난 그런 성격은 못돼. 이미 알겠지만."

소현은 자신도 모르게 피식 실소를 터뜨렸다. 당장 생긴 것부터가 그는 라플라카와 달랐다. 길쭉길쭉한 팔다리에 호리호리한 몸매에 가느다란 이목구비를 갖고 있었으니까.

"근데."

키리에가 단호한 어투로 다시 입을 열었다. 그가 강렬하게 소현을 바라보았다.

"인간 남자들은 이해하지 못할 걸 난 다 이해할 수 있어. 아무래도 오래 살아서 생각하는 게 다르거든."

순간 소현은 키리에의 눈동자 속에서 은하수를 본 것만 같았다.

황급히 정신을 수습한 소현이 되받아쳤다.

"그걸 인간들은 이렇게 말하지. 사차원이라고."

키리에가 웃음을 터뜨렸다. 소현의 심장이 요동쳤다. 살면서 단 한 번도 저렇게 깨끗한 소리로 웃는 남자를 본 적이 없었다.

"맞아, 사차원. 그러니까 넌 큰일났어."

"무, 무슨 소리야?"

그가 갑자기 소현의 손을 잡더니 검지손가락을 꽉 깨물었다.

"무슨 짓이야!"

소현이 화들짝 놀라 소리쳤다. 키리에가 생긋 웃었다.

"나한테 물렸으니 이제 너는 곧 시름시름 앓게 될 거야."

"뭐?"

숨죽여 지켜보던 윤희가 라플라카에게 속삭였다. '몽중인한테 물리면 병에 걸려?'라고. 라플라카는 고개를 저었다. 그도 금시초문이었다.

세 사람의 의문을 키리에가 곧 풀어주었다.

"왜냐하면, 이제 내가 없이는 살 수 없을 병에 걸릴 거거든."

말을 마친 그가 찡긋, 윙크를 날렸다. 한참을 어이없는 얼굴로 앉아 있던 소현이 웃음을 터뜨렸다. 헛웃음도 실소도 아닌 경쾌한 웃음소리였다.

"그래, 어디 한번 보자. 내가 정말로 너 없이 살 수 없을 병에 걸릴지 말지."

"만약 병에 걸린다면?"

"내가 안 놔주겠지? 그땐 내 과거 운운하며 도망가려 해도 소용없을 거야."

"그런 걱정은 안 해도 돼. 난 내 여자의 허락 없인 떠나지 않는 남자니까."

"닭살 멘트는 집어치워라. 마이너스니까."

"원하신다면 기꺼이."

키리에가 고개를 까딱였다.

아일랜드 식탁 의자에 내내 앉아 있던 윤희가 순간이동이라도 한 듯 삽시간에 다가와 소현을 끌어안았다.

"잘 생각했어, 기지배야!"

"아니 뭐, 앞일은 모르는 건데 잘못 생각한 거면 어쩌려고 그리 호들갑이야?"

소현은 끝끝내 마음의 짐 하나를 덜어내지 못하고 있었다. 윤희가 얼른 어린애처럼 고개를 흔들었다.

"어쨌든, 시작이 반이래잖아. 그러니까 잘해봐. 너도 충분히 사랑받을 자격이 있어."

"무슨 그런 민망한 소리를 다 하고 그러냐?"

소현이 얼굴을 붉혔다. 사랑받을 자격이라니……. 낯부끄럽기 짝이 없었다.

"자자, 음식 식겠다. 다들 들어요. 뜨거울 때 먹어야 맛있다구요."

라플라카가 냉큼 끼어들었다. 윤희가 크게 외쳤다.

"오늘같이 기쁜 날! 술 한잔해야지!"

라플라카가 눈살을 찌푸렸다.

"넌 맨날 술이야?"

"술이 어때서?"

라플라카가 흘깃, 키리에를 쳐다봤다.

"안 돼. 술은 나랑 둘이 있을 때만 마셔."

윤희는 메롱, 길게 혀를 내밀더니 냉큼 냉장고로 달려가 소주를 꺼내왔다.

"오늘은 소주다!"

윤희가 잽싸게 소주잔 네 개도 꺼내와서는 쪼르륵 잔을 채웠다. 라플라카는 끝까지 잔소리를 멈추지 않았다.

"너 딱 한 잔만 마셔라."

"한 잔 가지고 누구 코에 붙이란 거야?"

"술 취하면 또 술주정할 거잖아."

"내 집에서 내가 술주정한다는데 뭐 어때?"

티격태격하는 윤희와 라플라카를 물끄러미 바라보던 키리에가 소현에게 속삭였다.

"나는 술마시는 거 뭐라고 안 한다."

소현이 피식 웃었다.

"난 술 안 마신다. 지겨워서."

키리에가 제 무릎을 탁 치며 말했다.

"쳇, 아깝네 점수 딸 수 있는 기회였는데."

키리에는 정말로 안타까운 얼굴이었다. 그런 그를 소현은 물끄러미 바라보았다.

어차피 그는 인간이 아니다. 그렇다면 딱 한 번쯤……, 딱 한 번쯤 속는 셈치고 넘어가도 좋지 않을까?

소현이 술잔을 들었다.

"뭐야? 술 안 먹는다더니?"

키리에가 눈을 동그랗게 뜨고 물었다.

"그 말을 믿냐?"

씩 웃은 소현이 순식간에 잔을 비워냈다. 멀뚱히 바라보던 키리에가 냉큼 불고기 한 점을 집더니 쌈을 싸서 내밀었다. 소현은 마치 늘 그래왔던 것처럼 아, 입을 벌렸다. 키리에가 쏙 쌈을 집어넣어 주었다.

"건배도 안 하고! 나쁜 년!"

윤희가 냉큼 다가와 앉더니 소현의 잔을 다시 채웠다.

"자! 소현이와……."

윤희가 말을 하다 말고 키리에를 보았다.

"죄송한데 이름이 뭐랬죠?"

큭, 웃은 키리에가 대답해 주었다.

"키리에."

윤희가 다시 잔을 높이 들고 외쳤다.

"소현이와 키리에의 첫날을 위해 건배!"

"건배!"

라플라카가 따라 외쳤다. 키리에가 그 뒤를 따라 건배를 외쳤다. 소현은 아직도 머뭇거리고 있었다.

"뭐해? 너도 얼른 건배 해야지?"

윤희가 툭 치자 소현도 드디어 결심을 굳힌 듯 잔을 들고 말했다.

"첫날을 위해 건배."

말을 마친 소현의 얼굴에 잔잔한 미소가 어려 있었다.

"건배!"

다시 한번 모두가 크게 외치고 잔을 비웠다. 탁 소리가 나게 잔을 내려놓자 마자 두 남자가 분주히 쌈을 싸서는 여자들에게 내밀었다. 문득 가장 먼저 그 기묘한 상황을 깨달은 윤희가 웃음을 터뜨렸다. 뒤이어 나머지 세 사람도 전염된 듯 크게 웃음을 터뜨렸다.

통통하게 살찐 돼호가 한숨을 길게 내쉬더니 네 사람이 꼴 보기 싫은 듯 곁방으로 사라져 버렸다.